U0939138

小时候，爸爸妈妈总是对我们说：

“好好读书，考上好的大学，你会有精采的人生。”

多年后的今天，离开象牙塔的年轻人们，

眼前的世界，真的是这样吗？

这是一段普通却又不普通的经历；

这是新的时代中新的缩影；

这是一个年轻分析师眼中不一样的世界；

这是一颗赤子之心与社会巨浪的碰撞——

这是一个真实分析师写下的一段故事……

# 中国分析师

项　楠　著

# 目录 Contents

# 1

# 你好，我是一个期货分析师

大部分的中国人，都曾经历过学生时代。但是，有开始，就有结束，紧跟而来的是新的起点。象牙塔中的学子跨过了青葱岁月，走向社会……

2012年6月的一个早上。

阳光透过遮光窗帘之间的缝隙,斜斜地洒进房间内。手机音乐已经响了一遍又一遍。大约第5分钟的时候,躺在床上的年轻男子疲倦地支起身体。男子顺手启动了放在不远处桌子上的手提电脑。手提电脑已经是三年前的型号了,略显陈旧。

一离开床,男子的动作变得迅速。一把拉开了窗帘,居室内的光线变得充足。穿好衣服,电脑也已经启动完毕。

电脑的桌面背景,是一幅美丽的照片:一个美丽的女孩,站在风吹草低的山坡上,正在吹奏一支银色长笛,任由清风将其乌黑的秀发扬起至空中。

这幅桌面,已经超过9个月没有更换过了。

男子打开期货软件。屏幕上出现切割成6块不同指标的图案窗口。接着,青年双击鼠标,查看其中一个显示黄金价格的窗口。在看了下各种眼花缭乱的画线和指标后,他又抓起床头的那只旧安卓平板电脑,浏览刷新数据、资讯和昨夜的新闻。随后,他点开文档开始书写早报。

虽然男子还有点没睡醒的样子,却在短短10分钟之内完成了约300字的早间评论,并发给了公司负责网站的同事。

6:30,男子完成洗漱,衣着齐整地出门了。

7:15,男子行色匆匆地到达单位。这个时候,大部分的同事都还没有到,走廊里的灯也没全开。只有搞卫生的老于师傅,拎着工具走了过来。

“早,于师傅。”

“呵呵,年轻人,还是这么早呢?”

“嗯。”男子略一点头,“我先去忙了。”

“去吧。”于师傅笑笑,“过会看你表现了,加油哦。”说着拎着工具干活去了。

推开会议室的门,亮堂堂的空间里,公司研究部的十几位分析师都已经就座了。走向前排,一个浑厚的声音传来:“怎么样,准备好了吗?”

“没问题,老大。”

“好。”

时间:8:00。

地点:公司多媒体会议室。

设备:OK。

会议PPT:OK。

人员到位：OK。

全国各地的公司员工也已经守在各自的会议室里，听众也就位了。

一旁的“老大”向着坐在会议室主座位上的男子点头示意：可以开始了。

要冷静，要自信，要使用最精练的语句表达明确的观点，要体现说服力和渲染力——并征服听众，还有，这也不是第一次了。

暗暗深深地吸了一口气，男子戴上了耳麦。

摄像头已经对准焦距，全公司开启的电脑屏幕、会议室的银幕上，出现了准备开始早间讲座男子的影像：

“各位同事大家早上好。我是研究部的宏观－贵金属分析师向晴空。今天的早会第一块内容，是由我为大家所展示的，昨天夜间美国方面的有关数据，以及由此带来的贵金属黄金白银行情波动的解读……”

晨会的第一段内容开始了。

我叫向晴空，今年27岁，是耀光期货研究部负责美国宏观经济解读，以及贵金属黄金白银两个品种的中级期货分析师。现在正在进行的，是公司每日清晨必有的行情晨会讲解。按照昨晚赶工书写的内容计划，我正在通过远程会议系统，向全国各地10多个营业部约200名同事，讲解近期行情的概况，分析重点事件和资讯，提示风险要点，并作操作建议。

15分钟后，我讲解完毕。按下了语音输送的暂停键，将位置让给下一位需要讲解行情的同事，我返回自己的座位。身边的一位清秀的女分析师靠过来小声说：“讲得不错。”

我淡淡地回应：“本分吧。”

她轻轻地微笑，回过头继续聆听晨会。

一个月以来，肩负两个品种，筹备一个新期货品种上市的她，这一段时间要撰写的材料报告成堆。她睡眠质量显著下降的情况已经持续了一段时间。看着她日益清减的身影，我摇摇头。

分析师们一天的工作，就这样开始了。

3个月前……

现在是2012年的3月份。从英国伦敦回到家乡杭州已经3个月的我，眼下着实有些落魄。曾经以为，作为归国的研究生，找一份工作应该不是太难的事情。而骨感的现实却又给我上了一课：3个月里投出了整整50份简历，却没有一家用人单位回应……

3月2日上午10:30。我疲倦地睁开眼睛，拉开窗帘，窗外灰暗的天色让人有些烦闷。

我一边无力地撕开一小袋速溶咖啡，倒入面前那杯壁略泛黄的咖啡杯中并注入热水，一边开启了电脑。想起来，前天投出第51份简历之后，昨晚我没有照例查看电子邮箱。3个月来，经历了50次失望之后，心情实在有点消沉。不怎么抱希望地，我点开电子邮箱查看邮件。

杯中的咖啡粉末旋转着，一点点变小。突然，一封邮件映入我的视野。点开瞬间，我的瞳孔一下放大了——

时间：2012年3月1日16:00

发件人：耀光期货有限公司

主题：面试通知

内容：

向晴空先生：

你好。日前，你向我司发送的应聘岗位为期货品种分析师的个人简历已经被人力资源部选阅。我司将于2012年3月2日下午1:30安排面试，请按时到公司报到并参加。

这是——

顿时来了精神，我一口气喝完了杯中的咖啡，立刻开始洗漱、更衣和准备，动作也变得麻利。

总算有机会参加一场面试了。

准备就绪，我离开了暂租的屋子，出发去位于主城区的目的地。外面下着雨，最高气温只有8摄氏度，天气又湿又冷，像极了在伦敦留学时常遇到的天气。

中午12:30，我抵达了今天面试的所在地。

“牢牢记住了——早到通常比迟到要好。”

不由地想起英国IAE(语言预科)教师威廉的一句口头禅。定了定神，走进公司。

前台接待人员很快将我引至面试场地外的一处等候区域。环顾四周，有两个人已经在等待了。看来，赶早的人还是有一些的。找了一个位子坐下，随手拿起一边资料架子上的资料。这是一份黄金期货品种的介绍资料。看看手表，面试还有50分钟才开始，我开始阅读手中的折页。

折页的内容不多,仅仅用了几分钟我就读完了,将资料收好放进包里。

“你是个海归?”身边一个声音传来。我抬起头,对面同样在等待的一个男子正打量着我。

“是的。”

我同样开始打量眼前这位:身材中等偏瘦,身高约1米7的样子,穿着黑色呢子大衣,里面是蓝色斜格子鸡心领毛衣,最里面是一件衬衫,下身休闲牛仔裤。略显古铜色和有些消瘦的面孔,戴着一副较小的眼镜,眼镜后面是一双透着自信的眼睛。一头清爽的短发给人感觉十分精神。

“你好,我叫向晴空,刚从英国伦敦回来。”

“你好,我叫诸南阳,香港一所大学毕业的。可以叫我南阳或者Shine。”诸南阳一边说着,一边伸过手来。两人于是握了手。

“嗯,叫我晴空或者Rocky好了。”我回道,“你为什么觉得,我是个海归?”

“直觉。”南阳微笑着,背靠向长椅的靠背,“我研究生是在香港读的。但是在读研究生之前,我在英国读了三年的大学。刚才你一进来,我就觉得你也是海归的可能性超过80%,但是不太确定是不是英国的。”

“是吗?”

“在你身上,我看见一些和周围人身上不太一样的东西。有点熟悉的感觉。”

“这是你的直觉?”

“嗯。”南阳推了推眼镜,“我的直觉一直比较准的,我也很相信我的直觉。”

我歪了下头表示不置可否。

随口和南阳聊了几句,我了解到他今天来面试的目标岗位是研究部宏观研究员。因为我们都曾有英国留学的经历,因此开始东拉西扯一些在英国的琐事。很快,面试的时间到了。

到了面试的时间,一共有5人参加面试。按照接待人员宣布的安排,今天我在面试人员次序中排最后一个。新认识的诸南阳则排在第一个。他推开门进去面试。

等了约半个小时,诸南阳出来了,脸上依然挂着自信的神采。

“怎么样?”我随口问道。

“小菜一碟。”南阳轻松地回答,“不过,明天还有第二次面试。我回去做功课。希望明天也能见到你,晴空。我先走了。”

“好。”

为何第二场面试还有功课要做？咀嚼着南阳话中的信息，我继续等待面试。

随后的气氛则变得有些奇怪。不同于诸南阳轻轻松松地出来，接下来几位面试者出来时，神情均有些黯淡。其中的一位，进去了不到15分钟，就面色惨白地匆匆离去。

终于轮到我了。我起身开门进入。

眼前，是负责面试我的三名面试官。坐在左面的，大约和我年纪差不多，中等身材，身高在1米7左右。这位很有意思，一直在看我的简历，却没怎么提问。

坐在右边的，是一个年轻的女孩。粗粗一看，皮肤相当白净，脸上没有化妆，眼睛略有点红，亦能隐约看到黑眼圈。一头长波浪的秀发映衬着露出温和气息的脸庞，给我一种略安心的感觉。她大部分的时间也在看我的简历。

而坐在正中间的，则是我的主面试官——桂建强。根据我先前了解的一些消息，他是一个75后，担任我应聘的研究部的副负责人，但实际研究工作由他一把抓。同时，他也负责耀光期货公司分析师和讲师的培训工作。据我目测，他比我略矮，身高在1米75上下(我的身高是1米8)，身板相当厚实，戴着一副小型眼镜。我的视力相当好，所以能够看到，他那双不大却透着一股锐利的眼睛。他一边看着我的简历，一边看似漫不经心地向我提问，却屡屡提一些关键性和细节的问题。这无疑对我形成了一种无形的压力。

“那么，向晴空先生，你毕业于英国伦敦，硕士学历？”

“是的。”

“你在伦敦待了两年？”

“没错。”

“嗯，英国速成型硕士，相比其他国家节省1—2年的时间。”

略一点头，桂建强继续扫视我的简历：“你的简历上面写得很有趣，特长那一栏，你写的是：‘专业的各类报告(短、中、长)写作能力、快速报告写作能力、报告演讲和推介能力’，我没看错吧？”

话音刚落，桂建强随即注视着我。我知道，他很可能已经将视野的焦点放在我眼睛下方一寸的位置。当注视对方脸上这个位置的时候，容易看清脸上细微动作、表情和眼神，而又不是直接观察双眼。因为直接观察双眼略显得失礼，又容易因过于专注眼神而分散注意力。他应该是在看我是不是因为简历上写得夸大其词而露出心虚的表情。

我面不改色，声音平稳地回答：“我的简历上所写的均属实。至于报告演讲能力,不仅限于中文,桂老师。”

“哦?”听到我这么回答,桂建强嘴角浮现一丝不易察觉的笑意,拿起面前的茶杯喝了一口,“你打算应聘我公司黄金期货分析师这一职务?”

“是的,我决定选择黄金这个品种。”

“我们公司有关黄金期货品种的介绍看过了吗?感觉怎么样?”桂建强再次将目光放在我身上。

我依然直面他犀利的目光:“看过了。在我包里就有一份。这份品种介绍,涉及范围完整,但数据偏旧,插图制作不是很美观。做得没有上期所黄金期货品种介绍书好。”

桂建强又点了点头。

随后,桂建强放下了我的简历:“这样,明天你来参加第二场面试吧。这里提一下我的要求:按照你的理解和想法,做一份黄金期货品种的推介 PPT,记得打印两份。明天上午 10:00,到我们公司的多媒体会议室来。进入第二轮面试的人,都要进行一场推介。评委就是我们研究部的其他十几位分析师。你觉得怎么样,可以接受吗?”

闻言,我心中顿起涟漪:明天就要完成一份推介资料,还要作报告?再怎么说我也是个新人呢。这难道算是“压力测试”……

略定了定神,平稳气息,我回答道:“可以,回去我准备一下。”

听到我答应了,一旁的女面试官露出了非常感兴趣的神情。而桂建强则只是略一点头。

“那么,明天见。”我离开并随手关上了门。

居室中灯光昏暗。在书桌的旧电脑旁,有一本小记事本摊开着,上面写着几行字:

2012 年 3 月 2 日

今夜必完成

黄金期货品种介绍推介 PPT:

1. 黄金基本属性介绍(10—15 页)

2. 黄金定价体系、价格影响因素、产业链介绍(10—15 页)

3. 中国黄金期货合约介绍(5 页)

4. 中国黄金期货流程简介(5 页)

回想白天的经历,这家单位的主面试官可真有意思,没有放过我简历上所写的每一个细节。这也难怪，现在这个社会，很多求职者，都会将自己的简历写得天花乱坠。他的这种方式，也许就是一种犀利的“筛子”吧？

略苦笑和自嘲了一下，我撕开了当天第二袋速溶咖啡。

房间里，只有手指在键盘上飞速地敲击着的声音，偶尔也能听见几声鼠标的点击声……

反正，这样的情形，不是第一次了。

2011 年 4 月的某一个晚上。

伦敦北部郊区的一所大学学生宿舍楼的公共用餐室中，一个约三十岁的日本男子，与其小组另一位成员——一个中国人，也就是我，两人脸色严峻，如临大敌。

“泰和侯赛因，他们不会按时完成任务了。”有些无奈地看着对面的日本人，我无力地说道，“幸喜君，泰去爱尔兰旅行两周了。至于侯赛因，他回阿联酋了。也许下周回来吧。”

说完，我也不禁有些按捺不住心中的不满。我们课题小组一共四个人：日本人（眼前的幸喜秀树），阿联酋人（卡拉奇 · 穆罕默德 · 侯赛因），泰国人（泰）和我。根据导师露娜的安排，我们四个人，一起完成一项课题，内容是对100 家银行的报表进行调查。当初小组讨论的时候，大家协商一致的安排是这样的：每人完成 25 家银行近 5 年的报表数据采集，然后由秀树进行数据分析，最后成报告之后由我进行 presentation。

要命的是，明天就要进行推介了，而我们的调查报告还是没有完成。小组之中，秀树和我早早地就完成了自己那块的数据调查，我的 presentation PPT 模板亦早就在待命了。而另外两位：阿联酋人和泰国人，在任务下达之后的第二天，就各自离开英国旅行去了，将小组课题的事情抛到了大西洋里。

“该死！”来自日本银行的公费派遣留学生气愤地捶了桌子，“他们太让我们两个失望了！”

我同样气愤，但是又能怎么办呢？虽然自己都心有不甘，我还是试着安慰秀树：“放松点，也许我可以给导师露娜写个信息说明我们的境况……”

话音未落——“不！绝不放弃！”秀树强硬地回道，“我不能失败！我们不能失败！我们不需要辩解，我们需要 B 计划！”

“B 计划？那是什么？”面对日本人的强硬，我一脸的不解。

“我们把他们那份活今晚做了吧，Rocky？”

Rocky是我在英国的英文名字。

日本人的决心实在可嘉，这家伙到现在都没放弃。我略带一丝敬佩："我愿意一起干。但是怎么弄？我们需要图书馆里的数据库来下载银行的报表。晚上10:30，图书馆关门了。"

"我们能用寝室里的网络登录图书馆的数据库吗？"

"不行。"

闻言，倔强的秀树也陷入了沉思。我也不禁有些泄气。

幸喜秀树今年31岁，但是，他看上去比实际的年龄要更显老一些，一副日本大叔的样子。那副眼镜之下的眼神告诉我，他的主人总是处于压力过载的状态。在我们研究生的班级里，他的成绩相当优异，连续两次小考，都是全班第一名（托他的福，我连续两次全班第二名）。这家伙一向喜欢单干，要不是这次小组课题是团队协作，他才不愿意和其他同学一起做case。

"图书馆的无线网络怎么样？能不能用这个方式登录数据库？"

"可以，我以前试过一次。"我略带疑惑地回答道。

"Wi-Fi是24小时的吗？"秀树突然来了精神。

"是啊。"Wi-Fi？我忽然明白了秀树的意思，转头看他，他的双眼之中已经燃起了熊熊光芒，好像饥饿的猛兽看见兔子时的表情。

"Yes!"边说着，秀树已经开始手脚麻利地将桌子上的手提电脑打包。

"哦……好吧。"摇摇头，我也开始打包手提电脑。

夜色笼罩的校园内，图书馆的门口，隐约浮现两个人蹲着的身影，以及手提电脑屏幕的荧光。

虽然信号只有往常的一半，而我们的手提电脑只能在省电模式之下持续两小时，但是，我们两个都成功地在图书馆外的玻璃门口登录了学校图书馆数据库。

日本人顺手扭开了一瓶"精神液"并一口闷了下去："Rocky，你负责20家银行的数据，我负责30家。有问题吗？"

"没门。"我的眼中也展露出决心，"你找25家，我找25家，动手！"

秀树点了点头，眼神中带着一丝赞许。

伦敦的4月十分寒冷。我们两个身上穿着暖和的野外生存装，脚上也套着厚厚的男士雪地靴。但是，深夜的寒风吹到脸上的时候，依然如刀割般疼。没有多余的言语，两人紧张地用手提电脑下载数据。

在我的电脑电池还剩下45分钟可用的时候，我完成了。

“搞定。”我长吁了一口气，在空中泛起了一小片稀薄的白雾。

“嗯……我还剩下1家银行的数据没拷贝好。干得好啊，这是你第一次做得比我快呢。”

“哈。”站起身，我笑了。同班之中，因为秀树的存在，我总是当第二名。今天我拷贝数据的速度居然比他快，自然有点小自豪。我正得意着，背后却突然出现被棍子顶住的触感。

“不许动！”背后传来警告声。背对着用棍子顶住我的人，我举起了双手，而对面的秀树也蹲着举起了双手。同时，周围亮起手电筒的灯光。

“Rocky？Koki？”夜空中传来熟悉的声音，“你们在这里干什么？”

背上被棍子顶住的感觉消失了，我转过头一看，是学校的保安队员Tommy，一旁是保安队长Oliver，这两人是我们的老熟人了。两人手持着电警棍和手电筒，一脸惊讶和迷惑地看着我和秀树。

与秀树面面相觑，我苦笑着摇摇头。

约5分钟友好的说明和解释之后……

“嗯哼，所以，你们两个‘神偷’在这里，就是为了拷数据？”Oliver老队长顿了顿，“全部都为了明天的讲座？”

“没错。”已经站起身来的两人同时回应道。

“完成了？”

“还差一点。”秀树回答道。

“好吧，我们走。”说着，胖胖的Oliver队长，领着高个的Tommy走了，背对着我们摆摆手，“伙计们，动作快点。”

看着学校保安们远去的身影，秀树耸耸肩，继续手上的活。而我保存下数据，开始打包电脑。

远处，依稀听到Oliver老队长的话：“唉……疯狂的亚洲人啊，愿我们的上帝也保佑他们吧。”

随后——

那天凌晨2:00，在两人带着数据回到寝室后，执着的日本人完成了报告。

那天凌晨3:00，我终于完成了那天上午10:30陈述所用的PPT。

2012年3月3日的凌晨1:00，杭州。

保存好刚完成的PPT，关上了我那台旧手提电脑，我在一旁的笔记本上，用水笔在“今夜必完成”那一行字旁，画下了一个勾。

3月3日早晨7:00。

早上的状态不是非常的好,这与开夜车多少有些关系。记得大学时代,和死党们开夜车、玩网游那是家常便饭——第二天只要睡一觉,又会感觉满血复活似的精神。而现在,随着年纪慢慢地逼近 30 岁,身体的“再生能力”再也不如当初……

一次撕开两袋速溶咖啡倒进杯子里,注入热水。

整顿好自己,匆匆赶到公司。

上午 9:00。

推开公司多媒体会议室的门。

会议室里,只见昨天那位女面试官正在调试电脑,而坐在一边等待的,则是昨天刚认识的诸南阳。一看见我走进来,南阳立马打招呼:“很高兴再见到你,看来,这一拨人能参加第二轮的,只有你和我了。”

“看来是这样。”

“怎么样,昨晚‘功课’做好了吧?”

“马马虎虎,总算弄好了。”

我轻轻地摇了摇头。到这家期货公司应聘分析师,还要做这样的“功课”,难怪不少应聘者会望而却步。

“你们两个抗压能力还不错哟。”一旁的女面试官调试好了电脑,在主讲的位置上冲我和南阳说道,“桂老大的这招,一般的‘闲杂人等’基本上就被吓得‘哪儿来哪儿去’了。没想到,你们两个新人居然能顶得住。过会儿,真期待你们进一步的表现呀。”

“桂老大?”我疑惑地问道。

“是啊,我们研究部的同事都这么叫他。”女孩站起身来离开主讲位置,“嘿嘿,他很有老大风范吧?”

这点我比较认同。突然想起,眼前的女面试官还不知姓名,于是问道:“那个,真不好意思,还不知道怎么称呼?”

“黄逍月,叫我逍月好了。”对方微笑着回答。

很快,10:00 到了。会议室里已经陆续来了 10 多位分析师分别就座。而桂老大就坐在前排。

第二轮面试开始了。诸南阳首先上场,开始了他的 PPT 推介。今天他的主题是:欧洲和美国宏观经济环境研究要素重点分析。

南阳的表达水平马马虎虎,讲解过程中有不少口头禅、习惯语。但是,他的 PPT 做得很有意思：看似只有一页，但是将所有要讲的内容体系全部放置在上面。当他讲到其中一块的时候，只要点击超链接，就会自动跳到那一块的具体内容；讲完之后，又重新回归总提纲的那一页。根据我的计算，他用超链接这种方式隐藏在首页之后的 PPT，约有 20 来页的样子。看着他的 PPT，我略有点心动。这次推介结束之后，有关 PPT 方面的技巧，看来要向他讨教讨教。

经过 30 分钟，南阳讲解完毕。

"OK，大家的意见如何？"桂老大将椅子旋转过来，面向背后的分析师。

"内容比较到位。"

"陈述的水平有待提高。"

"要花点时间去掉口头禅哟。"

"课件似乎做得花哨了点？"

"欸？这个模式我蛮喜欢的。比较简洁的呈现方式，需要时再跳出来，不是挺好的吗？"一旁的逍月也参与进了大家的点评。

在约一半的分析师发表意见之后，桂老大开腔了："我来总结下。诸南阳，你的讲解大家刚才已经听过了。口齿还算清楚，有一些毛病要改改。讲解的内容比较到位，基本符合我们现行宏观面所基本沿用的体系和所关注的要点因素。PPT 么，格式比较新颖，制作得也比较精美，总体是很不错的。但是——"

桂老大把眼镜摘下来，用擦镜布擦拭："我们公司的推介 PPT 是有标准格式模板的。创新是不错的，但过于注重效果和形式，容易分散听众的注意力，偏离主题。当然，你的 PPT 里很多东西是值得以后借鉴的。"

"谢谢桂老师。"南阳礼貌地回应道，然后从主讲的位置上离开。

"那么，下一位？"桂老大把目光投向了我。

我会意地点了点头，走上主讲的位置。

我一打开 PPT，下面不少分析师立刻就投来惊异的眼神并小声议论。

"43 页？"

"这么多？"

……

"这小子，有点意思啊……"桂老大在一旁小声地自言自语。

"各位尊敬的分析师前辈，大家好，我叫向晴空。今天，我为大家展现的，是有关期货品种——黄金各项资料的介绍。"保持平稳的声音、适当的语速，我开始了在这个会议室中的第一次讲解。

首先是第一块，黄金的基本信息。一边讲解着，我一边观察着分析师们的反应。我发现，当我在讲述这一块内容的时候，分析师们并不是很感兴趣。或许，因为都是专业的人士了，分析师们对期货黄金基本属性这块自然是耳熟能详。一想到这一层，我不动声色地加快了第一部分的讲解速度，只是讲解了必要的部分，而简介式地跳过了一些众所周知的历史信息。

用时 10 分钟，我讲解完了第一块内容。随后我开始讲解第二块。当我开始讲黄金定价体系、影响因素以及产业链特征的时候，下面的分析师们的兴致似乎高涨了起来。后座的一些分析师，甚至开始掏出小笔记本做笔记。看到听众如此的反应，我亦放缓了讲解的速度，尽量详细。昨天夜里毕竟时间有限，一些内容我没来得及加入进去。当我快讲完第二大块的时候，我发现，分析师们的眼神似乎在期盼着更多的内容。于是，我脱稿追加了一块。整个第二块，用时约 25 分钟。

讲完前两块内容，我正准备讲后面两块的时候，桂老大摆了摆手，示意暂停。于是，我的讲解暂停了。

"后面两块是'合约介绍'和'交易流程'吧？"桂老大喝了一口面前的茶。

"原本计划是这样的。"

"你做得很详细，不过，后面两块，对着我们这里的分析师就不用讲了。"桂老大顿了顿，"估计他们倒着背都可以了。"

周围的分析师闻言，纷纷嗤嗤地笑了。

"啊……是的，大家都是专业人士了。"我居然忘记了，演讲的对象是专业的分析师，这些法规和条条框框的东西对他们而言是基本中的基本了。

"别紧张，小伙子。"看我似乎有点不好意思，桂老大的神情缓和了下来，"这里有几个问题。第一，你以前学过演讲？"

"留学的时候。"

桂老大点点头，并对旁边的逍月说："要是新人都这样的水准，我以后可就省事多了。"逍月则微笑着看着我。

"好的。"桂老大继续问道，"第二个问题，你的 PPT 是以前做的，还是昨晚赶出来的？"

"昨晚刚出炉的。"持续讲了约半小时，我的喉咙略有些干燥，咽了口口水后道，"一些内容还没来得及加进去。"

"一个晚上，43 页？"

我点了点头，现在真有点想喝水。

"那你数据怎么弄的呢？我刚才看了下，你第二大块，专业性的诸如相关性分析等用的数据，是最新的呢。一般人没有数据库，自己做不出这样长度的图，往往都是抄别人的。"

我继续道："我现在刚毕业，还没有参加毕业典礼，学生卡还有效。昨晚，我请英国的朋友帮了点忙。这里是夜间，他们那边是白天，他正好有空，就去图书馆的数据库帮我弄了点数据。"顿了顿，我继续道，"国外大学的数据库还算给力吧。"

暗暗想着，还好昨晚幸喜秀树仍然待在英国伦敦的学校。我知道，这段时间，他依然奋战在学校的图书馆之中。托他的福，我过了这一关。不然，这么多图的数据还真麻烦了。

"有意思，有意思。"这下，桂老大的脸上浮现了一丝笑意。

"诸南阳，向晴空。"桂老大正色道，"我宣布，我耀光期货研究部，欢迎两位的加入。大家欢迎。"

成功了？此刻，我真的有点不太相信自己的耳朵。随后周围响起的掌声，才让我稍微有了那么一点点真实感。

身边，诸南阳笑道："你讲解得真不错，以后多照应了。"说罢，有力地拍了拍我的背。

"哪里，你的 PPT 制作水平才真叫高，以后指点我下呗。"我友好地回应道。

看着我们两个，桂老大继续道："从今天开始起，你们两位就是我们研究部的助理分析师。今天只是一个开始，以后，你们要做的还很多呢，做好思想准备吧，两位新兵。"

我和南阳均认真地点了点头。

在那一天，我成了耀光期货的助理黄金期货分析师。

# 2

# 幻　觉

人的灵魂，是由其经历的过往所塑造的。每个人的过去都不尽相同，因此，每个人都会有独特的个性。过去，对一个人是如此的重要。当人遇到似曾相识的场景之时，深埋在记忆中的种种，也许就会被触发……

这种情结，使人“怀旧”——当早已深埋心底的“曾经”再次出现在你面前，你，会何去何从？

2012 年 3 月 15 日，上午 9:30。耀光期货公司研究部——营销办公室。

……

“尊敬的客户你好，这里是耀光期货。打扰你了，请问你对期货投资有了解吗？”

“咔哒……嘟嘟……”

“尊敬的客户你好，这里是耀光期货。打扰你了，请问你对期货投资有了解吗？”

“的确很打扰。咔嗒。”

“尊敬的客户你好，这里是耀光期货。打扰你了，请问你对期货投资有了解过吗？”

“（彩铃声）……您所拨打的电话暂时无法接通，请稍后再拨。”

“尊敬的客户你好，这里是耀光期货。打扰你了，请问你对期货投资有了解过吗？”

“（绍兴一带方言）你脑子坏了是吧？！”

这是今天上午，我所拨出的一部分营销电话，离全天的任务还差 30 个。而电话号码的名单，据说是公司通过“特殊渠道”获得的“可能有意向客户”的资料。

略显疲惫的我放下了营销专用的电话机（具有公司内部联网传输录音和记录的功能，用以监督员工是否完成既定任务）。

现在这个状态，与我当初的设想差距的确是大了一些。

回想过去的 3 周，我同前面两拨面试而入选的共十名新分析师，一起参加了耀光期货分析师培训课程。期间，培训的主讲者，正是桂老大。

“这里，我要给大家明确一个概念——中国的期货分析师，和国外的分析师相比是非常不同的。我们这里的分析师，可比不了华尔街那帮天才，平时操纵海量的资金，把国际金融市场倒腾得七荤八素；休假的时候携美女香车，直奔拉斯维加斯一掷千金。”说完，他故作无奈地摊开了手。

“哈哈哈……”闻言，在座的人们顿时哄笑起来。

看到大家的反应，桂老大淡淡地说：“这个现状，是由行业‘国情’所决定的。中国期货行业很年轻，规模比起西方市场还不算大。这个行业，民众了解程度、参与比例不高。国内期货公司的盈利模式目前又和证券一样，主要以经纪或代理业务为主，因而盈利能力有待提升。所以，我国的期货分析师，就算是最高级的，在可预见的中期内，能有华尔街那些首席分析师的待遇那真的是小概率事件。”

听到这番话，众人的笑声就像被急刹车般冷却了下来。

桂老大在讲台上继续讲道：“虽然我们国家并没有明文规定，但根据行业习惯，中国的期货分析师大致分为三个等级，助理级分析师、中级分析师以及高级分析师。”

“现在，大家所处的阶段，是助理分析师。助理分析师达到公司要求之后，可以提升为具体负责品种的中级分析师。通常，这个过程要3个月左右。而我公司给予分析师的试用期，就是3个月。”

略作停顿，桂老大认真地看着大家，语气也有所凝重：“接下来的3个月试用期内，我希望，你们完成3个任务。第一，完成期货从业资格考试并获得从业资格，同时熟练掌握期货的基本运用知识；第二，成功地在公开媒体上，发表你专业性的文章；第三——”

说到“第三”的时候，桂老大放缓了语速：“我们耀光期货是民营期货公司，总经理和董事会对大家的要求是全员营销。因此，虽然我们研究部的分析师属于中后台，但依然是要负担一定的业务指标的。我们公司的要求是，分析师转为正式中级分析师，必须达到基本的业务指标：100万元的业务。”

此言一出，下面的新人们先是一愣，随后纷纷窃窃私语。在座的虽然都是新人，但都是研究生或海归。我知道，这个要求的提出，对他们而言，似乎在自尊心上有点不太容易接受。

似乎早知道会有这样的反应，桂老大显得很平静：“在座的诸位中，若有谁不能接受这一点的，我也不勉强。这个要求是转正的基本‘杠杠’。相对而言，这个程度的业务指标可比业务员们轻松多了。”边说着，他的视线转向业务部门办公室的方向，“他们的基础指标可是你们的3倍。而且，每年10%递增。”

周围新人们的表情更加凝重了。

我倒是一点都不意外。之前虽然没有找到工作，但是我倒是在求职过程中，对现在国家的金融行业新人就业的大致状况有了些了解。

可以用一句话来形容现在金融系统的大致状况：一人做金融，全家来帮忙；银行几千万，证券千把万，期货百十万，保险来者不拒……现在这家公司提出这样的要求，倒也在我预期之中。但是，开展期货业务相比银行、证券难度要大得多。其主要原因，是因为期货的风险要比股票高得多，对操作的专业水平要求更高。若是没有一定经验的投资者，入市之后生存的时间可能会相当有限。这个问题，吓退了很多投资者。

桂老大继续道：“我希望，在座各位若想在我们研究部继续发展下去的，接下来的三个月试用期中，用一切办法，‘尽早’完成这个任务，将其作为首要目标来完成。这个直接关系到你们的生存问题。大家明白了吗？”

此时，下面已经是一片寂静。

“还有问题吗？”

新人们都似乎陷入了沉默，没人再就这个不怎么轻松的话题发问。

……

我继续一个又一个地拨打营销电话。

在过去的3周里，新入职的助理分析师中已经有三人悄无声息地离开了。

前两天听黄逍月随口说起，公司的研究部不太留得住人。除了桂老大直接带领的核心小组之外，其他的分析师如同流水一般离开。就拿我前来应聘的黄金分析师这个职位来讲，从2011年4月到现在，已经有两位来应聘过分析师，均工作了不到4个月就又走了。上一位分析师离职已经有3个月的时间，“空档”期间的黄金品种分析，都是由桂老大和庄玄清两人兼的。

3个月，完成这3个目标，转正成为中级分析师。否则——自谋他路。

环顾四周，营销办公室中并没有诸南阳。

南阳貌似家境不错，也有关系和门路。刚进公司，通过其父亲的关系，将200万元的业务量也带进了公司。从培训结束的那一天起，我每天要拨打50个营销电话，而诸南阳则从来不用。

我目前还差34万元的业务指标，故还在打营销电话。每天对着电话机，我不得不遭遇至少几十次闭门羹、冷嘲热讽甚至是谩骂。一天中，除了在家里写完早报并发送给公司负责网站的同事之外，其余的大部分时间都在设法营销以达成业务指标，研究工作暂时根本没有开展的时间和余地。

中午11:20。

放下电话机，在一旁的小笔记本上，写下“No.40，10 left”之后，我轻轻地吁了一口气。

“还剩10个？”背后是逍月的声音，“今天全天的任务快完成了，手脚蛮快的嘛。”

“电话是打得够快，但是业绩量增长得不够快，我离达标线还差34万呢……”我转过转椅，看见逍月正站在我的背后。

“别心急。虽然剩余的时间不多，但是你已经相当勤快了。接下来再加把劲，只要完成了这个任务，就不用再打‘骚扰’电话了。相信你很快就做得到的。”

骚扰电话？换个角度想想，我若不是打电话的人，而是接电话的人，每天遭遇这些莫名其妙不知道哪来的推销电话，估计也会郁闷和懊恼得不得了。我在打的电话的确是骚扰电话。但是，被打营销电话的人可怜，打电话的人也许更可怜——要是没按时完成任务，也许前路就是一盘新鲜出锅的鱿鱼……

甩掉这些念头，我拿起面前的一次性杯子，喝了一口水："承你吉言。"

"走，午餐时间。"道月晃了晃手中，我们公司所在大楼地下一层员工餐厅的饭卡，她的卡套下有个坠子，上面是樱桃小丸子的图案……

于是，桂老大、庄玄清、道月、我四人一同前往公司员工食堂用餐。等我们到达的时候，食堂里的队伍已经排得老长老长了。

我们公司所在的大楼，除了我们期货公司总部约 130 号人有用餐需要之外，还有其他 10 多家公司，大约 200 人上下的职工也在这个食堂用餐。其中，与我们单位同一层的"新证证券杭州营业部"就有 30 人左右。经过约 15 分钟的排队，我们几个领到了午餐。

四方形的餐座上，桂老大与一旁的庄玄清一边坐，我则和黄道月一边坐。

庄玄清也是第一天面试我的面试官之一，大家都叫他庄。无论是在面试，还是在平时工作中，很少能听见庄的声音。

在我的印象中，庄总是在注视着各项数据和指标。就算是在刚才排队的时间，庄也是在用智能手机看期货行情。除了"无口实干"之外，庄的另一个特征，就是吃饭的速度奇快。今天自然也不例外。我们才坐下不到 10 分钟，其他人才吃了一大半的时候，他就已经吃完了。

"老大，下午我就奔上海了，有什么指示？"

虽然不及庄的速度，但桂老大的吃饭速度亦十分出众：他几乎也吃完了。桂老大放下了筷子："两件事。第一，去上海营业部的时候，把上期所新的一套资料带回来。我和他们那里的老总打过招呼，你去取就行了。第二，上海那边，孙总亲自带队营销的那个有色加工企业客户，靠你了。"

"放心吧。"庄平静地回应，"有关这家企业的功课，前一周我就都准备好了，加工型企业，产业链中下游，这个类型的套保案例上个月才做过一次。没什么特别的。"

"嗯。"桂老大拿起纸巾擦了擦嘴，"但是也要注意，虽然有时候明明是下游加工型企业，却会出现上游生产型的风险点。以前就出过这样的事情——我们做的方案与企业实际情形大相径庭。这样，你上游和中游企业的方案，也各备着一份带着走。"

"明白了。下午 2:30 的火车，1 点我和孙总他们出发。我这就去准备一下。”

“抓紧时间，去吧。”桂老大点了一下头。庄立马就走了。

目送庄离开，桂老大转向我：“小向，听逍月说，你做事情执行力很高，营销电话打得很麻利？”

“桂老师，你过奖了。我只是尽力罢了。”

“你的态度不错。你是我这3个月来，见过的‘海龟’里执行力最像样的一只。”

听到这样的表扬，我也真不知道是该高兴还是该感慨。从英国回来以后，我再也不想在家里吃父母的闲饭了。

略微扫视了我和逍月，桂老大继续道：“逍月，等下午小向电话打完之后，你把公司的各类电子模板给他。我前一段时间兼黄金时期，搜集的其他公司报告、做的各类报告、案例和整理的数据库，也都给他。”

“好，过会我来搞定。”

“小向，你今晚把我给你的那些资料好好看看。”

“好，我一定会好好看的。”我点点头。

桂老大眯着眼睛，推了下眼镜，语气转为严厉：“哼哼，给你两天时间，在我从新昌回来之前，把这些给我统统‘吃掉’。”

“啊……是的。”

“我回来以后，告诉我你的感想。”说罢，桂老大起身离开了饭桌。这时，我才刚吃完饭，而逍月则还剩下一半。

下班后回到居室，我开始一一阅览下午逍月转交给我的资料。

桂老大的那个文件夹中，整理了近5年以来所有知名机构所出的报告。数据库，则是分门别类整理好的、数据和图表均已经是自动更新的Excel。我还发现了一些超长时间长度的黄金分析资料（例如以英镑定价的黄金从中世纪至今的数据）。而在他自己制作的报告文件夹中，各类用途的报告一应俱全，而且报告中图表的链接，已经与数据库中制作完的联动了。

浏览了许久之后，一个PPT文件跃入我的视野：《耀光期货有限公司黄金品种介绍手册》（新拟）

我立马点击查看——

62页……

我不禁睁大了眼睛，怎么比我那天做的还多30%？略定神之后，我开始仔细地阅读。细读之后，才发觉桂老大的PPT做得比我到位得多。

一般公司分析师所制作的 PPT 长度在 19 页至 30 页。第二轮面试那一次，我想显示下实力——自认为详细制作的 43 页 PPT 已经超过一般水准；而此时，我觉得自己有点“班门弄斧”了。

心中顿时泛起一些惭愧和佩服的感觉。桂老大不是只“兼”黄金期货的吗？“兼”的水准，都如此这般，可以看出此人的专注与责任心。

当我浏览完这些资料的时候，已经是凌晨 1:00 了。

关上文件夹，我打开了一旁的小笔记本，看了看两周前写下的几行字：

未来 3 个月内

总目标：转正中级分析师

分支目标：

期货从业人员资格考试 √

公开登报发表文章√

营销业绩到达 100 万元

随后，我在最后一行字旁，加上了“剩余 34 万元”几个字。

期货从业证书的考试，我在两年前申请留学的预备时期就完成了，当时无聊，连同证券从业资格证也一并考取了。登报发表文章，我倒是在进公司的第一周就做到了。但看着第三行字的时候，我不禁摇了摇头，拿起面前的开水喝了一口（这个时间点再喝咖啡晚上就不用睡了）。

再看看“剩余 34 万元”那几个字，我不禁面露难色。

我心里早就明了，现在这个社会，要开拓业务不容易。

我并没有清高到“完全不需要父母帮忙”。我的父亲曾经是一家出口型民营企业的老板。但如今，他也再没有了往昔的力量。在遭遇了一连串“破位下行行情”之后，父亲的人脉和关系网也随之迅速收窄。在现今这个生存法则森严的社会中，人就是这么现实。

眼下这点剩余业务指标，换做 4 年前，父亲只要一个电话，我大概也能像诸南阳那样“业务陪着进公司”了；但是现在，这完全成了不切实际的奢望。

我依然记得，上次回家时看到的：父亲的眼神中依然闪耀他一贯的倔强和坚持；而母亲的眼神中，更多的是无奈和感慨。

暗自下了决定，接下来 1 个月内，自己死活得想办法搞定剩余的 34 万元剩余业务指标。

一边这么想着，一边将电脑关机，我离开了书桌。屏幕上，那张美丽的桌面背景,随着电脑关机而消失了。

……

我,好像正朝天躺在伦敦学校东北面大公园的山坡上。

睁开眼,不算太厚的云层遮住了天空。风,拂过我的脸庞,好舒服呢。今天的气温相当舒适,穿着撤去内衬的野外生存装躺在野外不会觉得冷,也不会觉得热。

周围响起长笛的音乐,是《圣母颂》的旋律。

悠扬的笛声随着清风,慢慢地飞扬至天际;青草沙沙的响声成为大自然的伴奏。心中,则有一股暖意慢慢地流淌着。

支起身回头看,是我的她。

她正投入地演奏着那支悉心保养状态良好的长笛,任由风将她秀美的长发扬起在空中。在她的背后,是那棵熟悉的参天大树。这个时候,天空的云层,被风一下子撕开了一道口子,阳光从缝隙中洒下,照亮了她的靓影。

那一刻深深刻进了我的心里。赶紧抓起智能手机,将照相像素效果开到最大,我成功地将那一刻定格下来。

保存完照片,我满怀喜悦地抬起头。

她冲着我微微一笑,继续动情地演奏着。

真希望,日子,就这样下去吧……

眼前的一切,突然破碎成千万片并消逝不见。

"啊!"睁开眼,我惊醒了。

梦……吗?

扭头看看时间,现在是凌晨 5:30。昨晚只睡了 4 个多小时,睡眠质量不佳。一言不发,我起身写早报。

今天我没有在家里泡速溶咖啡,而是将两小袋速溶咖啡装进了口袋里。早早地到了公司,前往电梯间,正好一大拨人走进了 1 号电梯。我往 1 号电梯那瞄了一眼,发现已经满员。

黄逍月站在很里面,但她看见了我,戏谑道:"晴空,你'抢单'失败。满员了。等下一班?"

我点点头。

电梯门在徐徐地关上,逍月好像正与身边一个女孩在聊天,那个女孩向外看了一眼。而我的目光,正好与她相会。

这一瞬间，我的瞳孔突然放大并失去了焦距——

她——

她的样子……我怎么会忘记呢！

她怎么会在这里？

刚回过神来，电梯门已经合上。无论我怎么按电梯按钮，电梯都没有停留，抛下我开始上行。

焦急和沮丧开始涌了上来。忽然想起，坐 1 号电梯的人，大部分都是我们公司那一层下的。1 号电梯是高层电梯，从 1 楼直达 7 楼，之后才是在 7－14 层中逐层停留。也许，我过会可以在我们公司那一层找找看？

几分钟后，我搭乘第二班电梯抵达我们所在的那一层。一出电梯，在公司门口，我立马开始环顾四周。

但是，再没有看见她的影子。

刚才，我看见的真是她吗？此刻的她不是应该还在地平线的彼端，继续追求着她的梦想吗……也许，我看走眼了？也许，是昨晚那个梦的影响？也许，是昨晚没休息好的后遗症？也许，是上述的所有"也许"影响集合到了一起，我出现了幻觉？

唉……

背后传来声音："晴空，傻站在公司门口叹什么气呢？"

我回头一看，是逍月捧着笔记本站在我的身后。

"没……没什么。"

"你今天是怎么了，反应这么慢？"逍月带着一丝有趣的口吻，一边推了推她三天前才新换的眼镜，"快，早会了。"

"好。"揣着一丝失落，我随着其他分析师一起朝会议室的方向走去。

临近中午时分，我放下了电话机。今早的效率和昨日完全不能比。一个早上，我只完成了 25 个营销电话的拨打。

之前我看到的，真的只是她的影子吗？这个念头，一直萦绕在脑海之中。

想起口袋里的咖啡还没有泡，于是我撕开了一袋。不巧的是，饮水机正好没水了。于是，我改去公司门口、接待处背后的茶水间去加热水。带着冲好的咖啡，我在一旁的休息处找了个位置坐了下来。

休息处的墙上有一块大的显示屏，上面显示的是股指期货的行情。待咖啡稍微凉了一些，我喝了一口。入口的热咖啡带着暖意，迅速融入了身体。有些涣散的精神，也稍稍好了一些。

“谢谢啊，那我就在休息处那里等一下她吧。”说话声出现在附近，应该是在公司门口。

“嘻嘻，她马上就来了。大家都那么熟了，还说啥谢谢呢。”这个声音则应该是公司门口的前台文丽。

没怎么在意，我继续喝咖啡。

过了 3 秒钟，我突然意识到，那个声音是——

我心跳开始加速。

从转角处，一个女孩子的身影出现在我的视野中。她身着我公司对门新证证券公司的工作装。合身的制服凸显着她匀称有致的身材，一头披肩的乌黑长发更是散发着魅力。她的手上，拿着一张包着卡套的卡，下面也有个画着樱桃小丸子图案的坠子。

她转过身。

一看清她的脸，我的视野随即定格。

巧的是，休息室的屏幕上，股指期货的 5 分钟 K 线图突然开始加速拉升，拉出了一根长长的阳线。

无数过去的幻影似乎涌了出来，同时心底里泛起一个名字——希诺。

自伦敦那次的分别，已经超过 4 个月了。但是，有关她的一切，我都不曾忘却。

我呆立着。命运在和我开玩笑吗？今天在我毫无准备的情况下，以这种形式与她重逢。

女孩似乎注意到了我灼热的目光，于是报以一丝微笑：“你好？”

是她的声音。但她的声音里，怎么带着一丝陌生？

“你……怎么在这里？”死命压住心底翻涌起来的强烈感觉，我开了口，虽然，声音还是有些颤抖。

“我为什么不能在这里？”面前的女孩露出疑惑的表情，但依然礼貌地回应道。

才过了 4 个月，就完全形同路人了吗？我的眼神黯淡了下来，轻叹了一口气：“什么时候回来的？”

女孩有些诧异地看着我：“回……来？先生，我们，认识吗？”

怎么回事？眼前的明明是她，却好像一点都不认识我？

此时，背后出现逍月的声音：“可儿，你来了？晴空，你也在这里？”

可儿？

只见可儿朝逍月走了过去，一边递过了手中的卡。

“真不好意思哟,又落下了。麻烦你送过来。”

“你呀,丢三落四的习惯真得改改呢。”可儿笑着说。

“知道啦,我以后一定多多注意啦。”吐了吐舌头,逍月笑嘻嘻地接过了卡,一边转向了我,“刚才看见你们两个在聊,晴空,你们以前认识吗?”

“可……儿?”我迟钝地吐出这两个字。

可儿摆出了接待客户时候标准的礼仪,略带微笑礼貌地自我介绍道:“你好,我叫上官可,大家都叫我可儿。”

不对,无论是姓氏还是名字,都不对。而且,从方才的对话和表现来看,她是与逍月认识,却完全不认识我。难道我认错人了?

我顿时如泄了气的皮球般无力,但基于礼貌还是回答道:“你好,我叫向晴空,与逍月同属研究部。”

“向先生是新来的吗?以前好像没有见过你呢。”边说着,可儿将头发拨到肩膀后面。

“嗯……我刚进耀光期货,才几周时间。叫我晴空吧。”虽然基本上可以确认不是同一个人,但是对着面前这位样貌几乎和希诺一模一样,声音也几乎一模一样的可儿,我的心仍然在不住地颤抖,说话也没有了往常的平静。

“那晴空,以后多多关照了。”可儿倒是显得很自然。

这个时候,可儿的手机响了。她拿起手机看了一下,似乎是有信息来。她于是对我和逍月道:“我们那里头叫我有事,我先过去了。回头见,逍月。还有晴空,拜拜。”

“拜拜咯。”

于是,可儿离开了。

我知道,她不是她,但是,实在太像了。望着她熟悉的身影从公司门口消失,似乎有种怅然若失的感觉。

而这个时候,休息室墙上的屏幕上,股指期货的5分钟K线图突然开始下挫,拉出了一根长长的阴线。

身边的逍月用手肘轻轻地把我从自己的空间中撞了出来:“晴空,干吗呢?你刚才怎么直勾勾地盯着人家可儿看呢?这似乎不太礼貌哟。”

“啊?有……有吗?”我连忙反应过来。

逍月一脸坏笑地瞧着我,瞧得我有点发毛。她推了推眼镜:“你是不是一见钟情,看上人家可儿了啊?”

“你在胡说什么……”我正色道,“你的思维发散方向偏了吧?”

“我胡说?”逍月的笑意更浓了,“好,我胡说。那你说说看,为什么这样盯着人家看?”

回想起可儿,我眼前不禁又出现了希诺的影子。希诺、可儿的影子在意识的虚空中重合起来,心不觉又一阵悸动。我喃喃道:“我只是觉得她看着好眼熟,像我认识的一个人……”

闻此言,逍月露出腿骨折断的表情:“拜托……晴空,这是什么年代了。你是不是想说她长得像你以前的女朋友啊?这么古典的搭讪说辞,亏你也好意思拿出来用……真服了你了。”

我苦笑着咀嚼现在的状态。也许,这说辞是太复古,却真实地反映了我心里的感受。她们两个,哪止是像,样貌、身形和声音几乎是一模一样。但是,我所认识的希诺姓闻;而今天遇见的可儿则姓上官……天下,真有长得这么相像的两个人吗?

也许,我还是接受“这只是个巧合”的事实比较好。

逍月笑着自顾自继续道:“看上人家就直说嘛。人家上官可儿可是对面新证证券杭州营业部的明星客户经理哟。也是我们这一楼层的一朵花。人家这么可爱,你会一见钟情也很正常呗。”

这样的对话继续下去可真是够呛。喝了口手中的咖啡,我掩饰道:“去干活了。”说着赶紧溜走了。

看我逃回营销办公室的样子,逍月笑着摇了摇头。

到下午3:00收盘的时候,我总算拨打完了当天剩余的25个营销电话。但是,有意向的客户却依然寥寥无几。

靠向椅子的靠背,我盯着天花板出神。只要一安静下来,曾经和希诺一起度过的种种,又开始占据我的思绪。虽然我曾尽力淡忘过去,但是今天与希诺长得一模一样可儿的出现,就像一把钥匙,将那一段记忆的锁又打开了。

我第一次与希诺的相逢,是在2年前。

2010年8月份的一个早上,北伦敦。我早早地坐在了小教室之中。

此前我听语言教师威廉·亚历山大·格林讲起,今天会有一批新学生加入到我们的语言班之中。

来英国之前,我的雅思英语水平是6.0,因此我7月份就到了学校,随后已经研习了1个月的IAE。正式课程开始的时间是9月份。那么今天报到的学生,雅思英语水平应该都是6.5。

回想起前一天下午……

“Rocky,你需要在口语表达上多花些功夫。”威廉的眼神中透着严厉,“我感觉你太‘害羞’和内向。你总是担心表达错,因此总是害怕开口。”

“是。”我有些无奈地回答道。那个时候,我的口语表达并不好。雅思考试之中,我写作、听力以及阅读都不错,唯独口语面试拖了后腿。

“再过1周就是第二个月的语言课程考核。我希望你在presentation这个环节上多花些功夫下去。期待届时你的表现。”威廉顿了顿,继续道,“你的词汇量其实不差,语法掌握得也算足够了。唯独缺少的是自信。”

下周五就要举行的presentation,对我而言的确十分头疼。

开门的声音。有人进教室了。我抬起头。

来者是个身高1米65左右的亚洲女孩,一头披肩的黑色长发,身穿素色的连衣裙,左手戴着一只翡翠玉镯,与室外伦敦的夏季环境十分和谐。女孩脸上只是画了点淡妆。她的眼神平和而文静,整个人给我一种艺术家的气质。她的手中提着一只手提包和一只长条形的小箱包。

女孩注意到了我,用英语友好地问道:“请问,这里是语言课程上课的教室吗?”

她的声音很好听。

我温和地回答道:“是。你是来此参加语言课程的新学生吗?”

“是。很高兴见到你,我叫闻希诺。叫我Sonya也可以。”

一个中国式的名字。我回道:“我叫向晴空,叫我Rocky吧。”

过了10分钟,教室里参加本轮语言课程的8名学生都已经到了。威廉开始上课。

“大家欢迎新人。”威廉向大家引见,下面响起鼓掌声。

希诺随后开始做自我介绍。她走上讲台,打开了电脑,点开了“谷歌地球”地图软件。在搜索引擎位置,她键入了地址。

看到她输入的地址,我顿时有些惊讶:

——杭州。

屏幕上出现了杭州的卫星图。希诺开始做自我介绍。

她的声音平稳,用词准确,思维清晰,言语不露锋芒但洋溢着一股自信。简单的自我介绍之后,她介绍了家乡杭州,一边介绍,一边将杭州如画的风景照片,展现给座下来自世界各地的同学。

她的口语水平、表达能力与在众人面前的自信,不得不让人佩服。

威廉坐在我旁边。等希诺介绍完,他微笑着说道:“美丽的新人,你可以让我省去很多功夫呢。”

“谢谢。”希诺礼貌地回答。

转过头，威廉带着玩笑的口吻对身边的我说道：“她是你的目标呀，Rocky，至少在英语口语这个领域。当然，更多领域也可以哦。”

我尴尬地笑笑，并点头。

心中，却着实有些七上八下。提升口语，真成了我一道心病。在先前的大学时代，接受的英语教学方式，并不注重口语，而只是为了应付大学英语4级和6级的考试。虽然我曾经非常努力，却仍无法弥补中国大学生这一通病。

但是，这一关，又是不得不过的——我的雅思成绩不够格，若是无法通过语言课程，将不能继续正式课程。这成了一个难题。

桌上手机响起的铃声，将我的思绪带拉回了2012年的现在。看了看来电显示，是桂老大。

# 3

# 再次淬炼

剑之出鞘,需百炼铸就。认清现实,接受现实,适应现实——这便是生存。当前的生存环境对年轻人来说并不轻松。生存,就是一场战斗。

“晴空,有个事情要你做一下了。”

“桂老师请讲。”

“这样,临时有个急事,我们几个在新昌要多待一个白天了,最快也要明晚才能到杭州。”

“那么,需要我做的是?”

“本来,我们预计是明天上午回到公司。随后的计划就是与金融事业三部的吴总一起,去一家金银首饰加工企业。我本来是要在那里讲一下套保方案的。现在我到不了了,需要你顶上。”

“啊?”我顿时有些傻眼。

“实在抽不出人了,现在我们公司能讲黄金的只有你和我。我不在,除了你还有谁?”

“可是,我……”

“晴空,具体的方案PPT,我已经做好了。过会儿道月会给你。今天你熟悉下我做的PPT。明天你的任务是:把我做的PPT方案,好好地讲给客户听,能打动客户最好,最起码也要稳住那个企业户,知道吗?”

套保方案虽然我早就在基本知识当中学习过,但具体实例,我也是前一天才在桂老大的资料里了解到。而明天一早,我就要去讲解?现在的状况确让我有些震惊。

“桂老师,可再怎么说,我也是个新人。”稍微顿了顿,我继续道,“把这样重要的任务交给我这个新人,合适吗?”

电话那一头,桂老大的语气转为诚恳:“小向,我知道,这次的确有些赶鸭子上架。但是,我相信,你有能力协助吴总拿下这个企业大户。这个企业吴总已经联系了3个月了,最近才好不容易争取到去企业直接面谈的机会,现在可谓临门一脚了。虽然有点对不住,不过这次‘助攻射门’真要靠你了。话说回来,虽然你的确是个新兵,但在推介面试那一次,你已经展现了足够的抗压能力、表达能力以及临场应变能力。直觉告诉我,你或许能像三国里的凌统一样:‘十日之内,可为都督’。[①]”

---

① 十日之内,可为都督:典故出自三国时期吴国大将凌统的事迹。说甘宁困于彝陵城中,周瑜大惊。程普曰:“可急分兵救之。”瑜曰:“此地正当冲要之处,若分兵去救,倘曹仁引兵来袭,奈何?”吕蒙曰:“甘兴霸乃江东大将,岂可不救?”瑜曰:“吾欲自往救之;但留何人在此,代当吾任?”蒙曰:“留凌公绩当之。蒙为前驱,都督断后;不须十日,必奏凯歌。”瑜曰:“未知凌公绩肯暂代吾任否?”凌统曰:“若十日为期,可当之;十日之外,不胜其任矣。”瑜大喜,遂留兵万余,付与凌统;即日起大兵投彝陵来。指人有较强的潜力和临场应变能力。

此言一出,我顿感难再推却;但是,我亦感受到了一丝鼓舞。

这样纠结的状态,又不是第一次了。

我决定了。平抑胸中涌动的气息,我回答:"桂老师,这个企业大致情况怎么样?"

"有胆识!"桂老大的语气中露出一丝满意。

……

下班前,逍月将明日讲课用的 PPT 等资料传给了我,戏谑道:"真想不到,你才进来这么几天,桂老大就把如此大任交付于你哟。"

"唉,横竖躲不过了。"我摇摇头。

"别太紧张,习惯就好。我们分析师遇到'救火'的事情那是家常便饭,得做好说走就走的准备哟。"

"是这样吗?"

逍月笑着推了推眼镜。

但是,她又叹了口气:"什么都得抓,中级分析师几乎得是全能型的人。虽然业务压力不再如助理分析师那么重,但责任与压力则大得多。这大概也是我们研究部不太留得住人的理由之一吧。"

"大家不容易呢。"

"加油。我走咯,你继续。"逍月说着离开了办公室。

这大概是我在耀光期货公司的第一次加班。

坐在公司的电脑面前,我整理着本次方案的细节。移交的资料显示,据前期吴总和业务员了解,这次的目标企业,是一家黄金白银产业链下游的珠宝首饰加工企业。对于下游的黄金珠宝首饰加工企业而言,黄金作为其主要生产成本存在,主要面临的价格风险,是黄金价格上涨所导致的成本挤压利润空间的问题。对此,我们期货公司为客户设计的方案,是买入套保:建立多头头寸,当黄金价格上涨之时,以期货部分的收益,弥补现货上的损失。而桂老大准备的 PPT 案例,就是买入套保方案。

晚上 8:00,我细读完了所有的资料。相关方案的纸制版,亦打印了 3 份备用放入了公文包。舒展了下筋骨,起身准备关电脑回家。

脑海中,忽然闪现前天桂老大曾说起的一句话:"……有时候明明是下游加工型企业,却会出现上游生产型企业的风险点。以前就出过这样的事情——我们做的方案与企业实际情形大相径庭……"

想到这一层,我立刻又坐回椅子上。

指间旋转着水笔,我继续思考着。

除了刚才那个问题以外,另一方面,现在是2012年3月份了,按照黄金实物需求季节性的特征分布来看,2月春节旺季结束后至5月劳动节旺季来临之前属于淡季。若完全按照基本面因素考虑,这段时间金价多少会有些回落,这对加工型企业而言反而是相对有利的季节。会不会,企业因此而出现采用买入套保意愿不强的现象呢?因为套保方案毕竟是要花费额外的资金成本去开展的。

一边整理着思绪,我一边双击鼠标点击开了桂老大给的资料文件夹。

晚上10:00。有些疲惫的我整理好所有完成的资料,关上了电脑离开了公司。

夜间的公司,格外的安静。对门新证证券门口的灯光还亮着。

我走到电梯间等电梯,脚边出现两份产品介绍书,于是弯腰捡起。

一看封面:《新证证券增强富财计划2012年第二期》。

我于是开始阅读。

说明书的主要内容,介绍了新证证券即将于下个月发行的理财产品。

主要指标

收益率(年化):6.5%

资金要求:20万元起步

保本与否:95%保本

赎回开放日:每月第一个周一

这个产品的构架大致与信托产品类似吗?难道现在证券公司的经纪业务如此难做,也开始销售理财产品了?

正想着,背后突然传来可儿的声音:“那个……晴空?”

我转过了身,发现捧着一大摞资料的可儿正站在我身后。她好像正在把资料往什么地方搬的样子。再细细一看,那一大沓资料正是我刚才捡到的那份材料说明书,足有一肘高。估计我捡起的那两份,就是可儿搬运途中掉落的。

“你的吗?”我示意手中的两份说明书。

“是的,刚才不小心掉了。”

于是,我将两份产品说明书,小心地放在可儿捧着的资料顶端。

“谢谢。”

“没什么。”我淡淡回答。

接下来,可儿和我一样等电梯。

深夜的电梯间里非常安静,没有其他人,只有我们两个,一个期货,一个证券——都是加班的。

此刻,我的心中七上八下。

身旁,是她“熟悉”的身影。但理智也会再一次提醒自己——她不是她。

因为背对着我,可儿似乎没有觉察到我的目光。

这种状况对我而言真有些难受。终于,我耐不住了,率先开腔,装作随口问道:“这么晚了,你还在忙些什么呢?”

“明天,公司要召集一些老客户,介绍二季度即将推出的一款新产品。”可儿目光转向手中捧着的资料,“这些要搬到顶层14楼的会议室去,明天开会时候发放给客户看的。”

“哦。”

看着她吃力的样子,心中实在有些不忍。想了一下,我伸出了双手示意要接过她的资料:“我帮你吧?”

可儿连忙推辞:“不用了,这怎么好意思啊?”

“女孩子本来就不适合搬重的东西。”我板着脸,但语气却略带点玩笑口吻,“来吧,我看你都快要‘hold不住’了呢。”

可儿顿时一愣。但当反应过来后,她咯咯地笑了。

但是这一笑不要紧,她还真差点重心不稳要拿不住了。我连忙帮手扶住了她的资料。

见状,可儿妥协道:“好吧。说实话真有点吃不消了。”

于是,我接过了资料。

可儿将手抽了回去。但就在这一瞬间,她好像碰到了什么,触电一样反应:“啊!”

“怎么了?”我连忙道。

“资料上的订书钉,手指……”好像刚才她的手收回去的时候,手指不慎划破流血了。

我安慰道:“别急,稍等。”

我用一只手托住资料,另一只手从公文包中取出钱包。用嘴巴咬住钱包后,我从钱包里变出一片创可贴来。

可儿惊奇地睁大了眼睛："你……你总是在钱包里备着创可贴吗？"

"是。"

自从那一次刻骨难忘的经历之后，我总是随身带着一些处理外伤的药。当然，在杭州，我只是随身备着创可贴而已。

"你真像哆啦 A 梦呢，总是这样有备无患？"可儿一边用创可贴包扎手指，一边问道。

"嗯，怎么说呢，以前在国外待过两年，那个时候养成习惯吧，现在也改不了。"

"吼吼。"可儿向我展示包好的手指，"真是给力的好习惯呀，值得保持下去。"

我点点头，眼神中露出一丝温和。

"今天就你一个人加班吗，可儿？"

"不是。刚才同部门的同事也一起的。她有事情，9 点的时候先走了。晴空你呢？"

"我今天倒是一个人。"

电梯来了。我搬着资料，跟着可儿到了楼顶的会议室。

推开门，才发现，新证证券的这个会议室，比我公司的那个大多了——足可以容纳百来号人。

"晴空，放那里就行了。"

"嗯，好。"我按照可儿的指示放下了资料。正打算离去。回头看看，可儿仍然在主讲台上忙活着。

停下了脚步，我远远地朝着主讲台上的可儿问："还有什么我帮得上的吗？"

"怎么好意思再麻烦你哟。不早了，你先回去吧。"

"那就是有。既然帮手，就帮到底。"我顿了顿，"做事做一半有违我的 style。"

"可是，已经这么晚了呀，你回家方便吗？"

"我回去的公交早在 9 点半就过了末班车，现在也不差那么一会儿了。"

"可是……"

"别'可是'了，早点弄完早点回家睡觉。睡眠不足是美女皮肤的大敌哦。"

夜间会议室里灯没有全开，光线不是很足，但我远远地可以看见，可儿那有些哭笑不得的表情。略迟疑了一下，她点点头，还是同意了。

随后，可儿将一些电子资料，拷入主讲位置上的电脑之中，并开始测试文件和设备。

“晴空,再帮个忙行不?去门口那边,把电闸拉上。前面的人走的时候,好像把电闸拉了。投影仪开不起来。”

“哪一个?”

“左边第三个。”

……

就这样,可儿与我,在她公司的大会议室里忙活着,为明天的营销会议做准备。而时间,则悄悄地溜走了。

晚上 11:00。

“晴空,今天要不是你,我可能到 12 点都搞不定呢。”

“小意思。”我说道,“你怎么回家?”

“附近车站,还有 11 点 30 分的末班车。”

“快点去吧,晚了就不好了。”

“嗯。我走了,拜拜咯。”她笑着离开了。

望着她慢慢走远,我回过身回家。

慢慢地走着,回想前一小时的状态,一种名为“开心”的心情开始涌上来。这种感觉,久违了。

但是,心中再次响起那个声音——她不是她。我知道,我自己也很清楚。

夜色中,我长吁一口气。

经过约 3 个半小时的车程,我会同金融事业三部的吴总、王丰裕抵达了企业。进入工业园区,在企业的会客室,我们与企业负责人开始会晤。按照昨晚的准备,我打开了桂老大事先准备的那套方案的 PPT,并开始介绍。

约 20 分钟后,我介绍完了第一份方案的讲解。

只见企业的主管——黄老板摸了摸鼻子,露出了一副不以为然的表情。

“向分析师,你刚才介绍的方案所适用的情形,与现在我们企业的实际情况大相径庭。我们这个企业是下游加工企业不假,但是现在我们企业有比较多的库存黄金——到上个月月底还有 300 千克。”他摊开了右手,“我们企业现在面临的主要问题是库存掉价风险,而你这个方案是针对进货成本上升,貌似我们企业用不着。”

听到企业老板这么说,一旁吴总的脸色顿时变了。他转头狠狠瞪了邻座的王丰裕一眼。而王丰裕则吓得脸色顿白。

到底还是出现了此前预料的状况。我平静地说道:“黄总,我们对于贵企业可能面临的各种风险,都做了预案。刚才我讲述的方案,是主要针对日常生产所用金银部分的。客观来讲,撇开库存部分,那个方案还是对路的吧?”

“是。但我们仓库里那 300 千克库存黄金你打算怎么办?”

“我们已考虑到黄总你们企业可能出现的这种状况,并制作了方案 B。”

“哦? 说来听听。”黄总的眼中重新闪现出兴趣,再次开始聆听我的讲解。

控制着合适的语速,我继续讲述:“考虑到贵企业可能出现较多的库存,担心黄金掉价而蒙受损失的风险,我们设计方案的核心思路是:以对应的空头头寸,在合适的时机建仓以对冲。”

“用空头头寸对冲这个我倒是听说过,那么你说的合适的时机是?”

“这里,我为你具体展开。”依然面带微笑,我双击鼠标点开了昨晚制作的第二个 PPT。

……

“在现代黄金的需求之中,珠宝首饰需求依然占据 45%左右的份额。而这部分的需求,是具有显著的季节性特征的。在全球黄金的总需求中,中国和印度,占据了一半以上。”边讲解着,我点开了一张印度—中国黄金首饰需求旺季的时间分布图,“1 年之中,中国和印度黄金的需求旺季,基本集中在节假日。”

“嗯,这点倒是说得没错。”黄总点头道。

“中国和印度的节假日,在几个时段,会产生所谓的‘旺季共振’和‘淡季共振’。现在是 2012 年的 3 月份了,在 1—2 月春季旺季结束之后,后面 3—5 月份正是一个‘淡季共振’。”

“那么,你说的建仓时机是?”

“卖出套保方案执行的时间点,适合选在‘旺季共振’时期快要结束,而‘淡季共振’即将开始时;买入套保方案执行的时点则完全与此相反。所以——”我略做停顿,继续道,“现在,3 月份,时间正好是 1—2 月需求旺季结束之后。这个时间点,正是针对贵企业存在的大量黄金库存,实施卖出套保方案的一个较好的时机。因为这是应对未来一个季度内,可能出现的金价格持续下跌风险的较好选择。”

黄总的脸上终于露出了赞同的表情,说:“嗯,向分析师,你说的这一点我很赞同。每年的这个时候,金价貌似都会跌一阵。这对我们企业当季度的利润影响,的确是蛮大的。”

终于打开了局面,我心中压力顿减。定了定神,我继续说道:“我们期货最初存在的目的,就是帮助企业处理该类风险。两个世纪之前,美国最早出现的小麦期货,就是为了帮助当时农民应对麦价季节性波动产生的价格风险而诞生的。这个,才是期货诞生最初的目的。黄金虽然特殊,但归根结底,也是一种特殊的大宗商品。对应贵企业在不同时段面临的不同价格风险,我们可以采用刚才的布局,进行有计划、分时段的对冲,不是吗?"

黄总意味深长地点了点头。

直到此时,旁边一言不发的吴总脸上,才慢慢恢复了血色,并对我投以满意的眼神。

……

"好,开户的事情就这样定了。后面手续、入金和具体操作这些问题,你们派人和我们这里财务部的孙会计对接操作一下。"黄总拍着吴总的肩膀。

"太好了。大家合作愉快。"吴总激动地伸出手。

看着两人握手,我松了口气。

回程的车上。打开笔记本,我在"重点事件:访问客户"那一项纪录旁,打了一个"√"。

"小向,今天真是多亏你了,我们终于拿下了这个约 1000 万元保证金[①]的套保大单!"吴总的声音中难掩兴奋,"这是我们金融三部和研究部二季度初联合作战获得的最漂亮的胜利!"

"吴总,你过奖了,这是我的本分。"坐在副驾驶的我谦虚地回答道。

"真不错。强子手下的人都是精兵强将。"

强子?稍微回神我才明白吴总指的是桂老大,连忙说:"桂老师是我们的榜样。我才刚进来,以后还有很多要向他多多学习。"

"说得好!"有些浮肿的吴总中气十足。

表扬完我,吴总将目光投向身边的王丰裕,厉声批评:"王丰裕,看看你做的好事!先期和客户了解沟通采集信息的工作怎么做的?差点害得强子他们做错方案。"

"这是我的责任,对不起。"随行的王丰裕低下了头。

---

① 保证金是期货的基本概念。在期货市场上,交易者只需按期货合约价格的一定比率交纳少量资金作为履行期货合约的财力担保,便可参与期货合约的买卖。按照上海期货交易所的规定,1 手黄金为 1000 克,非近月交割保证金比例为 12%。2012 年 3 月前后,金价位于 340 元/克左右,所以,300 千克黄金实施全额套保,其所需保证金为 1224 万元。但一般企业很少采取全额套保方式,通常套保比例为 60%-80%不等。故保证金为 1000 万元左右。

“对不起有什么用?! 今天要不是小向准备充分并多长了个心眼,这桩买卖差点就被你弄吹了。要是真那样,看我怎么收拾你!”

王丰裕如同犯了错受批评的小孩,闷坐在那里不吱声。

见状,我连忙说:“吴总,中间的插曲就不要太介意了。今天我们大家应该高兴一下,才刚打了一场胜仗,不是吗?”

见我打圆场,吴总的语气略微缓和了下来:“不要有下次了,听明白了吗?”

王丰裕迟疑了一下,回答道:“是,吴总。”

看着王丰裕的模样,我的心中暗暗叹息。

隔日早间,我继续拨打营销电话。

“晴空,桂老大叫你。”逍月叫我。

“坐。”

在桂老大的办公室里,我拉了把小号转椅,在桂老大的办公桌对面坐下。

“具体情况吴总跟我说了。”桂老大拿下眼镜用擦镜布擦拭,“听说,你自己准备了方案 B?”

“这个,是我擅做主张。”

“你这个‘擅做主张’太及时了。怎么想到把相反的方案也备份,并一道带着走的?”

“前几天,吃饭的时候,我听到桂老帅你也是这么交代庄的,所以,我就……”

“呵呵呵……”听到这里,桂老大轻轻地笑了。

我尴尬地说:“当时觉得桂老师你说得有道理,所以就留意了一下。”

止住了笑意,桂老大看着我,说:“细致入微的洞察力,足够的工作应变能力,过人的执行力。看来把这任务交给你,我的选择没有错。”

“桂老大你过奖了,这是我应该做的。”

“嗯。”桂老大背靠他那张大号转椅的靠背,“晴空,你对中级分析师怎么看? 期货中级分析师应该做些什么工作?”

略想了一下,我回答:“中级分析师,工作的深度和广度均较助理分析师要显著提升。就我所知道的,中级分析师要做几方面工作:首先,根据自己以及助理分析师协助整理的资讯,对目标商品期货品种的行情走势进行分析;其次,撰写各类实用性报告,并协助公司业务部门同事开展业务。当然,自己已经开拓的业务,也要维护。”

“协助业务部门同事开拓业务这块你说得对。这也是我们期货分析师存在的意义。我们公司的业务员平时开拓业务的方式,无外乎与客户拉关系、喝酒、送礼什么的。他们的主动性相当高。去年,好几个业务员乃至业务部经理,为了拉业务甚至出现过喝酒喝得胃出血的例子。但是面对企业客户的时候,他们专业知识却往往不够,去企业了解情况时候,不是得到的信息不充分,就是弄错了企业面临的实际风险点。这个时候就需要我们中级和高级分析师了。"

桂老大拿起他心爱的杭白菊喝了一口继续道:"昨天金融三部就出现了这样的问题。而你这个第一次出击的新兵,却发挥了超预期的效果。这不错。那么,你对行情分析工作这块怎么看?"

"分析工作,大体的框架是日常各类周期性报告,以及对于客户的操盘指导。"

"大体没错。知道日报、周报和月报之间的区别吗?"

"主要是周期不同,以及关注重点不一样吧?"

"这个只是一部分。实质上,这三种报告的内在,是大不一样的,区别不仅仅是周期。日报,注重的是短期重点资讯的梳理,以'记录型'为主,操作建议给的也主要是中短期的策略。而周报和月报则不同了。周报的内容,不仅涵盖一周的事件回顾,更要体现分析师自身对于事件的认识以及'分析逻辑',并以此对中期的行情进行持续追踪,研判后市走向。周报中的周期定义还只是短期和中期的,到了月报、季度报告和年报这个级别,则要求更加深入化,格局也更大,要求对品种的中长期趋势,进行研判——这其实和投资报告有点类似了。"

三种报告的这些区别,之前我倒是真没细想过。我认真地点了点头,说:"之前,我对这其中的区别,还真没细究过,看来回头要去补补课。"

"嗯,那是必须的。不然下周开始,黄金的周报、月报你怎么开始接手呢?"

接手?我现在一个助理分析师,为什么要写周报、月报?

"桂老师,你的意思是?"

"你转正的其他条件已经符合。这一次配合金融三部拿下了企业大单,我们研究部分得业务的30%,也就是大约300万元。今天我和头儿伍总研究过了,这里面,我们就算你完成了100万元。"

我真有点不敢相信自己的耳朵。

"那……"

"你和诸南阳,将成为我们研究部这一轮招新中第一批转正的助理分析师。"桂老大正色道,"下周一,你们两个将升格为研究部的中级分析师,并正式开展工作，当然公司的正式任命还要等下个月月初。明天开始，你不用再打电话了。”

事情真有些来得太快，我好不容易才回过神来。压抑住激动的心情，我回答：“谢谢桂老师，我一定努力做好我们公司黄金期货的相关工作。”

“小子，好好干吧。”

下午，我的座位换到了研究部内中级分析师做研究的区域。整顿好之后，我开始阅读以往的周报和月报。

心中，却仍然难以平静。

“恭喜你哟。”左侧传来道月的声音，“你真让我意外，才三周的时间就转正了，这可是创了我们这里的纪录了哟。”

伸头一看，原来我的隔壁坐的就是道月。

“我自己也没想到。”

“桂老大对你这次的表现很满意呢，他说你的临场表达能力实属难得哟。”

“是吗？”我不好意思地抓了抓头。

“其实，我也是这么认为的。”道月抬了抬眼镜，“第一次你来的时候，我还以为又来了一个把自己的简历写得天花乱坠的海归应届生。直到第二轮面试，看过你那时的表现，我才隐隐感觉到你简历上所写不虚哟。而今天，我总算知道了，像你这样进来就会演讲做报告的新人真是难得。”

“你太抬举我了。”我脸上着实有些挂不住。

道月笑着起身离开座位，去办事了。我则坐在座位上继续熟悉周报和月报。

可能因为比较兴奋，虽然今天我一杯咖啡也没喝，但是精神却着实不错。但回想前一刻道月的话，我苦笑着摇摇头。

这个世界上，“天生就会演讲的新人”，其存在实属小概率事件……

2010年8月的北伦敦。

放学了，随便在附近的炸鸡店吃了顿糟糕透顶的快餐（英国的炸鸡比起中国的简直是噩梦），我回到了homestay住所的家门口（学校的宿舍搬入要排队，我还要等两个月）。

离下次的语言课程考核还有1周多一点的时间。但是想到其中的presentation环节，我实在有些纠结。目前，我的英语口语水平，用于平时与同学、教师以及邻居交流并没有问题，但在很多人面前做演讲……我真的不太擅长,这可怎么办呢?

"Rocky,我的孩子,你怎么了?"

扭头一看,原来是邻居弗洛伊德·瑞根·李嘉图。他是一个年过半百的牧师,在学校附近的一所教堂传播福音。威廉带我们去学校周边参观的时候,我们曾在教堂遇见过他。今天,他仍然穿着牧师的服装,左手也拿着他的圣经。他的右手上,牵着他那条可爱的大狗——圣伯纳犬斯图尔特。

"没什么,李嘉图牧师。"

李嘉图牧师温和地问道:"我的孩子,在上帝面前你是不是应该诚实一点?连续3天了,我都看见你的眉头笼罩着阴影。你遇到什么烦恼了吗?"

我并不是有了麻烦就找人倾诉的类型。但是,自从到了英国以后,不知道是因为孤独感呢,还是因为我尚未走出 culture shock 第二阶段的缘故,心中的烦闷和压力都在几何式地增长。我是有点想念家人和昔日的朋友们——想和他们说话,这种感觉是从未有过的。但是,他们远在地球的另一面。就算瞅准时间和他们对话,现在我面临的问题……

想到这里,我轻叹了口气,说:"牧师,我的确有些麻烦。"

"一起去走走吧?"

李嘉图牧师正准备去附近的大公园遛狗。那个地方离学校不远,但是最近我忙于语言课程,并没有去过。

附近的居民区,除了主干道之外,其余的道路都很窄。穿过如迷宫般的居民区,走了大约1里路,眼前豁然开朗——大片的草地,起伏的小山坡,其间点缀着几颗参天大树,给人一种"草原"的错觉。

公园的步道上。

"所以,你为了下周的 presentation 而烦恼?"

"是的。"

"你觉得是自己的技巧不足,词汇不够,还是其他的什么问题呢?"

"牧师,我也不知道怎么形容。"我的脸上挂着无奈,"一般与少数人一对一,或者是较为平常的交谈,我并没有问题。但是,一旦在很多人面前,想着要正式地做 presentation,我就……"

"你就很紧张?害怕?"李嘉图牧师转头望着我,他的眼神和蔼但深邃。

"不知道,也许吧。我真的很担心下周的 presentation,要是我继续这个状态……"

牧师咧开嘴微笑了,他的牙齿很白:"我懂了。小伙子,跟我来。"

他懂了?我迷惑地跟着牧师。

李嘉图牧师将我领到了公园内的一个小山丘上。山丘上有棵参天的大榆树。

背对着大树，面对着我，牧师缓缓而道："孩子，presentation 中，最重要的组成部分，是演讲。"

我开始认真听。

"这是个简单的示范。"李嘉图牧师一边做了个手势，身边的斯图尔特乖乖地坐下了。

伦敦的纬度很高，夏天太阳很晚才下山。7:10，临近傍晚，却给人感觉像是下午。灿烂的阳光下，天空中点缀着如巨大棉絮般的白云。地平线方向吹来清风，拂过山坡上齐脚踝的草地。

李嘉图牧师左手将圣经贴紧左胸，右手慢慢抬起至空中。

"我们在天上的父，愿人都尊你的名为圣。

"愿你的国降临。

"愿你的旨意行在地上，如同行在天上。

"……"

牧师讲的是祈祷的主祷词。他声音不响却很有力，我能清楚地听清；他的语速不快却很有节奏，而且这种节奏给我一种特殊而难忘的感觉。我明显感到了一种力量，吸引我仔细地聆听下去——

"我们日用的饮食，今日赐给我们。

"免我们的债，如同我们免了人的债。

"不叫我们遇见试探，救我们脱离凶恶。

"因为国度、权柄、荣耀全是你的，直到永远。

"阿门——"

说完，牧师的右手徐徐放下。

直到牧师讲完那一刻，我都一直处于深深的震撼之中。

"牧师，这是……"

似乎明白我想说什么，李嘉图牧师点了点头，说："演讲的重点，就是把你心中想要告诉听众的内容，表达出来——并争取他们的认同。这一点，无论你是圣职者、教授、律师，还是推销员，你的听众是信徒、陪审团、学生、顾客，甚至是朋克、嬉皮士，都没有太大的差别。"

我点了点头，等牧师的下一句。

"要做好演讲，首先要做的，是直面自己的内心。如果，你不敢直面你自己心中的胆怯，并战胜它，你如何面对听众？面对自己内心的那种坦诚，才是你能够无论对着多少听众，都能够滔滔不绝的内在原动力。力量的大小，也许取决于你掌握的技巧，也许受制于你知识的广度，但首先来自信念。”

牧师的右手有力地拍了拍我肩膀，放眼四周：“当然，除了信念，你还需要一样东西。”

“是什么，牧师？”

“练习。”牧师又笑了，“这里不错。来的人不多，空旷。当你一个人的时候，你的听众只有上帝。上帝从来不介意你发错音或用错词。这时，你还有什么可害怕的呢？”

望着牧师诚恳的眼神，我会意地点了点头。

“上帝与你同在。”留下我一个人在原地，牧师牵着斯图尔特离开了。我感动地目送他们渐渐远去。

右手握紧，我下了决心。

那一天开始，每一个清晨，我都在那棵大榆树下，迎着冉冉升起的朝阳，用心地练习演讲。

Presentation 前倒数第二天。

天还没有亮。我一个人来到了公园。

到达大树下的时候，东方已经出现火烧云，再过一会，太阳就要出来了。

清晨的气温大约是 15 摄氏度，晨风吹拂在脸上略有些凉意。天上的云不多，可能又是个好天气。

再一次练习，10 分钟式样 presentation，演讲主题：Culture Shock。

我站直，双目正视前方，脸部保持放松。

手机上的软件，开始计时。

“各位亲爱的朋友大家好，我是向晴空——大家所知道的 Rocky，来自中国杭州。”（开场自我介绍）

“今天的天气真不错哟。可爱的蓝天白云，不是吗？这样的好天气在伦敦可是很难得的。愿今天大家的心情，也和天气一样好。”（用天气话题简单寒暄，消除紧张，并暖场）

“接下来，我将为大家做一场以 Culture Shock 为主题的简短 presentation。”（进入主题，此前一共用时 30 秒）

简述 Culture Shock 的定义，有四个阶段，以及其中留学生最难熬的第二阶段。（用时 4 分钟）

下一段是介绍加快度过第二阶段的一些有益的方法。（用时 2 分 30 秒）

后一段是结合自身谈谈感受并做小结。(用时 2 分钟)

“以上,是今天我为大家所做的 presentation。谢谢大家。”(收尾,按下计时器,时间停留在了 9 分 30 秒左右)

我做到了? 终于,我有些不一样了。

面对着跃动的朝阳,我深深地吸了一口气。胸中,一种名为“自信”的东西,正在一点点壮大。

心情顿时开朗了许多,转身离开,朝家的方向走。

慢慢走远的我,却又听见背后不知哪里响起的悠扬长笛声,是《梦幻》。

清晨的归途中,这个音乐给人恬静的感觉,让我心情平静了许多。

“看周报和月报看得这么投入?”逍月的声音。

“嗯?”我反应过来。

“怎么样,看完了吗?”

“大致看完了。前一阵子在老大资料里就看过一些。”

“执行力还是这么强呀。下班了。今天总不用加班了吧?”

“不用。”我摇摇头。

“说实话,你这次真是干得漂亮。”

“哪里哪里。”我谦虚道。

“嘿嘿,还是这么谦虚呀。不过,说实话这次你真的立下了不小的功劳。”

不小的功劳? 我争取到了一个大单倒是不假,但为何说立下了不小的功劳呢? 闻言我有些疑惑。

“这怎么说?”我于是问逍月。

逍月轻叹了口气,说:“最近部门里面个别同志的业务保有量下降得太快,特别是新进来的几个。这当中啊,南阳的业务保有量这几天就少了 3 成。而再过几天就是部门月末业务量考核了,你说伍总会开心吗? 他可是最关心业务量的。还好,你这次拉进来的大单补了这个窟窿,月底咱们总算是不用被扒皮了。大家都感谢你呢。”

还有这种事情啊,难怪逍月说我这次立功了。顿时有些尴尬,我抓了抓头。

说起伍总,我总算想起来了,他才是我们研究部的老总(因为平时部门内部的具体事务都是桂老大具体负责,我们都快忘记他才是头儿了)。平时他都不怎么来办公室,总是到处跑忙着开发业务。有一次开会,他还语惊四座,极大地“打击”了大家的士气:“期货研究是伪科学,凑合就行了,你们还是多给我拉点业务吧。”

还有,上次逍月曾经提起,南阳的客户主要是操作黄金期货的。最近我和桂老大对黄金的趋势判断大体上并没有出现大的偏差,为何他的客户会损失惨重？我立马觉得很奇怪,隐约觉得有些不安。

也许,有些客户真的太相信自己的“直觉”了吧。摇摇头,我这样安慰自己。

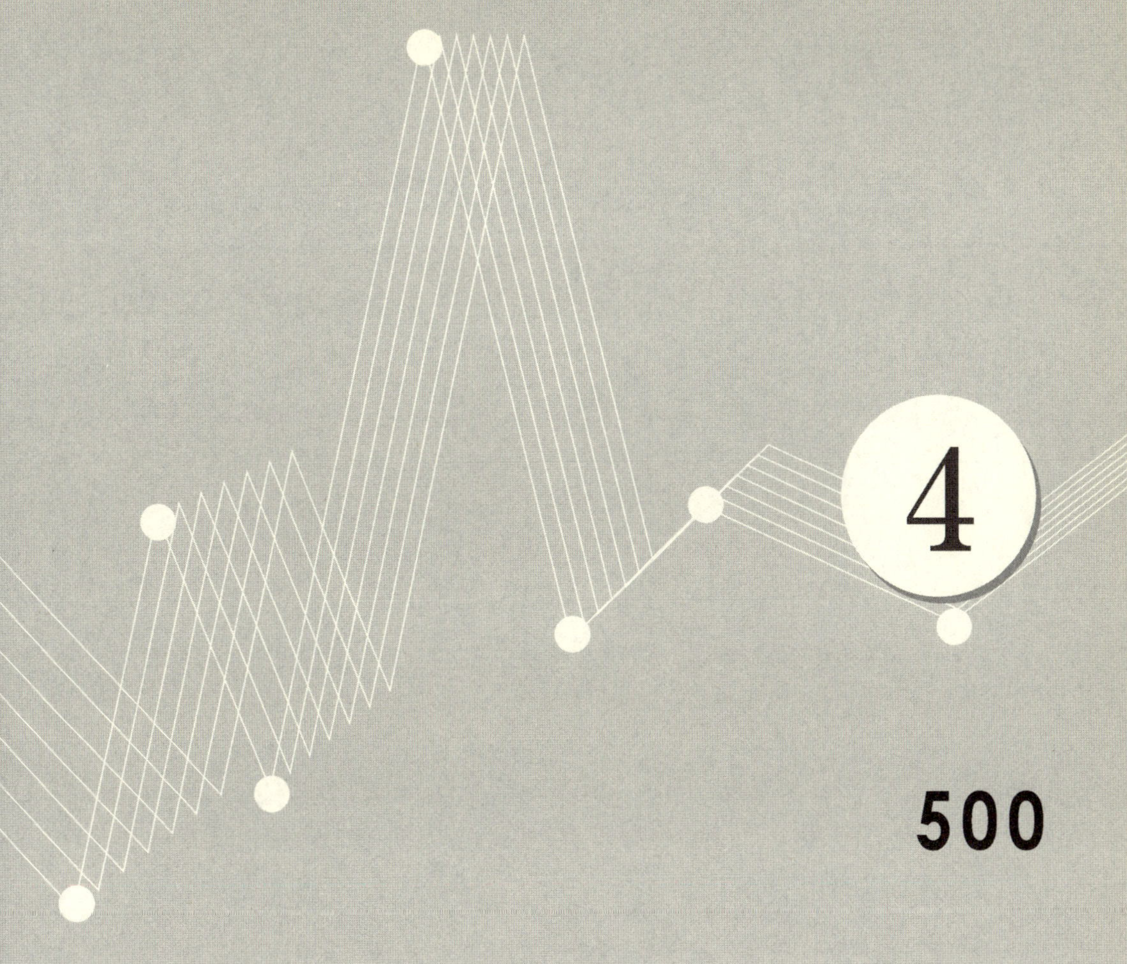


社会，就像大海；人生，总有起伏。很多时候，人会发现这样一个事实——获得微不足道的进步之后，随之而来的却往往是意想不到的大麻烦。每个人的力量都是有限的，但是，有限的力量经过全面的统筹，还是能发挥不一样的效果。

我的家,在杭州的城郊——一幢四层楼的新农村自建住宅楼。平时,因为工作,我租住在市区,只有周末才回一次家。

周五晚上,我从租住的居室,回到了家里。

"我回来了。"

"儿子,回来了啊。"母亲高兴地开了门。

"哦,回来了?"看到我,父亲轻轻地打招呼。

母亲热情地招呼我。但父亲声音似乎有些低沉,眼神比起上一次见面的时候少了些光彩。

见此情景,我不禁有些疑惑。

周六午餐的饭桌上。

"最近工作怎么样?"父亲问。

"上周刚升职了。我现在是中级分析师。工资到手为 6500 元 1 个月。下周发。"

"儿子真能干。"母亲微笑着称赞道。

我摇摇头:"和自己的心理预期相比,还是有不少距离。"

"不要心急。"父亲放下筷子,说,"这两年,大学本科生就业越来越难,连研究生和海归也不能幸免。你刚正式工作,就达到这个职位和薪资水平,很不错了,我的儿子。"

我点了点头。父亲此言不假。在前一阵子看的某机构大学生就业数据上我了解到,现在大学毕业生签约率越来越低了。

"现在工作难找,生意难做,真比不了以前了。真的,比不了以前了,唉……"说着说着,父亲叹了口气,眼中又是一阵黯然。

"你呀,怎么这个样子?儿子难得回家,又刚刚升了职,应该高兴下不是?怎么还叹气呢?"母亲一旁轻轻地埋怨道。

"欸,是啊。瞧我这……我说这些扫兴的话干啥呢。"

"来来来,儿子,尝尝你最喜欢吃的杭三鲜、钱江肉丝还有油焖笋,多吃点,啊?"

"哦……好。"我伸出了筷子。

母亲的手艺还是如以前那般好。平时住在市区,三餐总是对付着随便解决。而今天面对一桌子母亲做的佳肴,我自然顾不上形象了。

看着我狼吞虎咽,父母会心地笑了。

"儿子,慢慢吃。"母亲温和地说道。

享受了一顿美味的晚餐后，我在厨房帮母亲一起收拾。

“儿子，你放着去休息吧。难得回来一趟呢，这些活妈做就行了。”

我一边清洗着餐具，一边笑道：“好男人，就该会洗碗。而且，说到洗碗，我可是专业的哟。”

闻言，母亲轻叹了口气：“那段日子，你真的不容易。”

“都是过去的事情了。”我将洗好的盘子放在一边，继续洗碗，“现在想想，也没什么了，呵呵。”

想起今天父亲的状态，我问：“爸最近还好吧？”

“他——”母亲的身体一震，迟疑了一下，掩饰道，“没事，他……就那个样子，还能有什么事情？”

强烈的直觉告诉我，父母有事情瞒着我。放下手中的活，我靠近母亲，正色问：“妈，家里出什么事情了？”

“真的没事……”母亲背对着我，不愿意回答。

“不要瞒我了。回来的时候，就觉得爸不太对劲。告诉我，妈。”

“……”转过身，迎上我的目光，母亲迟疑了。

“告诉我吧。儿子长大了。家里有什么问题，应该一起沟通，有麻烦大家想办法。我今年 27 岁了，不是 7 岁。”

“这……”母亲有些动摇。

“说吧。前年出了那么大的事情的时候，我不是也一样过来了？”

“儿子……妈知道你现在变得坚强了许多，也……但是，这次事情，比上次……”母亲欲言又止。

比上次？

我的神色顿时凝重起来，追问道：“那更要告诉我了。”

母亲妥协了，说：“家里，快过不下去了……”

“怎么会呢？妈，到底怎么了？”

“这一切……也许都是天意吧。你出去找工作的那段时间，发生了两件事情。前年那档子事情之后，直到今年初你爸才好不容易算是把摊子收了，聚拢了剩余的 80 万块资金。在此之后，他把一半的资金拿去放贷。放贷得来的利息，补贴家用。”

我顿时心中一紧。民间借贷虽然利息相当高，但风险非常大。

“唉，这些事情最近你们都没告诉过我呢。”叹了口气，我继续问，“那最近一周怎么了？”

母亲好容易控制住情绪，说：“事情发生得太快了……先是你爸放贷出了问题。放贷的人，他的下家出了问题。这一次，不光你爸，村主任还有村里好几个因房子拆迁而拿到赔偿款的，也都搭进去了。”

“什么？”我大惊失色。

顿时，感觉脑子一片空白。平时遇到投资者，我和同事总是教育他们要注意辨别各种投资渠道的风险。而家里这摊子事情，偏偏是我们平时所认为的“最高”风险等级的民间借贷。不仅如此，现在发生了民间借贷中让人害怕的情形——资金链断裂。最糟的是，所有意想不到的状况居然一起发生。

“就这样，你爸一半的钱，就……”说到这里，母亲的声音已经颤抖，但她还是继续讲述，“另一半，你爸原打算暂时不动的。春节之后，隔壁村的三叔，来求你爸帮忙。”

另一半？不会是……还没有从刚才的震惊中完全恢复过来的我，心中升起了更大的困惑和恐惧。

但我还是努力镇住自己，说：“三叔？说起隔壁村的三叔，我好久没见他了。他怎么了？”前几年，三叔和我爸一样，也搞了家加工外贸产品的企业。但近两年中，人民币兑美元持续升值挤压利润空间，他的企业因连续亏损而每况愈下。

“你爸一开始不愿意借。后来三叔说只是应急掉个头，几天就还的。你爸心一软，就借他了。最近一周，也不知道怎么了……”母亲说着说着，激动了起来。她眼圈一红，泪水掉了下来。

“怎么了？”我继续追问道。

母亲只是呆呆地掉眼泪，没有回答。

看着母亲的表现，我的疑惑和不安更强了。

我再次追问：“到底怎么了？三叔到底怎么了？”

母亲有些失神地吐出两个字：“跑了。”

但随即，母亲的眼神中燃起异样的怒火，并喊道：“那个杀千刀的畜生，骗了村里所有认识的亲戚，然后跑了！”

喊出这句话，母亲再也控制不住自己，开始掩面抽泣。

我则僵直地呆立原地。

曾经，我们家拥有一个职工超过 400 人的企业，鼎盛时期资产曾达到 4000 万元。但是，自从 2010 年起，命运的齿轮却改变了转动的方向……2010 年，父亲的企业成为过去。两年后的今天，父亲仅剩的一点资金……一半放贷，赔了。另一半借人，人跑路了。我们家，似乎又一次破产了？现在，连日子都要过不下去了？

一点都没有真实感……

恍惚间，残存的一点理智提醒我：眼前的这份痛苦母亲已经压抑许久，笑迎着我归来已经是何等的不易；而向我讲述这一切，无异于再次揭开伤疤。母亲不是软弱的人，但是，近三年来家里发生的巨变，似乎早已超出了她的承受能力。

我迟疑着伸手将母亲搂入怀中。双眼无神地看着天花板，任由怀中的母亲啜泣着。

一种空洞的感觉，在头顶萦绕着。

许久，母亲才平静下来。

拭去眼泪，母亲缓缓道："现在，仅剩的那么一点底子没了。家里没了收入。不仅如此……十年前市区买的那套房子离还完按揭还有两年，每个月还要还 5000 块。往后这日子，唉……"

说着，母亲的情绪又开始激动。

瞧着眼前的光景，我体会到了一种前所未有的无力感。

几乎挤出来似的，我吐出一句话："妈！别急……我来想办法。"

"傻儿子，你……你能有什么办法？你才刚工作，这个家，这个担子，不是现在的你担得起来的。"

"我……等我想想。"闭上眼，转过身，我又挤出几个字，"我出去透透气，晚饭不回来吃了。"

母亲伤感地叹了口气。

就快跨出厨房门口的那一刻，我想了想，还是说了句："晚上还是回来住的，迟点。"

听到我这么说，母亲似乎有点意外。她还是点了点头，目送我离去。

头挨着公交车的玻璃，涣散的眼神投向车外灰暗的风景。就这样神情恍惚地，我又返回了市区。

回到了公司附近。

时节已经临近清明，天气以阴雨居多。下午的天空，飞着蒙蒙的细雨。我漫步在市中心的街道上，看着川流不息的人群。

走到了某家琴行的门口，不知为何我停下了脚步。

呼吸，有些潮湿的空气；

仰面，感受天上飘落的细微雨滴；

低头，看着雨点在地上的积水面上画出一个个圆圈；

眼前，似乎一切充斥着“绝望”，伴随着窒息般的难受；

思绪，随着雨点一起，慢慢地，沉淀；

心中，不断涌起各种强烈的感觉，以及昔日的光景：无论是好的，还是坏的。

虽然，这样的感觉也不是第一次了。

记得那一年——

2010 年 8 月的第三个周五上午，北伦敦。

语言课程的教室里，在我开始做 presentation 的 9 分 37 秒之后。

“以上，是我为大家所展现的 presentation。谢谢大家。有任何问题吗？”

放下讲解时扬起的双手，目光环视座下的众人，我等待威廉和其他同学的提问。

“你真让我惊讶。”威廉依然坐在第一排——和前一次一样，我的座位旁边。他继续问：“我是有叫你去想办法提高 presentation 的水平。不过，这么短的时间里，你是怎么样达到这样的效果的？难道是上帝给了你帮助？”一边问，他一边还推了推眼镜。

“算搭点边吧。”我依然保持微笑。

“真的？”威廉露出非常感兴趣的表情，“多谈一点吧，反正今天 presentation 按次序来你是最后一个，大家还有些时间。”

这是教师威廉一向来的做法：让大家分享各自的经验，尤其是有益的经验。

“好。”

花了 5 分钟，我简单介绍了那一天与牧师相遇，以及随后的经历。

“李嘉图？哈哈哈……”威廉居然笑了起来。

“是？”我一脸迷惑。

止住笑意，威廉微笑着说：“弗洛伊德那老伙计，还是老样子。”

“导师，你认识李嘉图牧师？”

“我和他在无敌号航母上一起服役的时候，估计你们还没出生呢。”

原来，威廉和李嘉图牧师曾是战友……

不由地感叹，这个世界真小。

不经意间，视线投向其他位置。偶然发现，下面座位上的闻希诺，似乎一直对我投以感兴趣的眼神。

也许，是错觉吧？

那一天，语言课程正式画上了句号。中午放学后，下午没有课程。回家的脚步显得格外轻松。经过两个多月的学习，我获得了留学语言课程优等的成绩——这意味着，我可以继续合法地在英国留学，开展 9 月后的正式课程了。我，离当时的梦想，似乎又迈进了一步。

下午 2:00（北京时间晚上 9:00），约定的时间，与地球另一面的父母视频。

"妈？今天是你上线啊？"

"是的。儿子，最近过得怎么样了？"

"妈，我语言课程通过了！我可以继续在英国读正式课程了！"

"儿子，真棒……"

奇怪的是，母亲虽然在称赞我，脸上却露出了发愁的面容。

"妈，怎么了？"

"……"母亲欲言又止，沉默片刻，她问了一个奇怪的问题，"儿子，你身边还有多少钱？"

"身边还有 1347 英镑，够用一个多月吧。怎么了？"

母亲许久，才在视频屏幕上吐出一句话："儿子，你赶快订张机票，回国吧。家里，供不起你继续读书了……"

什么？

"妈……你在说什么呢？"一时没反应过来，我不太相信自己的耳朵，又问了一遍，"你在开玩笑吧？"

露出了似乎是"强咬牙"的表情，母亲开了口："儿啊，娘知道，你读书很用功，在那边也很努力。娘实在不忍心告诉你这些，但这事情，必须得告诉你……再也拖不得了。"顿了顿，母亲哀伤地说道，"这段时间你爸的企业破产了。前几天他受不了，跑了出去……已经三天没见他人影了。现在，家里拿不出多余的钱，换英镑给你寄下个月的生活费了……"

下午的天气很好，可我却感觉像是五雷轰顶。那一刻，冲击感过强的残酷现实，不仅将我上午的好心情一点不剩地完全击碎，更是让我感觉一下子掉进了冰窟窿。

我也不知道，我是怎么样听完后面母亲那伤感的叙述的……

"唉……儿子，我和你爸对不起你呀。"母亲的声音里有些颤抖，"我们支付了学费，但是，往后还有整整两年。下个月的生活费，我真的……"

"……"我沉默着。

“儿子?”母亲见我不说话,有点慌了。

我艰难地吐出几个字:“……让我……自己一个人静一静……明天……老时间……再……联系……”

“儿子,等等啊!”母亲顿时急了。

“……爸回来了给我消息。”低头,我关掉了手提电脑的视频对话。

这是去哪里?不知道。我像幽灵一般地走着,走着。

继续走着,走着,穿过街区,沿着那条,最近我几乎每天凌晨都会走的路线……

我逐渐靠近大公园的那片山坡——大树下,我曾经每日拂晓苦练演讲的地方。

时间是晚上7:30了。但时值夏季,太阳依然老高,距离西沉,还有好几个小时——这就是高纬度的北半球温带地区的奇特光景。日光,照得我的双眼,有种眩晕的感觉。

慢慢靠近那个地方,不知哪里传来长笛音乐愈加的清晰——是《练声曲》。

音乐,依然是那样悠扬和柔美。但是,此刻的我,却一点都听不进去——

我,正挣扎在理智和疯狂的边缘——

我,呆立在树下——

过去3个月生活的一幕幕不停地在眼前变幻着,尤其是近两周以来,我每日向着朝阳放声演讲的情形。

某一刻,心中的什么东西似洪水般爆发了——

挥拳,重重地击打在粗糙的树皮上,一拳又一拳……

感受着拳头上的痛楚,却丝毫不能冲减心头的——

痛。

“为什么……”拳头依然抵在树干上,我不停地低声喃喃。

直到某一刻,仰天长啸:“为什么!!!”

保持这个姿势,我闭上了双眼,努力不让滚烫的眼泪落下来。

我一直都是个优等生。学习很努力,成绩也很好,虽然不是那么爱讲话。家境曾经很好的我,被周围的人认为是“高帅富”。但我从来不这么认为。我从不乱花钱,只是执着地追求学业。那时,我的梦想,有点土也有点直接——想读到博士。我一直没抛弃也没放弃过。岁岁年年,我不停地努力,现在,硕士的课程即将正式开展,命运却突然又给我出了一道难题……我该怎么办?

周围的长笛音乐,停了下来。

大树后面，一个手持银色长笛的女孩慢慢地走了出来。

放下拳头，我扭头向她看。

居然，是她……

希诺手持长笛，平静地看着我，说："今天，你不练习演讲，改练拳击了？"

这话说得我又惊讶又疑惑。稍微平抑下自己的情绪，我问道："你……你怎么知道我在这里练……"

"快一周了。每一天，你总是抢在我之前到达这里。当太阳升起的时候，你就在练习演讲。"一阵风吹过，希诺用手扶住了头发，继续道，"不是吗？"

"啊？"我的惊讶更深了一层，只是发出了一个疑问词。看着她手中的长笛，我忽然大悟——她难道就是这几天，我回去的时候吹奏长笛音乐的人？

"今天你怎么了？"希诺关切地问。

"我……没什么。"毕竟和她不熟悉，我不想自己的窘境为她所知。

"真不坦率呀。不过，我还真不知道，遇到了什么事情会让你这么沮丧。看样子，这次你遇到的麻烦肯定不简单。"

被她不幸言中了，我沉默着。

希诺将头发拨至肩膀后面，继续说："晴空，我看你在这里独自特训演讲提升口语已经快一周多了。我觉得，你是个执着的人。第一天的时候，你甚至可以说有点口吃。即使面前一个人都没有，演讲得依然很磕巴。但是，你从来不放弃。你一遍又一遍地练习，那么专注，总是对着朝阳忘我地演讲。一周后，你几乎快成了一个新诞生的演说家了。"

"……是吗？"

希诺微微地点了点头："嗯，你是那么专注，所以，一直都没发现，我就在树背后。没办法，每次来这里的时候，你都已经抢先迎接朝阳的升起咯，我只好静静地等你，等你练习完之后，才开始我的'练习'。"说着她扬了扬手中的长笛。

"这样啊？真不好意思……"我有些尴尬。

希诺温和地说："我相信，你花了一周的时间，能够战胜胆怯的自己练就演讲的本领，你也一定会想办法解决现在的问题吧。"

虽然只是简单几句话，希诺的关怀还是使我感到了由衷的温馨。我感激道："谢谢你。你真太抬举我了。但这次……"

希诺摇了摇头，抬起手，她对我做了一个"不要这么说"的手势。

我"这次"后面的话都不好意思继续说下去了，只好点了点头。

希诺又做了个“加油”的手势，说：“决不放弃！”说完，冲着我温和地微笑。

蓝天、白云、碧绿的大草地；大树下、清风吹起她的长发；一边用手扶着头发，一边微笑着的希诺——那一刻，印进了我的记忆中。

“好。我……试试看。”虽然，我并没有什么底气。

“这就对了，呵呵。”希诺打开箱包，把长笛放了进去，“对了，晴空。明天，可能要说再见了。”

“为什么？”我感到很意外。

“语言课程结束了，我要到其他校区去开始正式课程了。”

闻言，我心中居然浮现一丝名为“不舍”的感觉。虽然，我和她认识才不到1个月时间。

“再见咯，希望再见的时候，你已经OK。”

“谢谢你，再见。”

这一次，我目送着希诺渐渐远去。

第二天，我再次与母亲视频。

“妈。”

“儿子，今天你爸回来了。他喝得醉醺醺的，现在还没醒……”

“照顾好爸爸。还有，妈，下周开始，我想办法在伦敦找份工打，养活自己。”

“什……什么，这怎么可以……”

“这有什么不可以的？妈，这是我的决定，不放弃！”

闻言，母亲叹了口气。母亲知道我的个性——我不轻易下决定，但是下了决定后，基本上是劝不回来的。

通过学校华人辅导员的协助，我在学校附近的一家中餐馆找了份工作，在厨房帮忙刷盘子，做些其他杂活。薪资是每小时5英镑，每周工作20小时，主要是中午和晚上。

就这样，我开始了在英国打工的生涯。店里的王老板，来英国已经20年了。虽然工作时间长，劳动强度不小，但我干得兢兢业业。这一点，让王老板还算满意。

很快，一周过去了，发工资的时候，我却犯愁了。当周，我伙食以及出行花费了70英镑，租房花了90英镑，收入却只有100英镑，依然亏空60英镑。

似乎看出了我的心思，年过50的王老板刚结完账，看似随口地问我：“小鬼，会骑摩托吗？”

“会。”我疑惑地回答。

“那跟我来。”王老板把我引向店后的仓库。拉开仓库的卷闸门，眼前是一辆 Matchless(无敌牌)摩托。

“这是?”我问道。

“原先送外卖的人回国了，你愿意干这个吗？辛苦归辛苦，但收入比刷盘子高不少。”

我感激地点了点头。

“下周开始。”王老板略微一笑，扔过来一个头盔，我接住了。

仔细一看，我不禁郁闷了：白色的头盔上，喷漆涂鸦是一只“暴走”熊猫的头部……我问道：“还有其他头盔吗?”

“暂时没了，凑合着用吧。”

“好吧……”

就这样，那天开始，在业余时间我成了骑无敌牌摩托、头戴熊猫头盔的外卖骑士哥……

送外卖的工作，比我想象的要好不少。

首先，难度比预想的容易很多。英国的邮编系统相当发达。每个客户，只要知道顾客的邮编、楼层、房间号，你就可以用智能手机的地图系统直接导航到他的所在地——因此，即使是我这种外乡人，也能胜任送外卖的活。

其次，慢慢地，我发现送外卖的工作很有趣。我在学校周边的街区骑着摩托到处跑，遇到的同行，他们的造型也相当奇异：有些装扮得像牛仔，有些像嬉皮士，有些头盔的样式像星球大战的黑武士，当然连锁店的则是穿着制服……这些同行，来自世界各地，既有英国本地人，也有不少像我这样的留学生，日子久了，他们还给我起了个外号——Angry Panda (愤怒的熊猫)。我当然知道，这都是因为那个头盔……

最重要的，自从开始送外卖，我的收入高了不少。因为外卖送达的时候，顾客多少会给些小费。不要小看这点小费，积少成多，一周的收入就比之前的多很多了。终于，每周我的收入达到了约 240 英镑，总算有所盈余了……

在英国的日子，总算是过得下去了。

那一年，我就是这样，好不容易才使得自己在英国的学业得以继续。

今天，摆在我面前的，是所谓的“第二浪下挫”。

人生，某些时候往往会像分析行情的波浪理论演绎的那样。一波持续性的下行趋势来临，当你挺过了第一个下降浪之后，随之迎来的往往不是逆转型的趋势性反弹上升，而是小幅反弹后更深的第二浪下挫……

我无言地望着面前这家店铺的橱窗玻璃，却不知道怎么办。

面前的这家店，是一家钢琴琴行。透过橱窗玻璃，我看见一个女孩，正在调试钢琴。她是那样专注。

怎么觉得，她长得那么像希诺呢？不是吧，难道是可儿？带着疑问，我步入店中。

“张叔，这架三角钢琴调整好了。你检查一下？”女孩子的声音和可儿一模一样。

“哈，可儿你调整的，我放心。”店长站在钢琴旁，笑着推了推眼镜。

店长的回答印证了我的猜测，不过，可儿怎么在这家琴行里帮忙呢？

“那……张叔，我可以……”远远的，我看到可儿望着店长，眼神中带着期盼。

“当然可以，小丫头。就当测试好了。”店长笑着答应了。

只见可儿打开了钢琴的琴盖，开始弹奏。店内响起《小妹妹》的旋律。

店长发现了我，过来招呼道：“客人，你需要什么吗？”

我目光投向正忘我演奏的可儿，向店老板做了个安静的手势。店长于是会意地点点头。我则悄悄地走近可儿。

可儿弹奏的，是一首温馨的曲子。中速、柔和的旋律，让人感到宁静；而我心中的焦躁、不安，也渐渐地淡了一些。

一曲终了，我感觉整个人都平和了许多。我轻轻地鼓掌。

“张叔，你太客气了……”可儿笑着转过头，发现是我，顿感惊讶：“晴空？你……什么时候到这里的？”

“路过这里罢了，刚才在橱窗那里看见你在调整钢琴，所以进来看看。”想了想，我继续道，“真想不到，你是个优秀的钢琴师。刚才听你弹的，你很喜欢理查德·克莱德曼的曲子吗？”

听我这么说，可儿更意外了：“哟，看不出来，我们的向大分析师，还通音律呢。”

“嗯，怎么说呢，稍微知道一些吧。”说出这句话的时候，心中不免感慨。我对音乐会略知一二，都是因为希诺。

可儿露出高兴的表情。

……

“所以，你业余的时候都在这家琴行免费帮忙，只是为了在调整好一架钢琴之后，能够弹奏一曲？”

“嗯，是呀。钢琴对我来说，已经是生命的一部分了。”望着眼前的钢琴，可儿的眼神中流露着温柔，“对我来说，每一架钢琴，都是有生命的。”

“哦？是吗？”可儿还真是个充满梦想的女孩。

“嗯，我的梦想，是拥有一架属于自己的钢琴。然后，将我的琴声，传达给人们。音乐，可以给人们力量，给人们希望，鼓励人们追求，抚平他们的伤痛——有魔力的音乐，不是吗？”

“你……一直这么想的吗？”我问道。作为对门新证证券的明星客户经理，居然有这样浪漫的想法，让我倍感意外。

“嗯。生活中，我们一直都在做应该做的事情——工作、生存、奔波、劳碌。但是，要是只是为了这些而生活，那人生岂不是灰色的吗？我知道，有些人可能认为我这样的梦想很可笑，也很幼稚，但是我从来没有放弃过它。虽然现在我在做的证券，是我非常讨厌的工作，但是，我还是认真地做好它，认真地过好每一天。休息的时候，能弹奏钢琴，我就很满足了。”

可儿的眼神，温柔而坚强。

在那明亮的双眸中，我看到了熟悉的东西——梦想和决心。

她和她，对于梦想，都是那样的执着。

“有梦想，真好，可儿。”心中涌动着一丝热意，我随口说道。

转过头，可儿冲我温和地微笑。

心中不觉一震，她和她，笑容竟是如此相似！

这笑容，让我记起来了。

那一年，我曾还有梦。当时的我，虽曾深陷困境，还是走了出来。

后来，我不再做梦了，我的世界几乎天崩地裂。

又有一个声音，给我指出了方向：

“孩子，你需要力量吗？就算你失去了爱情，迷失了梦想，想想你的责任吧！责任心，还是能给你力量的！”

现在的我，就算没有了梦想，依然存在的，是责任！办法，是人想出来的！此刻，我虽然能力有限，但是，也许我可以再从哪里挤出些力量呢？

我暗暗地握紧了拳头。

告别可儿和店长。我坐车回家。

坐在公交车上的我，脑海中，不停地计算着。快到家的时候，一个计划逐渐成形。

到家的时候，已经是晚上 8:00 了。

“儿子,回来了?”母亲的眼睛红通通的。

“嗯。爸呢?”

“你爸在楼顶的阳台上。他又在那喝闷酒……”

“知道了。别担心,妈。”

看到我的反应,母亲很惊讶:“儿子,你……”

我点了点头,说:“办法,总是人想出来的。我去找爸聊聊。”

上了楼顶的阳台。地上很湿滑。父亲手中拿着瓶喝了三分之一的XO。这酒,还是昔日他曾风光时候,老板朋友送的。

无论怎么好的酒,现在,也只能拿来浇愁。

“爸,我回来了。”

“儿子……”父亲转身面朝着我。

……

“你妈也真是的,我告诉她,叫她不要告诉你。这种事情,知道了又能怎么样,还让你分心。”

“爸,别怪妈了。是我追问出来的。再说,家里有什么事情,大家应该一起想办法不是?”我安慰道。

“你长大了,懂事多了。这两年,爸对不起你和你妈……”父亲摇了摇头,叹了口气,眼中满是伤感,“但是,这种事情,真不是现在的你承担得了的。知道了又能怎么样呢?”

“爸,我想过了。现在的我,勉强能够承担吧。”我的眼中,闪耀出名为“信心”的光芒。

“你……你有什么办法?”父亲意外地看着我。

“走,下去,和妈一起讲。”

父亲疑惑着和我下了楼。

“爸,妈,现在家里还剩多少钱?”

母亲沉默了一会,说:“只有1万块不到了,这还是从一个忘记的账户中找出来的。”

“小子,你能有什么办法?”父亲还是不抱什么希望。

“回来的时候,我坐在公交车上计算过了。我现在每个月到手收入是6500块。市区的房租是每个月1000块,剩下5500块。市区那房子按揭还有两年,每月5000块,我来付。”

“什么?!”两老不禁喊了出来。父亲更是惊得脚撞到了桌子腿。

父亲反对道："这怎么行，你在市区上班，每个月口袋里只有500块，怎么过日子啊？还有，家里现在这个样子，怎么办呢？"

"算了，儿子，我和你爸想想办法，再去其他人那里借钱吧……"母亲也反对道。

"爸，妈，现在这个社会，锦上添花的人有，雪中送炭的，是小概率事件。求人不如靠自己，我不想你们二老再去撞南墙。"我的声音中充满着坚决。

顿了顿，我继续说："还有，现在家里没有了收入，我想过了。我们家在郊区，但还算是方便的区块。家里，把空置的房子简单装修一下吧，然后下半年出租出去，以后收房租，也能过日子。村里不是有些人这样的吗？"

父亲的眼神松动了，但还是有些犯愁地说："这个点子还算靠谱。但是，装修，就算简单的装修，起码也要个四五万块。家里现在只有1万块不到。装修弄好倒只要一个月就行了，但租出去，收钱，起码也要到6月以后了——现在没什么人租，是租房子的淡季啊。"

"还是我和你爸去借钱吧……"母亲说。

"不用。"我摇了摇头，"我还有4000英镑（2012年约合3.9万元人民币），勉强够了。"

"你……你哪来的这笔钱？"父母诧异地看着我。

我沉默了。

那一年……我，为了这笔钱！心中一阵酸楚，深处的伤痕又隐隐地痛了起来。

好不容易稳住自己。我继续说："别问了，反正这样，家里应该还能维持下去吧。接下来，只要撑到6月，房子租出去了，家里就过得下去了。"

父母表情复杂地看着我。许久，他们对望了一眼，然后朝我，艰难地点了点头。

"儿子，你，真的长大了。"父亲有力的大手按在我的肩膀上，他的声音有些颤抖。

我点了点头，握住了他的手。

母亲则是极度心疼地望着我："真……难为你了，儿子。"

那一天开始，生活改变了。我变成了一个，每个月的可支配余额仅为500元的白领……

5

# 十步间的策略

对现在的社会竞争，太多的人只注重结果——尤其是眼前短期的结果。这种趋向，使得很多人逾越应有的规则、自身的原则乃至不择手段——甚至，拿命去赌。赌注越大，潜在收益越高，而风险也越大。

这个社会，有人在赌，也有人“输不起”。一旦输了，这些“输不起”的人可能会放弃生命。但是——活着，就还有无限可能；活着，就是机会；活着，就是力量！

2012 年的 4 月下旬，春雨绵绵的季节。

每个月可支配资金 500 元，按照当下杭州的物价水平，我在市区生活，则几乎不得不“卧薪尝胆”了。

我并不后悔。这是我的责任，也是我的抉择。

生活，依然在继续。

不过，生活方式不得不有所改变了。每个月，手机话费需要 100 元左右。吃饭问题倒还不至于危及：因为，午餐公司发放了饭费可以吃食堂，晚餐吃省一点也就算了。早上坐公交车得改为骑公共自行车（主要是因为不用钱，权当锻炼身体）。还好我是男的，衣服买得不多。

早上 6:45，我在楼下租了一部自行车（杭州拥有公共自行车系统，租车一小时之内免费），然后骑车上班。

早上 7:15，我到达了电梯间。进入，按 7 楼。一转身，发现可儿居然就在我身后。电梯里只有我们两个，门徐徐地关上了。

“早。”可儿微笑着打招呼。

我随口打趣：“早啊，镁铝（‘美女’的发音有些类似‘镁铝’，不过我是故意的）钢琴师。”

可儿掩着嘴笑了。她靠近我小声说：“这事情别到处宣扬哦，我没让别人知道。拜托啦。”

心里不禁觉得好笑，这又有什么关系。算了，她肯定有自己的理由。

我点了点头，随口说道：“《小妹妹》弹得很好听。柔和的旋律，让人很安心的感觉。”

“嘻嘻。其实，那曲子是测试用的啦。刚调整好的钢琴，我不会弹奏很激烈的曲子的。”

是吗？还真蛮讲究的。

正和可儿聊着，才关上的电梯门突然又打开了。逍月走了进来。

“哟，早啊，可儿，晴空。”

“早。”我转过头回答。

看到逍月进来，可儿悄悄地与我拉开一点距离，说：“早啊，逍月。今天怎么这样早，你要讲早报？”

“是呀，最近在准备焦煤期货的上市材料呢。今早要做个基本背景资料讲座。”

逍月这么一提，我倒是想起来了。貌似焦煤期货预定今年下半年或者明年上半年上市。新品种上市对于分析师而言是个够呛的时期。而她,本身就是肩负焦炭、燃料油两个期货的分析的。对于我们这些期货公司的分析师而言,一个人兼两三个品种那是再平常不过的事情了。

到了各自公司门口,可儿向我们告别:"晴空,逍月,回头见。"

"嗯,回头见。"我和逍月同时回应道。

我目送着可儿进入她的公司。

"咳,嗯!"边上逍月故作咳嗽状。

"嗯?"我转过头,发现逍月居然一脸不怀好意的表情。

"向晴空'筒子',你滴今天老实交代——什么时候埋下的'抄底预埋单',还吃了个'涨停板'?你小子深藏不露啊。"

我顿时感觉莫名其妙。"抄底预埋单",还"涨停板"?她到底在说什么东西?我回答:"你乱七八糟地说啥呢?"

"哦?别狡辩了,刚才别以为我没看到。说,你什么时候给可儿送的'菠菜'?"

菠菜?我好容易才明白过来,这是"暗送秋波"的意思。这家伙,还是改不了那八卦的本性。我没好气地说:"你真想多了……"

"哼哼,你以为我换了副眼镜,就看不清了?就成'昏析师'了?快,坦白从宽!你小子能耐啊,连对面营业部之花都能暗通款曲啊。"逍月不依不饶。

此时,我有种脑门后冒汗的错觉。正想着像上次一样选择"离场"策略的时候,桂老大和伍总突然一起出现了。桂老大威严地看着我们两个,说:"还在这里墨迹什么?走,早会了!"

我一下子松了口气,附和道:"走,早会。"

逍月看着我的背影,又笑着摇了摇头。

早上晨会逍月的基本品种介绍,以及其他重点品种点评之后,伍总等到远程会议系统关闭,示意大家留下。于是,本要走的众分析师,纷纷留下了。

……

"大家必须明确,4 月份对于我们研究部,是提升业务总量重要的一个月!"伍总斗志昂扬地向大家讲述着当前开展业务的重要性。

我听着,心里不禁感到一阵无奈。我们部明明属于后台部门,但在董事会"全员营销"的方针和这位"英明"的伍总带领下,俨然成了开发业务为主的前台业务部门……环视四周,很多分析师的脸色也不太好,大家都沉默着。

"最近,有些同志的业务量下降得很快。这些同志需要注意,业务不是拉进来就完了,还要维持,最好是稳中有升!"伍总继续大声地讲着,严峻的目光扫过众人。

我看见，诸南阳咬着嘴唇，脸色有些难看。

“当然，对于个别同志上月末的突出表现，我这里还是要给予肯定的。这里，我就不点名了，大家心里清楚，希望好好看齐！”

伍总此话一出，很多双眼睛立马朝我看了过来。

过了1小时，伍总的“业务开展状况点评”短会才结束。众分析师纷纷返回自己的位置去了。

走回座位的途中，我心里真不是滋味。我就这样被拿来当“先进典型”，岂不是成了出头鸟？那些业绩完成得不好乃至没达标的分析师，会不会因此而对我心生怨恨呢？这些，着实让我有些担心。

正想着，背后传来南阳的声音：“晴空，你可真行。一个月不到就靠自己拿下了300万元的业务，我对你可真是刮目相看呢。”

我转过身。南阳站在我的身后。虽然嘴上恭维我，他的眼神却有些黯淡。

“哪里，这次这个大单，本来应该桂老大去拿下的。我这次去，纯粹就是个‘替补上场’的罢了。侥幸拿下，纯属运气。”

“你太谦虚了。能够拿下来，这一点已经充分体现你的实力了。”说着，南阳又轻叹了口气，“最近我真是不顺，业务保有量下降得这么快。真他娘的背运。”

想起之前逍月讲起的，我说：“听说，你的客户主要是做黄金期货的？”

此言一出，南阳的眼神出现了一丝异样。他略一迟疑，回答：“……是，主要是做多的。3月到现在1个月了，黄金跌了100美元/盎司，所以损失很大。”

“我和桂老大之前就分析过，2月至劳动节之前，是一个传统淡季。这段时间欧债危机很厉害，欧元对黄金拖累很大。另外，这段时间美国那头，主力资金猜测QE3猜得有点乱，波动剧烈。这段时间不太适合做多。去劝劝你的客户，最近轻仓做空，或者干脆先全部撤出来观望，比较好。”我讲解道。

南阳咬着嘴唇不说话。

见状，我非常纳闷，他这是怎么了？

过了一会儿，南阳才自顾自地说道：“我就不相信了，黄金的牛市压根没有结束呢。最近这个状态，从技术面上来看，是个很好的抄底位置。等熬过了这个月，超级大反弹就会来的。”

看样子，南阳这家伙，并没有把我和桂老大之前的黄金期货分析操作指导建议的“短期做空（做跌）”思路很好地传达给客户，而是根据他的直觉以及技术面指标的分析，继续指导客户做多(做涨)的。不幸的是，最近1个月黄金自2月28日大幅度下跌之后，又继续持续性下跌了100多美元/盎司。基于这些原因，我似乎能够理解，为何南阳的客户，近期遭受了那么大损失了。

“南阳，听我说，你还是劝劝你客户最近改方向操作吧，这波下跌还没到头呢……”

南阳甩了甩手，语气中带着一点不屑：“不必，我相信我的直觉。现在的行情属于‘平台震荡’，很快将会面临方向性的抉择。近期黄金跌了这么多，但是从资金面指标来看还是很强势。这说明，多头力量很快就会反击了。我相信，再过1—2周，黄金就会涨回1700美元/盎司。”

我还想劝，说：“南阳……”

“敢不敢打赌？不敢吗？”南阳打断了我。

我减缓语速，尽量诚恳地说：“南阳，这不是敢不敢的问题。桂老大之前给我们培训的时候，不是强调过，冷静和客观，是我们分析指导工作的基础吗？我们是在指导客户，不是在赌博斗气。我和你赌，输赢又能怎么样呢？现在这光景，业务来之不易。看看业务部的那些同事，也看看我们自己吧，为了点业务，赔笑脸、拉关系、送东西、拼酒量、写报告、做演讲、开夜车，甚至胃出血。不容易的，珍惜点吧。”

听我说了这一通，南阳沉默了。

“……等着看吧。”丢下这句话，他走开了。

我暗自叹息。心中隐约的那种不安，更强烈了。

一周后。5月8日，夜间11:30。

我神色严峻地看着手提电脑的屏幕。日K线图上，黄金价格拉出了一根令人胆寒的绿色大阴线。黄金价格再次暴跌，当日一度跌破了1600美元/盎司。这等于说，自2月底以来，黄金价格下跌了超过180美元/盎司……

从床边旧安卓平板电脑上刷新的资讯当中，我得知，当晚，欧债危机又出现了新的坏消息——希腊政局动荡和法国领导人更迭。

我知道，上述两个消息，会使得市场主要投资者怀疑，欧洲能否通过救助其处于困境经济体所需的数十亿欧元而渡过难关。如此，则欧元势将暴跌，亦会严重地拖累黄金价格。这是因为，在过去的一年中，欧元与黄金的同步正相关性超过了0.8，几乎可以说是同向性的。

手机响起。

“喂？”

“晴空,休息了吗?”对面是桂老大的声音。

“没呢,我还在看原油和黄金的跳水大赛(当晚原油也出现了大跌。其实在2012年,欧元汇率、原油、黄金价格的走势是大致同步的)。”

“好小子呀,呵呵。黄金成这熊样了,你明白吗?”

我当然明白,桂老大的意思是:黄金夜间波动如此剧烈,现在立马做一个演讲材料,明早重点点评一下。

“没问题,桂老大。”一边看着K线图,我回复道。早间讲解的PPT一般不是很多,按我的速度,20分钟内绝对能搞定,晚上用不着干通宵。

“小子哎,你也开始跟逍月、庄那帮家伙一样口气了啊?”声音中带着一丝笑意。

“嘿嘿,他们这么叫,我觉得,也蛮顺的。”这么多天了,我开始有点摸清桂老大的脾气了:他看起来很严肃,其实只要你把事情做好了,他还是很好相处的。遇到这样的上司,还真算幸运吧。

“好了。做完记得邮箱里发我一份。”

“放心,一定。”

电话挂了。我开始干活。

伴随着微弱的键盘声音,屏幕的文件中出现一行字:“5月8日,伦敦现货黄金跌破1600美元并触及1594.94美元的低位,这是2012年1月4日以来的最低点。”

次日,我起得特别早。

到公司的时候,才7:00。走到公司门前的小开阔地,看到楼下负责摆放停车牌的保安廖师傅。

“早,廖师傅。”

“早,小向。你们做分析师的都来得这么早吗?”

“是啊。”

昨晚,天气一度和黄金的行情一样凶猛,杭州下了大雨。晨间的路面上,零星点缀着一个又一个的水洼,像镜子一样反射着天空的景色。廖师傅弯腰将一个个不锈钢的“禁止停车”的三脚架牌子,放置到公司门前那些车位上。

我知道,那些车位,是给大楼里那些公司的领导预留的。

廖师傅摆好一个牌子,从容地直起身,抬头看了一眼天空。

这一看不要紧,他突然脸色大变,慌张地朝我喊了起来:“小、小向,你快看上面,楼顶上有人!”

人？我随口回答："是外立面清洁工吗？"

"不是，好像是个年轻人，坐在楼顶上，一副想不开的样子……"

我猛地意识到不对，立马仰起头向上看。

好像有个年轻人，坐在楼顶的边缘。

这人，怎么瞅着有点面熟？好像是——

廖师傅急忙抓起腰间的对讲机："丁头，丁头！我是老廖。快派弟兄上楼顶看看，好像有个小伙子要想不开……"

我撒开腿冲向电梯间。起跑的时候，发现身边已经有不少来上班的人，都仰着头向上看。隐约间，我好像瞟到了庄、逍月和可儿的身影。

顾不得这么多了。我刚冲进电梯间，四个保安也跟着进来了。

到达顶楼。几个保安立马向楼顶的方向冲过去，我刚想跟着去，其中一名立马阻拦我："喂，这人命关天的事情你就别凑热闹了吧！"

"拜托，让我过去看看。"我急忙恳求道，"那个人好像是我们公司的同事。"

"哦？你确定？"拦路的保安松动了一下。

"让我过去看一下，我不是来看热闹的。"我的语气中充满了焦急和恳切。

保安略一迟疑，拿起对讲机和其队长联系了一下，随后，对我做了个手势：去吧。

一出门，就看到两个保安，向着那人慢慢靠近。那个人坐的位置相当不好，是一个犄角位置。这个位置，两侧都看得清清楚楚，若保安想偷偷地潜过去制服他，几乎是不可能。

"退回去！再过来我立马就跳下去！"那人看到两个保安慢慢地靠近，立马警觉站起来，大声地吼道，作势要跳下去。两个保安见状，不得不后退了。

那人的声音，那人的样子，印证了我的猜测。

是诸南阳。

我慢慢地靠近。约十步距离的时候，南阳又喊了一声："我说了别过来！"

我大声叫道："南阳！"

听到了我的声音，南阳转过头来。

看清了他的眼睛，我吃了一惊。那真的是活死人的眼睛。才过了这么几天时间，到底发生什么事情，让他变成这样？

平稳自己的心情，我大声喊："南阳，你先别冲动，有话我们好好说。"

"晴空？你来了？呵呵……呵呵……呵呵呵呵……"瞅着我，他居然开始冷笑起来，那声音听起来阴阳怪气，令我毛骨悚然。

突然，他停止了笑意，低声道："你赢了。"

"我……我赢了什么了我？"

"上次，我不是说，我们赌一把吗？你最近不是一直看空黄金，我赌的是黄金即将迎来技术性的大涨吗？"南阳垂下了头，"事实证明，你赢了……"

我无言地看着南阳。脑子当中忽然闪过了一个念头，现在和他继续说话，可以拖住他——他不至于马上就跳楼。另外得想办法靠近他。

一边这样想着，一边假装和他争论："我上次就说过，这种输赢是没有意义的。我今天正确了，不代表以后我每次都正确。如果你为了这么点行情判断对错就寻死，是不是太不值得了？"

南阳摇了摇头，抓了抓自己的头发："如果就为了这点胜负，至于吗？我现在……输光了，全输光了……"

"这种事情，输了就输了，想开点……"边说着，我悄悄地向前挪了半步。

"想开点？想开点？我怎么想得开？我输掉了一切……都是因为我，都是因为我该死的直觉……我该死……"南阳无力地站了起来，目光投向楼下，楼下发出一片惊叫，很多人以为他要跳了。

见势不对，我连忙将话题接下去："不至于吧，除了判断失误，你还输了什么？"

"我不想说。"南阳别过头。

"到底为了什么，你连命都不要了？"我又悄悄地向前挪了一步，现在离他还有八步半的距离。

"……"南阳沉默了。

"南阳，你今天连死都不怕了，还怕说出来吗？"我换了一种方式，继续说，"说说看，好歹大家同事一场。而且，我在这里，又不是来害你的。"

"……"南阳抬起头盯着我。

这种眼神，不同于两个月前，桂老大那种威严但有些试探性的眼神；这似乎是一头垂死的狼才有的眼神。他的眼睛隐约泛着红光，像是整整一夜没睡。

从刚才的对话，我听得出他的声音有些嘶哑。我心里暗暗忖度，南阳在楼顶的时间可能不短了，体力应该消耗很大。而严重的体力消耗，会弱化人的精神。现在就算南阳看似很顽固，但说不定时间一久，也会松动。

我一边想着，一边坦然迎上他的眼神，诚恳地问道："说说吧。反正又没什么坏处。"

良久，南阳才再次开腔："200 万块，今天，大概会一个子儿都不剩了吧……运气好点，到 9 点开盘，强行平仓之后可能会剩下几个零钱吧。”

“你……你的客户，昨晚还是捏着黄金期货的多单？”

“从未平仓过。”

我不禁有些无奈：归根到底，南阳都不愿意听从我和桂老大这段时间持续采用的黄金期货操作策略，成了“死多头”。从 2 月 28 日至今，国际黄金价格持续大幅下挫了 200 美元/盎司左右，若南阳的客户一直持有多单，的确今早将不可避免地迎来爆仓后公司执行强行平仓的命运。

“所以，你觉得，你对不起你的客户？心痛，内疚？”我一边继续问，一边又悄悄地靠近了一步。

“这都是我一手造成的祸……”南阳苦涩地摇了摇头。

“南阳，你的心情我懂。我们的策略也不是每次都正确的。客户跟随我们的策略、方向做反而蒙受巨额损失的事情，也不是没发生过。现在，你的客户的确会很难过。我也为你的客户感到遗憾。但是，为了这个失误，你也用不着‘以死谢罪’啊……”

“不！我该死！我亲手造成了这个灾难，我该死！”南阳突然激动起来了，粗暴地打断了我的话。似乎发现了我已经靠近了些许，他顿时警觉起来：“你不准过来，你再过来，我立马跳下去！”

“好，我不动，我不动。”不敢再继续往前挪动，我接着说：“我看，你也别太在意了。我们当分析师的，说白了，主要还是给客户指导的。指导得不好，的确是我们的责任。从这点来看，我们分析师和客户，就好比老师和学生。老师没把学生教好，学生失误闯了大祸，老师的确是该负责任。但是也没听说老师要为此去死的。”

南阳再度转过头，说：“晴空，你说得很对。不巧的是，我就是那个学生……”

那个学生？难道——我忽然有点嗅到“更严重”的事情的味道。猛地，我明白了——

“你代客户操盘？这可是……”

“你想说，这可是违反公司规定和法律的是吧？”南阳站直了身体，作势准备跳下去，“无所谓了，无所谓了！”

一看这情形，我连忙说：“喂！你要死也得先告诉我，到底是怎么回事情比较好吧？南阳，相识一场，你告诉我，到底是怎么回事情？!”

“有意思吗？”南阳轻蔑地说。

南阳的这种态度令我相当不爽。心急之下，我冲口而出：“你想死，这对你当然没意义；但是对我，当然有意义。好，你现在不告诉我真相。难道，我要等你挂了以后，去你家灵堂里找你爸问是怎么回事情吗?”

但此话一出口，我立马就后悔了。万一他恼羞成怒真的跳下去怎么办?

意外的是，南阳居然迟疑了。“爸……”他一边低声地自言自语，一边咀嚼着我刚才的话。

似乎，他很在意他爸?

这么想着，我又悄悄地挪近了一步。

“喂，南阳，告诉我吧，到底怎么回事情。”我伸开了双手。

“算了……反正，就算告诉你，已经发生的事情，也不可能有丝毫的改变了……”

“你说，我听着。”

“那200万块，不是别人的，是我爸的。是我自己，迷信自己所谓的直觉，迷信自己的分析技术，坚持做多黄金，才会有今天这样的下场……”

“啊?”虽然，这段时间我就隐约感觉到事情有些不对。但当南阳亲口说出真相的这一刻，我还是震惊了。

南阳用低沉而沙哑的声音，简单叙述了经过。两个月之前，我和南阳刚进入这家期货公司的时候，公司要求我们每人必须完成拉进100万元业务的指标。诸南阳的父亲为了帮助儿子完成业务指标，转正成为正式分析师，就将自己企业的运转资金几乎全部抽出，用一个朋友的名义开了户并转入。两个月以来，南阳亲手操作着这个账户。自3月到现在，南阳一直重仓做多。不幸的是，这段时间黄金却大跌了超过180美元/盎司。期货黄金的保证金比例是12%，这意味着，9点一到，他父亲的200万，就会在强行平仓之后，瞬间损失殆尽……

除了感慨和郁闷，此刻我不再有其他的感觉，不禁用右手敲了敲脑袋。南阳的这段经历，几乎是1995年英国巴林银行倒闭事件的微缩翻版……

他的确错了，一开始就错了，错误的严重性可谓无以复加。他父亲也错了，这种做法，是不可取的。

但是，我能说他们错了吗?他父亲，为了儿子的工作，不惜投下如此血本；而南阳，现在都已经站在了生与死的边缘……此刻，对与错，还有什么意义呢?还有，现在这个社会，哪个人没做过一丝半点逾越规则，甚至原则的事情?就连我自己……

那一年的事情，我也……

想着这些沉重的问题，我一时说不出话。

“我说完了……你满意了，晴空?所有的事情，都无所谓了。如果没有什么别的事情，那么，就来生再见了……”南阳整了整衣服。

心中暗叫不好。从上来到现在，我已经依次采用了拖延、开导、沟通、倾听四个措施，可是他依然要寻死，怎么办？

南阳缓缓伸开了双手；身后传来一阵惊呼。

不是这样的……

不是这样的……

不是这样的！

那一年，虽然我也曾经做错了，我一度也逃避了，但是到了最后，我选择了面对！

在南阳闭上眼，准备跳下去的紧急关头，我狠狠地骂了一句：

"Coward!!（懦夫）"

听到这个词，南阳先是一愣，随即转过身来。

我接着骂："你这个懦夫，南阳！"

"我怎么成懦夫了?! 现在，我连死都无所谓了，还怕什么？"

"不怕死就能干了？在我看来，你怕，你从心底里害怕！"

南阳的眼神中喷出了愤懑的怒火，沙哑着吼道："你给我说清楚，我到底怕什么?!"

我抬起右手，指着他骂："你怕面对！"顺着这势头，我走近了两步，距离他还有五步左右。

"我怕面对，我怕面对什么了，啊?!"

"你怕面对自己犯下的错误，你怕面对周围人的看法。"顿了一顿，我加重了语气，"你最怕的，是在这件事情发生之后，如何面对你父亲！"

南阳眼神黯淡下来，气势也一下子弱了大半。

"我是对不起我爸……我爸的企业现在很是艰难，他还是想办法筹集到资金，支持我这份该死的工作……这笔钱，几乎是他现在所有的流动资金……因为我，没有了！"南阳声嘶力竭的声音中，慢慢出现一丝哭腔。

我之前猜测的不错，他真的很在意他父亲。接着他的话题，我继续说道："那么，你还要让他更惨吗？"

"更惨？我这个作孽的儿子，就这样死掉的话，我爸就应该会解脱了吧……"

"解脱什么？"

"我很小的时候，父母就离婚了。我跟我爸过。我一直很黏着我妈，父母离婚，对那时候的我来说几乎是一场灾难……那时候开始，我就很任性，不听我爸的。后来，我爸再婚了。我更觉得，自己是没娘的儿子……"吸了吸鼻子，南阳声音哽咽了，"回头想想，其实爸一直待我很好。他不怎么多话，但我想要的，他都会默默地满足我。母亲为了和我爸争夺我，高中毕业的时候，鼓动我去英国留学……我爸想尽办法，送我去读书。我以为，我留学过了，牛叉了，回来能够大干一场，闯出样子来了。结果，我的自负，仅在两个月之内，就把我爸拖进了深渊！”

说完，他右手掩面不出声。

我同情地看着他。

眼前的事实是，另一个曾经的“高帅富”诸南阳，现在也沦落到了如此田地——

扭头，我发现，身后十步开外直到通道门口处的人多了一些：保安的数量已经增加到了五个，逍月、庄……还有可儿，都在。人们出奇安静，没人发出声音，似乎都在听刚才我和南阳的对话。

我和他们的眼神交汇了。视力很好的我，看见了那一双双会说话的眼睛，似乎正在对我说：

——救救他！

我对他们几个做了个手势，并点了点头：

交给我吧——

转过头。

南阳叹了口气：“晴空，你可能说得对，我就是个懦夫……”

“我不是说过了吗？你还想把你爸害得更惨吗？”

“都这样了，怎么可能更惨？我死了，我解脱了，我爸也就轻松了，不是吗？”

“未必。”我减缓了语速，但是加重了语气，“你以为，你从这里跳下去，问题都解决了？”

“我不知道……”

“那么好，我现在让你知道。”顿了顿，我掏出了手机，“诸南阳，现在，我们就你的策略：跳楼，进行效果预测！”

南阳奇怪地看着我：“你瞎扯什么，这又不是资产管理业务的量化模型，怎么做盈利能力回测？”

远处的众人，对我的行为也感到莫名其妙。

“假设，这个手机是你的脑袋。现在，看清楚了！”

不管周围人的目光，我举高了手机，松开了手指。手机砸在了屋顶上，一下子散开了：屏幕裂开，电池盖飞出，电池弹出——

一看到手机散架成这个样子，南阳吓了一跳，双手甚至出现了想抱住脑袋的动作。

“这只是第一种结果，当场死亡。这种结果的后续影响，你死掉了，你爸什么都没有了——不仅如此，五六十岁的他，还得承受丧子之痛！你不是说你爸待你有多好吗？那么，爱有多深，痛就有多深！你将让你爸的余生，在煎熬和痛苦中度过……你觉得，这是不是太残忍了点？”

南阳抬起头看着我，迷茫地问：“会……这样吗？”

我点了点头。说了这么久，口干舌燥，只好努力地吞点口水润润嗓子。我继续说：“这还是简单的第一种结果。还有第二种结果和第三种结果。想不想听？”

“……说说看。”

“第二种结果，就如同这手机一样，别看现在摔得散架了，万一没完全摔坏，还能修好呢？我的意思是，万一你跳下去没摔死，只是摔残了呢？这种概率比较小，但也不是说不可能。这当中，最糟糕的是，你跳下去，摔成植物人。那么，从此以后，你会真的拖累你的家人，你爸，你妈，也许你的后妈也是！你们家可能会变成大家在电视新闻上偶尔看到的那种，家里穷困潦倒，却有亲人重病缠身的例子。你想要变成这样？”

“这……”南阳张口结舌。

见他动摇得更加厉害了，我又走近了一步，说：“你是有脑子的人。你说，刚才我分析的那两种情况，是糊弄你的，还是真会发生的？”

南阳的脸上明显地犹豫了。

良久，他问：“最后一种结果是？”

“第三种结果，你坦然接受已经发生的一切，正视它，好好地活下去！已经失去的，回不来了；可能，你还会失去现在的工作。但是，你爸不会因此而失去你，你也不会失去人生！因为，只要还活着，你就还有未来！”

“未来？我还有什么未来？”南阳仰望着天空，苦涩地说道：“好好的一个家，因为我，到了这般田地，我还有什么脸，面对我爸？”

“你以为，你亏欠你爸的，就只今天这200万块钱？”

“什么意思？”

“你想知道你已经欠你爸多少？我今天来帮你算算。咳，嗯。”喉咙真的有点干了，我继续说，“我们从你高中开始算起吧。前面的不是很多我们就不算了。你告诉过我，在英国读了三年半大学，然后去香港又读了两年硕士，我没说错吧？”

“是。”

“你在英国，本科预科连同本科三年，一共四年，年均生活费加学费在 30 万元左右，那就是 120 万元。后面，你又去了香港读了两年，每年 15 万元，那么一共 150 万元早已扔进去了。我这么算，还没考虑你在那里有没大手大脚，有没给什么美女买奢侈品，或者去哪里远途旅行。这也没算一年中来回几次的机票。此外，也没算利息。”

南阳那有些泛红的双眼睁得大大的。

“清醒点吧，诸南阳。你早就欠下了那么多债了。只是，以前你一直都没在意罢了。而这一次，你也只不过把欠的再翻了一倍多而已。按照现在我们的收入，你工作到 2046 年都还不起！而且，这只是你欠你爸金钱上的部分。我还没算其他的呢！”

深吸一口气，提高音量，也加快语速，我大声喝道：“南阳，你真想还债的话，敢不敢像个真男人一样，去打下自己的一片天空？今年你还没到 30 岁，你才刚刚毕业，人生才刚刚开始。你够胆吗？回答我！”

南阳闭上了双眼，握紧了双拳，伫立着。我看见了，他在颤抖。

此刻，他正在艰难地做出抉择。

拉近了最后的几步距离，我走到了他跟前。

心中，闪过一个念头——

一把把他拖倒，为后面的保安过来帮忙争取时间。

但是，我没有这么做。

南阳深吸了一口气，睁开眼注视着跟前的我。

一个令我欣慰的状况出现了：虽然我已经靠近到他的跟前，这次他却没有动。

带着最诚恳的态度，我再一次迎上他的目光。

“南阳，活着，就是机会。给自己一个机会吧！”

我一边肯定地点了点头，一边伸出了手。

雨后的第二天的天空，如同被洗过般干净；城市的上空，巨大的白云静悄悄地飘着；微风，吹拂着脸庞和头发；早上 8 点多的阳光，已经洒向人间天堂的大地。

终于，我满意地感觉到，另一只手，有力的抓握。

“晴空……这次是我欠你的。”

“别这么说。”

事情告一段落，楼顶的人们渐渐散去。我蹲在地上，收集散落的手机部件。

就在刚才,我情急之下不得不牺牲了这只曾跟随我漂洋过海的手机。事情一结束,心里不免难过。

当初,那张照片,就是用这只手机拍摄的。照片依在,而手机,成了这样……现在,我每个月可支配的余额只有500元,还是拿去试着修修看吧?一边捡起了手机机身的主体,我一边想着。

一边,有人递过来手机的电池。我抬头一看,是可儿。

"你有一只'最美'的手机哟。"

我苦笑着,接过了电池。因为蹲着,所以我仰望着可儿。从下往上看,配合阳光照下来时的角度,微笑的她给我的感觉就像天空的女神。这幅画面要是能够拍下来,一定很美。可惜,这一次,手机已经阵亡了……

另一边,庄递过来半个电池盖,说:"看来以后,你得拿什么固定一下了。有点摔破了,你瞧。"

"好吧……"我略有些无奈地接过少了小半片的电池盖,并站起身来。

组合好所有找到的零件,我仔细检查了下。除了手机电池盖子少了一小半以外,其余的东西都找回来了。但是,手机触摸屏碎裂,暂时是不能用了。

忽然想起一件事情,我不禁喊了出来:"糟了!早会……"

可儿歪着头,问:"你今天要讲早间策略吗?"

我有些无力地点了点头,现在都已经快9点,马上要开盘了。这下,估计桂老大那边要挨骂了……

"慌什么,刚才那么英勇冷静沉着,现在一个早会都把你吓成这样。"逍月倒是很淡定,说,"早半个小时的时候,桂老大就和我联系过了。他打过电话给你,不过你手机砸了当然也就打不通了。我告诉了他这里的事情,他就说由他来接手今天早上的点评。你昨晚是不是已经把备份的PPT发他了?"

"是。"

"所以呢,淡定,安啦安啦。"

原来是这样啊,我这才松了一口气。

看着我如释重负的样子,逍月笑着摇了摇头。

三天后,诸南阳离开了公司。根据桂老大的临时安排,他的宏观研究由我暂兼。那一天,前三批次招聘的分析师,只剩下了我一个人。

# 6

# 那些曾经的理想

成长的道路上，每个人都曾怀抱理想。

社会的浪潮洗刷着每个人的人生。岁月飞逝，有人实现了理想，有人仍然在追求，有人——放弃了。无论曾经的理想如何，回忆自己当初执着追梦的那段岁月，就像低潮时的一杯热咖啡，温暖心田。

当年华逝去，你是否还会记得当初的理想？

# 6

我似乎……赤脚站在彩色的防滑垫子上。

这里似乎是……大学时代的体育馆。

我身上的跆拳道服，亦早已浸透汗水；崭新的黑带，系在腰间。黑带之上，绣着我的名字“向晴空”和“一杠”（黑带一段）。

哦，我记起来了——我刚刚经历了跆拳道升级考试。

在这个校体育馆里，我到底洒下了多少汗水，早已记不清了。训练是乏味而艰苦的，尤其是柔韧性训练，拉韧带的痛楚还真是有点难以忍受。拉开了韧带以后，还有体能和技巧的训练。完成上述内容后，还要进行实战格斗训练。

一开始，校跆拳道俱乐部有 20 多个会员，不少男孩和女孩。可到最后，只剩下我和同寝室的其他三个弟兄。一个跆拳道练习者要得到黑带，需要从白带级别开始，经历白、黄、黄绿、绿、绿蓝、蓝、红，然后到达黑带。

五米开外，眼前个头不高但是黝黑敦实的山东硬汉，是我的教练，我的考官——袁教练。袁教练平日以“铁血”著称，他对我们几个要求很严格。对我，他更是“格外关照”，除了跆拳道之外，还教我了擒拿——这种实战实用性更高的武术。

“晴空，恭喜你，经过今天这场考试，你已经是黑带一段了。”袁教练站在我的面前，紧了紧他身上跆拳道服，正了正他那条绣有他名字和“三杠”（黑带三段）的黑带。

“谢谢你。教练。”

“你们四个，没让我失望。说实话，看着之前的情形，我还以为这一期一个黑带都出不了呢。”

是的，我们做到了。成功的喜悦，让我们同寝室的几个哥们自豪地挺直了腰板，脸上露出会心的微笑。但是，望着眼前的教练，我心里却有一丝不舍。由于参加的人数不够，活动经费不足，俱乐部下期停办了。

我们很快就要和袁教练分别了。

“行啊，你们四个臭小子，居然挺过来了……还算有点出息。”袁教练咧开嘴笑了，在他黝黑皮肤的映衬下，他的牙齿显得很白。

“小鬼们，记住了，追求的道路，注定是荆棘满途的。你们身上的黑带，凝结着你们付出的汗水——算是纪念你们曾经付出的徽章吧。黑带不是终点，而是一个新的起点：黑带还分为九个级别。我不知道，从此以后你们是否会继续练习武术，练习跆拳道；但我衷心希望，你们不要忘记了这段岁月、这种心情和这份感觉。祝你们好运……”

我的视野逐渐清晰……这是,市郊家里的天花板。

近半年来,我似乎又回到了“爱做梦”的时代。

只是,这一个个梦,越来越多的,都是过去的回忆……

自己,为什么变得越来越爱回忆了呢?

疲倦地支起身体。扭头看了看时间。2012 年 5 月 13 日,早上 9:00,周日。

家里空置房屋的出租装修,4 月底的时候就已经完工了,目前一直处于开窗换气阶段。部分意向客户也联系到了。我们家将在 6 月份迎来第一批租客的入住。

院子一侧是我家的车库。里面,停着那辆我爸在两年半前,企业依旧存在时购买的 SUV——宝马 X6。

这辆车,价值 196 万元,似乎象征着父亲昔日的辉煌。

它依然被洗得干干净净——我知道,前天父亲又亲自把它洗了。

我默默地注视眼前这辆豪车。虽然,我早已学会面对现在种种紧逼的现实。但想起往昔家里的光景,我仍然不禁感慨。

“儿子? 你在这里干吗?”

身后响起母亲的声音。

“妈?”我转过身,“没什么,看看它罢了。”

母亲的目光也转向这辆车,轻轻地叹息:“唉,别看了,儿子。现在,这车也只能放这里当摆设了。”

“我知道。我们家现在根本没有余钱去开动和养护它了。”摇了摇头,我转过身,问,“爸就没有想过,把它卖掉,周转一下吗?”

“唉……即使,家里一度要支持不下去了,你爸也没有放弃这部车,没有动要卖掉它的念头。”

“为什么?”

“在一起那么多年了,我何尝不知道你爸的心思。虽然现在他几乎输得一败涂地。但是他做梦都还想着有一天东山再起。”母亲也抚摸了车的引擎盖,“还记得你爸的‘名言’吗?‘宁可睡地板,也要做老板。’而这辆车,就是你爸的老板面子。他还说,要是走出去没这辆车,那些老板朋友理都不会理他,日后生意怎么还做得起来……你知道的,你爸,就是这种脾气的人。”

我沉默了。

父亲,至今仍未放弃。

这辆宝马X6,代表着父亲绝不放弃的梦想,也代表着父亲那最后仅存的、民营企业家的骄傲和自尊。

但是,这种坚持,真的是对的吗?现在的我,并不知道……

见我神色有些黯然,母亲扯开了话题:“今天是休息天,儿子你打算干吗呢?”

“过会,我去市区一趟。”

“知道了,这个给你。”母亲递过来一张银行卡。

“这是?”我疑惑道。

“家里装修完了。上次你那些英镑,共换回39800块。家里出租装修花掉了38300块,这卡里还剩下1500块。你拿着用吧,儿子。”

“怎么会?前段时间做预算的时候,明明还差1000多块,现在怎么反而有多余了?”我非常惊讶。

“你忘了你妈是做什么出身的了?我可是做了超过20年的老会计,自然有办法。”母亲笑道,“别告诉你爸啊。我把装修用的复合木地板的规格,从你爸要求的8毫米厚,悄悄地换成了7毫米的。你爸也真是,出租装修用的又不是自己用的,干吗用这么好的。”

“呃,不、不是吧……”母亲居然使出了“偷工减料”的绝招……

母亲继续说:“再加上,后来我又和那个老板杀了半天价。最后,好不容易省下来了2500块。”

姜,还真是老的辣。我心里不得不佩服。

但是,想想家里的状况,我还是摆了摆手,拒绝道:“这怎么行,家里还要开销呢。而且,下个月那些租客什么时候来还不知道呢。”

“拿着吧,儿子。”母亲把卡塞进我的手里,“你长大了,得像个男人了。现在男人的钱包里,没有个1000块钱怎么行?”

“可是……”

“你已经做得很好了,家里最糟糕的状况,都因为你的努力而挺过去了。以后,不要再这么委屈自己了。放心吧,现在这个状况,你妈还能应付。下个月租客来了以后,状况会好很多的。乖,听话,拿着。”

“谢谢妈……”带着一丝感动,我还是收下了卡。前几天付了修手机的钱之后,口袋里,现在只剩下94元3角。距离发工资还有8天,我真的快“hold不住”了。另外,现在每个月可支配“流动性”资金只有这么点,我也不敢随便刷信用卡……

“谢什么,这本来就是你挣来的钱,傻儿子。”母亲笑着摸了摸我的头。

天空有些阴暗，还稍稍飘着些小雨。气温在24摄氏度左右，比较适宜。

坐车来到了市区，来到公司附近的手机维修点，取回了手机。

因为出发得早，取回手机之后，看看时间，才1:30。

想起上次彷徨的时候，没头没脑地出来，在琴行偶遇可儿的经历，我不禁有些自嘲。今天，她也会在那里吗？这样想着，我信步朝着遇见可儿的那家琴行慢慢地走去。

走到琴行门口。

今天店门关着，店门上挂着"休息中/CLOSED"的牌子。

她不在。

淡淡的失落感涌了上来。

突然想到，自己为什么会有这种感觉？虽然，心里清楚地知道，她和她，虽然长得一模一样，毕竟不是同一个人。

但是，我感觉到，在近3个月发生了一系列事情之后，心中一种感性的东西，开始发芽和滋长。

我正打算离去。

"晴空？你怎么在这里？"

循声转头，三步开外，居然是身着一身清爽春装的可儿。她的黑亮直发换成了栗色长波浪。这让我有些意外。今天她的装扮主题是"小清新"。

"呦，可儿。我今天刚办完事情……"

"嗯？今天你又是路过？"可儿的眼中浮现一丝笑意。

这个"又"字，让我觉得很是尴尬。正了正色，我掏出手机，说："今天，我去取这个，刚刚修好的，你冠名的'最美'的手机。现在我正准备回去呢。"

"原来是这样啊，看来你还真是路过呢，呵呵。"可儿微笑了。

我想过来听听你弹钢琴……其实，我想这么说的。但不知为什么，我说不出来。

"你换发型了？"

"是呀，想换换造型和心情。"

"很适合你哟。"

"谢谢。"可儿又笑了。

每次看到可儿的微笑，心里总是有一种安心感。似乎，自己越来越希冀看见微笑的可儿了。

"说起来，今天琴行怎么没开？"

"琴行的张叔出去了。"

“那你怎么还在这里呢?”

“我在这里等人,过会儿一起去买衣服。”

“哦,原来是这样啊。”

等朋友?可儿不会是在这里等她的男朋友吧,想到这里我居然紧张了起来。

正想着各种可能性,背后的声音,使我迅速意识到这次预测失误了。

“咦,这不是我们的‘谈判专家’吗?晴空,你怎么也在这里?”背后响起逍月的声音。

我转身一看,一身深色套装的逍月出现了。

“我刚好路过这里。”

逍月再次露出了腿骨断掉的表情:“我说,晴空,你的汉语词汇库能不能稍微更新下?找借口怎么都用20世纪90年代的说辞啊……”

这一回,我都懒得再向逍月解释了。

而一旁的可儿笑嘻嘻地帮我解围:“逍月,你误会晴空了。他今天刚修完手机,路过这里的啦。”

“是吗?”逍月一脸不相信。

我用无奈加点鄙视的眼神看着她:“你满脑子估计除了煤以外,就是八卦吧?”

逍月又来劲了:“说什么?你这个古典掩饰词汇男!”

我还击道:“去,你这个穿衣没品的‘煤’婆,现在都快夏天了,穿颜色这么深干吗?”

这一说不要急,逍月更来劲了:“哦?你这个大古董还懂女孩子怎么搭配衣服哈?有本事你挑给我们看呀?”一边转头向可儿说,“可儿,今天我们叫这家伙一起去逛街,我倒想看看,他给女孩子挑衣服的品位到底如何!”

我一下子傻了眼,逍月的思维怎么如此跳跃?只是随口说嘴了几句,东拉西扯的怎么变成要我一起买东西了?

“啊?这……”可儿也被逍月突如其来的提议搞得不知所措,“我们是闲着没事去逛街,也不知道晴空他过会是不是有事情要办呢……”

逍月不怀好意地问我:“那么,晴空,你有——空——吗?”

她故意把“有空”这两个字拖音。

我不禁觉得莫名其妙。但转念一想,过会倒真的是没什么事情了,去也无所谓。于是,我回答:“有空。”

逍月脸上出现得意的神情,似乎在说:“姐就知道你小子会这么说”。她抓住可儿的手，并回头甩给我一句："走吧，大古董。"

于是，我们三人开始在购物中心中逛街。

对于我来说，很长一段时间，没有逛街了。上一次，还是在伦敦的牛津街买衣服的时候。

而且，那一次，还属于"不得不"买衣服的情形……

逛着逛着，三人抵达了女装的区域。道月挑衅道："来，露一手给姐瞧瞧。"

一旁的可儿则是哭笑不得的表情。

我于是开始仔细地审视道月。

道月的身高1米65，与可儿差不多。论容貌，道月长得并不差，稍微带点北方女孩的感觉。平时，她都不化妆。好在她的皮肤算不错，较为白净。与一旁的可儿相比，道月打扮的水准明显要不及两个档次以上。

略想了一下，我走到了一排排衣服之中，选择了两件颜色相对较浅的女士夏装，扔给道月，说："自己看看尺码对不对，然后去那边的试衣间。"

道月一脸狐疑地拿着两件衣服。

"喂，磨蹭什么？"

"……姑且试试看……"试衣间的门关上了。

几分钟后，道月从试衣间里出来了。

我给道月挑选的是一件简约无袖的女士白色圆领T恤，胸口绣着些蕾丝装饰和塑料水钻，下半身一件淡色牛仔短裙，外加一顶白色的小帽子。

简单的套装，衬托的是"活力"的主题。

"这……合适吗？"换上新衣服的道月，有些不适应。

"很适合，很好看呀。"一旁的可儿轻轻地拍着手说。

而道月的眼中，则带着一点意外和不服气。

我淡淡地说："道月，你其实'天资'还算不错的，但是——"

一听到"但是"，道月又露出戒备的神色。

我继续说："但是，我觉得，你应该稍微多花一点心思在装扮上。人生苦短，女孩子的花样年华，绽放时间基本是一个确定数。现在不打扮，难道等到大妈的年纪再来打扮？今天这套'策略'，你还要做些后续工作：发型换一个；鞋子换一双；手上么自己看杂志，弄些简单的装饰佩戴；'班主任style'的眼镜换成隐形眼镜……"

说着说着，突然发现两个女孩都安静了。我有些迟疑地收了尾："……总之，就是这样吧。道月，你以后打扮自己的时候，突出'活力'这一主题就是了。"

"想不到,晴空,你的品位水准还真的不低呢。"可儿称赞我。

逍月的舌头也再次灵活起来:"你还藏了一手啊,分析女孩子着装的技能。"

"那个,满意不,这套?"

"呃……满意是满意的……"逍月犹豫了一下,似乎还想说什么。

"那就好。这样就行了。"我赶紧下了一个结语,省得她再发散开去。

给逍月挑选完新装之后,两个女孩又逛了一些地方,买了若干衣服和鞋子。我似乎有些觉察到刚才逍月挑动我一起来购物的另外一个目的了——两个女生买的东西,全在我身上,我成了"移动式货架"……着实有些郁闷。

似乎将这景象看在了眼里,善良的可儿提议请我去喝咖啡。

三人找了家咖啡厅坐下,开始聊天。

聊天的话题,涉及最近发生的事情、各自的收入等(也稍微谈了谈诸南阳跳楼事件的前后)。

这是我第一次,听可儿具体聊起她的工作。与我、逍月不同,可儿作为客户经理,她的工作属于完全的业务员性质。她的基本工资很低,每个月只有2000 元。其余的收入,则主要是与开发的业务数量挂钩。因此,每个月、每个季度,还有年底,都要面临业务指标的重大压力。而且这个指标是年递增10%的。证券与期货不同,要求的业务量更加巨大。可儿作为对面营业部的明星客户经理,今年已经销售了新型产品 2000 万元,传统经济业务也拉进来了 800 万元,但现在,每个月净到手的收入也才 5000 元左右。现在,由于中国股市的持续萎靡不振,证券公司的日子并不好过……

或许这些话题有些刻板,于是逍月换了一个话题:理想。

"你还说我古董,这不是我们大学时代英语老师最喜欢用的那个演讲题材'I have a dream'吗?"我一边戏谑着,一边喝了一口自己的拿铁咖啡。

逍月随口反驳道:"那你说,我们这些金融民工的现状还有什么好谈的?还嫌不够烦吗?工作生活'鸭梨'越来越山大,前路漫漫没有方向……只有怀念一下昔日的理想了。"

我收了声。逍月看似无心的抱怨,却多少触动了我心里真实的想法。是不是因为就像逍月说的那样,所以我最近才越来越倾向怀念过去了呢?

可儿安慰道:"逍月,别这么消极嘛。说说看你的理想?"

"我的理想,是成为画家。"

我有些意外。画家?这可不太符合逍月现在的状况,一个分析师的理想是成为画家？

“逍月，你怎么有这样高雅的志向？从来没对我说起过呀。”可儿有些意外。

“是呢，这还是我小时候的理想呢。我的老家在山西。山西民间有种艺术叫作木版画你们知道吗？”

脑子里搜索了半天，我终于想起来了，说：“是不是北方的那种……贴在门上的，门神画什么的？”

“看不出来，晴空你的知识面还真是广呀。”逍月笑笑，继续说，“我小时候很顽皮，那时候几乎和男孩子一样，总是和村里的男孩子们打成一片。偶尔，我们也会到一个死党家的院子里玩。那是我一个朋友，焦贵三哥的家。他父亲是民间艺术传承人，时常制作很多不同风格的木版画。贵三哥他爸爸很和蔼，会给我们看他弄好的木版画，还给我们讲那些画上代表的历史故事。那个时候，我们听得可入神了。呵呵。”

可儿喝了一口她点的水果茶：“哎……那场面，一定很温馨呀。”

“是的。那个时候，我超级崇拜贵三哥他爸，也是那个时候，我开始对绘画、艺术感兴趣。小的时候，我总幻想哪一天也成为一个画家。”

“后来呢？”我问。

“后来，我慢慢长大了，父亲不赞成我搞艺术，说那样没前途，叫我好好读书，考上好的大学。我是个听话的好孩子，我成绩也很好，是那个时候我们村子当中成绩最好的。再后来，我考上了杭州的名牌大学，所以，千里迢迢到了这里。毕业以后，我就一直留在杭州工作，当分析师当了快三年了。曾经想当画家的理想，只好留在故乡的记忆中了……”说罢，逍月摇了摇头。

杯子当中的咖啡，被我用勺子搅拌成了一个神秘的漩涡。看似开朗的逍月，原来也有这样的过去呢。

逍月转向可儿：“可儿，说说你的理想呗。”

“这……”可儿有些为难。

“说说吧，今天这里的人又不是大嘴巴。”

“嗯，我不是，你就难说了。”我端起咖啡喝了一口，悠闲地说道。

“你！”逍月果然又要发作。

“好啦，你们两个。我说就是了。”可儿笑着打圆场。

“我的理想，是成为一名优秀的钢琴师。”

“好文艺的理想哦……”捧着柠檬茶的逍月眼睛睁得大大的。

我暗想，逍月你自己的理想不也非常文艺吗？对于可儿的理想，因为我已知晓，所以一点都不意外。

可儿继续说："我生长在一个音乐世家。父母都曾经是搞艺术出身的，从小就耳濡目染。我从小就开始弹钢琴。从小到大，我弹奏过很多很多的曲子，也曾经在公开场合上表演过……"

"哇，真了不起啊。"逍月赞叹道。

"过奖了，呵呵。"可儿微笑着，继续说："但是……"

这次，我一听到"但是"，也不免心中一紧……

"现在，我们家里已经没有钢琴了。"可儿的眼神黯淡了下来。

"怎么会？"逍月显得有些惊讶。

"家里发生了很多的事情。很多地方需要用到钱。父亲在别无选择的情况下，把家里的那架旧三角钢琴变卖了……而我，也为了不给家里再增添负担，没有继续走音乐发展的路。后来，就在证券公司做客户经理。从那时到现在，已经两年过去了。"

两年前……那正好是我开始出国留学的时候。

逍月继续问："那……你为什么，不自己买一架钢琴回家呢？"

"……"可儿沉默许久，说道，"太贵了，暂时买不起呢……"

我也是前几天才知道，一架好的三角钢琴很贵。那天在琴行里留意看了一下，事后也在网上查询过，三角钢琴价格从几万至十几万元不等，有的甚至要上百万元。对于我们这些因为各种各样原因而勉强周转生活的"金融民工"来说，要花上很长的时间才有余力买一架钢琴。

似乎，逍月也突然明白了这一点，连忙说："哎呦，我好像说了不该说的。对不起啦，可儿。"

"嗯……"可儿温和地摇摇头，说，"我知道，现在自己的能力有限，能做的事情也有限。但是，钢琴，已经是我生命的一部分。我永远不会放弃的。因为，这是我的梦想，也是我的生命。"

我有些感动地注视着可儿。温柔的她，也是个坚强的人。虽然我上次已经略有知晓，但此刻依然对她充满着敬意。

"那么，晴空，你的理想是什么呢？"正当我出神的时候，两个女孩一起问我。我似乎漏掉了一段话。

这一问，问到了心中那敏感的区域。略一迟疑，我说："没有了。"

是的，曾经的梦想，自从那次之后……早已不再。现在，支持我面对一切挑战的原动力，是对于责任心的感悟。

“不是吧，你……你过的是什么样的暗黑人生啊，从来没有过理想？”逍月奇怪地问我。

“曾经有过理想，实现了一半，现在没有了。”我回答得很干脆。

“你……你这算是什么回答呀？”逍月急了，追问着。

“别急嘛，逍月。”可儿发话了，一边对我说，“晴空，有话好好说。今天大家也只是随便谈谈，不是吗？你就稍微展开一下，好吗？”

可儿的“柔化”战术，有效地安抚了两个人。

略踌躇了一下，我开始说：“我曾经的理想，是成为一个博士。”

“哦？”

“以前，我读书成绩很好。在班级里面，一直都是尖子生。我父母以我为骄傲，也默默地支持我的学业。两年半以前，我去英国留学，并在那里，获得了硕士学位。”

“真羡慕你呀，晴空。”可儿的眼中有些放光。

逍月问：“那……晴空，你不是想读博士吗？为什么不在英国留学读完博士以后再回来呢？”

“有很多原因。”我喝了一口咖啡，“我家里，发生了一些事情。而我自己，也遇到了一些事情。最后，我放弃了这个现在看起来有点可笑的理想。”

我并没有欺骗眼前的两个女孩。我说的都是事实。只是，这些事实具体的细节，我并不愿意再去深入展开来说。这，或许是出自男人的自尊心。

“又是一个梦想幻灭的……”逍月摇了摇头，倒并没有追问细节。

“理想，并不可笑！”听到我这么说，可儿突然一本正经地说道，“晴空，每个人的理想都不一样。虽然，理想不一定能够实现，但是，不要因为不能实现，就说它是可笑的。”

可儿居然认真起来了，这出乎我意料。

“晴空，不要否定，曾经在追求理想那些岁月中的自己。那种执着，那种心意，那种感觉，从来都不是可笑的。否定了这些，等于把自己的根本都否定掉了……不要这么说。”

看着她充满坚持的眼神，想想刚才她那对梦想永不放弃的决心，我认输了，说：“可儿，你说得对，我……不该这么说。”

“不要轻言放弃，好吗？说不定，以后你还有机会，实现这个理想呢。”

“……希望吧。”

“就是呀，晴空，说不定你以后可以读老年大学的博士哟，嘿嘿。”这时，一旁的逍月玩笑道。

“呃……你……”我郁闷地看着她。而逍月，则是一脸得意地笑着……

瞅着我们两个“问题人物儿童军团”，可儿不由地笑了。

看似沉重的气氛，不经意间却因为逍月的一个玩笑而迅速缓解了。

“今天很愉快哟，晴空。谢谢你之前帮我们两个提东西哟。”

“你太客气了，可儿。”我一边把两个女孩购物的“战利品”搬上出租车，一边回答道。

我正打算离开。

“晴空。”车里的逍月叫住我，“今天，谢谢你给我的建议了。”

“好说，呵呵。”

“嗯，那么再见！”

于是，两个女孩坐着出租车走了。

望着她们远去的样子，我微笑着。

“回来了？儿子。”母亲见我回来，招呼道。

“嗯，回来了。”

“今天遇到什么好事了吗？”

“欸？为什么这么问？”

“我可是你妈。你呀，回来以后，眼睛都亮了不少呢。这点变化可瞒不住我呢。”母亲笑嘻嘻的，“儿子，是不是和哪个女孩子出去了呀？”

我喉咙里不禁一阵干燥，要是告诉她我今天和两个女孩子一起出去了，她会有什么样的反应呢？

想到这里，我连忙掩饰，没好气地说：“哪有？最近这个样子，忙得要死要活的，哪有闲工夫对付女孩子。”

“没有？是吗？”母亲笑道，“算了，不管为什么，妈只要看到你开心起来，就很高兴了。”

母亲一直都是这个样子，默默地支持和关心着我。不仅是我，她同样总是全心全意地，无条件地支持和关心父亲。

我想，我是幸运的，父亲也是幸运的。

扭头看看，车库里的宝马 X6 并不在。

“爸出去了？”

“嗯。今天，一个老朋友请你爸吃饭。你爸在 20 分钟前刚刚走了。”

“哦。”我应了一声。

再看一眼空荡荡的车库。

那是父亲的老板面子。父亲，是个从不知道放弃的人。

吃完晚饭，我坐在自己房间的窗前，看着天空出神。

人们，都曾有过这样或那样的理想。不少人，也经历过只认准一个目标往前冲的岁月。追梦的路上，有些人放弃了，有些人坚持了。坚持的人，难能可贵；放弃的人，也并不能被责备。因为，我们生活在这样一个复杂的社会之中。达成理想，一定需要不懈的努力；但是，经过不懈的努力，却并非每个人都能达成理想。很多时候，很多事情，会超过人的力量范围。我们，并不是神；我们，都是活生生的人……

过去，已经成为记忆。未来……真的有机会吗？现在，我生活在紧逼的压力之下，生存尚感艰难。我真的还有机会重新燃起心中那朵火花吗？

偶然间，我又想起白天可儿的那句鼓励。

“不要轻言放弃，好吗？说不定，以后你还有机会，实现这个理想呢。”

窗外布满云层的夜空，被城市的灯光照亮，变幻出神秘的色彩。

时间到了 2012 年 6 月的那个早上，6:00。

最近一直都在下雨，这一天难得雨停了。不是很强的阳光透过遮光窗帘之间的缝隙，斜斜地洒进房间内。

手机音乐已经响了一遍又一遍。大约第 5 分钟的时候，我醒了。一下床，我就启动了放在不远处桌子上的手提电脑。

我一把拉开了窗帘，居室内的光线变得充足。穿好衣服，电脑也已经启动完毕。

电脑的桌面背景，依然是那张照片：希诺站在风吹草低的山坡上，正在吹奏一支银色长笛，任由清风将其乌黑的秀发扬起至空中。

我在短短 10 分钟之内，完成了约 300 字的早间评论，并发给了公司负责网站的同事。

6:30，我出门了。

出门之后，第一件要紧的事情，就是冲到公共自行车的租车点，不然，会租不到车况好的自行车。（有一次，我不得不用一辆掉链子的自行车，最后重新上好链子的时候，手简直像刚挖完煤。）

7:15，行色匆匆地到达单位。

时间 8:00。

地点:公司多媒体会议室。

设备:OK。

会议 PPT:OK。

人员到位:OK。

全国各地的公司员工也已经守在各自的会议室里,听众也就位了。

桂老大点头示意:可以开始了。

我暗暗深深地吸了一口气,戴上了耳麦。

摄像头已经对准,全公司开启的电脑屏幕、会议室的银幕上,映出我的图像。

“各位同事大家早上好。我是研究部的宏观—贵金属分析师向晴空。今天的早会第一块内容,是由我为大家所展示的,昨天夜间美国方面的有关数据,以及由此带来的贵金属黄金白银行情波动的解读……”

晨会的第一段内容开始了。

15 分钟后,我讲解完毕。按下了语音输送的暂停键,将位置让给下一位需要讲解行情的同事,我返回自己的座位。一旁,逍月靠过来小声说:“讲得不错。”

我淡淡地回应:“本分吧。”

我现在负责黄金、白银两个品种,并负责原来诸南阳负责的宏观信息解读,已经是公司的正式中级期货分析师了。

分析师们的工作,在那一天继续着。

“晴空。”一旁逍月的声音。

“什么?”放下手中的活,我抬起头。逍月叫我之前,我正在电脑上,构建黄金白银量化套利交易的模型,正急速地敲击键盘写着程序。

“下去一趟。公司新的《黄金品种介绍手册》已经印刷完毕,现在在一楼,你坐电梯下楼去帮忙取一下公司派给我们的那些。庄已经在一楼了。”

“好。”我离开了椅子。

我走进了电梯,巧的是,一身工作装的可儿也走了进来。

电梯门徐徐关上,里面只有我和可儿两个人。

想着上次我没说出口的话。那么,这次——

我稍微聚集起一些勇气，开了口："可儿。"

"嗯？晴空。"可儿歪着头。

"下次……我……"

"什么？"

"下次我还能去那里，听你弹钢琴吗？"

可儿掩着嘴笑了。而我则有点不知所措。

"不……不行吗？"

"这个，要看店长张叔同不同意咯，看他欢迎不欢迎你经常来'闲逛'。你说呢？"

"啊……"我顿时有些纠结，万一那大叔不欢迎我来怎么办？

电梯门开了，可儿走了出去，调皮地转过头："说笑的啦，哈哈。"

这，到底是可以还是不可以？

我迷茫地抓了抓头发……

# 7

# 大龄女孩的策略

在中国总体仍然以男性为主导的社会体系之下，女性在打拼事业上仍然要比同龄的男性付出更多。放眼社会，有多少女性为了工作，熬成了“剩女”……这个问题，影响面已经越来越大了……

2012 年 6 月中旬之后,杭州的雨使劲地下……这就是所谓的“梅雨季节”。

最近一段时间,国际黄金的跌势暂缓,呈现出震荡的状态。

上午,我走向休息处的茶水间,去泡咖啡。

一早上都没看见逍月。路过门口的时候,连前台的文丽也不见了……

我继续留意看了看四周,公司里面,看不见一个女同事……

这是怎么回事情呢?

正想着,庄也来了茶水间,一看到我,庄打招呼道:“哟,晴空,你这个咖啡控,又来泡咖啡喝了?”

“没法子,最近黄金震荡个不停,走势看着非常无聊。再不弄点咖啡喝,我就要睡着了。”

黄金的行情就是这样,日间的走势过于平淡——甚至可以说无聊,真正激烈的行情是在夜间出现的。

我看到庄手中的茶杯,知道他又来泡他的白茶了,于是说:“你不也是来泡茶喝的吗,这么说起来你岂不成了老茶枪了?”

“彼此彼此。”

“说起来,今天上午,全公司的女同事们都到哪里去了?”

“你不知道?”

我摇摇头。

“公司高层领导,好像要针对近期的一些个别事件,对全公司的女同事传达重要方针政策。”庄随口说着,一边往杯子里加入热水。

“嗯?”

“具体是什么方针政策,我就不知道了。”说完,庄回办公室了。

公司给所有女同事开会?还要传达重要方针政策?我感到一阵疑惑。

上午 10:15,期货上午盘暂停时间(2012 年,国内期货上午交易时间段为 9:30—10:15,第二节为 10:30—11:30,下午为 1:30—3:00)。公司里的女同事一股脑儿都回来了。

逍月走进研究部的办公室。

“哟,逍月,回来了?”我招呼着。

“嗯。”逍月只是应了一下,就闷声坐下。不仅如此,她的脸色有些不好,“郁闷”明显地写在她的脸上。

见这个样子,我更觉得有些奇怪了。平常开朗而又有点精力过剩的逍月,今天开会开完以后,怎么好像换了一个人似的?

随后整个上午的时间里,逍月都闷声不响。

午餐时间,我、逍月、庄来到地下一楼的食堂。

刚到食堂,看见可儿和不少人走了出来。

“可儿,吃完了?”逍月打招呼道。

“哪里,今天食堂出了一些问题,没有午餐吃了。”可儿有些无奈地摊开了手,“我正想着去附近哪里去解决一下呢。”

“这样啊,那要么一起吧?”

于是,四人就到了公司附近的一家餐馆就餐。

因为今天中午我们那幢大厦食堂没饭吃,不少人也涌到这家餐馆来了,人格外多,自然,上菜速度也很慢。我们几个点的菜许久都没有来。

“唉,真是悲催的一天,上午开了一个郁闷无比的会,现在吃个午饭还要这么纠结……”逍月无精打采地托着脑袋,无力地抱怨着。

“上午怎么了,逍月?”身边的可儿关心道。

逍月环顾四周,确定没有其他我们期货公司的人之后,说:“我们公司的阮总经理今天给我们所有女员工开了一个大会。这两个月以来,公司里有人犯事顶撞她了。”

“出什么事情了吗?”可儿问。

犯事?这两个字挑动了我的神经。难道,又有谁出现了和诸南阳一样的情况,为了拉业务而不择手段?

“这种事情真让人哭笑不得。”逍月靠向椅子背,双手交叉开始说,“首先,是金融四部的吴姐。她结婚已经六年,已经有一个女儿。两个月前,她又怀上了第二胎。”

“嗯?吴姐她和她老公,都是独生子女吗?”

“是的。”

“那应该没有关系的,这国家现在是允许的。这还有问题么?”

“问题是,我们公司的内部规定不允许呀……”

“呃,你们公司也这样?”

可儿的提问,无意间透露了她们新证证券内部规定也不允许生二胎这一事实。

逍月则继续道:“是……然后,第二个犯事的是商品期货一部的刘姐。刘姐今年31了,结婚五年都没生孩子,上个月她终于怀孕了。”

“刘姐又不是第二胎,怎么又触犯到你们公司的规定了?”可儿惊讶地问道。

“唉……刘姐触犯的规定……这个规定，还是我们公司阮总那个43岁没结婚的‘灭绝师太’亲手制定的：公司所有女员工，结婚、生育，特别是生育，必须向公司报备安排审批。若有违反……”

逍月在脖子上做了一个“咔”的动作，继续说：“这不，刘姐就撞枪口上了么……唉，前一个月是吴姐，上个月是刘姐，连续两个月有人触碰‘高压线’。另外，好像在刘姐那个事情的同时期，有另一个营业部的四个女同事先后都怀孕了。所以，你知道的，我们那个以‘灭绝’著称的阮总为了这阵子的事情发飙了……所以啊，讲了一早上，引以为戒，公司正在重要时期，这个时候任何一个女同事都不可以违反公司方针政策什么的……你们说，听了一上午，不是郁闷死了？”

听到这里，我总算大致明白是怎么回事情了。难怪，整整一个早上，没有看见任何一个女同事。因为她们都被我们公司“铁血”的阮总叫去进行“公司结婚生育政策”的再教育了。

逍月显得有些愤懑不平：“就因为这样，吴姐被开除了，刘姐被停薪留职了……她们两个真的人不错，也蛮好相处的呢。”

“啊……你们公司比我们公司还夸张呢。这么做，不是有点违反《劳动法》的吗？”可儿不禁睁大了眼睛。

“现在的公司，各种违法的事情还做得少吗？怎么办呢？还想混下去的话，只好听话咯。反正，对我来说，这种事情真的还早呢，我现在才不想结婚呢。现在，工作都还没稳定，事业也没有好好开展起来，结婚这种事情真的还早呢。”逍月双手抱头，靠向椅背。

这时候，一直不吭声的庄，忽然插了一句：“我要是你，才不会这么傻，乖乖听公司的话呢。这简直是‘送死’的做法。”

庄果然是不鸣则已，一鸣惊人。他这一句话，让在座人都安静了。

似乎对庄的态度有些不满，逍月轻蔑道：“你懂什么？你们男人，就只会在那里说风凉话。知不知道，我们女孩子拼事业，比起你们男的，要多付出多少？现在工作那么难找，我们会那么轻易地葬送了自己来之不易的工作吗？”

“你们要是乖乖听了那个‘老妖婆’的话，那才是真的葬送了自己的人生呢。”庄转过了头，眼神中出现了少有的认真，“如果我是你，到了现在这个年纪，先考虑的才不是工作。我肯定是先找个好老公，赶紧生孩子，之后才考虑工作的事情。”

庄此话一出，逍月和可儿都愣住了。

“庄，这个……”可儿首先反应过来，脸上表情显得十分复杂。

“庄，你在女孩子面前胡说什么呀！我知道，你智商超过了160，也曾经得过奥数冠军，但也不能这样信口开河呀。”

咦？这么说起来，庄岂不是传说中的天才？我纳闷地转头看着庄。

庄并没因为两个女生的反应而有所收敛。喝了一口免费的茶水，他抛出了更劲爆的言论：“而且，在我看来，对你们女孩子来说，比较好的路子，就是找个怕老婆、有房子、会打拼的好男人赶紧嫁了。而且，最好是先‘搞大’了再补票，这样，可以直接搞定两老，嗯……这才是推荐策略。”

庄的“第二波”冲击感过于强烈，一时间，三个人都不说话了。

“无……无耻！庄，你这个无耻猥琐男！我不跟你这种人一起吃午饭了！”道月再也无法继续听庄的“神奇策略”，一边大叫着一边离开座位跑出去了。

“那个……你们先吃，我去跟着她……”可儿赶紧站起身，追着道月出去了。我注意到，她的脸色也有些泛红。

一下子，女孩们都消失了……

周围吃饭的人一时间都瞧着我们两个，似乎在观赏少有的怪人……对这些投来的灼热视线，我感到尴尬万分。

还好，这种窘境并没有持续很久。周围的人很快不再理睬我们两个，都自顾自地继续吃饭了。

“喂……庄，我说，你……”

“我好心给她们建议，她们无法理解。”庄看似一点都无所谓，自顾自地说，“不听好人劝，她们的悲催未来正刚刚开始呢。”

“你有话好好说嘛，刚才你这个样子，人家两个女孩子怎么听得进去呢？”我劝道，“再说，你这么直截了当的说法，她们怎么能够理解，怎么能够接受？”

“听口气，晴空你貌似洞悉了我策略的深意？”

虽然庄的这种口气让我有些不快，但我还是点了点头。

“哦？”庄露出一丝感兴趣的神色，说，“我倒想听听，你怎么样理解我刚才提出的那些建议？”

“大天才，你真以为，你刚才的‘醒世警言’没人能听懂？”

“哈哈，要不，我们来赌一把？”庄推了推他的眼镜，镜片反射出一缕寒光，“如果，晴空你分析得到位、透彻，你就是我的知音。今天中餐我请，我还请你喝一周的上好咖啡。”

我有点哭笑不得，为了这种事情，还要打赌？接着他的口风，我追问道：

“要是我输了呢？”

“那么，你就请我喝一周的上好白茶。很公平吧，咖啡控君？”

“这可是你说的，老茶枪君。”

“君子一言——”说完，庄插起双手，似乎在等待我的“高论”，眼神中带着一丝期待，那种看好戏的期待。

“好。”我拿起免费茶水喝了一口，“庄大天才，你刚才成功气跑逍月的策略，其实富含深意。这套策略，是一种长期策略，对应时间跨度超过了两个时代(10 年)，对不对？”

闻言，庄眼中的轻视一下子淡了许多：“继续？”

这时候，我们午餐的第一道菜来了：肉丝跑蛋。

“你设定策略的对应群体，是 22－27 岁的女孩子，逍月和可儿，正好属于目标人群是吧？”

“嗯哼？”

“刚才，你提出那些建议，基于‘SWOT’分析法[①]，以及换位思考法这两种思考方式。首先，你考虑了女孩子自大学毕业后至 30 岁前这段岁月的综合情况。第一个时段，是指女孩子大学毕业后 25 到 27 岁的这段时间。一般女孩子大学毕业是 22－23 岁。在这三五年期间，可以称为女孩子的‘第一黄金期’。这个时段的女孩子，虽然缺乏经验，但是基本上年轻貌美，加上女生往往比男生心细，所以，女性同事一般更容易受到领导赏识；若配合扎实肯干，同时期事业上升可能比男同事更快。是不是？”

“没错。”庄脸上的轻视完全消失了，取而代之的是认真聆听的神情。

我继续道：“而在短暂的‘第一黄金期’匆匆结束之后，那些女生长大成了大龄女孩——25 到 27 岁。这个时段的女孩子，因为都经过历练，经验已经丰富，都是熟练工了，却面对相当头疼的问题：事业与婚育的抉择。但是，抉择的，不仅仅是员工哦。老板和领导们同样在思考着呢。老板和领导，最不愿意看到的，就是这个年纪段开始的女员工结婚、婚假、产假一系列问题。特别是担心那些适龄的女孩子，刚刚培养出来就大肚子了，没法好好工作了是吧？结果是，这些老板和领导，不再重用那些 25 到 27 岁的女孩子。而那些女孩子若想继续升职，则不得不延迟婚育计划。是吗？”

---

① SWOT 分析法：又称为态势分析法，由旧金山大学的管理学教授于 20 世纪 80 年代初提出。SWOT 四个英文字母分别代表优势(Strength)、劣势(Weakness)、机会(Opportunity)、威胁(Threat)。其中“S”和“W”属于内部因素，“O”和“T”属于外部因素。

这时,我们午餐的第二道菜来了:香菇青菜。

我喝了口茶,继续说:"可是,这些大龄女孩,如果真遵从公司领导、老板的意愿,实际上是走上了一条恶性循环的路。一方面,她们为了工作,把自己的婚育计划推迟,不敢随便恋爱结婚,年龄越拖越大。另一方面,老板和领导们却并不领情:看着这些大姑娘越来越老,并不会提拔她们,反而愈发地担心她们何时会结婚生育。因为这种心理存在,老板和领导们会选择换一批新人逐渐更新换代,而不是提拔这些苦苦熬着的老姑娘。这种恶性循环就解释了——剩女是怎样炼成的。"

此时,庄已经在微微点头了。

我用轻松而带着一丝诙谐的口吻说:"而庄大天才你,就是针对这种状况设计策略的。逍月和可儿,毕业到现在已经两年左右了,正处于'第一黄金期'的最后阶段。此时,最好的选择,并不是继续坚守现在的岗位,而是赶紧找个好男人嫁了。若在27—30岁这个时段之前,抓紧时间结婚生子,恢复身材,那么,比起新人或是老姑娘,将有巨大的优势。领导呢,也会优先提拔这一类的,是不是?另外,若以'从速'这一点来考虑,快速搞定两边大人的方式,'搞大'还真是一种好方式呢。我们这一辈的爸妈,由于我们都在忙于事业,他们空巢凄凉得很。若有了孙辈,对他们来说,岂不是新一代的希望?看在孙辈的份上,长辈那一关往往也就会松动。所以,现在大龄女孩要想继续好好创事业,首先应该先找个好男人结婚生孩子。这就是庄你刚才的长期策略解读。我说得怎么样?"

话音刚落,我们剩余的菜全部上齐了。五菜一汤,这是为四个人点的,我们两个人吃未免多了一些。

"晴空,你的确让我刮目相看。这周你的咖啡,我请了!"从庄他的声音中不难听得出来,他都有些激动了,"知音难觅啊!"

"呵呵,我佩服你呀。我还是第一次听说IQ超过160的真天才呢。"

"哪里。刚才晴空你的分析,透彻、精彩!"

此刻的庄,完全没有了往日的冷漠样子,显得相当热情。

"但是,庄,我估计,你那好策略,逍月和可儿一来不会理解,二来也不会接受的。"

"刚才看逍月的那个样子,我想也是。"

"没办法,不到黄河心不死呀。还有,这个方法,未免太'实用主义'了一点。貌似逍月和可儿都是'好孩子',以她们现在的状态,肯定接受不了。"

"这没错。但是,真等她们到了黄河边就真晚了。唉……虽然我刚才给她们的是最优、务实的策略，但是她们都还没摔过跟头。没切身经历过，是不会知道这些事情的轻重的呢。”

“这么说起来，这套理论是哪个摔过跟头的人告诉你的？”

“我大表姐。”庄淡淡地说。

原来，庄的分析，并不完全是出自他的思考，一部分也是出自其家人的“惨痛经历”？

“……嗯，我们先吃饭吧，快饿死了。”我先招呼庄吃饭。

“好。先吃饭，我也快饿得不行了。”

我自己也抓起了筷子。

其实，也曾有个摔过这种跟头的人，对我说过这些……

2010年10月，北伦敦。

“晴空，把这六个菜还有一个小蛋糕送过去。慢点开，别把蛋糕弄坏了。”

“放心，我会搞定，王叔。”一边答应着，我抄起“熊猫”头盔。

10月的英国，天气已经凉了许多。

我在大街上骑着摩托车。沿途，已经能够明显地感受到秋日的肃杀之气。冬日脚步，临近了。

手机铃声《日不落》响起。

我通过耳机接通了电话：“Hello?”

“小向，是我。”

“王叔？我马上送到了。怎么，下一单吗？”

“不是，出门的时候忘记和你说了。今天你送的是最后一单。我现在关店门了。”

“那等等我。我很快就回来的。”

“不用了。今天关门之后，我和隔壁店老板老张出发去尼斯湖徒步旅行一周。我不在的这段时间，摩托你先留着开，油自己加，别弄坏了。”

“知道了。那今天最后一单收银的钱怎么办？”

“老规矩，网银。挂了啊。”王叔一如既往地对我很信任。

“收到。”

心里不禁有些羡慕王叔。精明的王叔虽然年近半百，却和隔壁的张叔一样，都是户外运动的爱好者。这大概是我在他店里干活期间，他第二次去徒步旅行了。

跟着手机上的导航，我到了目的地。

“你好,有人吗?‘王中煌’外卖。”

“来了。”门后是一个女孩子的声音。

这声音怎么有些耳熟?

门开了。

戴着头盔,提着外卖小箱包的我,一看清来人,立刻就傻眼了——

面前站着的,居然是……希诺。

“你好?先生,是送外卖的吗?有什么问题?”希诺用英文询问着。

可能是因为我戴着全罩式头盔,她看不见我的脸。

略一犹豫,我摘下了头盔,用中文说:“再见得真快呢,希诺。”

希诺一看清我的脸,又惊又喜:“Rocky?怎么是你在送外卖?你现在做兼职,这么勤奋呀?”

“哪里。”我笑笑,“嘿嘿,在这里遇到,真是太巧了。”

“是呀。”

“对了,希诺你怎么在这里?”

“我和一个华人同学,还有老师租住在这里哟。”

“哦,原来是这样啊。”

这个时候,门里面传来另一个熟悉的声音:“希诺,出什么问题了吗?外卖还有蛋糕,怎么还不拿进来?”

我突然意识到,这个声音好像是——

还没等我反应过来,来人已经出现在面前了:我的华人国际经济学美女老师——丁晨星(英文名 Angelia)。她的五官长得非常立体,给人以难忘的深刻印象。此时,她将平时盘起的长发放了下来,我才惊讶地发现她的头发居然齐腰……与希诺那种娴静的艺术家风格不同,丁晨星的气质中散发着成熟和干练的魅力。她给我的印象十分深刻:上课的时候,她讲课的速度很快,对学生的要求也非常的严格,给我们这些学生一种“气场强大”的感觉。她在我们班级里的人气特别高,不知道是不是因为我们班里男生比例很高的原因……偶尔好像听某些好事的男同学说起,她是热情的狮子座,O 型血。那一年,她 33 岁。

“哟,这不是咱们班的 Rocky 吗?你什么时候干上兼职外卖骑士了?”丁晨星一下子就认出了我。

“咦?丁姐,Rocky 是你的学生?”一旁的希诺纳闷地问道。

“嗯,是呀。我怎么会不认得,我带的 2010 届,班里初次摸底考的全班第二名呢。”

“真是太巧了呢，呵呵。”希诺轻轻地拍了拍手，转向我说，“Rocky，丁姐也是租住在这里呢。”

这一天是什么日子呀，怎么熟人扎堆碰头了？

“那个……真是巧哈，丁老师，希诺。这是你们点的菜和蛋糕。没什么事情的话，我先走了……”总觉得这场面有些怪怪的，我想溜了……

丁晨星笑嘻嘻地看着我，带着有趣的口吻问：“嗯？小骑士，这么快就想走了？你钱都还没收呢。想请我们吃饭啊？”

“……Sorry。”才意识到自己钱都没收。

于是，一旁的希诺付了外卖的钱。

“Rocky，真想不到这么快就见到你。你马上要走了吗？”希诺接过了那些用一次性微波炉打包盒子装着的菜。

“嗯。这是今天最后一单，送完以后我正计划着去超市买点什么回家做晚餐……”

“哦？你这是今天最后一单？”丁晨星问。

“是，丁老师。”

“这样，你留下来一起参加我的生日小聚会吧？”

“啊？”

“你今天还有其他的事情吗？”

“没有……但，这不太好吧？”

“这有什么关系？明天是周六，今晚你还省的烧晚饭呢。”

“但是加我一个，你们点的东西够不够吃呀？”

“这倒是没关系。本来今天还有另外两个女孩子要来的，但是她们临时有事来不了了。现在我们这里就我，丁姐还有家慧三个，本来都担心吃得太多了怎么办呢。”一旁的希诺笑呵呵地说。

“来吧！Rocky。两个美女邀请你，你还推三阻四的，牌也太大了吧？”丁晨星似乎说话风格和往常明显不同（还有，我闻到一股酒味）：“我是你的老师，你得听我的！”

“好……好吧。”

就这么莫名其妙的，我被丁晨星老师拉进了她的生日小聚会。

一进门，我就有些后悔了。客厅的地上，赫然放着四打啤酒……

“干杯！”

愉快的聚会时间很快就过去了。我这才发现，女生们喝起酒来，一点都不逊色于男生。

……

希诺和家慧两个女孩很快就不胜酒力，都倒下了。我虽然也不能说是完全清醒的，但还是努力将她们两个送回各自房间的床上。

回到客厅，发现丁晨星又拉开了一罐啤酒。

“喂……丁老师，你今天喝得太多了，别再喝了，对身体不好呢……”

“有什么关系……我想喝……喝，一起喝！”丁晨星没有理睬我的规劝，反而又递过来一罐啤酒。

我接过了啤酒，但还是继续劝道：“毛主席说过，身体是革命的本钱；丁老师，亏本的买卖咱不做……”

“亏本？我都亏成这样了……还怕亏什么？”

“你亏什么了？呃……”胸中一股酒气冲了上来，我差点打嗝。

“我早就亏掉了人生！”丁晨星突然激动了起来，居然一把抓住了我的领子。

“别……别激动。丁老师，有话好好说。”

丁晨星似乎是那种酒后“千言万语”的类型，抓着我，她讲起了她的往事……也不管我愿意不愿意听：

她，曾经是她那所大学里的校花；她，曾经有过一个从小一起长大，并深爱着她的青梅竹马。在大二那一年，曾有一个“高帅富”学长，猛烈地追求她。当时，她被那个学长攻陷了，就此抛弃了她的青梅竹马。那个学长大学毕业的时候，出国硕博连读四年。她也跟着来了英国，读硕士陪着他。按照计划，那个学长提前一年回国了，她则离毕业还有一年时间。那时，她25岁了，那个学长28岁。可是，就在那个男的回国之后不到两个月，立即在国内找了一个20岁的女人结婚了。而她，就这样被抛弃在了英国……从那个时候开始，已经七年过去了……

“Rocky……你说，我都这样了，还有什么可以亏呢？呵呵……喝！”丁晨星说。

此时的我可谓五味杂陈。男生们眼中的万人迷气质冰山老师，背后却有这样的故事？

我摇了摇头，开了手中的啤酒：“我……陪你喝。”

“这就对了！干杯！”

……

深夜，丁晨星也终于由“千言万语”状态变成了“默默不语”……而我，虽然业已摇摇晃晃,还是得尽全力把她扶回房间……

回到客厅,我走路的时候已经眼冒金星,耳朵也鸣叫起来。

从酒精中幸存的一点理智告诉我,这个样子根本没办法开摩托车回家,而且,要是被警察抓住了,估计就要进皇家监狱里去了。

我……无力地倒在客厅的沙发上……迅速地,睡着了。

隔日早晨,在阳光的照射下,我醒了。

一醒过来,宿醉的头痛立马开始刺激神经。

身上,不知道什么时候多了件冬天的大衣。

正迟疑着,穿着卡通居家服的希诺从一边的洗手间出来了。她似乎刚梳洗完毕。

"哟……早啊,Rocky。"

"嗯……早啊。"我揉揉眼睛坐了起来。

"昨晚真是谢谢你了,Rocky。"

"什么?"

"那个时候我喝醉了,是你把我弄回房间的吧?昨晚,我们三个真是麻烦你了。"

想起昨晚……我不禁苦笑。看看身上的大衣,我问:"这个,是谁的?"

"是我的。昨晚后半夜,我醒了。当时看你在沙发上睡着了,怕你着凉,所以就自作主张一下。"希诺微笑着。

早晨的阳光斜斜地射进客厅的窗户,我可以清楚地看到,即使是裸妆,希诺依然是清丽脱俗。

突然意识到自己有些看呆了,我连忙道:"太感谢了。"

"哪里哪里。"

问希诺要了一支没拆封的旅行用牙刷,我简单地进行了梳洗。至于胡子么……女孩子这里没有剃须刀,那就算了。

"Rocky。"丁晨星的声音。

"什么,丁老师?"我转过身。

此时的丁晨星已经完全地清醒了,恢复了往常的姿态。

"你今天能不能,帮我个忙?"

"什么?"

"能不能,载我去趟 Brent Cross?那里离我们这里有 5 英里呢。今天,我本来要去那里一趟的,奈何最近伦敦的公交司机工会举行了罢工,没有公交车能到那里。你放心,来回的油钱我会算给你的。”

“好。不过,这油钱就算了。来回10英里并不是很多。”最近因为送外卖的打工,我不像前两个月那般拮据了。

“太好了。”丁老师此时转向希诺,“那么Sonya,今天Rocky我就借用一下咯?”

“丁老师,他……他又不是我的什么,你……你直接拉走就是了……”说着,希诺语无伦次地,拿起了大衣跑回了房间……

当时的我,一脸的迷茫:这是怎么了?

一旁的丁晨星轻轻地微笑了,说:“年轻真好呀。”

于是,我骑着摩托车,载着丁晨星朝着目的地进发。那一天,她是去Brent Cross的购物中心,去领她那只正在维护和修理的皮包。

女人,似乎一进了商场,就不再急着出来了——就算办完了事情也一样。因为之前我答应送她回去的,所以也只好老老实实地跟着。

在购物中心中逛了一大圈之后,丁晨星请我喝咖啡。

“Rocky,昨晚到现在,真是给你添了很多麻烦,谢谢你了。”

“哪有,没什么的。”我嘴上也只好这么说。

“真抱歉,昨晚喝多了,对你发了那么多牢骚。”

原来她记得?

“这个,没事。不用担心,丁老师,这些事情我不会到处宣扬的。”我拍着胸脯保证,“我这人不是大嘴巴。”

“我相信,呵呵。”

“为什么?”

“因为,你这种人绝种了呀。”

“啊?”

“昨晚上我喝多了,实在也是太没防备了。我们三个如花似玉的美女都醉了。到了早上才发觉,你这个史诗级的正人君子,居然就这么躺在沙发上睡了一晚。”

“呃……这个……”我显得很尴尬,都不知道怎么回答了……

“哈哈,逗你玩的啦。你真是太可爱了。”丁晨星咯咯地笑了起来,“你真的和希诺说的一模一样哦。单纯,执着,善良。”

希诺在丁老师面前说起过我?这让我大为意外。

“你真像当年的他。”丁晨星将视线投向我眼睛下方一寸,也就是面颊的位置。

“你是说……”

“嗯,我当年的青梅竹马。最近,我也打听过他的消息,和我一样,没有结婚,在杭州某家期货公司培训分析师。”

“是……是吗?”

丁晨星笑笑,但随后轻叹了口气:“唉……如果时光可以倒流,我当年一定跟了他。就算在国内老老实实地过着普普通通,有些拮据,但却心心相印的日子……可惜。当年的一次错误选择,我的人生,花样年华,基本上亏光了。”

“那个,老师,你就没想过,回去找他吗?”

“呵呵……”丁晨星摇着头,苦涩地笑了:“第一,我回不去了,没脸见他。第二,我回去过,看来,之前的选择,还带来了第二重麻烦。”

我继续倾听。

“其实,在英国那档子事情后,我一完成学业就回国了,想在国内发展。但是,那个时候,我已经26岁了。到了用人单位之后,我‘神奇’地发现了另外一个问题。”

丁晨星讲述了她在国内换了两次用人单位的经过。本身,她一个海归研究生,学历上优于一般人。但是,第一份工作入职之后,做了两年多,她都迟迟未能获得提拔。而同期比她小的一些女同事,特别是那些已经生完孩子的,就算学历比她低,经验比她少,居然级别也比她高。她失望了,换了一份工作。但是,第二份工作,依然重蹈了前一份工作的覆辙。失望之下,她重新来到了国外,在我留学的这所大学里任教……

“这世道,用人单位和负心汉一样绝情。”丁晨星又喝了一口手中的拿铁咖啡,继续说,“Rocky,这个社会对待年轻人从来都是不宽松的。我那个时代,是这样;以后你踏上就业的那个时代,可能也不会好到哪里去……做好觉悟吧。”

我意味深长地点了点头。

坐在单位电脑面前,看着依然无聊的行情,我靠向椅子背。在那一年,我第一次,听人说起现代大龄女孩面对的窘迫现实;也是在那一年,我第一次听到了“分析师”这个职业的名称。

现在这个社会上,有多少女孩子面临这样的问题呢?我喝了一口庄给我买的咖啡,摇了摇头。

“晴空,桂老大叫你。”逍月叫我。

“哦,什么事情?”

“去了你就知道了呗。”

……

“焦煤期货将在今年下半年至明年上半年上市。这次我们能化小组，将去山西调研煤的产业链。”桂老大一边在我、庄还有道月面前踱步，一边讲述着下一阶段的工作计划。走到我面前的时候，他看着我，说：“晴空，这次你也跟我们一起去。”

“好。”

“回答得倒是很干脆啊。不过，我知道，你可能心中有疑问：为什么你一个宏观、贵金属分析师，要跟着我们这些能化产品的分析师去山西考察，是吗？”

“桂老大请讲。”虽然我刚才答应了，但的确略有些不解。

“我们期货分析师，和其他的分析师不同。若要深入地了解品种产业链的上下游，实地考察那是必须的。黄金、白银是比较特殊的大宗商品，但仍然属于金属矿物的范畴。很可惜，这次调研没办法让你看看金矿什么的。但是，我也希望，你跟我们一起去，熟悉调研的基本方式。而且，记住了，不出门，不知天下。”

“我明白了。谢谢桂老大给我这次出去历练的机会。”

“嗯。大家分头准备去吧。明天，我们四个和商品期货三部的汪总，一共五个人，去山西考察焦煤产业链的上游。”

“好。”众人齐声回答道。

回到租屋，又一次，我开始整理行装。整理得差不多了，我正准备关上箱子。

忽然，我想起了什么。

那些东西，还是带着吧？

我开始在行李箱中整理出一小片空间……

# 8

# 思考的见证者

羊群效应，也被称为“从众效应”，是指人们经常受到多数人影响，而跟从大众的思想或行为。从众心理很容易导致盲从，而盲从往往会导致失败。

无论是经济发展的问题，还是社会发展的问题，多少人会用独立的眼光去看待？你是否也是那只“羊”？

……

这里，是大学时代的体育馆。

铁血袁教练，正在给我“开小灶”，传授擒拿手的技巧。

“呀……疼疼疼……教练，快松手，手……手要断掉了！”穿着跆拳道道服的我，正被袁教练用擒拿手制住，关节处相当疼痛。我知道，他只要再用力一点，我的右手就会脱臼了……

“晴空！”维持压制住我的姿势，袁教练大声地喝道。

“是！教练！”我维持被制住的姿势应道。我的右手被反架扣住了。因为有脱臼的危险，所以我只好维持这个姿势不敢乱动。

“再说一遍，擒拿的定义是什么！”

我尽量大声地喊：“擒拿的基本定义，是采用反关节动作，集中力量攻击对方关节之类的弱点！”

“再简单点！”

“是！用疼痛而不是伤害制服敌人！”

“擒拿的五要诀是什么?!”袁教练依然没有松手。

“胆大、力雄、准确、快速、狠！”

“你，力气还需要锻炼，速度需要提升，狠劲还不够！”但是，袁教练话锋一转，“面对比自己强大得多的敌人，没有退缩；动作到位相当准确，虽然力量和速度欠火候！胆大和准确你够格了！”

施加在右手和肩关节上的力量消失了。我稍微揉了揉肩膀。

“站起来！”

我弹跳式地站立了起来。

“回去，恶补其他三要诀，听到了没有？”

“是！”

“你的天资并不算很好。我欣赏的，是你那种韧性。”教练在我面前双手叉腰，严肃地说，“但是，在这个社会上，有时候光靠韧性，是不够的。正直的男人，更需要力量，去守护！”

我认真地听着。

“男人，首先要有信仰。有信仰，才会懂得你要守护的是什么。但是，这种信仰，是要靠力量去守护的！没有正义的力量是狂暴的，但没有力量的正义是苍白的！今天，请记住这几句话，我的徒弟……”

……

我睁开了眼睛。

自己，居然靠着飞机窗户睡着了呢。一旁，逍月正在看一些煤矿的资料。庄在看那张他们“能化小组”编制的“耀光期货能化产品产业结构全国分布图”。桂老大，气定神闲地在看菲利普·科特勒的《营销管理》。不远处的汪总，还在睡大觉。

一行人，正飞向山西。

我们在山西一共5天的行程。按照计划，具体的调研行程安排在第二天至第四天：从第二天上午开始，我们去某家洗煤厂调研，然后下午去煤矿矿区访问；第三天，我们去此前汪总联系的一家焦化厂①调研；第四天计划为配合汪总与该焦化厂谈合作项目。

根据桂老大之前的安排，我协助逍月，一起负责调研资料的收集。

“晴空，这次需要你帮忙了。”逍月一边说着，一边递过来一个东西。

“这是什么？”我接了过来。

“录音笔。这次调研，我们要和矿区、厂区的技术人员好好交流一番的。到时候，你得把对话录下来。这样我回去以后能整理成报告。”

“好。”

这时，一旁的庄对逍月戏谑道：“瞧瞧，老大这次给你派个助手你就‘得瑟’成这样。”

逍月反讽道：“哼哼，怎么样，羡慕哇？”

庄摇摇头，对我投来一丝带有怜悯的眼神，说：“晴空，这两天你就落在这个心‘黑’手辣的‘煤’婆手里了。千万要稳住呀。”

庄这一说可不要紧，逍月可真是被气到了，说话的音量明显提高：“庄，你！有你这么说话的吗？什么心‘黑’手辣啊？你这是在形容大魔王还是江洋大盗啊？”

……

手持录音笔的我，看着庄和逍月这对活宝口没遮拦的吵嘴，真有点“啼笑皆非”的感觉。

---

① 焦化厂：焦化厂是专门从事冶金焦炭生产及冶炼焦化产品、加工、回收的专业工厂。生产出来的冶金焦炭是炼钢的燃料；回收、加工的炼焦化学产品，广泛用于工业、农业、交通运输业、国防建设及科学研究领域中。焦化厂生产的产品非常之多，达几十种，都是用煤提炼出来的。其中，最主要的产品是焦炭、沥青、各类苯、煤焦油、酚和焦炉煤气等。在这其中，产量最大的，是焦炭。

在山西的第二天，我们一行人的调研开始了。

山西的环境和浙江的环境相比，差别是巨大的。空气相当干燥，不时有风沙和扬尘。那一天是一个晴天，但天空给人的感觉是灰蒙蒙的。

第一站，洗煤厂。

事先联系好的接待人员给我们每个人都戴上了安全帽。进入厂区，各种大型设备展现在眼前。

耀光期货的“能化小组”随即展开了考察。

分析师们的考察，不是那些某种变了味道的旅游，而是走访企业到生产第一线的真实调查。

桂老大和逍月，与工程师们深入交流着企业生产情况、工艺工序参数等（由我负责录音）；逍月还用笔记本不停地记录下各种了解到的情况；庄不时用相机和手机拍下设备的照片。

经过一个上午高效而紧凑的调研，我们完成了对洗煤厂的调研。

这期间，我才感觉到前一天庄的玩笑中有一半是认真的成分。调研的时候，逍月真的变了一个人：走得很快，做笔记飞快，与工程师交流时说话说得也很快。给她打下手还真不是一件轻松的事情。

在洗煤厂的食堂简单地用了午餐之后，我们的下一站，是去矿区考察煤矿。

我们坐的汽车开着开着，突然震动了一下。车爆胎了。

于是，司机更换备胎，众人则下车休息。

远处，桂老大与汪总交谈着。

另一边，逍月站在矿区公路的边上，望着远处的景象出神。

越过她的背影，我可以看到一大片低洼的地带。那片低洼地的底部，还有些积水。

心想，那里可能是一个水库吧。

我走到逍月身边，问：“看什么呢？”

逍月没有回答。

见她不说话，我随口道：“这个水库怎么回事，气候太干燥导致干涸了吗？”

“水库？”逍月苦笑着转过头，说，“晴空，你说这是水库？”

“难道不是？”此刻，逍月的反应和表情让我觉得很奇怪……

看着逍月的这种反应，疑惑浮上我的心头。

良久，逍月才吐出了一句话：“晴空，这不叫水库，叫矿坑。”

“矿坑?”我惊讶地重复了一遍。再把视线投向那片区域,我说:“这……矿坑是这个样子的吗?但是我怎么看都觉得那片区域不像是人工挖的呢……”

“那里,曾经应该是一座山。”没有理会我的疑问,逍月继续说道。

一座山?我追问道:“逍月,麻烦你给我讲解下?反正现在离司机换好轮胎还有一会时间。”

逍月的头却有些低下来,显得不太想讲的样子。

这情形让我更加不解了。

此时,庄从我背后走了出来,说:“还是我来讲吧。我第一次来这种地方调研的时候,也和晴空你今天的反应一模一样呢。”

逍月点了点头,对庄说:“庄,麻烦你现在给晴空稍微补补课。”

“嗯。那我就开始了。”庄走到我边上说,“晴空,这里原来应该是一座产煤矿山。”

“煤矿?”

“是的。看周围的这个样子,这座煤矿矿山应该已经采空了超过10年了。以前,这里应该是一座山。经过开采,山被采空了。一旦被采空,煤矿就会被废弃。时间久了,这空心的山就塌陷了,成了这种矿坑。”

整整一座山,塌陷成大坑……

“煤矿开采对环境的影响这么严重……”听了庄的解释,我不禁感叹。

我忽然想起,在之前经过的途中,已经看到很多这样的景象。

于是我问:“庄,刚才我们一路上,看到的这种类似的,都是矿坑?”

瞅了一眼山下的矿坑,庄沉重地点了点头。

我有些惊呆了。良久,我反应过来,继续问庄:“这样情形,在山西多吗?”

“这已经不能用多来形容了。”庄摇了摇头。

“怎么……”

“山西八分之一的土地,都因为采煤而成了采空区。”伫立在一边的逍月,此时开了口。

我睁大了眼睛。

八分之一的……山西土地?瞬间,我脑袋里出现了一个想象图:从卫星云图上看下来,山西大片的国土,因为采煤而出现塌陷、破坏……

此时我心中的震撼,已经远远超过了之前我对于“一座山变成了一个大坑”的那种感受了……

“这种情形……有多少年了?”稍微平复下心情,我继续问逍月。

“大规模的开采,自从我们父母那一代人年轻的时候,就开始了。”一阵风吹过，逍月用手扶住头发，继续说，“唉……看看山下的那个矿坑吧……现在，它的苦难还没有结束呢。”

“都成这样了，还有？”

“……这里原来是矿山，经过塌陷成为巨大的矿坑之后，地下水的渗出，雨水的冲刷，把周围很多残余矿物的有毒有害的化学成分带入了水里。而且，不少企业……喜欢把矿坑当成偷排废水的地方。”

我又看了一眼下方的矿坑底部的积水。那水的颜色看起来甚是诡异。

“逍月，有更多的资料吗？我想更多地了解一下。”

“回到宾馆，我给你看看详细的资料。”逍月苦涩地说着，转身向汽车走过去。

我点了点头。

灰霾的天空下，一边是山下巨大的矿坑，另一边是远处被挖开的矿山，大地的黄色和矿物的黑色杂糅在一起；在这黄色黑色为基调的背景之下，远远可以看见各种挖掘机械——红色、蓝色点缀其中；身着白领工作装默默前行的逍月，那纤细的背影……

整个画面，给人一种暗淡而阴郁的感觉……

司机换好了轮胎，我们继续上路。一个小时之后，我们抵达了煤矿矿区。

虽然，我以前曾经多次看过有关煤矿的报道（主要是事故新闻），但当我进入矿区的那一刻，眼前的一切还是给我以强烈的视觉、心理上的冲击。经过矿区领导的同意，庄才获准拍摄几张照片：有设备的，也有矿工的。

逍月与矿上的工程师交流探讨着技术方面的问题，我继续负责录音。远处，有几个刚上井的矿工正在抽烟、休息。其中一个矿工冲我们几个瞅了一眼。那一刻，我看得真真切切：那矿工光着膀子，但是煤灰已经把他的身体染成了灰黑色，整个看起来像是黑人；他脑袋上的铁制安全盔的油漆早已被悉数磨去，上面布满了数不清的划痕和凹陷；他脖子上的白色毛巾，早已被染成了深灰色；那矿工似乎注意到了我的目光，冲我微微一笑，露出了他那泛黄的牙齿——在他几乎完全被煤灰染黑、布满皱纹的脸上，这显得格外醒目……

这，就是活生生的煤矿工人……

这里，就是逍月的故乡——山西……

一阵风吹过，似乎有些沙子入了眼睛。

闭上眼，我将头仰天空，拿出纸巾擦拭；睁开眼，这里的天空，不是蓝色的……

比起洗煤厂的调研，矿区的访问显得格外短暂。下午 5:00，我们返回宾馆驻地。

回到宾馆，晚餐之后，逍月一言不发地从她的平板电脑中，调出相关资料给我。

坐在房间的床上，我在逍月的平板电脑上阅读着。

“山西采煤形成的采空区达到 2 万平方千米，相当于整个山西八分之一的国土面积。2011 年，山西省国土资源厅提供的最新矿山地质环境调查结果显示，全省因采矿活动引发的崩塌、滑坡有 754 处，影响面积 14 万亩，地面塌陷多达 2976 处，影响面积 100 多万亩，仅 2010 年因矿山开发导致的地面塌陷及采矿场破坏土地就达 20.6 万亩，其中 12.99 万亩是耕地。煤炭开采带来了严重的水资源破坏、地表塌陷、煤矸石堆积、水土流失及植被破坏等生态环境恶化问题，有关机构估算，全省因采煤造成的生态环境损失高达 4000 亿元……”

……

读完这一段，想想白天的见闻，我轻轻叹了口气。

双人客房里，桂老大与我同住。

“小伙子，怎么就唉声叹气的？”见我叹息，刚刚泡好一杯杭白菊的桂老大问。

注意到了自己反应，我连忙说：“没什么，老大。一切正常。”

听了我的回答，桂老大摇摇头。喝了口茶，他再次将目光瞄准我的脸颊，说：“你小子这点程度的掩饰，在我眼里连入门级都不算。说吧，摊上什么事情了？”

犹豫了一下，我坦诚道：“桂老大，这次我来山西，跟着大家一起来考察，也算真的大开眼界了。山西开发煤矿，对环境造成的破坏，远远超出了我的想象……”

“哦，原来你是在感慨这个呀？”露出了然的神色，桂老大放下茶杯说，“你现在处于‘环境保护者’式的‘痛心疾首’，是不是？”

“……的确是有那么一点。”

“你有这样的感触，是非常正常的。这种反应还附带说明，你这人心地非常善良。”桂老大的眼中浮现一丝笑意，“我实话和你说吧。这里的问题由来已久。大规模开采造成了严重的地质灾害。这种伤害是不可逆的，再怎么修复也不能恢复如初——估计未来几十年内都不会有显著改观。”

“……”虽然，刚才看过逍月的资料，我隐隐已经有些这样的预感，但当桂老大点破和强调这一点的时候，我还是倍感沉重。

“亲眼看见，与只看资料、电视画面的感觉完全不同吧？”

“是，真的太不一样了。”我点了点头。心里，也大致明白了，桂老大带我一起来调研的一层含义。

不出门，真的不知天下……

“你能明白这一点，这一次就算没白来了。”桂老大略点头，继续说，“至于山西的现状，你现在已经了解到了一部分现象。那么，谈谈感受？”

“这种纯粹拼资源、粗放型的经济发展模式，造成的环境伤害太大了。”

“呵呵，小子，这还真是环保主义者的视角。如果按照专业分析师的评审标准，可不及格哟。你试试换种思路看？”

换种思路？桂老大这一问顿时有点难住了我。我顿时开始纠结。

见状，桂老大提示道：“山西在煤炭工业的分布中，属于哪个环节？”

“属于产业链的上游和部分的中游。”

“煤的分类，以及下游主要用途呢？”

“煤主要分为动力煤和炼焦煤。炼焦煤主要是为了炼制焦炭，这是为了钢铁产业；动力煤在中国，最主要的用途是发电、建材、一般工厂锅炉使用，以及生活用煤。”对于煤的知识，来山西之前我曾听道月详细地讲解过。

“那么，晴空，你说说看，山西的问题，是属于一个地方地域性的问题，还是……”桂老大挥动双手，画了一个巨大的“球”。

我忽然明白了，说：“这是‘全局性’问题，是吗？”

“孺子可教。”桂老大又喝了一口茶，继续说，“钢铁产业，在国民经济中的地位不言而喻；而动力煤在我国能源体系中的地位，我看整一代人的时间之内是不会有所改变的。所以——山西的问题，并不是这一个省的问题。你所看到的一切，其实就是山西这一地所背负起的——整个中国发展所必须付出的代价。”

整个中国发展所必须付出的代价——我认真地咀嚼这几个字，说：“这种代价实在是太大了……”

“这点代价算什么？”桂老大不以为然。

“这种代价都不算大？”我惊讶道。

“晴空，你只看到了这片土地上近几十年来付出的代价。你忘记了，这片土地上，我们早已欠下的将近两千多年的债。”

“什……什么？”

“那天，你劝南阳不要自杀的时候，曾经说过‘你以为你欠下的债只有这么一点吗？'是吧？这句话，我同样用到这片土地上。"桂老大依然面不改色，"山西的基本地貌是什么？"

"黄土高原？"

"对。你应该知道，它是怎么来的？"桂老大加重了语气问道。

黄土高原怎么来的……猛地，我明白了，桂老大所说的"欠了2000年的债"。

黄土高原的成因中，除了地理气候变迁之外，我们中国人在历史上曾经的滥伐滥垦也可谓"功不可没"。大学时代，我曾在图书馆中读过有关资料：秦汉以来，这片土地已经历了三次滥伐滥垦高潮：秦汉时期、明朝和清代。此外，山西地处中原地区，历史上，曾经发生过多次惨烈的战争。而古代中国战争中，"火攻"是经典的战术……这些，都曾严重破坏了这一区域的植被。

在无数次人为破坏之后，山西的大地变成了现在这触目惊心的土黄色……

想到这里，我对桂老大说："老大，你说得没错。我们已经欠下的债，的确是太多了。"

"所以，在过去几十年中，我们在这片土地上的所作所为，其实只是重蹈了祖先的覆辙罢了。你说呢？"

"是。"

此时，桂老大目光如炬："这些，已经不是我们一代人能够扭转得了。想要改变那些严峻的状态，需要的是未来几代人持续不懈的努力。而且，在这之前，首先需要改变人们的这里——"说着，桂老大指了指自己脑袋。

"改变观念？"我问道。

"是的。山西这里，几乎每个城市都有煤矿，每个煤矿附近都有煤企。这种一哄而上的做法，并没有给山西带来健康的发展。相反，还带来恶性竞争，你所看到的严重环境破坏，等等恶劣影响。付出了如此巨大代价的山西，却没有走在全国经济发展的前列，是不是？"

"是。"

"这里的人，看到资源丰富，能发展经济就一股脑地跟风，全部走资源消耗型的路。这还真是中国式的缺乏创新。"

我点了点头。桂老大的这几句话，点出了问题的核心——"一股脑，一窝蜂"的经济发展的理念。

观念决定行动，行动决定结果，结果导向命运……

"最后，我想再强调一下。你知道，一个合格的分析师与一般人的区别是什么吗？"

"冷静、客观？"我想起了桂老大给我培训时期讲起的要领。虽然，当初招聘的三拨分析师中,现在只剩下了我一个。

"这是最基本的。具体的区别是这样的。一件震撼的事情摆在眼前,一般人,震惊—迷茫—羊群效应,或是彷徨;而一个合格的分析师,冷静认识—客观剖析—针对问题给出建议。感慨现实的人,可能会想着去解决问题;但是真正能够解决问题的人,是冷静思考的人。懂吗?"

"我懂了。"

"好。那就早点休息吧。"桂老大又喝了一口他的杭白菊花茶。

窗外,可以看见月亮。月亮的外面,包裹着一层薄纱,显得那样模糊和朦胧……

躺在床上,一天奔波的疲劳就涌出来了。闭上眼睛,我很快进入了梦乡。

……

2010 年 10 月下旬的某一天,伦敦"一平方英里"[①]金融城。

我前往那里的中国银行伦敦分行去办一些事情。乘坐地铁,我很快就到达了金融城附近。

这一天,我的身体不是很好。多变的气候,工作与生活的劳累,加上那一次宿醉后和衣倒头便睡的影响,我有些虚弱,似乎还微微发着低烧,全身酸软无力。

深秋的伦敦,气氛显得格外肃杀。走在街上,到处可见随风飘的落叶和垃圾。阴暗的天空下,时不时飞过几只肥胖的和平鸽,在垃圾中寻找食物……

根据之前关注的新闻,伦敦部分城区的清洁工人,因不满待遇,已经罢工了两天了。而上一个月,地铁工人因为裁员问题,才刚刚举行过工会[②]组织的大罢工……

下午 3 点左右,我办完了事情。于是乎,我朝着地铁口的方向走去,准备返回住处。

走到某一个街角,左边的道路上传来巨大的喧哗声。

我扭头一看,顿时倒吸一口凉气——

大群的示威抗议者,封住了一侧的道路。他们举着写有"No Olympics!

---

① "一平方英里":伦敦金融城的另一称谓。在伦敦著名的圣保罗大教堂东侧,有一块被称为"一平方英里"(Square Mile)的地方。这里楼群密布,街道狭窄,虽不像纽约曼哈顿那样高楼密集,但稳健、厚重的建筑风格和室内豪华、大气的装饰却有过之而无不及。这里聚集着数以百计的银行及其他金融机构,被看作华尔街在伦敦的翻版。这就是伦敦的金融城。

② 在英国,各种职业都有自己的工会,教师有教师工会,公交司机有公交司机工会。

(我们不要奥林匹克!)”字样的牌子,高喊着口号向我这一侧行进。这些似乎是我前几天在新闻网站上看到的“抵制奥运会”[①]的示威人群……

一看形势不对,我想从另一侧逃走。

扭头一看,右侧和我原来走的那条路,远远出现了大量拿着盾牌的防暴警察,以及过来支援的、穿着防弹背心的一般警察。金融城附近的道路并不宽,警察们结成密集阵型,封住整条路,黑压压地正在逼近。其中,还有个警察拿着高音喇叭在警告:“公民们,请后退!公民们,请后退……”

这下,我恐惧地发现,自己陷入了进退不得的境地……

正在纠结如何是好的时候,我突然注意到,路边有一家 HSBC(汇丰银行)。

我赶紧冲了进去。冲进银行的那一刻,身后的铁卷帘门就开始徐徐降下。

刚进门,就看到银行里面有很多人,都用惊恐的眼神看着我。

见我冲了进来,三个身强力壮、手持警棍的保安上前,欲制服我。估计他们是把我当成了冲进来捣乱的暴徒了……

情急之下,我顾不得那么多了,扯开嗓子对保安喊道:“Help! Let me in, please!(帮个忙,让我进去,拜托了!)”并做出请求状。

此话一出,保安们踌躇了一下,才露出了理解的表情。他们明白了,我也是逃进银行来避难的……其中一个领队的黑人保安,对我做了个“过去那边”的手势。

于是,我走到许多人聚集的地方。这时,带有大间隙的铁卷帘门完全降下来了。几个保安则挡在众人前,守在铁卷帘门之后。卷闸门与保安,形成了两道防线。

越过挡在众人面前的保安的背影,透过卷闸门的空隙和外面的玻璃门,我看见了终生难忘的一幕:

左侧举着标语牌子的示威人群,与右侧排着阵型前进的警察队形撞到了一起。嘈杂的叫喊声之中,警察和示威者互相推挤、扭打着,在银行门口相持不下。不时有警察,或是示威者的身体挤撞到了银行的门上,门被震得砰砰作响。整个场面混乱异常。

困在银行中的人们目睹着这一切。人们的神色中混合着紧张、恐惧、郁闷和无奈。

---

① “抵制奥运会”示威:英国举办奥运会之前,并不是所有的民众都对奥运会抱着好感。很多中低层的居民认为奥运会白白浪费政府的预算——这笔钱应该更多地用于救济社会失业和低收入人群。因此,在 2010—2012 年,伦敦奥运会之前,曾多次发生“抵制奥运会”的民众示威游行。

身边的一个正统犹太人绅士打扮的高个中年男子自言自语地说:“该死,这几天的治安状况又要变差了。”

我随口问道:“什么,先生?”

戴着高帽子的犹太绅士大叔转头看看我,说:“年轻人,你来伦敦不久,是吧?记住了,英超联赛球迷散场、大型罢工、游行示威这些事件发生之后,伦敦部分地区的治安简直是一团糟。”

“是这样吗?”

“当然是这样。这些人,一半是眼光短浅的家伙,另一半都是唯恐天下不乱的暴民。”犹太大叔无奈地摊开了手,“知道吗,那些示威者所谓的理念,只不过就是抗议政府把钱投在了奥运上,而不是用于救济他们,如此而已。而他们后面那些声势浩大的支持者们,则很多都是贫民区里拉来的无知家伙——单价 50 英镑一个……这真是一群无知的羊。”说完,犹太大叔不再理我,自顾自地继续关注门口的“战况”。

犹太大叔介绍的情况,我并不是第一次听说了。参加语言预科的时期,我就曾听威廉讲起过这些事情的大概。但是,听别人说,与现在亲眼所见,这两种感受真的是完完全全不同的。

眼前的现实,与我出国之前对英国的认识,差距还真的不是一般的大。出国之前,我所知道的英国,是一个老牌的资本主义国家,曾经的世界金融中心。英国诸多学校之中,商科的水平位列世界前列。此外,我也曾经一厢情愿地认为,英国是绅士的故乡,大多数国人应该是温文尔雅的……冲着这两点,我选择了来英国留学。

但是,在伦敦将近 3 个月的生活之后,我发觉此前我对英国的第二种认识,纯粹是幻想。尤其是近年来,英国经济增长低迷的状态下,社会亦不稳定。各个行业的工人,以及社会团体,示威游行、罢工等时有发生。而在这样的情况下,暴力犯罪的事件亦显著上升。刚才那位犹太人大叔所说的情形,部分我也曾听过。

事实上,伦敦的治安状况根本不能与杭州相比——不仅如此,伦敦的治安也比大多数中国主要城市的治安差得多。

丁晨星在上课的时候,曾经告诉过我们,这一切,都要归因于金融海啸余威和欧债危机的深度影响……

看着外面一片混乱的场景,而我被困在银行这狭小、嘈杂、封闭的空间内,前所未有的无奈感和孤寂感涌上心头。

本来就有点发烧的我,头更疼了。我不禁用手扶住了脑袋。

“Rocky?”身后响起熟悉的声音。扭头一看，一身英伦女式秋装风格的希诺出现在我眼前。

“希诺？你怎么也在这里？”

希诺看见我又惊又喜，但神色中仍然有一丝慌张：“我今天去大使馆办一些事情。办完以后，路过这里，于是到银行取钱。谁知，我刚取完钱，就远远地看见示威人群和警察逼了过来……于是，我就……”

“于是，你也逃到这里来避难？”我接着她的话说道。

“是的。晴空，你呢？”

“大致情况和你差不多。刚才我也是无路可逃，只好溜这里来了。”摊开手，我做出无奈状，做了个苦瓜脸。

见状，希诺轻轻地笑了。

突然间，银行大门上又传来了巨大的撞击声音——又有几个示威者挤撞上了大门。

这一下子可把希诺吓得脸色苍白。一边发抖，她一边怯生生地问我：“那……那些示威的人，不会冲进来吧？”

见她这个样子，我学那些保安，将自己的身子挡在她前面，说：“不要担心，外面有警察，门口有铁卷帘门和保安挡着，应该没事。”

“可……可是，银行外面这个样子好吓人呢……我……我害怕。”希诺躲在我的身后，有些不敢看外面……

一边密切注视着大门处的战况，我一边安慰着她说：“希诺，不要怕，我想，等警察们镇住局面了，就应该没事了。而且，我也会保护你的，嗯？”说完，我诚恳地看着她，并点了点头。

似乎相信了我的话，希诺没有刚才那么害怕了。稍微安定一些之后，她有些不好意思地说：“谢谢你，Rocky，你真是好人呢。”

我微笑着转过了头，继续关注门外的局势。

门外，警察与示威者的冲突，比我刚刚逃进来的时候更加激烈了。某一时刻，有几个警察朝着示威人群掷出几个冒着白烟的东西。

最靠近我的那个保安自言自语道：“我的天……警察们终于用那玩意儿了。”

我意识到，警察们投掷了催泪弹。

很快，抗议人群中，冒出了白色的烟雾。多数示威者受不了呛人的烟雾，立马开始四散逃开……示威人群这一侧的势头一下子弱了很多。但是，依然有一些死硬的抗议者，继续与警察对抗着。

但是，这种对抗，很快就变成了一边倒的情况：防暴警察会用警棍狠狠地击打死硬抗议者的头、躯干和四肢。透过玻璃门和窗户，可以看到，一些冲在最前面的抗议者，被防暴警察打得皮开肉绽，头破血流，然后被一般警察抓住戴上了手铐……在这种实力差距悬殊的战斗下，警察的阵型迅速地推进，示威者们则如潮水般溃退。

希诺躲在了我身后，不敢再继续看下去了。

我知道，这种场面对她来说实在是太过于血腥暴力了。虽然，第一次直接目睹这种场面的我，内心亦震撼不已。

当警察的阵线向前推进很远，并完全控制了场面之后，银行升起了卷闸门。

我和希诺，随着里面的众人，迅速地逃出了银行。

走出银行一看，这场景甚是壮观。路面上，多了不少奇怪的东西：半只鞋子、几顶帽子、被扯掉的破衣服、燃尽的催泪弹、一些示威者丢弃的标语牌子……

仔细看看，一块牌子上还有些血迹……

身边，希诺紧紧地抓住了我的手臂。

记得，那天伦敦的天空，是那样的灰暗……

# 9 皮洛士式的胜利[1]

人生，有的时候也像战斗。战斗，有胜利，也有失败。为了胜利，往往要付出巨大的代价。更有的时候，奋起抗争最后得到的结果却是得不偿失。但是，即便如此，作为有良知和血性的男人，在面对无法避免的挑战之时，也绝不能逃避——

---

① 皮洛士式的胜利：西方谚语，意指代价高昂、得不偿失的胜利。在公元前279年的一次决战中，皮洛士大王大败罗马军，但是自己也损失了大量的精锐——三千多马其顿佣兵。后世用此谚语形容近乎失败的胜利，中文可译为“杀敌一万，自损三千”。

调研之行的第三天，大家起得都很早。宾馆的餐厅里，众人用着简单的早餐。

领导们一桌，我们属下则坐在另外一桌。

一边，吃完早餐的桂老大，向在身边的汪总询问道："汪总，昨晚你和那家焦化企业的孙总联系上了吗？"

"还没有呢。孙总也真奇怪，这几天打他手机一直关机。"

"哦？联系不上？这个情况，会不会对我们这次去谈合作项目与调研产生影响？"

"说不准。但是我们这次时间有限，行程也很紧。今天还是先到企业那里看看情况吧。"

"我们没联系上负责人就直接过去，这没有问题吗？"

"时不我待呀。我们还是先过去再说吧，大不了到了厂区再找找其他领导沟通下？要知道，再过两个月，就是年终考核了。这个企业我们部门已经持续联系了快一个季度了，要是能够拿下，大概会是超过800万元人民币保证金的大客户——这对我们商品期货三部可意义重大呢。我们部想拿下这个大单，全靠强子你们研究部了。我可是全仰仗你们了呀！"

"汪总，我们这次能不能拿下这家焦化企业还不一定呢。这还得看到时候谈得怎么样。"

"哎，强子你太谦虚了。前几个月，你和你手下的精兵强将，不是才帮金融事业三部的吴总拿下了那个1000万元的大单么。我对你们有信心！"

"汪总你太抬举我们研究部了。这次我们一定尽力，争取拿下这个企业。"

"好！"此时的汪总显得很激动。

……

离他们两个稍远处的一张小桌子上，庄、逍月和我坐在一起。

庄吃得最快，已经在等我们两个了。

我刚吃完，拿起餐巾纸擦拭嘴。

忽然想起，那天一起喝咖啡的时候，逍月曾经说过，她是山西人。于是，我随口问道："逍月，你的老家离这里近吗？"

逍月回答："离这里并不远呢。乘坐这里的汽车去，大概一个多小时就可以到了。"

"哦？这么近啊。"我有些意外，继续问，"那你不回去看看？"

"这次就不去了。"

这时，一旁的庄插嘴道："哟，看不出来你的境界这么高呀，想学大禹？"

逍月瞪了庄一眼，说："你这人能不能留点口德，别老是这么尖酸刻薄好不好啊？难得离老家这么近，我当然想回去看看。问题是，我们这次是来调研和谈合作项目的，又不是出来旅游的，哪有自由活动时间？"

我附和道："这倒也是……"

逍月气鼓鼓地说："本来就是嘛！明天和焦化厂谈完意向套保项目之后，我们就得飞回去了，根本没机会回家去看看呢……"

听到这些话，庄没有再添油加醋。

吃完早餐，一行人驱车前往此行调研的第三个地点：焦化厂。

去焦化厂的路还是很不好走，坑坑洼洼的，我们的汽车开得非常颠簸。

一路上，汪总尝试拨我们的接待人孙总的电话，可是，拨了三次，还是打不通。

一个小时之后，我们一行人来到了焦化厂外面。

厂区的保安并没有给我们开门。

大家下了车。逍月有点晕车，脸色不太好。

"站住！你们是干什么的？"厂门口的三个保安见到我们一行人，靠了过来。

这时，汪总走上去问："你好，我们是期货公司的。今天你们的孙总在厂里吗？"

"我们孙总今天不在！"保安显得非常傲慢，"期货公司？没听说过。你们到底是来干吗的？"

我注意到，后面的保安似乎拿起了对讲机在联系。

汪总对保安说："兄弟，帮个忙。我们今天是来调研访问和谈生意的。"

"调研？"听到这个词，保安立马警觉了起来。他开始扫视我们，目光在庄挂在脖子上的相机、逍月手上的笔记本和我手上的录音笔上略有停留。

见保安仍然不放行，汪总说："你们还有其他领导在吗？"

"我们队长马上来了，有什么话你和他讲！"保安的口气依然很凶。

不一会儿，厂区里，一个穿着制服，看似是保安队长的人，领着另外两个保安走了过来。这个队长样子的保安身材不是很高，1 米 70 不到一点的样子，人长得又黑又敦实。他一到门口，刚才那个扫视我们的保安就与他耳语了几句。

随后，那保安队长领着众保安靠近我们，说："你们是什么……期货公司的?”

汪总回答:“是的,我们是耀光期货的,之前一直和你们的孙总在联系。听你的弟兄说,他今天不在。能让我们见见其他的领导吗?”

此时,那个保安队长开始绕着汪总打量。绕了一圈之后,他又扭头看了看庄脖子上挂着的相机。之后,他冷哼一声:“哼,期货公司?调研?你当我三岁小孩子吗?”

这回答让汪总有些不知所措:“你这是什么意思?”

“什么意思?告诉你,我们领导没空见你们。你们快给我走!”

一听这话,汪总急了:“哪有你这样说话的,我们真的是联系过孙总的。本来今天是孙总带我们去你们厂区调研的……”

“蒙谁呢,啊?孙总自从三天以前就都没来过了。你们这些不长记性的记者,又想混进我们厂区里去暗访?”

见这个架势,我隐隐有不好的预感,悄悄地将录音笔藏进了外套的内袋里。

“什么记者……我们不是记者,我们是期货公司的……”汪总争辩道。

“还想抵赖?你当我没脑子啊?照相机?录音笔?你们他妈的就是来采访的记者,跟我装蒜!”保安队长做了个手势,“弟兄们,上,给我收拾了这帮阴魂不散的暗访记者!”

话音刚落,连同队长在内的六个保安(三个持警棍,三个空手)朝着我们扑了上来。

我最不愿意看到的情况,还是发生了。

六个保安和我们一行人,在焦化厂的大门口纠缠扭打了起来。

三个保安朝着逍月和庄冲了过去,想要抢庄的照相机;逍遥手中的记事本也成了保安抢夺的目标。庄则死命地护着相机。一个保安仗着力气大,一把夺下了逍月的笔记本。逍月急了,一边想抢回来,一边大喊着:“还我的笔记本!”

那保安恼了,伸手推倒了逍月。不仅如此,他举高了警棍,对着逍月打了下去。眼看,警棍就要落到逍月的脑袋上了——

“逍月!”

随着叫喊声,一个身影扑了过来。

棍子结结实实地打在了庄的脑袋上。庄摇晃了一下,死撑着护住了逍月。本来在围攻庄的两个保安追了过来,三个保安一起围攻庄。

眼前出现了悲壮的一幕,庄被三个保安拳打脚踢,但仍然以身为盾,护着逍月。

另一边，桂老大正在与一个身材相当的保安角力；汪总吓得缩在一边，只敢用双手抱住脑袋。

一个保安大叫着朝我冲了过来，伸手想要揪住我的衣领。

以迅雷不及掩耳之势，我右手出击，抓住了那个保安右手的小拇指。没等那个保安反应过来，我狠狠地一拗——

"啊！！！"那保安发出了破空的惨叫声。

我知道，那个保安的小拇指脱臼了。没等那保安反应过来，我对准他的小腿狠狠踢了过去。

那家伙惨叫着摔了个四脚朝天。他并没有再爬起来，而是捂着自己的右手不停地呻吟。

刚才这个保安的惨叫声惊动了四周，围攻庄和逍月的三个保安中，有两个朝我冲了过来。

此时的我早已摆出了跆拳道战斗姿态——"小跳步"。

对准冲得最快的那个保安的腰部，我使出了招数——滑步侧踢。

我的右腿，又狠又准地重击在那个持棍保安的小腹上。这一脚踢得非常结实，加上我全身的势能，那个保安大叫着倒飞了出去，狠狠地栽在了三步开外的地上。但是，我自己也感觉到，身上的休闲西裤，因为受不了招数的大幅度动作而开裆了，胯间顿时有一股凉意……

这个光景使得另一个保安迟疑了。但是，这迟疑只停留了一秒钟，他又冲过来，对我挥出了右拳。

刚刚收住招式的我，距离那个保安已经很近了。我使出擒拿，顺着那保安出拳的势头，一把扣住了他的右手并反架制服住。

这时，我看见了不远处庄他们的情形。虽然庄已经被打得鼻青脸肿，但他仍然死死地保护着逍月……

这场景，使我胸中的怒火熊熊地燃烧了起来。我使出最大的力气，将扣住保安的右臂狠狠地往上一提——

身下的保安发出杀猪般的嚎叫。他的右胳膊，被我卸下来——也脱臼了。我一把将他向旁边推开。这家伙，也爬不起来了。

"你们这帮废物，我自己来！"背后响起那个保安队长的声音。

我转过身，只见一根警棍已经朝我的脑袋挥了过来……我脑袋一闪，警棍重击打在我左肩和锁骨上。巨大的疼痛感立马传来。

咬紧牙关，我硬挨了这一击。我随即反击，出手将那保安队长的手扣住，再次反架。

但这时，剩下的两个保安逼了过来。

见状，我连忙用右胳膊死死扣住保安队长的脖子并往后拖行了一步。深吸一口气，我暴吼："都他妈的给我住手!"

这一声大吼，在场所有的人都被我震慑住了。

密切注意着周围保安们的动作，我继续用力扣住那保安队长的脖子，并低沉地威胁道："你们给我住手。刚才，我已经弄断了一根手指，一条胳膊。哪个不怕死的要是再敢过来，我就扭断你们队长的脖子！相不相信？嗯?!"说完这些话，我瞪大了眼睛，双目释放着杀气。

距离我最近的两个保安迟疑了，但仍然戒备，一副想要冲上来的样子。

此时，我加大了右手的力道。那保安队长顿时呼吸困难，大叫道："啊……高手饶命，饶命啊……你们快听他的，都，都给我住手!"

保安队长的这句话一出，在场所有站着的保安，都停止了动作。

桂老大扶起了吓得脸色发白，腿软得都不太走得动的汪总；另一边，一身尘土的逍月，扶起了被打得有些浑浑噩噩的庄。几个人都警惕地挪到了我这边来。他们一靠近，我立刻关心地问："逍月，庄！你们怎么样?"

扶着庄的逍月回答："我还好……庄好像受伤了……"

听到我们的对话，被我挟持住的保安队长露出一丝疑惑，他开始打量逍月。突然，他激动了起来，大叫道："月儿！是月儿吗?"

我在钳住他脖子的胳膊上，又用上了一层力道，并警告道："闭嘴！别动!"

保安队长二话不说闭上了嘴。

而一旁正在照顾庄的逍月，听到这声的大叫之后，一下子呆住了。逍月的眼镜已经掉了。我知道，逍月是重度近视眼，没有眼镜的她很难看清东西。当然，这一点她扶着的庄也是一样。她回过头，仔细地打量着被我控制住的家伙。

良久，她艰难地吐出几个字："……贵三哥?"

这个名字，怎么有点耳熟?

猛地，我想起来了。逍月曾经谈起过，小时候喜欢到邻居家看其父亲制作木版画。她的那个邻居，就叫焦贵三。

逍月依然一副难以置信的表情，盯着我看。不对，她不是盯着我看，而是盯着被我钳制住的家伙。

见这情景，被我制服的保安队长又激动起来，大叫道："月儿！是我，我是贵三哥呀!"

道月又靠近我一些,仔细端详,终于,她确认了:"真的是贵三哥?"

"对……是我,贵三。月儿,今天你怎么在这里?你什么时候当上记者了?"焦贵三问道。

"什么记者!刚才我们领导没说过吗?我们是期货公司的,来这里调研和谈生意的!"道月气愤地喊道。

"啊……那……你们真的不是记者啊……"焦贵三一脸的震惊和迷茫,"糟了,打错了……"

"我说过了!我们不是!"

焦贵三连忙对周围那些仍然保持戒备姿势的保安大喊:"兄弟们,马上都停了!她是我妹子!这几个都不是记者!"

那几个保安都泄了气,个个脸上都露出了既迷茫又无奈的表情。站着的三个人中,有两个人扶起了被我击倒在地的那两个保安。

"晴空,你放开他!"道月对我吼道。

"哦……"我疑惑地答应了一声,放开了焦贵三。随即,我脱下了上衣外套,悄悄地围在腰间,遮住开了裆的裤子……

这时,道月一把扯住焦贵三的领子,眼中也喷出了怒火,吼道:"就算我们是记者,你们怎么可以这样粗暴和野蛮地动手打人,啊?!焦叔以前是怎么教你的,啊?!"

说完这些,道月已经气得发抖,胸口激烈地起伏。我惊讶地发现,她的眼中,正释放出不亚于我刚才水准的杀气……

道月的气势明显地压制了焦贵三。只见他低下头,委屈地说:"月儿,我们也是奉了领导的指示行事,没办法呀。最近有几个电视台,派了好几拨记者,隔三岔五地来我们企业暗访'落后产能严重污染'的事情。单位里的领导都在躲风头,这几天都没来过……孙总走之前,特别交代我们几个,一定要严防死守住厂区,不能放一个记者进去暗访。不然,我们几个的饭碗就保不住了……"

"你有没有自己的主见和良知啊?!领导叫你做什么,你就做什么啊?!"道月的音量明显地提高了一个档次,"难道你们领导叫你去杀人,你也去杀人?!"

闻言,焦贵三低头闷声不语。

"哼!"道月不再理他,转身去查看庄去了。

望着道月的背影,焦贵三一脸的愧疚和哀伤。

这时,桂老大对他扶着的汪总说:"汪总,我们今天还是先回宾馆吧。现在这个样子,是没法再调研和谈判了……"

"好……强子你说怎么办就怎么办……"汪总的脸色依然煞白，一副惊魂未定，走不动路的样子。

在焦贵三的示意之下，保安们归还了抢去的相机和笔记本。逌月捡回了她和庄的眼镜。但是，她的那副新眼镜的镜腿已经折了。

准备走之前，我靠近焦贵三。

一看到我又走了过来，焦贵三本能地害怕了起来。

看他那怂样，我心里鄙视极了。

我声音低沉地说："你那两个部下，最好在一天之内，送到医院的骨科去做脱臼矫正。不然时间久了，他们的手就废了。"

"好……好。"焦贵三还是低着头，回应道。

袁教练既教过我擒拿，同时也教过我一些简单的复位治疗的技巧。我本来是可以帮那两个保安做关节复位的。但是，回想起刚才他们围攻暴打庄时的情形，心中的这一点慈悲，迅速地消散了。

我、逌月和桂老大，搀扶着受伤的庄以及腿软的汪总，朝汽车走去。

"月儿……"看着逌月随着我们一起要离开，焦贵三犹豫地伸出了手。

逌月停下了。但是，她只停了一秒钟，没有回头，就继续和我们一起向前走。

快上车前，我回过头。

头顶泛黄灰霾的天空下，空中飞扬弥漫的尘土；远处高耸烟囱冒出的大团白烟；焦化厂里巨大的建筑群；厂区周围大片黑色和黄色混杂的裸露大地；保安们互相搀扶着的身影……

我不知道用怎样的语言来形容眼前的这幅画面……

再看一眼，焦贵三那落寞、无奈、怅然的神情。

为什么，我隐隐觉得，他现在的样子，有点神似去年某一刻我所面临的场景呢？

在汪总的催促下，汽车司机以尽可能快的速度开回去。大约在上午 10 点，我们返回了下榻的宾馆。

一下汽车，我立刻对桂老大说："老大，叫大家都来我们两个的房间吧。我的行李箱里准备了一些外伤药。"

桂老大转过头，惊奇地看着我，说："你真是个神奇的人哎，准备做得这么充分？不仅'文事者，以武事备之'，还自带伤药有备无患？哪学来的这么滴水不漏？”

我苦笑着说：“留学时，某一次惨痛经历，换来的斗争经验。”

“哦？”桂老大来了兴致，“能多谈一些吗？”

我的眼神一黯，摇了摇头。

“算了，不勉强，每个人都有自己不想说的过去。”桂老大温和地笑笑。

一行人都到了我和桂老大的房间里。

将庄平放在床上之后，我先处理汪总和桂老大的伤。这是因为他们两个的伤势都很轻，也就是手上有些小的擦伤和刮伤。在用酒精消毒之后，我很快用创可贴和喷雾剂处理好了他们两个的伤。

汪总一包扎好，就回自己的房间去了。桂老大则是离开房间去打电话，和总公司联系。

接下来，我问道月：“道月，你受伤了吗？”

“没有，只是衣服脏了而已。”

“那你要不先回房间吧。”

“为什么？”

“庄刚才被打得这么惨，我要把他的上衣脱下来看看伤势。”

“没关系，你弄吧，我不介意。”

这时，朝天躺着的庄挤出一丝微笑，说：“你不介意，我还介意呢。过会晴空把我的上衣脱了，你还在这里，我岂不是被你看光了么。”

道月并没有像往常一样立马回嘴，而是低下了头。她迟疑地说：“庄……今天真多亏了你保护我……”

庄愣了一下，说：“你没事就好。”

道月咬着自己的嘴唇。良久，她才开口：“谢谢你，庄……”

庄只是温和地摇摇头。

我在一旁纳闷了：怎么觉得，此刻这两人对话的态度，和往常差那么多？

我小心地解开了庄的上衣。庄的头部有三处泛青的瘀伤，胸口还有两处。

“庄，我再检查下你的背部。”

“哦……好。”庄迟疑地说道。

庄一翻身，我将他的衣服撩了起来。

一看清他的背，一旁的道月睁大了眼睛，双手捂住了嘴巴……

庄的背上有大块的瘀伤，整个背部的三分之一都红一块青一块的了。

我的神情顿时凝重起来:“……这不是我带来的喷雾剂和酒精能处理的程度了。”

“庄……”看着庄的惨样,逍月激动起来,几乎要哭了,她揪心地说,“而且,这一带的医院条件不是很好……”

“我建议……庄,你从现在开始,趴着休息吧,晚上也趴着睡……”看着庄背上的伤势,我无奈地道。

“好的,晴空。”趴着的庄无力地说道。

一走出房间,逍月快步向桂老大走去。我紧跟其后。

“桂老大,我想求你个事情。”

桂老大刚打完电话,转过身看着逍月,问:“什么事情?”

“我想请个假,现在回老家一趟,晚饭之前回来。”

我感到奇怪:逍月怎么会想到现在这个时间回老家?

桂老大则是直接把我的疑问说了出来:“你怎么想现在回老家?”

“老大,庄为了我,伤得太重了。我爸,是我老家村子里最好的外伤中医医生,他有些专治跌打损伤的家传秘方[①]。我想立刻回去一趟,求我爸给庄开几副特效外伤药……求求你了,桂老大,我知道现在请假回家不太好,但是……”

“你这个家回得非常应该。我批准了,早去早回。”桂老大点了点头,拍了拍逍月的肩膀,然后,转头对我说,“晴空,给你个任务:陪逍月走一趟。”

“是,老大。”我答应道。

“桂老大,这……不用麻烦晴空一起去了吧?”逍月迟疑道。

“他和你一起去,我放心。”桂老大推了推眼镜,看了看我。

逍月也看了我一眼,还是点了点头。

我在房间里换了一条裤子,顺便处理了自己左肩的一小块瘀伤。随后,我和逍月两人乘坐镇子里的长途公共汽车,前往她老家所在的村子。

这一天,汽车上的人不多。我和逍月各坐在汽车两侧的靠窗位置。我看着窗户外的风景出神,逍月则沉默不语。

窗外的风景,还是那么的阴郁和凄凉……

---

① 即“跌打粉”,方药组成及用法为:乳香、没药、红花、赤芍、白芷、栀子各五钱,桃仁一钱。按此比例配方,研成细末。视伤处大小取药末,用白酒调成糊状,敷伤处(不能敷在破损皮肤上),每日2～3次。一般敷药1～3天痊愈。

今天这场节外生枝的遭遇战，我勉强算是胜利了——虽然牺牲了一条裤子，但并没有受重伤。

但是，在那一年，我似并没有现在这般幸运……

2010 年 10 月下旬，遭遇“示威堵门”的那一天，伦敦，唐人街。

伦敦时间晚上 8:30。

不同于夏季，深秋的伦敦，这个时间点，天已经完全黑了。

在一家小餐馆中，我和希诺正一边吃着简单的晚餐，一边随口聊着之前的事情。

由于发烧了，我的胃口不是很好。但是我还是撑着，装出没事的样子。

“Rocky，最近伦敦为什么这么乱呀?”坐在我的对面，希诺捧着她那杯快喝完的港式奶茶问。

“这已经不是一天两天的事情了。丁姐课余的时候对我说过，这一切，从 2008 年的金融海啸时期就开始了。”

“持续了这么久了呀……”

“嗯，是的。经济增长无力，英国的总体状况，自从那个时候开始，就没有显著好转过。”

“我不是学经济的，对这个关系不是很了解哎。Rocky，你给我解释下，为什么经济不好了，英国的社会就会如此动荡不安?”

“时间不早了，我送你回家，过会儿边走边讲，怎么样?”

“好啊……只是要你送我回家，怎么好意思呀。”

“怎么会呢? 今天伦敦出了这样的事情，治安肯定不会好，还是送你到家我再回去好了，这样我才安心。”

“嘻嘻，你真是好人呢。”希诺微笑着，喝完了她的奶茶。

“呵呵，你今天已经说过两次这样的话了。”我微笑着。

我和希诺打算先坐地铁，再换乘公交车到她家。

两人从地铁站出来。走到公交车站一看，一张新的告示赫然贴在公交车站上。

“经过公交司机工会投票决定，从今天开始，本站上所有的公交车停运一周。”

公交司机工会又罢工了……

读完，希诺郁闷地说:“怎么会这样，今天白天出来的时候，还没有这个告示呢……”

“这也没办法了。希诺，你的住处离这里有多远？”

“大约2英里吧。”

“算了，就当饭后散步呗。我送你。”

“这怎么成啊，送我回去的话，你回家不是很晚了……”

“没事。我一个大男人，怕什么。现在天黑了，还是我送你回去比较安全。”

“好……好吧。”

于是，我和希诺朝她的家走去。

“刚才吃饭的时候才说了一半，你现在能讲解下吗？”一边走着，希诺一边问我。

“好，我这就继续刚才的话题。英国这一类的西方国家，经济发展的状态，与其就业率是息息相关的。”

“这个我大致也听丁姐说过。然后呢？”

“在英国，甚至大部分西欧国家，就业率与社会治安状况，也是密切联系的。虽然说，这个关系在任何国家都存在，但在这些西方国家中，这种关联性更强。具体来说，这是源于西方人的消费理念和生活习惯。”

“怎么解释呢？”

“西方人，不存款，而是提前消费。希诺你应该也注意到了吧，英国人，买什么东西，都是按揭的。按揭买汽车，按揭买高档手机，同时，大部分他们的房子，也是按揭的。社会上八成的人，银行卡里面只有债务，一分钱存款都没有。”

“好像是这样呢……”

“能够持续按揭的前提，是处于就业状态。而现在，经济萎靡不振，很多人都因此失业。一旦某个人失业超过3个月，处于申领救济金状态，此前他的信用卡就会被银行冻结。举个例子，一个中产阶级的白领失业了，房子因为断供而被银行查封，任何透支性的消费都无法再继续，那么，他的灾难就真的开始了。说不定，哪天他会沦落到背着一个睡袋在桥洞下睡觉呢。而一旦这样失业的人多了，那么‘造反’的人也就多了，社会治安就会恶化……”

“不会吧……”听了我的解释，希诺睁大了眼睛。

“很遗憾，会这样。而且，过去的两年之中，这种情况发生得太多了。”我继续道，“这两年，英国经济萎靡不振，失业率居高不下……失业的人群多了，社会不安定因素也就增加了。白天我们看到的抗议人群,刚才看到的公交车司机罢工,都是活生生的实例呀……”

“Rocky,你懂的真多呢。”希诺投来钦佩的目光。

“过奖了,希诺。这只是我们学经济学的人专业领域而已。而且,我知道的这些,八成都是丁姐教的呀。”

“嘿嘿,你真是她的得意门生呀。”

……

我们一边聊着时事,一边朝她住处前进。

“这里离你家还有多远啊?”

“不远了,大约还有一里路了。”

走过冷清的街角,我和希诺进入“工”字过街地道。

地道的地面,又湿又滑。

刚走到地道中间,我远远地看见对面走过来两个朋克造型的人。那两个朋克——一个白人一个黑人,身高都超过了我,似乎在盯着我和希诺看。

我顿时警觉了起来。

走到地道中间,那两个朋克拦住了路,不让我们继续向前走。

我立刻挡在希诺身前。

稍微留神一看,那黑人朋克的右手上带着指虎。我立刻警惕地问道:“你们想干什么?”

“想干什么……看,鲍比,今天我们遇到什么有趣的东西了?”左边的白人朋克不怀好意地看着我和希诺。

“啊……好东西,一对可爱的亚洲情侣啊?中国人?日本人?韩国人?还是泰国人?”黑人朋克往我身后的希诺看去,眼神中充满了淫邪。

“管他们是哪国人呢。有了这个‘热’女孩,过会儿我们两个可以开狂欢派对了,哈哈。”白人朋克接口道,突然从口袋中掏出了弹簧刀,一边向我和希诺逼近。

这时,黑人朋克也靠过来,一边凑趣道:“皮特,这真是个绝妙的主意!”

一看形势不妙,我立刻摆出了战斗姿势,用中文对身后的希诺喊:“你先快跑!”

希诺迟疑了一下,开始向我们来的方向跑。可是,地太湿滑了,她穿着中跟鞋,没跑出两步,就滑倒了,重重地摔在了地上。

见这情形,我心里咯噔一下:这下可糟了。

两个朋克，仗着手中有武器，向我发动了攻击。

我死命地格挡、躲闪着，想要给希诺逃跑争取一些时间。形势越来越危急了。一来，他们两个身材都比我高大，手脚本来就比我的长，我很吃亏；二来，他们两个都拿着武器，指虎或弹簧刀，被哪一样划中了，都不是闹着玩的；最后，我一直处于发烧状态，力气只有平时的三成，很多招式根本无力施展……

我渐渐地落了下风，手臂上被那弹簧刀划了两三下。还好那一天衣服穿得比较厚，刀没有伤到手臂。

此时希诺挣扎着想要爬起来，我一边抵挡两个歹徒，一边大喊："快爬起来，快跑！"

一个分神，腰部露出了破绽，黑人的指虎，重击在我的小腹上，正好打中了我的皮带扣。

强大的冲击感和疼痛感，从腰部扩散开来……我摇晃了一下，软倒了。

希诺刚刚爬起来，看见我倒下去，急得大喊："Rocky！"

强忍剧痛，我挣扎着想要再站起来，黑人又朝我重重踢了两脚。一边的白人，抬起脚踢了我的头。

身体，再次重重地倒地，脸贴在了冰凉的地砖上……

嘴里顿时有什么咸腥的东西流了出来。

黑人朋克用膝盖顶住我的后背。

一边，传来希诺的尖叫声："Rocky！Rocky！啊啊……不要啊！不要！啊……"

慢慢模糊的视线中，我看见，死命挣扎着的希诺，还是被白人朋克拖向了另一侧……

黑人朋克笑着说："嘿！伙计，这次就你先来了。"

白人朋克淫笑着回答："别急，伙计，今晚咱们有的是时间，哈哈……"

希诺被白人拖向另一边的拐角处，消失在我的视野中。走廊里，回荡着希诺的尖叫声……

身体越来越沉重，意识也越来越模糊……

周围好像安静了，我只听见自己的心跳声……

我……

就这样……

完了吗……

希诺……

希诺……

"没有力量的正义是苍白的！"心底，突然浮现袁教练的那句话……

不！

我……不能死在这里！！

我……不能让这种灾难，发生在希诺身上！

我……不能眼睁睁地看着一朵美丽的灵魂，在我眼前这样破碎！

我……需要力量，哪怕是突破规则！

心跳加速了。

扭头，我看见了蹲着压住我的黑人的脚踝裸露着。

我张开了嘴巴，对着黑人的脚踝狠狠地咬了下去！

“啊！！！”黑人朋克疼得摇晃了一下，失去了重心。压在我后背的脚顿时松了。双手蓄力，像做俯卧撑一样猛地撑起来，我用自己的左额头，对着黑人的鼻梁狠狠地撞了下去……

左侧额头传来痛感。

黑人捂着面部，发出了第二声惨叫。我挣扎着站立了起来，推倒了他，然后，对准他的小腹，狠狠地连续蹬踢四下。

黑人朋克口吐白沫，昏过去了。

还有一个持刀歹徒……

通道里，仍然听得见希诺的尖叫声……

我迅速地解开了昏倒黑人的牛皮腰带，将没有皮带扣的一头紧紧地缠在自己的右手上，留出一肘多的长度，朝着他们消失的方向追过去。

一转过通道的拐弯处，眼前的景象让我呆住了：

那白人朋克正想要强暴希诺。希诺的外套已经被丢在了一边，她那天穿的厚丝袜，也已经被多处撕破。但是，希诺仍然在死死地抵抗着！

我暴吼一声：“死！”

一看到我，白人朋克愣了一下。他随即丢开希诺，抓起了一边的弹簧刀，转身迎战，嘴上叫嚣道：“你把鲍比怎么了？想找死？我成全你！”

我举起皮带朝那个朋克冲了过去。

一靠近，我狂舞起手中的皮带，用金属皮带扣如暴雨般攻向那个歹徒。这一次，我的武器比他的要长一些，略微占优势。皮带扣不断地击打到那家伙的身上。那朋克也不停地乱划乱舞着刀。突然，我又没有防住，朋克在我的左边胸口上划了一刀。

左边胸口传来一阵冰冷的刺痛。但是，我没有停止攻击，反而更加疯狂地挥舞皮带继续猛攻。

终于，这里上帝的眷顾——必要时小小的幸运出现了……在狂乱的攻击中,我有一记皮带扣,狠狠地打中了那个歹徒的手腕。白人朋克惨叫一声,弹簧刀脱手了……

形势一下子逆转了,刚才的互殴的局面,此刻变成了一边倒。在我暴雨般的攻击下,白人朋克失去了斗志,被逼到了墙边蹲下。

"喝啊啊啊啊!!!"高喊着的我,没有停止鞭打。

心脏,此刻剧烈地搏击着。

我……要复仇!

金属的皮带扣,在那白人身上少说也打了几十下。不仅如此,他周围的墙壁也被我打中,瓷砖被击碎,碎片四溅。

白人朋克用双手死死地护住脑袋,一边惨叫,一边瑟瑟发抖。

"Rocky! 不要打了! 他要被你打死了!"突然有人从后面抱住了我的腰。

我愤怒地转过头。

身后,是衣衫不整的希诺。她有些发抖,但是,眼神中,带着一丝坚持。

看看那个白人朋克,倒在地上不断地呻吟着。我放下了挥舞皮带的右手,一脚踢远了地上的弹簧刀。

胸中喷涌的气血,开始平复。

我面无表情地,脱下了自己身上的野外生存装,套在希诺的身上。

噙着泪珠,希诺抬起头望着我。突然,她捂住嘴巴,惊恐地说:"Rocky……你的胸口!"

我这才检查胸口。刚才那歹徒的一刀,划开了我穿的三层衣服:外套、鸡心领薄毛衣和里面的衬衫,在里面造成了一条十多公分长的划伤。好在,不是很深。但是,鲜血已经渗出来了。

没多想,我用左手捡起希诺的外套,并丢给她。随后,我用左手一把抓住她的手:"走!"

两人沉默着,行色匆匆地朝希诺的住处跑去。几个拐弯之后,两人的脚步放慢了。并不是我们安心歹徒没有追过来,而是我发现自己,似乎越来越走不快了……而希诺,也不敢离开我。

我们离希诺的住处,还有一里路……

我们现在走在外面的街道上,头顶上到处是政府设置的 CCTV[①],其他的歹徒应该不敢在 CCTV 监视之下行凶。刚才,在地道里并没有看到 CCTV。

---

① CCTV:英国的监控系统,Closed Circuit Television 的缩写,这是一种图像通信系统,广泛用于大量不同类型的监视工作、教育、电视会议等,其简称就是我们耳熟能详的闭路电视。

那两个歹徒估计就是因为这样才在地道里下手袭击路人。我们今天就不幸当了一回"死角处"的被袭击者……

我抓住希诺的手,继续走着……

现在,天气已经很寒冷了。听店里的王叔说过,天气寒冷的时候,伦敦的犯罪率会上升。这是因为,伦敦冬日的夜间寒冷无比,很多流浪汉挺不过去了,于是就想着要"犯个事"被警察抓进监狱里去。监狱里,有食物,有地方住,有暖气……对他们来说,反而是求之不得的"冬季旅馆"呢。

我抓住希诺的手,继续走着……

还有一点,不仅是王叔,丁晨星也曾经告诫过我,我们华人,在国外,特别是治安较差的地方,都是歹徒优先攻击的对象。这是因为,一方面歹徒认为华人的身材比较矮小,袭击起来比较容易;另一方面,华人在国外还有着一个致命的习惯——相比生活中只会刷卡的外国人,我们华人总爱在身边备着一些现金。这种"现金情结",反而使得歹徒更喜欢袭击华人……

气息,变得越来越急促;左侧胸口处的衬衫已经红了一片;双腿,好像灌了铅一样沉重;腹部的疼痛,在短暂的忘却之后,此时又发作了起来……

唉,这个时候,要是身上有一些外伤药,比如一瓶喷雾剂,那该多好呀……

我依然紧紧抓着希诺的手,继续走着……

"Rocky,看,我们到家了!"

我们,到了?哦,是的,我来过这里一次了。

我松开了希诺的手,右手缠着皮带的手指也松开了……皮带一圈圈地落下,"叮"的一声,掉在地上。

"Rocky?你怎么了?"

我的世界,开始倾斜……我又一次,与冰冷的大地亲密接触。

"Rocky!"希诺哭喊着摇晃我……

我的世界,开始变暗……

"Rocky!Rocky!Rocky……"

希诺的叫喊声,也慢慢变得遥远……

我睁开眼睛……

"晴空,别睡了,到我家了!"身旁的逍月摇醒了我。

哦,是啊,现在的我正护送逍月回老家呢……

刚才的梦,让我记起来了。旅行的时候,带着外伤药——我这个习惯,就是那一年养成的。

# 10

# 偏方与木版画[①]

这个世界上，万物的衡量标准，都是相对的。对与错，是相对的——从来不存在绝对的正确，也不存在绝对的错误；同样，正义也是相对的——不存在绝对的正义，也不存在绝对的邪恶。

① 木版画：以晋南临汾一带为中心的山西民间木版画，不但是群众喜闻乐见的民间艺术形式，在中国绘画史上亦占有极其重要的地位。山西木版画历史悠久，主要涉及四方面内容：驱邪镇宅的护佑神、降祥纳福的天地神众、各种戏曲版画和世俗画。

从村口的车站跳下长途公共汽车，我跟着道月朝着她家的方向走过去。

这，是我第一次，来到道月的故乡。

远远望去，村庄处于以黄色为主体色调的背景之中。

走近一些之后，这个山西村庄的细节，在我眼前一一展开。这个山西的小村庄，村子里的房屋布局整齐、紧凑。远远望去，村庄里的房屋多数为平房，仅有少数小二层的房子。大部分的农户家楼下，都有一个大大的院子。

“晴空，你还好吧？”一边走着，身边的道月关心地问道。

“我还好。怎么了？”

“刚才，在汽车上，你很快就睡着了……你是不舒服，还是太累了？”

之前，我只是看着风景出神，后来怎么会睡着了……

“抱歉，我不知不觉睡着了。”我抓抓头皮，显得有些尴尬。

“你真的没事吗？”

“为什么这么问？”

“别逞强。我都看得真真切切。”道月停了下来认真地看着我，“上午你真的很生猛，救了大家。但是，我看见，你好像也被警棍打中肩膀了吧，真的没事吗？”

“没事。一点小的瘀伤而已。出发前，我已经处理过了。”

道月仍然一副担心的样子。

“我真没什么大碍。贵三那一棍是蛮结实的，可是呢，我也不是那么不经打的——你看，我还不是生龙活虎的？再说，我又没像某位仁兄那样被打得那么惨。”

“……”道月低下了头。

良久，她才说：“过会，去我家，我叫我爸先给你看看。”

“不用了吧。”

“听我的，好吗？”道月显得很认真，“都到了这里，你就听我的。检查一下，没什么不好的。”

“好吧。”我摇了摇头，“你呀，今天怎么如此关心同事了？”

道月低下头，有些不好意思地说：“我……还没有向你说声谢谢呢。今天你可是救了我还有大家呢。真看不出来，你这么勇敢啊。还有……”

“嗯？”

道月咬着嘴唇，良久才开口：“贵三他们给大家造成的伤害……真的非常抱歉……”

这时，我大致明白了：此刻，道月这家伙，心里一方面是感激我的救命之恩，另一方面可能是愧疚——毕竟，带头殴打我们一行人的，居然是她的青梅竹马……

我轻轻地拍了她的肩膀，说："不要自责，逍月，当时情形出乎了所有人的意料。已经发生的事情，就不要那么在意了。我们还是先善后为主。你回家来，给庄取药，不就是为了这个吗？"

"嗯，嗯……"逍月点了点头，稍稍释怀了一点，"你说的对，晴空。"

回想起之前，宾馆房间里逍月的反应似乎有点微妙。我试探性地说："但是，我觉得，上午最勇敢的人，并不是我哟。"

"哦？是谁？"

"庄。"想想当时庄的表现，我心中涌起一丝热意，说，"我以前学过一些实战武术，有一定的自保能力。庄可不一样——看他的样子我就知道。你别看他平时老跟你作对和斗嘴，今天，他可是豁出去死命地保护你哟……"

"是的。今天要不是他挡着，我怎么可能安然无恙……现在他正趴着活受罪呢，都是因为我……都是因为我……"说着，逍月又低下了头，一副心疼不已的样子。

逍月的反应，离我心中的猜测又靠近了一步。庄的舍命相救，似乎还对逍月带来了一些"附带效应"？这种"逆转"趋势要是继续下去……一对水火不容的冤家的相反方向，是什么呢？想到这里，我不禁觉得好笑。

"晴空？你在笑什么呢？"

"没……没什么。"我这才发现，自己差点真的笑出声来了……

两人走进村子，很快地就到了逍月的家。

逍月家院子的大门开着，我们两个进了门，就看见逍月的母亲在院子里坐着，正在绣一双鞋垫。远远地，我看到那双鞋垫上刺绣的图案好像是凤凰。

逍月的母亲，是一个典型的山西农村妇女，中等身材，脸红扑扑的，但岁月已经在上面留下了很多道痕迹。她一看见我们两个就笑了，露出了很白的牙齿。

"妈，我回来了。"

"月儿，这么快就回来了？"

"嗯。爸呢？"

"你爸在药材库里，给你准备药材呢。你带着你的同事进屋歇会吧。妈这就给你们做饭吃。放心，菜都准备好了。很快就能吃饭了。"

"好的。妈，辛苦你准备了。"

"不辛苦。月儿你，还有你的同事多难得才来一趟呢，得好好招待你们才行啊。"

道月引着我进屋坐下。

“道月,你妈好像早知道我们要来?”

“我之前电话联系过他们呢。”

“咦? 什么时候? 我怎么没有注意到?”

“就在我们坐汽车来这里的途中,当时你睡着了,甚至还打了呼噜呢……”

额,我在车上怎么会睡得这么死……

这时,道月的父亲走了进来。年近六十的道月的父亲,看上去很精神,一双眼睛炯炯有神。他穿着白色的背心,外面披着白色的衬衫,手上拿着一只小的瓷臼。

看见她父亲走进来,我和道月都站了起来。

“爸。”

“月儿,你把保护你而受伤的那个小伙子带回来了?”

“嗯,这位是我的同事向晴空。”道月转向我,继续介绍她的父亲,“晴空,这位就是我爸,村里的中医医生黄鑫忠。”

“黄叔好。”想了半天,我也想不好怎么称呼道月的父亲,憋了半天,我只挤出“黄叔”两个字。但一出口,随即又觉得不是很好,这个称呼怎么感觉霸气了一点呢?

“哦,你好啊,年轻人。月儿,你不是说,你的同事被很多人拳打脚踢,伤得不轻爬不起来了么? 这小向这不是蛮精神的么?”

黄叔这话一出,我心中暗暗发笑。他把我当成了正在宾馆里趴着的庄了。当然,这次我没有再表露出来。

“不是啦,爸。受伤很重的同事现在没让他乱动哦。人家背部三分之一都又青又肿的,现在正让他在宾馆的房间里趴着休息呢。”

“哦,那个小伙子没来啊。那这位是?”

“这位,就是我说的那个,救了我们大家的勇敢同事。”

“哦? 这位,就是你说的那个,一个人打退了六个保安的勇猛同事?”

“是的。这次多亏了他,我们大家最后才能脱险呢……不然,不仅我们的相机等设备会被那些保安抢走,还可能受更重的伤害呢。”

黄叔开始打量我。而我则觉得喉咙里一阵干燥。道月对她爸讲的是不是太夸张了点? 我只是依次打退了三个保安而已,最后当几个保安要一起上的时候,我赶紧劫持了他们的队长焦贵三。不然,三个保安要是真的一起上,我也没有能够打退他们的把握……

良久,黄叔点了点头,露出一丝满意的微笑:“好小子。月儿,小向真的很像你爷爷年轻的时候啊。"

"真的？爸你评价这么高呀。"逍月在一边笑了。

我则一脸迷茫，这是什么情况？

"月儿她爷爷年轻的时候，当过八路军的连政委。当年他在太行山上跟着部队打鬼子。一次战斗中五个鬼子都没伤到他。最后，那些兔崽子都被她爷爷用一柄抗战大刀给剁了。"黄叔的话中饱含着自豪。

乖乖，这是什么状况，逍月家里还是革命世家？

我正想着，黄叔继续道："我一直以为现在的 80 后和 90 后这两代人都没有了前几辈人的那种英雄气，小子，你让我刮目相看呢。"说着，他的大手有力地拍上了我的左肩膀。

这一拍不要紧，我顿时痛得差点站不稳。黄叔的手，正好拍在了贵三那棍子打中的位置。我感觉巨大的疼痛从瘀伤的部位传开来，身子也一歪……

"晴空，你没事吧……"逍月在一旁急了，"爸，你轻点！晴空打斗的时候，也被警棍打中了一下。我正想请你看看呢……"

看着我的反应，黄叔的脸上凝重了起来："小向，你也受伤了？"

"没……没事，不是很严重，只是被打中了一下而已。"

"进屋吧。吃午饭前，我先给你瞧瞧。月儿，你去给我拿瓶白酒来。"

"好，我马上去。"

为什么要拿白酒？难道，逍月她爸爸还要"借酒行医"么？我感到非常迷惑……

"小向，把上衣解开。"

"哦，好……"我迟疑着解开了上衣。

黄叔仔细检查了我肩膀上和锁骨处的瘀伤，还靠近闻了闻。之后，他抬起头对我说："小向，你好像用喷雾剂很简单地处理过了是吧？但是，这样处理，治标不治本的。况且，你用的那种方法，只能镇痛一时。"

"这样啊。"

"是的。过会我用我们家传偏方给你上药。"

"好的，黄叔。"说完，我抬起头，却发现黄叔用一种奇怪的眼神看着我，表情似乎也有些严肃。

我问道："黄叔，怎么了？"

"小向，你经历过什么吗？"

"没……没什么呀。黄叔你怎么问这个？"

“我可是医生。你左边胸口上的伤疤……哪来的?”

“我以前不小心摔的,老的刮伤而已。”我随口找了个理由。

“年轻人,不诚实可不是好事哟。这个虽然是老伤了,但绝对不是刮伤。这个,是匕首或者小刀造成的刀伤。”

我无言地看着黄叔。顿时觉得,“老姜”们真是都有两把刷子的……我只好坦诚道:“这的确是刀造成的伤。两年之前的事情了。”

“怎么回事情?”

“……”我闭口不言。

“算了,孩子。老头子我不问了。”

“啊,好的,谢谢黄叔。”

“呵呵。每个人都有自己的过去。你不想说,也没关系。反正,我先得感谢你,还有那个舍命救我女儿的,我还没见到的小伙子。因为你们的奋不顾身,我女儿才能完好地回来。老头子我衷心感谢你们两个!”

黄叔的这话让我感到心头一热。我回道:“黄叔,你太客气了。这只是我们作为男子汉应该做的事情罢了。”

“你们真是难得的好孩子。”

这个时候,逍月拿着白酒回来了。似乎听到了我和她爸的对话,逍月笑着说道:“爸,晴空,你们这么一见如故啊。”

“这妮子,人家可是你的救命恩人之一呢。”

“是是是,爸你说得对。”逍月微笑着,递给她父亲白酒。

她父亲打开了白酒。

正当我以为他会喝一口的时候,黄叔却将白酒倒进了一旁那只小瓷臼里。那小瓷臼里,有小半奇怪的粉末。这白酒一倒入臼中,顿时就成了糊状。

黄叔将糊调匀之后,涂在了我的伤处。顿时,我感到伤处有一阵奇怪的凉意,还蛮舒服的。

给我上完药之后,黄叔给了我两小包药,说:“这药每日用这个方式敷两到三次。一般这种击打瘀伤,伤处敷药一到三天就会痊愈吧。小向你的伤势比较轻,估计你回到杭州的时候就基本上好了。记得按时敷药啊。”

“好的,谢谢黄叔。”我感激道。

这时,立于一旁的逍月笑着说道:“怎么样,晴空,我说让我爸来给你看看,没错吧?”

我点了点头:“是的。你说得没错呢。”

给我上完药之后,逍月的母亲招呼我们吃午餐。

圆桌之上，摆着传统的山西菜：过油肉、炖白菜、一锅乱炖……一旁还有瓶白酒(就是刚才黄叔给我治疗时候用的那种酒)。

也许是很久没有回家了，逍月今天吃饭的样子完全不同于在公司里那斯文的样子；而我，因为已经折腾了一上午，也是相当饿了。于是，两个年轻人在逍月爸妈面前显得有些狼吞虎咽。

逍月爸妈看着我们俩的吃相，露出了会心的微笑。

餐后，黄叔问逍月："月儿，你之前说那个小伙子，背上三分之一都肿了？"

"是的，爸。"

"看来，库里现成研磨好的药粉不够用了，得现在就做。"

"那……爸，要多久呢？"

黄叔略一沉吟，随后说："大约到下午两点钟的样子，可以弄好。"

"好，那我们在家里等一会儿吧。"

"嗯。"黄叔点了点头。

这时，逍月的母亲在旁边说："月儿，妈跟你说个事儿。"

"什么事，妈？"

"你过会儿要不去看看隔壁的焦叔？你好不容易才回来一趟呢。"

焦叔？我想起来了，他就是逍月说起过的，焦贵三的父亲。

一听到这话，逍月激动了起来："我正想去呢！我要和他好好说说，贵三现在成了什么样子。今天我们一行人被贵三和他的手下打得这么惨，我要和焦叔说，叫他好好教训贵三！"

逍月的母亲这时神情有些黯然："月儿，千万别……"

"为什么！难道我不该讨个公道吗？"

"月儿啊……"

"我这就去！"逍月气呼呼的，这就想要出门。

"你站住！"这时，黄叔喝住逍月，"我不准你这样去！"

"爸！"逍月委屈地说，"我去讨个公道，有什么错？"

"你焦叔……时间不多了。"黄叔眼神中流露出一丝哀伤。

"什……什么？"逍月似乎还没有完全明白。

"你焦叔上周刚从医院里拉回来……医院说，大概只剩一到两个月了。"

"怎么会？今年过年的时候，大家还一起吃饭呢。他怎么了？"

"他病得太重，发现得也太迟了……治不好了，给退回来了……"

"怎么会？爸，焦叔的病，你治不了吗？"

"我治不了……支气管肺癌，晚期……"

道月的表情顿时呆住了，她捂着嘴，睁大了眼睛："怎么会……"

不仅是她，我也震惊不已。

"去年下半年，你焦叔，出现了咯血症状……当时，送去医院检查，还以为是肺结核。治疗了两个月没任何效果，还花了家里很多钱。过年的时候，他忙着给村里的邻居们弄木版年画，所以就停止治疗了一段时间。等到3月份左右的时候，他咯血更加厉害了……贵三和他妈把他送到省城的大医院去做了彻底检查，才发现是癌症晚期了。治疗了几个月之后，他家里的钱全部都用完了。"

"天啊……"道月喃喃道。

黄叔继续说："他们家里的状况，你又不是不知道。你焦叔的两个儿子，大儿子得矽死了已经五年了。那之后，你焦叔就不让贵三去矿上干，只让他在家里务农。自从去年下半年，你焦叔生病了以后，贵三才出去。他在附近的焦化厂找了个差事干。贵三还算是努力的，才干了半年，就受到领导表扬，当上了保安队长。这段时间，贵三用他的那份工资，为他爹治病。每个月，他的工资一分不剩地都用在了医院里……这孩子，平时只穿保安制服，和他妈以前给他做的衣服，饭也只在单位吃……唉……"

一旁，道月的母亲也插嘴道："还有，贵三那孩子，到处去借钱，想尽办法救你焦叔。两个月前，他也曾跑到我们这里来过。我们多少帮了他一些，可月儿你也知道，我们农村的，哪来那么多钱呢……村里大伙后来也都帮了把手。但是，那真的只能算是略表心意罢了……"

听完这一段，道月和我都沉默不语。

我的心中，又一次出现了那种无法形容的感觉。真没想到，焦贵三，上午带人袭击我们的保安队长，道月儿时的青梅竹马，身上也背着如此沉重的责任。他的身上，又多了一些和我相似的东西。只是，相比起来，我真的要幸运太多了……

"月儿，你焦叔现在都成这样了，你就别让他再烦心了，过得安生一些，好吗？"道月的母亲苦口婆心道。

"我……知道了。唉……"道月长叹了一口气。

我随着道月，一起访问她的邻居焦叔的家。

焦叔的老伴将我们两人引入了焦叔休养的房间里。

进入房间，我们看见躺在床上的焦叔。老人已经骨瘦如柴，眉宇间已经有了一丝黑气，脸上毫无血色，甚至有些发青。

焦叔一看见逍月，眼睛放出了一点亮光。他想坐起来，迎接我们两个。

“焦叔，你慢点……”见状，逍月上前帮忙，并将一旁的两个大靠枕垫在他身后。

“……月儿，什么风把你吹回来了？这……离国庆长假还有些日子呢。”

“我……我这次和单位一起来这附近调研考察。本来行程是三天的，我们动作比较快，有多余的时间空出来了。所以，我就抽空来家里一趟。顺便，也就来看看焦叔你了。”

“呵呵……月儿，你真有心……还特地来看我……说实话，我还以为……自己再也没有看见你这丫头的……机会了呢。”

逍月安慰道：“焦叔，别这么想。你会没事的。我以前在报纸上看到这么一个事情：有个老太，也得了癌症。她几乎治不好了，也回家去了。后来，某一天她发了高烧，到了40度以上。结果，你猜怎么着？高烧退后，那老太的癌症好了！”

“呵呵呵……月儿你真好，还是那么会逗人开心哈。”焦叔笑了起来，但随即咳嗽了两下。他缓过一口气，继续说：“好月儿……不用担心你叔了。这人呢……迟早都会去的，早晚的问题。生死有命，富贵在天……只是，以后，这手艺传不下去了。而且……我……也没法……咳……给月儿你……再讲故事了……唉……”

“焦叔……你别这么说。”逍月的声音有些发颤。

伫立一旁的我，此刻心里也是异常的沉重。

“我这老头子……早就看开了……算了。今天……你难得来，叔呢，也没什么能招待你的……”

逍月忍住了眼泪，摇了摇头：“叔……你别多想，安心休息，好吗？”

“呵呵……”焦叔微笑着。

随后，他轻轻呼唤了他的老伴。

“孩子他妈……去作坊里一下……那里，应该还有几张，3个月前印制的画……拿来……”

“我这就去……”

焦叔的老伴柳阿姨，很快拿了三幅木版印刷画回来。

前两幅，是传统的门神画：左尉迟、右秦琼。另一幅，是四大美女。

“孩子们……老头子我时间不多了……这些，你们拿去吧，算留个纪念……”

“谢……谢谢叔……”最后，逍月还是没控制住，眼泪掉了下来。我掏出了纸巾给她。

“孩子，别哭……今天，能在回老家去之前，再看见你……叔已经很高兴了……叔高兴啊……”

道月紧紧地握住了焦叔的手。

回到道月家里的时候，黄叔已经做好了为庄准备的外伤药粉，还有一瓶白酒。

“爸……我回来了。”

“现在，你自己已经去看过他家里什么个情况了。都成这样了，你还要讨‘公道’么？爸知道，这次你们被贵三他们当成记者打，感到气愤、不平、委屈。但是，你看看贵三家里，都成这样了，你还对你焦叔说什么呢？再说了，贵三他作为保安队长，要是真放记者进去报道，他的饭碗就砸了……那他家里岂不是更困难了？”

道月一言不发。

“月儿，爸知道，你这个人从小就正直，眼睛里容不下一粒沙子。但是，现在这个社会上，很多事情，都不是简单的对与错能够区分和衡量的，懂吗？”

“我知道……只是，为什么，焦叔这么好的人，为什么老天要让这种事情发生在他身上！”道月的眼睛又要红了。

“你焦叔，已经是这几年以来，村里第五个得肺癌的了。咱们这里，开了这么多矿，这么多煤企业。你看看这里的天空，什么时候是蓝色的了……”

“唉……”道月长长地叹息着。

“月儿，别多想了，这些事情，也不是我们几个能够改变的。早点回去吧，那趴着的小子还等着你上药去呢。这个你也拿去，调药用。”黄叔递给道月一个小的瓷臼。我仔细一看，那个臼就是之前黄叔用来给我上药的那个臼。

道月接过了东西。

下午 2:30，道月和我两人，坐公交车返回。

身后，她的家乡慢慢地远去……

返回宾馆，桂老大一见到我们两个，有点意外：“哟，动作挺快的么。”

我和桂老大的房间里，庄还在趴着休息。我揭开他的衣服再次检查了一下，他的伤处肿得更加厉害了。

道月在一旁，打开了一包药粉和一瓶白酒，按照黄叔教的方式开始调配。

庄虽然趴着，但是依然扭头看着道月忙碌。看着道月弄这些东西，庄显得大惑不解，问：“我说道月，你在弄什么呢？”

"等一下啊,我这就给你上药。"

"药?我怎么感觉你在捣鼓面糊呢?"

"真没眼光,什么面糊啊。这可是我爸专门治疗跌打损伤的特效药。"

"是吗……还有,你为什么要用白酒啊?"

"再忍耐一下,马上就好了。"

不一会儿,逍月调配好了药糊,端着臼靠近趴着的庄。

庄扭头看了看臼中的药糊,面露疑惑:"这……这是孟婆汤么?为什么看起来这么妖孽的样子啊?"

"喂,你这是什么态度啊。能不能少说两句?这么不信任我爸的特效药?再烦,我把这药给你灌下去!"

此时,逍月扭头对我说:"晴空,你再去买个一瓶白酒吧,这里的只够用两次的。"

"好,我这就去。"

一看我被逍月支出去办事,趴着的庄顿时面露恐惧:"喂!晴空,别走啊。"

我则是笑着回答:"我很快就回来。"便离开了房间。

身后,隐约传来声音。

"你你你……你想干什么,你个'煤'婆,什么时候转职成巫婆了……千万别乱来呀……"

"闭嘴!别动!"

"啊——!"

……

在非常"和谐"的气氛之中,逍月给受伤趴着的庄上了药。

飞机,起飞了。

我坐在靠窗位置,转头一看,逍月正在整理资料。她正在笔记本电脑上,整理着此次调研中采集的数据、见闻等。

她的神情,显得格外凝重。

我理解。

这次计划外的故乡之行,对她来说,实在是沉重了一些。

我将视线投往窗外。

从飞机上俯瞰这片黄色的大地,

这里,是我们国家,焦炭、焦煤、钢铁产业链最重要的上游产业地区之一……

这里，八分之一的大地，因为多年采煤，而成了采空区，有类似云南溶洞塌陷的地质灾害隐患，本身就紧张的水资源也遭受到一定的影响……

这里，干净而蓝色的天空真是非常的珍贵，要看见蓝天往往只有大风天过后……

这里，众多的煤企林立，空气污染使得本地居民的健康受到严重威胁……

这里，不知道曾经出过多少煤矿事故，也不知道多少矿工葬身地下……

……

这里，是看似开朗的逍月，她的故乡……

"……这种一哄而上的做法，并没有给山西带来健康的发展……付出了如此巨大代价的山西，却没有走在全国经济发展的前列……"

想起桂老大之前对我说的话，我扭头看看他。

此刻，他也和我一样，一言不发地靠着窗户，看着山西土黄色的大地。

山西，在视野中慢慢远离，我的心中，久久难以平静。

下飞机的那一刻，我抬头仰望杭州的蓝天和白云。此时，我才真切感受到，这样的情景是多么珍贵和亲切。

庄下周请假，打算回家去休养。虽然一开始他有些抗拒逍月的药，可是用了一天，身上的瘀伤明显有好转，他也就接受了。

汪总回到了杭州之后，一方面向高层领导汇报了经过，一方面联系上了焦化厂的孙总。期间，他大发雷霆，大喊着投诉、赔偿甚至要诉诸法律、媒体途径什么的——他打电话时候，声音响得隔壁部门都听得到。

当周围的一些同事议论这个事情的时候，我觉得有些好笑。当天遇到袭击的时候，他的胆子最小，吓得缩在地上发抖，不敢吭声。但同样是领导，桂老大那天还奋力抵抗呢。现在，一回到杭州，汪总却是叫得比谁都响，这让人如何形容呢？

分析师生活，仍然如往常一样继续着。

回到杭州之后的第三天，快下班的时候，逍月走过来了，一脸的沉重。

"逍月，怎么了？"刚刚写完简报的我，抬头望着她。

"刚才，我爸从老家来电话了。"

"怎么了？"

"……"逍月别过头，似乎在强忍着眼泪。

"到底怎么了？"逍月的反应给我一种不祥的预感。

“这几天，汪总，还有公司的高层，向我老家那个焦化企业进行了严正的交涉。”

“这个我听说了。怎么了？”

“焦贵三，连同其他几个保安，因为袭击了我们，进而破坏了这次两家公司正在商谈的合作项目，已经被开除了……”

我感觉非常意外。不是吧，这样就把他们开除了，那家焦化企业也真太没良心了。心里这么想，不过我没有说出来。我接着问：“然后呢？”

“贵三他失业了，他们家这下真的一点收入都没有了……而且，他回家以后，焦叔追问原因，他把实情都说了……结果……结果……”逍月的声音又颤抖了起来。

“结果，怎么样了？”

逍月呆愣着。忽然，一滴眼泪滑落她的脸庞。

“焦叔气极了，挣扎着爬起床来要打贵三。突然……他口吐鲜血，就……今天，我爸和村里的朋友，帮着他们家，才发了丧……呜呜呜……”说完，逍月抽泣了起来……

一个老民间艺术家，曾经赋予逍月梦想的老人，他的生命就这样结束了……

花了几秒钟接受这个现实之后，我，再一次，无言地，递给逍月一张纸巾。

站起身，带着一点眩晕的感觉，我走向窗边，看着外面的大街。

不远处的身后，逍月依然在小声抽泣着。

她连哭，都不敢大声地哭——因为，这还是上班时间……

夜间，租屋居室之内，盯着用镜框装裱后挂在墙上的木版画《四大美女图》，我呆愣地出神——

此次山西之行：

我们研究部的调研没有全部完成——焦化厂的深度调研计划落空；

金融三部的合作项目告吹，他们三季度的业务指标这下堪忧了；

焦化厂，不仅与我耀光期货的合作项目就此终止，现在反而还多了法律纠纷；

庄为了保护逍月而受了伤，需要休养一个月；

逍月的青梅竹马——孝子焦贵三，履行了他的职责，最后却丢了饭碗；

焦贵三的父亲，知道了贵三带人动手打我们一行人的事情，被活活气死——提前离开了人世……

对于这样如旋流一般的结局，我无法做出什么评价。

因为，没有人是胜利者。相比较而言，似乎，只能比哪一方更惨？

“唉……”我长叹一声。

又是一个周末……

此刻，我心中有个非常想去的地方。

我又一次推开琴行的门。才刚走进门，却已经能够听到钢琴的音乐了……

今天，可儿刚调试好的，是一台立式钢琴。她弹奏的时候，是如此忘我。

她，背对着我，尽情地演奏着。我靠着门边的柱子，静静地看着、听着。

今天她弹奏的曲子，依然是一首轻柔的曲子——《敲开心门》。宁静、柔和的旋律，慢慢地，一点一点地，抚平了我心中的伤感和疲倦。

“年轻人，你又来了？”店长张叔走到我身边问。为了不打扰可儿演奏，他问得很小声。

“啊，真不好意思，我又来打扰了。”我同样小声地回答，然后有点心虚地问道，“张叔，我又来，你不会生气吧？”

“呵呵，没事啊。你想来，尽管来好了。”张叔笑着推了推他的眼镜，“可儿每次都弹奏地那么用心，可听众只有我老头子一个，不是太冷清了？上次，我看到了，你也是个不错的听众哟。所以，你想来，就来好了。”

我有点不好意思地抓抓后脑勺。不过，心里却暗暗有些开心——琴行的张叔并不排斥我来，这让我有了一点“松了口气”的感觉。

一曲终了。可儿合上钢琴的琴盖，站起身。她一回头，就看见了我。

“咦？晴空？你又来了？”可儿微笑着走了过来。

“你们先聊。”看到可儿走了过来，店长张叔识趣地走开了。

“有一段时间没有见到你了呢。听逍月说，你们四天之前就回来了。那之后，怎么没有见到你呢？在忙什么呢？”

“我……回来的几天后，我一直忙着落下的定期报告，以及山西之行当中一些事件的说明简报呢。这几天的确是忙得要死，午餐几次都是叫外卖的。所以没见到呢。”

“原来，是这样啊。不管怎么样，欢迎回来哦。”

“嗯，我……又来听你弹钢琴了。刚才，我已经问过张叔了——他并不反对我来呢。”

“哈哈，你还真去问张叔，他同不同意你来这里呀？”

“是……是啊？有问题吗？”我有点迷糊地回答道。

看着我的反应，可儿咯咯地笑了。笑声稍止，她微笑着说：“那么以后，你想来，就来好了，‘无害的向大分析师’。”

被可儿这么一说，我着实有些不好意思了。

店的另一边，正在擦拭一架三角钢琴的店长张叔，听见了我和可儿的对话，小声地自言自语道：“呵呵，年轻，真好啊。”

他转过身，脸上露出了会心的微笑。

# 11

# 廊灯下的心意

“马斯洛金字塔”的第三层，有着人类最为绚丽、动人的情感和需求。人这一生中，若能够遇见它，已属不易。一直以来，它是绝大多数人此生执着追求的目标之一。有幸遇到它的人们会发现，它是快乐和力量极为强大的源泉。

……

天堂的颜色，是什么呢？

也许，

应该是白色的吧……

是这样的吗？

是这样的吧……

白色的云端……

白色羽翼的天使……

……一切，都是白色的……

那……才是天堂吗……

我睁开了眼睛……

我眼前也是白色的一片……

视野逐渐清晰。

这是，白色的……天花板？

而我，正躺在病床上。

我想起来了，这是……2010年的10月。

我的左手吊着点滴，左侧额头包着纱布。伸出右手，摸摸左侧胸前，虽然已经用纱布包扎好了，但还是传来一阵痛楚：

对，那是——刀伤。

刀伤处传来的痛楚，使得我的神志完全清醒了。

轻轻地长吁了一口气。

我……还活着。

真不知道，我躺了多久……

扭头朝右边看，希诺，她在陪夜的躺椅上睡着了。

我静静地看着希诺，她的眼睛微微有些肿。

那个难熬的夜晚，我和她，都挺过来了……

我，躺在伦敦的一家医院里。

不一会儿，一个身材壮硕，应该是印度籍的女护士走了进来。她的鼻子上，那颗黄金的金豆，非常显眼……护士看到我已经苏醒了，微笑着点了点头。

随后，护士拉开了遮光的窗帘。灿烂的阳光洒进了病房。

那一天的天气，非常好。

病房里，一下子变得光线充足。希诺，慢慢地睁开眼睛。她醒了。

她一醒过来，就立即查看我的状况。看到我正望着她，她顿时激动起来："Rocky，你终于醒了！"

"希诺……"

希诺语无伦次地说："Rocky……昨晚，你突然就昏过去了……无论我怎么叫你，怎么摇晃你，你都没反应……我还以为……我还以为……呜呜呜呜……"说着说着，希诺再也控制不住自己，抓着我的右手，趴在我身上又哭了起来。

"希诺……没事了，没事了。我这不是还好好地活着吗……"我试图安慰她。

"呜呜呜呜……你要是这样为我死了，我……我会愧疚一辈子的！呜呜呜呜……"希诺哭泣不止。

"乖，不哭了，不哭啦，希诺，我没事了，别伤心了哦。"这个状态下，我只好像哄孩子一样，轻声细语地安慰着，并用左手轻轻地抚摸着她的头。

虽然，希诺还在我怀中小声地哭泣不止。但是，看到眼前的这一切场景，我反而觉得心安。前一天晚上，我和她遭受到了袭击。但是最后，她还是好好的。那么，我现在所受的伤，就是有价值的；我的战斗，也没有白费。想到这里，我的心里泛起一丝"放心"的感觉。

过了许久，希诺才停止哭泣，直起身子来。

我静静地望着她。即使她陪护了整整一夜，即使没有化妆，即使她哭得梨花带雨的，她还是那么美丽。

"Rocky……你……你在看什么？"希诺注意到我的目光，有点不好意思地问道。

我温和地问："希诺，你有没有受伤？"

"我没事。比起你来，我那点伤真不算什么。只是手上有一些小的擦伤，还有腿上有一些刮伤。都不碍事。"

"那就好。"我还是保持着看着她的姿势。

我们遇袭的那天，是星期日。那么，现在应该是周一早上了。

"今天，应该是周一了。你……没有课吗？"

"有的。本来，今天我有半天时间是上课的。不过，昨晚我已经向导师请假了。"

"哦？为什么？"

希诺低下了头，说："因为你还没有醒，我放心不下。我……想陪着你，

Rocky。还有……”

“什么?”

“嗯……”希诺小声地说,“谢谢你,救了我……”

我想着宽宽她的心,就随口回答:“这没什么啦……”

没想到,一听到我这么回答,希诺居然认真起来。她朝我严肃地说:“不! Rocky,这很重要,对我很重要! 要不是因为你豁出性命的相救,我怎么可能还好好坐在这里? 要是没有你,昨晚,我就……我就……”

她咬着自己的嘴唇,一副十分坚持的样子。

对此,我报以温和的微笑,对她说:“希诺,还记得,我在银行里对你说了什么吗?”

希诺迟疑了一下,回答:“你好像说过,你会保护我的……”

我点了点头,露出坚毅的眼神:“不是好像,我的确说过。父亲曾经跟我说过,男子汉大丈夫应该说到做到。我对你说过,所以我会做到的。”

“你真的很勇敢,也很坚强。”

听到希诺这样的称赞,我心里涌起一股热意。

稍微想了一下,我开口道:“其实,希诺……我……”

“什么,Rocky?”

“我一直没有机会,对你说一声谢谢。”

听我这么说,希诺非常奇怪:“你……为什么要谢我呢? 我要感谢你才对呀。”

“我真的要感谢你。你还记得,我们在那棵大树下的那次相遇吗?”

“记得。那一天,你好像遇到了什么烦心的事情,有点失去了方向,是不是?”

我看着希诺的眼睛,坦诚道:“那一天,要不是因为你,我现在可能已经不在英国了。”

“为什么?”

“希诺,想不想听一个故事?”

“你说。”

“从前,有个年轻人。这个年轻人,虽然曾经家境很好,但是他的父母亲对他要求很严格,他自己也非常努力。和一般家境好的‘高帅富’不同,这个年轻人并不怎么喜欢乱花父母的钱,而只是非常努力地读书。小学、初中、高中,他经常拿班级里的第一名,到了大学里,他的成绩还是名列前茅。最后,他没有辜负父母的期望,来到了英国继续攻读硕士学位。”

希诺认真地倾听着。

“这个年轻人的路,并不是一帆风顺的。他也遇到过这样那样的问题。但是,他总是坚强得像一块石头。他总是以坚持和忍耐一次又一次地跨过一道又一道的坎。但是,前一段时间,有一道坎,他差点跨不过去了。”

“怎么?”希诺发问道。

“曾经家境很好的年轻人,遭遇到非常大的危机。他父亲遭遇到了人生中最大的挫折,企业破产了。曾经的‘高帅富’,一夜之间摔成了连日子都快要过不下去的穷‘屌丝’。虽然,年轻人平时并不大手大脚,但是一下子面对这种挑战的时候,他也迷茫了——因为,你也知道,在英国的生活成本,是如此的高昂。”

“那一天,那个年轻人,在那棵大树下,迷失了方向。那一天,对那个年轻人来说,简直是世界末日。但就在那个时候,一个手持银色长笛的女孩子的出现,改变了那个年轻人的,那一天。”

希诺吃惊地用左手捂住了嘴巴,说:“所以,后来,你才会去打工……”

我注视着希诺的双眸,点了点头。

希诺感慨地说:“是这样吗？其实在那一天,我还以为,你又遇到类似‘没法在很多人面前好好演讲’的问题。我当时只是想着,你应该能靠自己的力量,再跨过去的。真没想到,当时你遇到的,是这么严重的事情呢……”

“希诺,谢谢你。因为你在我最黑暗时候的一句鼓励,我现在才会在这里。”

“不用谢啦。最终,这个坎,还是 Rocky 你靠自己的力量才跨过去的,对不对?”

我笑着点了点头。

这时,希诺才注意到,她的右手,一直都没有放开我的右手。我也注意到了。

希诺的表情有些尴尬。她有些不好意思地,想将手松开。但是,这时,我的右手迅速地主动紧紧抓住了她的右手。

对于我的动作,希诺略感吃惊,却并没有抗拒,只是,她的双颊迅速红了起来。

用左手支撑着,我坐了起来。

“你……你不躺着休息啊……”希诺害羞得不敢看我的眼睛。

“我呢,只是被划了一刀,又不是骨头断了,坐起来当然没问题了。”

“你……你的手抓得好紧呢……Rocky。”

“哦？希诺你刚才不是一直抓着我的手没放开吗？”我有点调皮地反问道。

“那……那是……”我这么一说，希诺不知道该怎么回答，脸更加红了。

此刻的她，是多么的可爱，多么的诱人啊。我注视着她的双唇，那真是健康的颜色，看起来，是那么具有吸引力……

我一边紧紧抓着她的手，一边慢慢地靠近……

两人的眼神，锁定对焦了。

我已经能闻到希诺身上淡淡的少女体香，也能够感受到她有些急促的气息。

面如桃花的希诺，闭上了双眼。

就在两人炽热的双唇即将触碰的那一刻，我忽然觉察到，病房门口有两双眼睛！

“继续呀，为什么不继续了？”一身教师装的丁晨星推了推她“班主任style”的眼镜，镜片反射出一道寒光……她身旁，是正在偷笑的乔家慧。

听到丁晨星的声音，希诺猛地醒悟过来，惊惶失措地转过身。

“乖乖。看来，我应该去找个灭火器？这里的爱欲之火烧得太旺了，过会说不定火警报警器都会响了呢。”丁晨星一脸坏笑着说道。

“啊……”众目睽睽之下，希诺羞愧难当地转过身，并用双手遮住了脸。

我则是有些尴尬地问：“丁……丁老师，还有Ivy(家慧的英文名)……你们什么时候来的……”

“没来多久啊，刚好就在你们两个含情脉脉，准备kiss的时候。”一边的家慧也凑趣道，“丁姐，你们班的‘第二名’真是实力强大呀，才花了这么几天时间，就攻陷了Sonya。”

“嘿嘿，他可是我那个班里少数几个值得称道的好学生之一呢，Ivy。我就说嘛，按照一般事件的发展逻辑，‘英雄救美’之后，后续不都是‘美人以身相许’吗？吼吼，Ivy，这下，我赢了吧？”丁晨星摆出了胜利者的笑容。

家慧一脸佩服，笑嘻嘻地说：“还是丁姐你有经验……我输啦。我给你泡一周的咖啡喝。”

“你……你们俩打了什么赌啊？”我迷糊地问。

丁晨星轻松地说：“这个嘛……昨晚，Sonya哭喊着call我们两个下来帮忙。一起把你送来医院之后。她执意要留下陪夜。那时候，我就和Ivy打赌，赌你们两个在事后会不会‘干柴烈火’。Ivy当时还不信，因为Sonya已经拒绝了好几个‘高帅富’了，有一个还是开跑车的混血‘帅锅’呢。现在你们两个的进展，比我预计的还要快呢。我说嘛，Sonya心里早就有了你这位勇敢骑士的影子了。嘿嘿嘿……”

“哎……真好呢……”家慧双手合十,一脸的羡慕,“这简直是真人版的完美童话哟。”

“丁姐! Ivy,你们两个……”转过身的希诺,看着丁晨星和家慧两个一唱一和的,又羞又恼地娇嗔。

看着眼前的这场“人间戏剧”,我似乎是没法子好好休息了……

……

“Rocky,还记得,我之前曾对你说过什么吗?”坐在我床边的丁晨星,认真地看着我。

“……”我沉默了一下,说,“当然记得。不过,我倒是从来没想过,这种事情会真的发生在我和希诺身上。”

“已经发生的事情,没有办法逆转。但是,我想对你说,Rocky,这一次你做得太好了。作为男人,你像一个骑士般为了信念而战至最后一刻——这真的太难得了。更重要的是,你不但救了自己,也救了希诺。作为你的导师,我感到非常骄傲。”

听到这样的表扬,我着实有点不好意思。

“接下来几天,我的小骑士,你就安心在医院里好好休息吧。等你康复了,学校那边只要记得补请假条给我就是了。”

“好。”

接下来的几天,我在医院里静养。那几天里,希诺每天都会抽出时间来陪着我。

英国,医院医疗是全民免费的——也包括我们这些留学生。在医院里这几天,我并不用为医疗费用和食宿担心。这一点,算是英国高税率体制给我的额外福利吧。

2010年10月的一个周五。在医院待了四天后,我准备出院。

之前早已与希诺联系过了,她那天会陪我出院。

距离约定的时间还有几分钟,我有点心焦地等待着。

在住院的这段日子里,每一天,我都会满怀热忱地等待她的到来。

与她在一起的时间里,我们两个总是有说不完的话题。

即便到了夜晚,我满脑子,也都是她——

她的一颦一笑、她的美丽靓影……

她的,所有一切……

现在,就连等待她陪我一起出院的这点时间,我都会觉得漫长……

这种感觉真的很奇妙……

到了约定的时间,又是一身英伦风女装打扮的希诺,准时出现了。

“Rocky?”

“希诺,你来了。”

“嗯。那么我们走吧,Rocky?”希诺歪着头,略带顽皮地眨着眼睛,双手十指交叉。

那一天的天气非常的好。

那一天,我不需要打工(因为王叔还没回来),希诺也没有课。在希诺的提议下,我与她去伦敦的牛津街买衣服。希诺似乎做过功课,知道那一天牛津街的一些品牌店正在打折。回想起那天,那个朋克一刀下去,我的三件衣服报销了……的确是该买衣服了。于是,我们两个坐地铁到了牛津街。

在店里,我正在镜子前试衣服。

“Rocky,上次你的野外生存装,是单层的吧?”一边的希诺问道。

“是的。”来英国之前,我也曾经做了功课,了解了一些情况:英国伦敦是个多雨的城市,一年当中有很多时间会下雨,而且风也很大。这样的天气下,随身带着雨伞似乎既累赘又不经用。因此,我特地去买了一件防水的风雨衣。

“我建议这一次你买那种厚实型号的吧,双层的。天气马上就要凉了,双层的厚实型生存装,可以当大衣穿,而且,就算天热一些,你也可以把里边的那件内衬拆掉。这样是不是实用性更高呢?”

我觉得有道理,于是接受了希诺的建议。

随后,希诺拉着我的手,把我拖进了自由百货公司。

很快,她把我拉到了卖女式丝袜的区域。

看着满柜子的丝袜,我顿时有些尴尬。

“怎么了,Rocky?”希诺疑惑地问我。

“没……没什么。希诺,你要买丝袜?”收敛心神,我赶紧回答。

“是的呢。那天,我那双,被那个恶棍给弄坏了,不是吗……所以,要买新的。说起来有点心疼呢,我蛮喜欢那双的颜色的。”

“唉,那个混蛋,不仅让我躺了四天,还毁了我三件衣服,你的一双袜子,真是害人不浅呢。”

“没办法呢……所以呢,刚才,我已经陪你把装备补齐咯。现在,你是不是该陪我一下呢,骑士君?”希诺调皮地看着我。

听到这个称呼,我笑道:“你呀,什么时候开始学丁姐的口气啦?”

“嘻嘻……其实呢，丁姐形容的你，我觉得也没啥不对哟。”

“哦？”听到这里，我一下子来了兴致，“丁姐怎么形容我的？”

“你想听？”

“当然。我倒想听听，丁姐怎么评价我的。”

“好，那你听着啊。”希诺退了一步，笑嘻嘻地说道，“丁姐前天对你进行了完整的评价，原话是：我们的小 Rocky，乃是头戴熊猫盔，骑着‘无敌牌’摩托并以时速 80 码‘灰奔’而过的外卖小骑士；学业勤奋，万年班级考试都第二名的优等生；从不乘人之危，正直得令人惊讶的君子；为了爱和正义血战到底的男子汉……”

“停停停……”我哭笑不得连喊打住。

看到我的样子，希诺笑意更浓了：“丁姐给的总评价是——你是传说中已绝种的好男孩，哈哈……”

丁晨星是这样评价的……我感觉脑门后面都要冒汗了……

我陪着希诺在牛津街的商场里逛着。慢慢地，我发觉了一点：希诺和丁晨星一样，一旦进了商场，也会“不急着出来”了……而且，希诺的耐心更加好。逛店的时候，她不仅仅逛，而且还不停地给我讲解女孩子穿衣服的一些要领。对此，我倒是蛮有兴致的。一边逛街，一边聊天，两人就这样悠闲地度过了上午。在简单地用了一点午餐之后，希诺说想去看看伦敦眼。

我们两个再次从地铁站里出来，走过一段路之后，眼前的视野豁然开朗。

两个人，手牵着手。

广场的远处，蓝天白云之下，巨大的“伦敦眼”[①]白色摩天轮矗立在泰晤士河边，在天空之下画了一个完美的大圈……

“好美呀……”希诺的眼睛里放着光芒。

“是的……”我喃喃道。来到英国之后，一开始是忙于语言课程，后来则为了生计而奔波，我一直没有机会到这里来看一看。

我转过头，发现希诺已经被眼前的景象深深吸引住了。

此时，一个小小的计划，快速地在我脑海中成形。

“希诺……”

---

① 伦敦眼(The London Eye)：全称英国航空伦敦眼(The British Airways London Eye)，又称千禧之轮，坐落在伦敦泰晤士河畔，并与河对岸的大本钟遥相呼应。伦敦眼是世界第四大摩天轮(2013 年)，是伦敦的地标之一，也是伦敦最吸引游人的观光点之一。伦敦眼于 1999 年年底开幕，总高度 135 米，共有 32 个坐舱，舱内外用钢化玻璃打造，内设有空调系统。每个坐舱可载客约 16 名，回转速度约为每秒 0.26 米，即转一圈需时 30 分钟。

“嗯？”

“你知道吗，‘伦敦眼’在晚上，是会亮灯的。”

“知道呀，我曾经看过摄影师拍摄的照片，非常美丽……”

“那你知道，‘伦敦眼’在情人节，是什么颜色吗？”

“唉？这我倒不知道了。Rocky，你知道吗？”

“听说，是粉红色的……”

“真的吗？那真的是梦幻般的景象呢。”

“四个月以后，我们再一起来，用双眼见证，‘伦敦眼’在情人节是什么颜色的，好不好？”

“好……唉？”希诺忽然意识到了什么，转头看着我。

她发现，我的眼神已经是如此的炽热。没等她反应过来，我已经封住了她的双唇。

瞬间，希诺的眼睛睁得大大的，但随即，她闭上了眼睛。她的手，圈上了我的脖子。

那一年，那一天，蓝天白云，微风徐徐。“伦敦眼”广场前，一对年轻的中国留学生，久久地拥吻着……周围，响起了一些路人的口哨、赞叹和鼓励……

时间，似乎，在那一刻，稍稍放慢了脚步……

“啪嗒！”一声巨响。

好像是我的电脑键盘掉在了地上……

我睁开双眼……

漆黑的办公室里，我的电脑屏幕依然亮着。屏幕上，鼠标的光标停留在写了约60%的Word报告文件上。

我坐起身来，摸摸酸痛的脖子。之前就这样趴着睡着了，醒过来的时候自然脖子会痛得要死……

桌子上，放着一杯已经冷掉的速溶咖啡。咖啡对我的提神作用，最近“边际效用递减”地一塌糊涂——用两袋速溶咖啡一起冲泡都没有了效果……

一旁的笔记本上，记录着——

2012年7月4日

今夜必完成：《耀光期货2012年下半年度贵金属策略展望》

计划：1.2万字

看看时间，我从 5:00 下班开始，已经加班到晚上 9:30；但报告却只完成了六成……这个夜晚，我加班的效率还真不是一般的低下。

保存好文件，收拾起笔记本，我打算先出去透透气。

走到电梯间，对门的新证证券的灯，还是亮着的。

证券的朋友们，也在加班。

不知道可儿还在不在呢……几天前见到她的时候，我就发觉她的气色不太好。这也没办法，对于业务型单位（银行、期货、证券、保险）的业务员们而言，前几天正值“半年关”这个坎。那几天对于他们而言，真的是不太好过。

说实话，我真不希望今晚再在单位里遇见她。她真的需要在家里好好休息。

摇摇头，我继续等电梯。

不一会儿，1 号电梯来了。

电梯的门缓缓打开……

眼前出现的景象，让我震惊得浑身凝固——

一身工作装的可儿，一动不动地倒在电梯里的地板上！

咔——我似乎听见，自己身上某个位置有什么东西破裂的声音……

“可儿！！！”我大喊着冲进电梯。

我摇晃着她的身体，呼喊着她的名字……

可是，她没有任何反应……

令我恐惧的是，她的脸上毫无血色，气息更是时有时无……

这时，我才注意到她身边有一小罐喷雾剂。拿起一看，是一罐哮喘喷雾。

我连忙将可儿抱出了电梯，让她平躺，想给她用喷雾。

绝望的一幕出现了：

当我按下喷雾的那一刻，才发现喷雾剂居然是空的！

“不——！不要这样！可儿！！！”我的方寸在这一刻有点乱了，绝望地仰天大叫着。

这时，另一侧的 2 号电梯开门了，保安队丁队长和廖师傅朝我冲了过来。

“小向！你在这里！”是丁队长的声音，“我们在监控里看到可儿忽然倒下了，正过来看看呢。”

“丁队长，廖师傅，救人啊，救救她！”

“可儿怎么了？”廖师傅急切地问。

“她哮喘发作了！好像都快断气了！”我心乱如麻，说话都打战了。

“叫了急救没？”丁队长提醒道。

我猛地醒悟过来，随即掏出手机呼叫了急救。

“快！我们把她弄到一楼的门口，等救护车！”

万幸的是，市中心附近医院很多，也很近，加之深夜的杭州交通并不是非常拥堵，救护车在约 8 分钟之后到达了。

我随着救护车一起来到了医院。

医院走廊的日光灯下。

我像石像一样，一动不动地等在急救室外，双手抱着脑袋。

身体虽然一动不动，思想却如狂奔的列车般，急速运转着……

与可儿最初相遇的那一刻，我承认，自己真的是把她当成了曾经的希诺……

理智曾不止一次地告诉我，她不是她……

我知道……

我的确知道……

但是，这又怎么样呢！

“就算你失去了爱情，迷失了梦想，想想你的责任吧！责任心，还是能给你力量的！”

这话，是没错……

从去年开始，凭借着这股仅存的力量，我完成了硕士学业，返回了故乡，工作、生存、面对所有的挑战……

算起来，这样的状态已经持续超过 8 个月的时间了……

这样灰色的日子，还会持续多久呢？

我……不知道。

直到那一天——可儿的出现，为我这段灰色的时间，画上了一道绚丽的彩虹。

她天使般的微笑，在迷茫时刻给了我勇气……

她天籁般的钢琴声，不止一次地，抚平了我心中的疲惫和伤痛……

她不止一次地告诉我，梦想的珍贵。

因为她，我重新对梦想，有了那么一点憧憬的萌芽。虽然，有点可惜的是，我到现在都还没有找到新梦想的方向……

有句话，我到现在，都还没告诉她呢……

急救室的门开了。一个大约 40 多岁的中年男医生神色严峻地朝我走过来。

我连忙站起来:"医生……怎么样?"

戴着口罩的医生,神情严肃。他看着我,叹了口气。

他这一叹气,我的心脏便瞬间抽紧了。

这场景让我紧张地不能呼吸——

"病人要是再迟 20 分钟送过来,就不用救了。"

"啊?那现在……她怎么样?"我更加紧张了。

"经过抢救,病人的呼吸已经恢复平稳顺畅,虽然现在还处于昏迷,不过到了明天应该会苏醒。"医生摘下了口罩的一边,说道。

医生此话一出,我才大大地松了一口气。刚才他的样子,我还以为……

"但是,病人有疲劳过度和营养不良的症状,以后千万要保证休息哦!"

"好……好……以后一定叫她注意。"

"你是病人的男朋友吧?"

"啊?呃……"我顿时不知道怎么回答了。

"以后好好照顾你女朋友,有哮喘病就不要这么操劳了。还有,以后记得叮嘱她,随身携带的哮喘喷雾可是救命用的,千万要好好检查是不是快用完了!"表情严肃的医生不管我的迟疑,厉声训斥道。

"是是是……"我连声答应着。在这情形之下,我也只好像犯了错的小孩一样点头。

"现在的年轻人啊……怎么个个都不要命一样的……唉。"医生摇着头走开了。

随后,经过医院护士的指点,我为可儿办理了住院手续。

当晚,我为昏迷的可儿陪夜。

对着这个样子的可儿,我再没有了写报告的心思。

打了个电话给单位值夜班的于师傅,拜托他关掉我的电脑,并锁上办公室。

之后,我在笔记本上的"今夜必完成"这一句话之后,画了一个叉,又加了几个字:

明天向领导说明,请求延期至 2012 年 7 月 5 日。

随后,我合上了笔记本。

黑暗的病房中,昏睡着的可儿戴着氧气面罩,一动不动,如同睡美人一般……

坐在陪夜的躺椅上，我静静地注视着可儿，静静地陪着她。

虽然，经过抢救，可儿已经脱离了生命危险，医生也说，她明天就会醒过来，但是，此刻的我依然心如刀绞。虽然，我并不是非常相信神的存在，但是，我一直都在默默地祈祷，祈祷她的平安。

"可儿，快一点醒过来吧……"

我低声自言自语……

憔悴而疲惫的我，呆愣地注视着窗外的夜空……

不知过了多久，病房外的天空，开始由漆黑一片，慢慢变成了灰白……

又过了一阵，天越来越亮了……

新的一天，即将要开始了。

时间，似乎丢下我和可儿，自顾自地悄悄溜走了呢……

扭头，我再次查看可儿的情况。

她，似乎正在静静地注视着我？

我眼花了吗？

我粗鲁地揉了揉眼睛，才发现，可儿真的已经睁开了眼睛！

她醒了……

紧绷的神经，顿时松了下来。一股脱力的感觉，瞬间传遍了全身。

"晴空……"可儿轻轻地呼唤我。

强压住无比激动的心绪，我靠上前去，并轻声地回答她："可儿，我在这里。"

"晴空……你真的在……"

我的声音有点沙哑："可儿……你终于醒了……"

"晴空……你知道吗？当我睁开眼睛的时候，我看见，你真的，就守在我身边……我真的，好高兴……"

"你没事了……这真的……太好了……"我的心，和我声音一样，此时此景下都有些颤抖。

"晴空……你知道吗……我感觉自己，走了好长的一段路……昨晚……我……哮喘发作了，药却用完的时候，我真的，好绝望……我没有力气，叫不出来……慢慢地，世界就模糊了……开始的时候，一片黑暗……后来……世界变得一片光亮……"

"光？"

“是的……好像是……光的隧道……我在里面，慢慢地向前飘啊……我……看见了……爸爸……姐姐……还有……妈妈。妈妈，在我很小的时候，就过世了……我看见她，微笑着向我招手……她对我说：‘可儿，走吧，我们回家吧。’那个时候，我感觉……一切都安静了……我不再感到难受了……”

“再后来怎么样了？”我迅速地紧张起来。

“就在那个时候……我听见……你在呼喊着我……我转过头，看见……你高喊着我的名字，冲向我……我感觉到你紧紧地抱着我，大声喊着‘不要这样’……然后，你抱着我……向着隧道的反方向，拼命地奔跑着……那个时候，我感觉……真的好开心……”

听着可儿的这段话，我心中升起了莫大的恐惧感。与可儿这段记忆类似的情形，我在英国听护士系的学长[①]提起过——这其实是人的“濒死体验”[②]。也就是说，之前，可儿是真的快要死了。

要是，我没刚好在电梯那里出现，要是……要是……可儿也许真的会永远地消失了……

如果，可儿永远地消失——

不！

忽然，一颗滚烫的泪珠，脱离了我的控制，从我的左眼眶中滑落。

“晴空……你哭了？”

“可儿，不要走，要活下去！我还有话……都还没对你说呢。”

“你……想对我……说什么？”

“我……”

我犹豫了。

可儿静静地望着我，等待着我的回答。

深深地吸了一口气，我鼓起勇气，说：“可儿，我想……听你弹钢琴，我喜欢你……弹的钢琴。”

“你……只是想听我……弹钢琴吗？”

“我……我想一直，能够听到你弹的钢琴。”

---

① 在英国，很多男生会选择护士专业，医院里，身强力壮的男护士也很多——这与中国的情况区别很大。在中国，男护士已经开始在医院里逐步推广，但是近年的比例还不算很高。

② 濒死体验(Near Death Experience)：也就是人类濒临死亡的体验，指由某些遭受严重创伤或疾病但意外地获得恢复的人，以及处于潜在毁灭性境遇中预感即将死亡而又侥幸脱险的人所叙述的死亡威胁时刻的主观体验。它和人们的临终心理一样，是人类走向死亡时的精神活动。同时濒死体验也是人们遇到危险时的一种反应。

“一直?”可儿轻轻地重复了这两个字。她认真注视着我的眼睛。

拭去眼泪,我坦诚地回应她的目光,回答:“是的,一直。如果可以的话,我希望没有期限。”

“晴空……靠近一点。”

我俯过身子,靠近可儿。

可儿慢慢地抬起左手,轻轻地触碰我的脸庞。

这个时候,天完全亮了。

虽然,可儿戴着氧气面罩,但是,我还是看见了,她露出了微笑。

“……等一段时间好吗?”

“等……什么?”

“等我,好了……我再弹钢琴给你听。”

“好……”我激动地点头,声音中难掩激动之情。抬起右手,我紧紧地握住了可儿抚着我脸庞的左手,似乎再也不想放开。

维持这个状态,两人久久地凝视着。

忽然,我的手机响了——这已经到了我平常起床的时间了。

我连忙关掉铃声。

“上班时间了?”可儿轻轻地问。

“啊……是啊。”

“不用担心我,我……就在这里休息。去上班吧,我的……大分析师。”

“嗯!”

# 12

# 临界点（上）

很多不起眼的“小事情”，往往会被组织的决策者所忽视。殊不知，冰冻三尺，非一日之寒；任何小的能量，若被人长期忽视，都会积累。当这种能量积累到一定程度，就会在一个特定刺激“引信”的作用下，产生大大出人意料的影响和震动。

这一点与期货 K 线图的表现十分类似——一波大的行情（无论是上涨还是下跌）出现之前，往往会经历一段较长的“蓄势”行情。而这种爆发式结果产生的时候，局面往往已经无法收拾……

2012 年的 9 月。

我，站在公司的门口。

我，静静地，看着眼前的光景……

曾经在新闻上，或者其他大楼的公司门前，听说过类似的情况；

但是，我从来都没想过，这种事情，会发生在……

这一切似乎来得太快了，

远远超出了所有人料想的速度。

为什么，会这么快？

别人，可能会迷茫；

但是，我知道事情是如何发生的——

只是，知道原因，与心里去接受它，那是真的不一样的。

这种变化，真的让我不太有真实感。

我，又一次，感受到了，那种无法形容的心情……

深深地吸了一口气，我推开了耀光期货公司总部的大门——

两个月前，可儿入院后的第二天。

之前，根据医生的意见，虽然可儿在哮喘发作后得到及时抢救而脱离了危险，但她被检查出来肺部受到感染，需要进一步的治疗，因此需要住院休养三周。

医院的病房中。

“可儿！”逍月坐到床边，紧紧地握住了可儿的手，“我昨天就在想，怎么你不见了。今天听楼下的廖师傅说起，我才知道你出事进医院了。听到这个消息，我都急死了呢！”

“逍月，别担心，我已经没事了。但是，医生一定要我住院三周呢。”

“那你就老老实实听医生的吧。你呀，做事情总是这么拼命。要知道爱惜自己，懂吗？”逍月心疼地说。

可儿温和地笑笑：“知道啦。我以后一定注意，好吗？”

“这还差不多。对了，可儿，有个事情问你。”

“什么？”

“听廖师傅说起，是晴空救了你？”

“是的。当时，我在电梯里快不行了，是晴空第一个发现了我。要不是他，还真的不知道会怎么样呢。”

“唉……最近晴空是不是被什么附体了呀？”逍月摊开了手。

“晴空,他怎么了?”

“他呀,最近上演了令人难以置信的‘连续向上突破行情’哟。”

“那个,逍月……说中文好吗?”听逍月这一说,可儿是又疑惑又紧张,“你快告诉我,晴空他到底怎么了?”

“他最近的表现太让我刮目相看了。他先是在山西的时候来了一出‘绝地反击’,现在又在故乡演绎‘英雄救美’……这简直是爱和正义的化身么!”

听到逍月没头没脑又“专业味道”十足的回答,可儿显得哭笑不得。略想了想,可儿换了一种方式继续问:“逍月,你们在山西怎么了?你回来以后,都没跟我讲起过呢。”

“那可儿,你就听我细细道来……”逍月摆出了说书的腔调,开始讲述山西遇袭事件的始末。

……

“就在万分危急的时刻,一直深藏不露的晴空,使出了他的武艺——力战六个凶神恶煞的保安。只见他不知道怎么弄了一下,一个家伙就被他击倒了。第二个家伙,乖乖,被晴空一脚就踢得倒飞出去。哇,那看着真叫一个帅呀,真解气!至于第三个,晴空真是太强大了,一下子把那家伙的手给弄断了!”

“手……弄断了……”听到这里,可儿吓得脸色大变,双手捂住了嘴巴。

“哎呀,放心,不是真的像菜场里剁猪肉那样‘一刀两断’。晴空只是用武术技巧,把那家伙的手弄脱臼了而已。”

“哦,是这样……刚才你说得太吓人了。你们怎么在山西遇到这么危险的事情?有没有受伤啊?”

“我一点事都没有,桂老大和汪总受了点轻伤,晴空在打斗中受了点轻伤。但是,庄伤势比较重。”

“庄怎么了?”

逍月低下头,说:“他是为了保护我才……他替我挡下了所有保安的拳打脚踢……”

“那他现在怎么样了?”

“他请病假了,也在休养。”

“想不到,那边的情况这么乱……”

“唉……鬼知道怎么会遇到这样的事情呢。要不是晴空奋起反击,我们那次可真惨了呢。”

“真难为你们了。”

“言归正传,可儿,你有这样可靠的守护骑士,真是太幸运了。”

“他才不是……我的什么呢……”

“哦? 真的? 哼哼,可儿,你就老实招了吧,我早两个月前就看出来你们两个有意思了。”

“你……你想多了。”可儿脸红了起来。

“看看,可儿的脸都红喽,不打自招了呢。哎呀,可儿,这么难得的优质资源,你就从了吧。”

而在病房外,我已经在门外等候了许久……

之前逍月和可儿的对话,我自然都听到了。此时我正在纠结:是马上就进去呢,还是先找地方躲一躲,等逍月这个八卦“煤”婆走了再说?

病房内,忽然传来逍月的声音:“我说,病房外的那位骑士先生,你怎么还不进来,就在那里偷听? 什么时候,骑士转职成斥候了?”

被她发现了,我只好乖乖地走进病房。

一看见我,逍月露出“胜利者式”的笑容:“哈,这下‘证据确凿’了吧? 英雄救美以后就应该是这样嘛。哈哈,这简直是美得让我起鸡皮疙瘩的现代童话呢。”

无比郁闷的我,只好看着逍月不做声响。

“真败给你了呢……”可儿则是不置可否地笑笑,随后转头向我,“晴空,你来了?”

“嗯……刚来不久。”我有点尴尬地回答。

“好了,可儿,晴空,那我先走了。我再留在这里,就太不知趣了呢。拜拜喽,两位继续。”逍月摆了摆手,留下我和可儿两个人,离开了。

“昨晚睡得好吗?”坐在床边,我轻轻地问道。

“当然好啦。这两天在医院里,不用加班,没有业务指标,也没有领导的责备,我自然睡得好得不能再好了。”

“别多想,你现在最需要的,就是休息。”

“在医院里,除了休息,还是休息。但是,在这里,我还真没办法什么都不想呢。也许,这就是老天给的一次让我停下来休息和好好思考的机会吧……”

“你在‘思考人生’?”

“算是吧,晴空。”

“那么,你想了哪些事情呢?”我随口问,又意识到这样的问法似乎有点唐突,连忙加了一句,“我随便问问的,不勉强,别在意。”

可儿看着我,说:“没事,晴空。我愿意和你谈这些。自从昨天你走了以后,我回顾了我这两年的生活,经历的一切。晴空,还记得,3 个月前,我在琴行里对你说过什么吗?”

“我记得,你对我说过,‘虽然现在我在做的证券,是我非常讨厌的工作,但是,我还是认真地做好它,认真地过好每一天。’是这样吗?”

“你记性很好嘛。”可儿微笑了一下,继续说,“但是这两天,我对我曾经的坚持,起了怀疑。”

“怎么了?”

“我开始怀疑,自己这样的坚持,是不是值得?之前努力的方向,到底会把自己引向何方?”

“你……质疑自己的发展方向?”

“是有一点。作为证券客户经理,我们唯一的任务,就是无论用什么办法,都要完成业务指标。为了完成这些指标,我们这些客户经理送礼、托关系,动用所有的人脉、赔笑脸、陪吃陪喝酒。我还听说一些姐妹,为了争取到‘大户’甚至用‘那种方法’。想想看,付出这样的代价,不是为了什么‘上位’,居然只是为了拉到大户……我们是不是,就为了这点业务指标,变得不择手段?我们是不是,慢慢地变成了自己当初最痛恨的人?但是,当我们完成了当期的指标之后,总会有更多的指标等在前方。为了业务指标,我们不得不继续一次又一次地击穿自己的原则和底线。晴空,你知道这种感觉有多么糟糕吗?”

“我能理解。我虽然是个分析师,但也是要承担业务指标的。”回想起四个月前,每天拨打营销电话的那段日子,至今记忆深刻。

可儿轻轻地叹了一口气,继续说:“我们都是做业务的人,经历这些事也许只是迟早的问题吧。或许,我的指标完成得比其他同事们好——我在我们的营业部里,不止一次地拿过营业部明星客户经理的头衔。但是,这又怎么样呢?付出这样的代价之后,我们会得到什么呢?就算哪天我升上去了,没有关系和背景的我,充其量最多到我现在部门老总的位置。我的领导吴姐今年35岁了,没有也不敢结婚,一天到晚‘鞭策’我们去拉更多的业务,自己也不得不每天做梦都惦记着业务。私底下我曾经恨她恨得要死。但是,这几天我想了想她的样子……如果我以后升上去了,变成这个样子,真的是我想要的吗?朋友、其他人会怎么样看待我呢?”

说到这里,可儿神色黯然地低下头,双手抓紧了被单,说:“现在的我,甚至开始觉得,上个月庄的那些胡说八道,回想起来是那么的有道理……”

闻言,我心里不禁一阵感慨。庄那时候为大龄女孩设计的“神奇策略”,可儿居然需要穿越生死之后,才能切身体会。人,是不是非要摔得头破血流,才会领悟和学会一些东西呢?

“那么,可儿,你对以后有什么打算呢?你这么不喜欢现在的工作,还打算继续做下去吗?”

“暂时,我还想继续做下去。”

“哦?为什么?”

“现在这个社会,大学生就业真的很困难呢。短期来看,做生不如做熟。在找到更好的出路之前,先维持现状吧。这也算‘骑驴找马’吧。”

“你说得没错。”我靠近了一些,诚恳地说,“但是以后,不要再这么拼了。‘宝刀易折,千里马先死’知道吗?”

“为什么说宝刀容易折断,千里马容易先死?”可儿抬起头看着我的眼睛。

“宝刀削铁如泥,千里马日行千里。正因为这样,宝刀和千里马使用的频率,肯定比一般的刀和驽马要高得多。但是,宝刀再锋利,千里马的耐力再好,也经不起长时间、高频率的使用。所以,宝刀损坏和千里马先过劳死的危险性,亦大大地提高了,是不是?”

看着我认真的样子,可儿回答:“我懂了。”

“你呀,要学会稍微对自己好一点,知道了吗?”

“知道了,晴空。我以后一定会注意爱惜自己的身体。谢谢你,不仅仅因为你救了我。”

我轻轻地点了点头,温和地微笑着。

告别可儿,我返回公司去加班。

走在半路上,我仍然忍不住回想可儿在医院对我的倾诉。现在这个社会之中,我们这代有多少人,都在为获取业务而苦苦挣扎呢?指标这个东西,似乎就像挂在驴子头上的那根萝卜,永远都咬不到。而我们这些都在为业务烦恼的人,就是那些驴子。

回到自己的座位上,我打开公司的电脑。之前,我向桂老大申请报告完成时间延期一天。虽然后来我按时完成了报告,但当我交给他审阅以后,他并不满意,要求我今晚返工,并制作 PPT 明早讲解。

根据我的老习惯,在写报告之前,会先点开公司的邮箱查阅新邮件。

两封未读邮件赫然跃入我的视野。我查看了一下,这两封邮件发送的时间,居然都是 17:15(下班时间以后 15 分钟)。

我首先点开了第一封。

发件人:耀光期货有限公司办公室

收件人:所有员工

主题:通知

内容:

关于公司业务部门部分政策变更事宜的决定通知

各部门:

经由公司总经理会议决定,现就业务部门部分政策进行调整。具体调整如下。

原公司规定:(一)所有业务人员下一年年度业务指标制定数值,参考上一年的110%;(二)所有业务人员每月交易手续费提成比例为直接开发客户业务部分16%,居间人[①]客户业务部分5%。

现变更为:(一)所有业务人员下一年年度业务指标制定数值,参考上一年的115%;(二)所有业务人员每月交易手续费提成比例为直接开发客户业务部分13.5%,居间人客户业务部分暂停发放提成。

新规定自下发之日起即施行。

耀光期货有限公司

刚读完第一封邮件,我的表情一下子凝重了起来。

一方面,公司提高了所有业务员每年业务指标的增长幅度,另一方面,却大幅度降低了业务员的收入。公司将业务员直接开发业务部分的提成,从16%降低至13.5%,这个动作本身就够大了。不要小看这降低的2.5%,对于普通业务员来说,直接开发部分的业务提成可谓举足轻重——这一部分,只要提成比例下降一点点,业务员的收入都会受到明显的影响……

而另一方面,根据我了解到的情况,公司内部很多业务员的业务,是以居间人的方式开展的。虽然此前返佣的比例很低,只有5%,但对于收入本就不

① 居间人:期货居间人,就是为投资者或期货公司介绍订约或提供订约机会的个人或法人。其主要作用是在投资者与期货公司订立经纪合同时起媒介作用。《中华人民共和国合同法》第242条规定:"居间合同是居间人向委托人报告订立合同的机会或者提供订立合同的媒介服务,委托人支付报酬的合同。"2003年7月份实施的《最高人民法院关于审理期货纠纷案件若干问题的规定》第十条指出:"公民、法人受期货公司或者客户委托,作为居间人为其提供订约的机会或者订立期货经纪合同中介服务的,期货公司或者客户应当按照约定向居间人支付报酬。居间人应当独立承担基于居间经纪关系所产生的民事责任。"

高的业务员来说,还是相当重要的。同时,这两条新规定一出,不仅仅是普通业务员,连同每个部门的老总也会被波及。公司这一次的动作,可真称得上非同小可。不知道,另外一封与这条重量级消息同时发送的邮件,会是什么样的内容呢?

一想到这里,我略带紧张地点开了另外一封邮件——

发件人:耀光期货有限公司办公室

收件人:所有员工

主题:通知

内容:

关于公司业务部门返佣事项变更的决定通知

各部门:

经由公司总经理会议决定,现就业务部门部分政策进行调整。具体调整如下。

原公司规定:业务员的交易手续费返佣结算时间,为每个月的22日(节假日顺延)。

现变更为:业务员的交易手续费返佣结算时间,为每个季度最后一个月的22日(节假日顺延)。

新规定自下发之日起即施行。

耀光期货有限公司

读完第二封邮件,我的担忧更深了。提高业务指标增量比例、减少手续费提成比例、大大延长手续费返佣周期……公司这两封邮件中公布的这些新规定,打击面如此之广,牵涉利益如此之多,会不会在全公司的业务部门当中掀起轩然大波呢?

走到窗户边,看着夜间灯火通明、车水马龙的大街,一种不好的预感,在心中升起。

2012年7月的最后一个工作日。

这一天早上晨会之后,伍总再一次给研究部所有的分析师开了"业务动员大会"。

……

“昨天下午，公司的高层领导集体开了一个紧急会议。”环顾着在座的所有分析师，伍总沉着脸，“高层和董事会，对近期公司的业务状况很不满意！公司的统计数据显示，最近一个月公司的业务存量不仅没有提升，反而下降了10%。相对于其他业务部门，我们研究部的业务相对稳定。这一点，领导给予了肯定。但大家仍然要打起精神，仅仅守住已有的业务是远远不够的……”

对于伍总那毫无新意的“业务动员”方针，我兴趣全无，而是开始悄悄地环顾周围的分析师们。

与4月份相比，人数又少了很多——这一次，连在我之前进入公司的分析师，共离职了6个人。他们的离职，使得剩下的人工作担子愈发沉重。这也是近期，我频频加班的原因之一。

还在座的人当中，大多数只是不声不响地听着伍总在上面夸夸其谈。有些人的表情，甚至有些轻蔑和不屑一顾。

会议结束以后，道月与我返回自己的位置。

“最近公司业务总量下降得这么快，真是头疼呢。”道月一边盯着屏幕上焦炭期货的行情走势图，一边对隔壁的我说道。她的右手指尖，旋转着一支水笔。

“是啊……”看着“波澜不惊”的黄金期货走势的我，百无聊赖地随口说道：“今年股票行情这么萎靡，我们期货行业也被波及了呢。这几个月当中，保证金量下降最快的，都是公司里做股指期货的那些客户呢。”

“这也没办法呢。”靠向椅子背，道月转过头对我说，“不提这些郁闷的事情了。最近，和可儿发展得怎么样啦?”

“最近可儿的气色已经好多了。医生复诊了以后，说她恢复得比预期快很多。也许，下周她就能出院重新上班了。”我故意忽略道月话中的那个“和”字。

“嘿嘿……我说晴空，你还是这么不坦率呀。这么好的机会，这么好的局面，可是前所未有哟，你呀，千万别错过了这次‘加仓’机会呀。”

听到这里，我轻轻地摇摇头，都懒得回答她了。

“你呀。”道月的脸上浮现一丝笑意，“不过呢，我可是问过可儿了哟——你是不是每天都去探望她呀?”

我轻轻点了点头。

“这还差不多。你及格了。”

这一次，我微笑着默认了。这段时间，下班之后，去探视可儿，陪她谈心，似乎已经成为我生活的一部分。这也是每一天的生活当中，值得憧憬的部分。

忽然，脑子里有个点子一闪而过。

我看似无心地问:“对了,庄恢复得怎么样了?”

“还行吧。他恢复得还算快。再过两周大概也能回来上班了。”

“哦?你怎么会知道?”我进一步问道。

“我当然知道啦。前两天我还去看他有没按照我的嘱咐好好上药呢!”道月毫无防备地回答道。

“你去看过他?”我故意在“看过”这两个字上拖音。

逍月突然意识到了什么,一个不留神,手指上正在旋转的水笔不小心飞了出去。她连忙辩解道:“我……我只是去看看他有没有好好上药而已。我爸的药可是很灵的……但是他要是不听话,不好好上药,那效果就可能打折了……”

带着一丝微妙的笑意,我平静地说:“逍月,你不用这么急着解释嘛,我也没问什么呀。”

逍月尴尬地说:“是是是……我的笔掉了……”

说着,她离开座位去捡她的水笔去了。

看着逍月略显手忙脚乱的样子,我心中暗暗发笑。

她和他之间,某种“逆转式”行情,看来真的又进一步地向前发展了。

2012年8月初,公司两项新规正式下发4天之后。

这是一个没有讲解和点评的早晨,因此,我只是正常时间来到公司。刚到公司门口的开阔地附近,眼前的场景让我瞬间屏住了呼吸——

公司大楼底下,大门口的附近,聚集了不到20名我公司的业务员。他们一边高举着几条白底黑字的横幅,上面写着“耀光期货一手遮天压榨员工血汗”“耀光期货不顾员工死活延迟发放返佣”“耀光期货不给员工活路”,等等字样。

带头的一个业务员,在脑袋上绑了白色的布带,上面写着“严正抗议”,手持一个小高音喇叭,带头喊着口号。每当他喊一句之后,身后的其他业务员也都会跟着齐声大喊。

“反对耀光期货一手遮天!”

“反对耀光期货一手遮天!”

“反对耀光期货延期发放应得收入!”

“反对耀光期货延期发放应得收入!”

“抗议耀光期货漠视员工利益!”

“抗议耀光期货漠视员工利益!”

“抗议耀光期货克扣员工微薄收入!”

“抗议耀光期货克扣员工微薄收入!”

“要求耀光期货董事会收回成命!”

“要求耀光期货董事会收回成命!”

……

这个景象,对我而言,既陌生又熟悉。记得两年前在英国,我不知道见识过多少次类似的状况了。但是,我真没想到,两年后的今天,在家乡居然也能遇到这种状况……

而在喧闹的人群不远处,负责门口车位和秩序的廖师傅正急得像热锅上的蚂蚁。

廖师傅一看到我,就跑过来问:“小向啊,你们公司到底发生了什么事情啊?”

“一言难尽。”

廖师傅无奈地说:“你们公司的这帮小祖宗,怎么跑到这里来造反啊……这下子,我今天怎么向我们领导交代哟!”

“真的不好意思,我也没有办法……”看着他着急的表情,我无奈地说。

此起彼伏的口号声,久久回响在公司所在大楼周围。示威的人群,阵阵的口号,很快引来了许多路人的驻足观看。聚集在公司大厦底下的人越来越多了……

通常来说,作为一个分析师,最引以为豪的事情,就是自己的判断和预测被后续事实的发展所证实。但是,这一次,这种情况在我身上出现了例外。几天前,公司刚刚下达新规定的时候,我就担心,这会不会引起业务员们的强烈反弹。而当这种情况真的发生的时候,我的心里却那么的不是滋味。

从那一天开始起,我们公司的业务员每天上午都会在公司楼底下进行抗议。奇怪的是,虽然已有将近 20 个业务员天天在楼底下抗议,公司的管理层和董事会却对此无动于衷。

对于业务员们的抗议行动,桂老大对我们所有分析师说了一句话:“不要理睬,也不要参与。”

针对个别分析师对此的疑问,桂老大只是淡淡地回了一句:“你想举起石头砸自己的饭碗吗?”

2012 年 8 月上旬。

这又是一个加班的夜晚。

加班之前,我刚从医院探望可儿回来。

昨天,听可儿聊起,她们单位来探望她的同事告诉她,在她生病的这段时间,她们营业部又有三个姑娘因为过度劳累和空调病导致的热性重感冒而进了医院……

不由地想起可儿说过的话:

我们,会得到什么?

我们,想要的,到底是什么?

现在,就算是我,似乎,也并不是很清楚……

摇摇头,我打开公司的办公电脑。

"未读邮件"一封,时间是今天晚上6:30,发件人是办公室。

又是办公室下发的公告邮件。这封邮件发送的时间,公司里估计只有值班和加班的人在了。为什么,每次都这样偷偷摸摸的呢?

按照老习惯,我打开了公司的电子邮箱查看邮件。

发件人:耀光期货有限公司办公室

收件人:所有员工

主题:通知

内容:

关于公司临时员工转正录用政策变更通知

各部门:

经由公司总经理会议决定,现就业务部门部分政策进行调整。具体调整如下。

原公司规定:各业务部门,临时员工3个月内转正,需完成基础业务指标300万元,开发方式(直接/居间人)不限。

现变更为:各业务部门,临时员工3个月内转正,需完成基础达成业务指标350万元,开发方式需为直接。

新规定自下发之日起即施行。

耀光期货有限公司

或许是因为已经遇到过这样的状况,我并没有像上一次那么吃惊。

昏暗的办公室中,我坐在自己的座位上,沉默着。

在我看来,公司的做法真的不太合乎逻辑。对于公司的状况,我也算是有一些了解。自2011年至今,耀光期货盈利能力一直不尽如人意,公司业绩频频下滑。公司业绩的下滑,亦使得一些主要的竞争对手虎视眈眈。从我进耀光期货的第一天开始,就听说过某家实力更雄厚的全国性期货公司意图收购我们,却一直未能如愿。在日渐风雨飘摇的形势下,公司难道不知道此时内部稳定的重要性吗?前一段时间,公司下达的两条业务政策新规定,已经在公司广大业务员群体当中遭遇到了极大的反弹,并造成了现在不稳定的局面——公司大门口天天上演的抗议造反就是活生生的例子。这种时候,公司为什么不"盘整"一下,反而要"进一步打压"呢?

不明白——短期内,我真的不明白,公司为什么要这样逆势而为……

我轻轻地叹息。

扭头看看笔记本,上面写着几行字。

今夜必完成:
《金融期货四部企业黄金套期保值操作方案》PPT
计划:35 页(完成 25 页)。
《白银基础知识介绍》PPT
计划:25 页(完成 20 页)。

算了,这个晚上,还有活没有做完呢。

撕开准备好的两袋速溶咖啡,我走向饮水机。

又没水了。

我只好端着自己的咖啡杯子,走向公司门口附近的茶水间。

冲好咖啡,我便返回办公室。

深夜的公司里,静得可怕。返回研究部的途中,要经过很多业务部的门口。

走到金融三部的门口,我忽然发现,门没有锁。

这么晚了,金融三部也有人加班吗?

不知为何,我迟疑了一下,没有马上走。

轻轻地推开金融三部的门,里面非常黑,但是在某一处有电脑屏幕的亮光。好像,有谁正在盯着屏幕看。

"是……向兄吗?"那人看到了我,询问道。

"是的。"我回答道。

这个声音听着耳熟。当我正在想是谁的时候,他起身走了过来。

当他走进走廊的灯光下之时,我才看清了他是谁。原来是一起做过套保项目的同事——金融三部的王丰裕。

“呀,小王吗。这么晚了,你也加班?”

“是……是啊,向兄你今天加班?”王丰裕连忙回答道。不知为何,我觉得他神情有点恍惚,眼神亦有些闪烁。他的那双眼睛,与4个月前相比,已经深深地凹陷了下去,毫无光彩……

“没办法,明天一早要给大家介绍白银期货的基础知识,你们隔壁金融四部的刘总,他的那个套保项目也催着问我要呢。”我随口回答道。

“向兄真是大忙人呢。说起来,最近你的事迹,在我们这些业务员当中,可是流传甚广呢。”

“啊?”我一下子愣住了。我的事迹,流传甚广?我连忙问:“不是吧,大家怎么传的我呀?”

“说你文武双全。先是在6月那次,你像谈判专家一样,救下了那个诸……什么来着?”

“是诸南阳。”

“对,就是他。后来,我听商品期货三部的人说,你在山西力战9个保安,保护了整个考察团队?”

我不禁喉咙里一阵干燥,那天袭击我们一行人的保安,连同队长焦贵三在内一共也才6个人,怎么传来传去的就变成9个保安了?看来,流言和传说,真是可怕……

于是,为了澄清事件的真实经过,我与王丰裕谈了一会儿。

……

“哦,原来是这么一回事情啊。”

“是呀,你看看,这事情大家传来传去的,6个都变成9个了……照这样下去,用不了多久我就会被传成‘黄飞鸿’级别的史诗级人物了。”我有点无奈地摊开了手。

“呵呵,知道了,向兄。不管怎么样,大家对于你文武双全,而且又愿意帮助同事的为人都很敬佩呢。”

“大家太抬举我了。再说了,瞧瞧,现在文武双全也没用呀,我还不是和大家一样,只是个打工的‘屌丝’么……”

闻言,王丰裕也感慨道:“唉……是呀。大家,都不容易。”

突然想起,还有不少活要做,于是,我向他告别:“那个,小王,我还有事情要做,先去忙了啊。”

王丰裕点了点头:“你辛苦。”

于是我捧着咖啡，准备朝研究部办公室方向走。

“向兄。”王丰裕突然在背后叫住了我。

“什么?”我停下脚步，转过身。

“今天，我想谢谢你。”

“为什么?”我奇怪道。

“4 个月前，我被吴总痛训的时候，你在一旁帮我打过圆场。真的，很感谢你。”

“我当是什么大事情呢，这没什么大不了的呢。你太客气了。”原来是这么回事情呀。但是要不是他提起，我早就忘记了。想不到，他的记性这么好。

王丰裕认真地看着我，说：“向兄，我记住了，你是好人。谢谢你。”

“哪里的话，大家都不容易，互相帮忙那是应该的。别挂在心上。我先去忙了啊。”我用手拍了拍他的肩膀。

“嗯……再见。”

我快步返回研究部办公室。

身后，王丰裕默默地看着我离开……

当晚 11:30，我完成了两个 PPT，在“今夜必完成”那几个字旁，打了一个勾。

第二天早上，虽然夜间睡眠质量不佳，我却比一般需要讲解早会的日子来得更早。早上 7:00，我到了单位。

除了值班负责安全的廖师傅他们以外，今天我应该算是最早来的吧。虽然，周围的一切都很熟悉，但在清晨的公司里，光线还不是很充足。那静悄悄的走廊，空无一人的办公室，给人一种神秘的感觉。

在这里，我作为分析师，已经工作了接近半年了。时光的脚步，不会等待我们，从来都是那么无情地流过。

这个时候，我该去会议室准备一下了。

走到会议室门口，我的手握上了门把手。

“向兄，我记住了，你是好人。谢谢你。”耳畔，忽然响起王丰裕的那句话。

抽回了手，我迟疑着转过头——

走廊上，王丰裕站在我左边，微笑着。

当我再次定睛看时，却没有任何人。

怎么回事？我……难道出现了幻觉?

肯定是昨晚加班劳累，加上睡眠不足的原因，我心里这样对自己说。

我再一次将手握上会议室的门把手。

“啊啊啊啊!!!”哪里好像传来惨叫声。那声音好像是于师傅?

大清早的,怎么会有惨叫声?难道,我又幻听了吗?

“快来人啊!!!”第二声惨叫,把我从疑惑当中拖了出来——于师傅真的是在惨叫!

# 13

# 临界点（下）

“死亡”——

人类天生对这两个字有一种莫名的恐惧感。

这个世界既美丽又残酷……

活在当下的我们，低声吟唱着生命之歌，奔向前方——

我循着声音的方向冲了过去。

拐过走廊的拐角,我看见,于师傅瘫坐在金融事业三部办公室的门口。

我连忙扶起他,问:"于师傅,怎么了?"

"小……小向,出事了,出大事了!"于师傅脸色煞白,慌慌张张地叫道。

"怎么了?"

"出人命了!这里死人了!"

"啊?"

顺着于师傅颤抖的手所指的方向,我看见,王丰裕趴在他的桌子上,一动不动。

我小心地上前查看。

他的姿势,很像上一次我在办公室里睡着时候的样子。那侧向一边、煞白的脸庞上的表情显得很平静。

只是,那冰冷的身体,早已没有了呼吸和脉搏。

在他的左手边,有一张A4纸,上面字迹潦草地写了一些东西。

我并没有用手拿起,俯下身直接阅读了起来。

所有看到这封信的人:

由于我未能在四个月内完成公司业务指标,昨天已经被公司辞退。

首先,请帮我对我们部门的李副总说声对不起和谢谢。虽然他对我很严厉,却经常指点我,还给了我一次又一次的机会,甚至想办法为我在吴总那里,请求宽限了一个月。

其次,我觉得非常对不起那些帮助过我的亲戚、朋友和客户们。在现在这个社会,他们能够给我一次机会,把力量借给我(不管我为此付出了多少代价),已经是相当难得了!我衷心地感谢他们每一个人!

似乎是老天在作弄我吧,公司却没有再给我机会!最近,我通过居间人开发的方式,好不容易才完成了300万元的业务指标(有200万元是居间客户)。公司却在这个时候,提高了指标上限,而且,还规定居间人业务不算!

我真的需要这份工作,太需要了。去年,我父亲好不容易才为我筹集了良渚那套新房子的首付,我还有30年的房贷要还。最近,我父亲居然查出来得了胰腺炎,治疗太需要钱了。失去这份工作,对我来说,无异于世界末日。

我累了,太累了,这一切,我再也挑不动了——我只想,永远地休息。

最后,我要感谢公司里,所有帮助过我,支持过我,为我说过话的朋友们。

我只有，祝你们一生平安！

永别了，这个世界。

王丰裕绝笔

另一边，躺着一个已经空了的安定片药瓶。

他，自杀了？

直起身，我呆呆地注视着他的后背。

眼前的世界，似乎正在旋转；心中，则有种“堵住”的感觉，越来越厉害……

终于，我爆发了。朝着他的尸体，我吼道：“王丰裕，你这个混蛋！当初我为你说情，只是为了让你活得好一点！不是为了看到你今天去寻死的！不是……”

但随即，我又停下了。

我心里清楚得很，这时候讲这些，还有意义吗？

他早已听不见了。

就算我此时想再骂他“懦夫”，也没有机会让他听到了。

我恢复了沉默。抬起头看着办公室的天花板，脑袋中，再次出现了那种眩晕的感觉……

“喂，小向，你……你没事吧？”身边的于师傅小心地问。

“我……没事。我们现在应该……报警。报警吧。”我迟疑地说。

“你说得对，我马上报警。”

于师傅立刻掏出了手机开始报警。

那一天，公司的晨会取消了。作为最先看见死者的目击者，我和于师傅在警察那里做了笔录。

隔日，警方的验尸报告出来了——在王丰裕的胃部，发现了大量的安定片残留，他的死因被确定为：服用过量安眠药的自杀。

追悼会，在他死后的第三天举行。当天在殡仪馆，参加追悼会的人，超过了五十个，大多数都是我们公司其他业务部的业务员们。但是，公司的领导，除了金融三部的李副总以外，没有一人到场。

满头白发的王丰裕父亲，趴在他死去儿子的灵柩边痛不欲生：“儿子啊！儿子啊！死的为什么是你啊！！！为什么不是我这个老头子啊！老天啊！！！我上辈子做了什么孽啊，为什么要这样对我啊！！！儿子啊！！！我的儿子啊……”

而他的母亲，早已昏厥了过去，一旁有家人正在照看她……

听他们的家人说，王丰裕60岁不到的两老，仅仅这几天时间里，头发全白了……

殡仪馆的大厅中,久久回响着一个老年丧子的父亲肝肠寸断的哭嚎……

在场的众人,注视着这凄惨无比的场景,无不久久地沉默着。一些女同事被气氛感染,流下了眼泪。

“晴空……”身后有人叫我名字。

我转身一看,是前台的文丽。她的身旁是逍月。文丽的眼睛看起来也刚刚痛哭过的样子。

“文丽,什么事?”

“听说,你是最后一个和他说话的人……他……在最后一个晚上,有说起什么吗?”文丽红肿的双眼,期盼着我的回答。

“最后那一个晚上,他……并没有说起什么特别的。”

“我知道了……晴空。谢谢你。”文丽的眼神一阵黯然,低下头说。

“没什么。”我淡淡地回答,“对不起,当时,我真的没有发现什么不对的情况……”

文丽摇了摇头:“他……还是那个老样子。从小到大,他就是这个样子,习惯什么都自己扛,其实,他根本就扛不住……扛不住,为什么还要死扛啊……为什么,不对我说啊……为什么……为什么!呜呜呜呜……”

说着说着,文丽控制不住自己,又掩面哭泣了起来。一旁的逍月,连忙上前安慰文丽。

回程的时候,逍月告诉我,文丽和王丰裕,是一起长大的青梅竹马……

坐在公交车的座位上,闭上眼睛,我深深地叹息。

严格来说,我与王丰裕并不算很熟悉。加上昨晚的那一次,也才见面两次而已。从公司的资料上显示,他的年龄比我还要小一些。我们,都属于80后这一代。这一代人,当前大多身处20岁后半段,正迈向或刚步入30岁。虽然说,我在新闻上没少见到我们这个年纪的人死亡的事件。但是,我从来都没有想过,这种事情有一天会在自己身边发生……

因为,在我心里,总是有一种概念——我们这个年纪人的人生长卷,才刚刚开始书写,离死亡真的还很远,很远……

而这段时间冲击感极强的现实,却在提醒我:

我错了。

不管你愿不愿意承认,生命,就如此脆弱……

“我们要的,到底是什么呢?”睁开眼睛,我轻声地自言自语。

王丰裕的死讯，在公司里引起了轩然大波。整个公司，所有人的关注焦点都集中到了这起自杀事件上来。一时间，公司上下，到处都是议论的声音。

对此，公司的领导层，很快做出了反应。高层对各个部门的老总下达了命令，严加管束下属，并做到两点：

一、严禁下属私自讨论、散布王丰裕自杀事件。

二、严禁公司员工不经过领导同意，向新闻媒体透露王丰裕自杀的事情，违者开除。

上述这两条命令，公司并没有用公文邮件的方式，而是以召集各个部门领导开会，随后各级领导口头传达至所属员工的方式下达的。

走在医院的走廊上，我仍然忍不住想着公司的举措。

虽然说，一般公司对于内部出现此种事件，采取的应对方式基本上也就是类似的做法。但是，在目前公司门口天天都有不少业务员抗议示威的状况下，这种做法是不是有问题呢？现在公司里大量员工已经人心惶惶，为什么公司还要继续采用高压政策呢？再这样下去，局面会不会进一步恶化？如果恶化的话，会到什么地步呢？

一边走着，一边想着，结果，我差点撞上一名护士……

我连忙向那个护士道歉……之后，只好略带自嘲地摇摇头。

推开病房的门，映入眼帘的，是……空荡荡的病床？

可儿呢？难道她出院了？

她要出院的话，为什么，昨天没有跟我说一声呢？

看着空床位，我稍微有点……怅然。

“晴空，你来啦？”可儿在身后叫我。

听到她的声音，之前怅然的感觉顿时一扫而空，我略有点“安心”的感觉。

转过身却发现，站在我面前的可儿，已经换上了工作装。自从住院那一天开始，可儿一直没有回过家。因此，若换上自己的衣服，就是送进来抢救那天她身上穿的那套工作装。

“可儿，你这是……”

“我想出院。”

“医生不是叫你再休息一段时间吗？”

“在医院休息了这么久，我都快恨床了。今天早上，医生给我检查过了，说我已经没问题了。当时我就想出院了。”可儿微笑着。

“哦，这样啊。那……你为什么白天不出院呢？”

“因为——”可儿背着双手，眨了眨眼睛调皮地说，“我想，你陪我出院。”

“啊？”我疑惑地问。

“不可以吗？”

“当、当然可以啦。”

“那走吧，大分析师，先陪我回趟公司呗。”

“好。”

于是，我陪着可儿办好了出院手续，之后返回公司。因为可儿平时总是第一个到公司，所以她有自己公司大门的钥匙，可以开门进去。

到了她公司门口，可儿问：“晴空，你今天加班吗？”

“今天不加班，怎么了？”

“那……还有别的事情吗？”

“没有事情。”

“那等我 20 分钟好吗？”

“可以啊。”

20 分钟之后。从新证证券营业部门口走出来的可儿，已经换上了她自己的休闲装。虽然晚上光线不太好，不过我还是看出来，她画了一些淡妆。

“怎么样，这下总算能出去见人了吧？”可儿笑着问。

“呵呵。原来你回这里来，是为了装扮一下？”

“那当然了。不然，我们出去的时候，我一来穿着工作装，二来又不修边幅的，岂不是难看死了？要是那样子出去的话，我会鄙视自己的。”

我温和地笑笑。突然，意识到了什么，我说：“我们……出去？”

“嗯。是啊。”

“什么时候？”

“现——在——”可儿带着有趣的眼神望着我。

两人随后出发去市中心的商业街。我陪着可儿，在夜间市区的繁华地段逛了一会儿之后，找了家咖啡店坐下。巧的是，我和可儿去的那家咖啡馆，就是上次逍月也一起去的那家。

“好久没出来走走了，在医院里都闷坏了。”可儿捧着她的茶杯轻轻地感叹。她又点了水果茶。

“住院就是这样的。”我喝了一口自己的柠檬茶(逍月上次点的那种，晚上我除非加班，不然不喝咖啡)。

“这段时间,还好晴空你天天来看我,真谢谢你了。”

“你太客气了,可儿。”

“晴空。”

“怎么了?”

“最近你有什么心事吗?”

“没……没有啊。”可儿这么一问,我一下子有点愣住了。

“你这个人,总是有点不坦率呢。”

“……”我沉默不语。

“说说吧,别什么事情都一个人扛着。你可以抱着我,陪着我挺过生与死的交界线,难道,还不能对我说说心里话吗?”

我抬起头。可儿正望着我的眼睛,等待我的回答。

心中暗暗地叹息。那一年,我曾经对着一个和可儿长得一模一样的女孩打开过心门,可是……

这时候,脑海里浮起了之前文丽说的那句话:

“从小到大,他就是这个样子,习惯什么都自己扛,其实,他根本就扛不住……”

我暗暗地握紧了拳头。闭上眼,深吸一口气,再睁开,我开了口:“可儿。”

“嗯?”

“最近,我一直很担忧。”

“我知道。我能感觉得到。这几天,我总是看见,你微笑着来看我。但是,我感觉到了,你微笑之下暗暗的忧伤。那么,说说吧。虽然我也不一定有办法,但是我愿意倾听。说出来,总比自己一个人闷在心里要好,是不是?”

我开始将最近公司里发生的事情一一讲给可儿听。我讲述的时候,可儿听得非常认真——当她听到王丰裕自杀的事情的时候,惊恐地捂住了嘴;而当我后面讲起小王父亲追悼会当天的场景时候,她的眼神亦黯淡了下来。

“想不到,我住院的这段时间,你们公司发生了这么多的事情呢……”

“是的。我更是从来都没想过,一起合作的同事,前一天晚上还一起扯东拉西地聊天,第二天就……”我摇了摇头。

“算了,事情都这样了,也没办法挽回了。这也不是你的错,晴空。不要为这个再烦恼了,好吗?”

“这个,只是一部分。”

“还有什么吗?”

“现在公司门口,天天都有业务员们在抗议示威。而公司现在,却一点都没有做出安抚员工的姿态……公司近期的'连续高压'政策，已经引起了动荡。再这样下去，我真为这个公司的前途，也为自己的饭碗担忧……"

听到这里，可儿沉默了。她想了想，对我说："晴空，我知道，现在这个情况的确不好。而且，你感觉自己看着公司向危险的方向滑过去，却无能为力，是不是？"

"是。"

"那么，就不要太在意了。在这个世界上，我们有多少能力，就做多少事情吧。事情就是事情，环境就是环境。当你没有足够力量的时候，适应环境；当你有足够能力，而且想好了以后，那时候再试试看，改变环境。现在我们真的没多少力量，那么，努力适应环境，做好自己的事情就是了，你说呢？"

我略有些意外地看着可儿。她说得一点都没错。现在我们公司的状况，就好比台风来袭，每年都会来，每次来，肯定会造成损害。既然如此，我只要努力适应，做好准备就是了。一味地担忧，真的毫无意义。

"可儿，你是对的。改变不了的事情，我的确不用这么担心。真的非常感谢你。"

"嘿嘿……那么以后，再有什么事情，我们一起分享，好吗？"

我微微点了点头。

"这才乖嘛。"可儿笑嘻嘻地端起了她的水果茶。

从咖啡厅里出来，我和可儿走在车水马龙、灯火通明的市中心大街上。

"我明天就来上班了。"

"不再多休息一段时间吗？"

"不了。我真的已经好了。再休息下去，人都要生锈了。"

"好吧，不过还是那句话，千万别再那么拼了啊。"

"知道啦，'宝刀易折，千里马先死'，是不是？"

"你知道就好，还有……"

"你是不是想说，医生叮嘱以后包里的哮喘喷雾要检查？放心吧，我以后放两瓶，好不？"

"那就好，那就好。"

可儿嗤嗤地笑了。

"你……你笑什么？"看着她莫名其妙地笑起来了，我有点丈二和尚摸不着头脑。

"你以后，会是个好爸爸哟。"

“啊?”

没等我反应过来,一辆出租车从边上靠过来了。

“车来了,我先走咯。晴空,明天见。”

“明天见……”

她那话,是什么意思呢?

第二天早晨,天气非常晴朗。

这又是一个,不需要我作晨会讲解的早晨,因此我只是正常时间到单位。

刚刚抵达公司大楼门口,准备上楼的我,被眼前的景象震慑住了——公司大楼底下示威抗议的人,比往常多了两三倍;约有70多个我们公司的业务员,黑压压地聚集在大楼底下,堵住了进大楼的入口!

仔细观察抗议的人群,我发现了一些和往日不同的地方。

首先,走近仔细一看,每一个抗议示威的业务员,左肩膀上都别了一块黑布,胸前挂着一朵白色的小纸花。整个场面,多了一份悲壮的气氛……

其次,人群除了数量大大增加之外,他们手上拿着的标语也有了新内容:“耀光期货灭绝人性逼死业务员!”“深切哀悼王丰裕同志!”“为王丰裕同志讨回公道!”

而抗议人群的口号,也与往日有了显著的不同。

“公司高层领导出来!”

“公司高层领导出来!”

“还我们业务员公道!”

“还我们业务员公道!”

“反对耀光期货随意克扣我们的血汗!”

“反对耀光期货随意克扣我们的血汗!”

“为王丰裕同志伸张正义!”

“为王丰裕同志伸张正义!”

……

70个人的呼喊声,哪里是此前20个人的规模能够相比。现在,大约百米开外,都能够听到人群的呐喊声了。

而距离抗议人群约10米开外,则是另外一群人:我们公司其他部门的员工,以及大楼内其他公司上班的员工——他们都因为大门口被抗议的业务员们堵住了,而无法上楼到岗。

虽然,这些滞留人群中部分人开始绕走大楼的后门上楼,但是,滞留在抗议人群外围的人还是越来越多了……

我默默地注视眼前的情势。现在抗议人群的人数增加了好几倍，而且，抗议的手段也更为激烈了。这种情况下，局势会怎么样发展下去呢？

"晴空，这是这么回事情啊？"我的思绪被一旁可儿的声音打断了。

我转过头，有点无奈地对她说："这就是我之前对你说起过的，我们公司业务员们抗议示威的事情。只是，前几天最多也只有20多个人。今天这规模……简直是'爆发性增长'了。"

"我的老天，今天这是怎么了，'多头'孤注一掷了？"这时，另外一边，逍月插话道。

"的确可以这么说吧。"我摇摇头，"这下事情可真的大条了。"

随着外围滞留的人越来越多，周围围观的人，也越来越多，从公司上空往下看，门口滞留人群的数量，真的有点恐怖了……

这种情况持续了约15分钟之后，我注意到，公司西侧，阮总经理、董事会的两个成员，以及其他公司的高层领导大约共5个人，在丁队长带领的9个保安的陪同下，从大楼后门绕行了过来，走到了抗议人群的前面。

只见皮肤白净的阮总带着众领导，走到人群面前。她举起一个小型的扩音器，喊道："我是总经理阮肖薇！这里谁是带头的？给我出来说话！"

人群中闪开一条道，几个头绑布带(上面写着"还我公道")的业务员排众而出。一个戴眼镜的人走在最前面。此人个子不高，经过多日露天的示威抗议，他的皮肤已经晒得有点黑了。这一点，周围抗议的业务员们也都是一样。

"阮总，你们终于出来了，终于肯下来听听我们业务员的心声了！"那人对阮总说道，"请听听我们公司广大业务员们的声音，听听我们的诉求。公司的政策对我们的冲击太大了！请考虑一下我们的声音！"

阮总声色俱厉地回道："你是商品期货一部的陈松卫吧？乱弹琴！你们这是什么？造反吗？啊？你们闹了这么多天，这明显就是逼宫！"

"不是的，阮总！这一次，公司这次政策调整，对我们这些业务员的影响太大了。按照公司的新政策，我们这些人，日子都要过不下去了！看看身后的这些业务员兄弟姐妹们，再这样下去，信用卡都没法按时还，更不要说有些按揭还房贷的了。这样下去，大家怎么过日子啊？请公司领导，制定分配政策的时候，考虑一下大家的死活吧！看看王丰裕吧，他就是受不了公司新政策的压力，而结束了自己年轻的生命！我们这些人，很多都在公司干了超过3年了。我们这里没人想造反。我们只是希望，高层领导听听我们这些基层员工的心声，给大家一条活路吧！阮总！”

“哼哼。”阮总冷笑一声，“你是什么东西？一个业务员，敢这样教训我？跟我讲大道理？告诉你们，公司已经颁布的政策，绝对不会因为你们几个闹腾就修改！你们死心吧！现在，统统给我回去上班！”

“啊……”本来静下来听阮总说话的众业务员们，这下一片哗然。

“阮总，不要这样，再考虑考虑，听听大家的意见吧……”陈松卫苦劝道。

“这个决定是不会变的！不然我就不是阮肖薇！”

业务员们，一下子都沉默了。大家都很失望，坚持抗议了这么多天，高层总算下来了，却给了这么一个回答。虽然隔了有一段距离，但是，我看到，他们眼神中的落寞。

“阮总……”

“给我闭嘴！陈松卫，你给我听着！你们几个带头闹事的，我现在就宣布，你们被开除了！”

“啊……阮总，不要啊……”陈松卫他们几个顿时慌了神。

“哼哼，现在知道求我了？晚了！”阮总声调越来越高，指着陈松卫还有带头的几个业务员吼了起来：“你们这些业务员，太看得起自己了吧？以为自己是什么东西？啊？告诉你，在我眼里，你们就是一群蚂蚁！哪个不安分的话，我随时可以炒了！大学毕业找不到工作的有得是！你们不想混了是吧？那给我滚！什么东西……给你点颜色，你还真开染坊了，啊?!”

陈松卫他们几个沉默了。

“其他还有谁想学他们几个？嗯？再不给我回去上班，在场的每一个都别想混了!”

“这……”抗议人群又是一片窃窃私语。

这时，沉默了一会的陈松卫，抬起了头。我惊讶地发现，他眼中冒出了杀气。他声音低沉地质问阮总：“阮总，你们高层，还把不把我们这些业务员当人看?!”

“你这是什么口气，什么眼神？你现在已经被开除了，没资格跟我说话！就算你还没被开除，一个小业务员，在我眼里就是一只蚂蚁，我随时都可以捏死你！你马上给我滚，滚!”

阮总话音刚落，陈松卫朝她逼近了一步。

“你……你想干什么……”

“啪!”一声，陈松卫重重地抽了阮总一个耳光。他用的力道是如此之大，阮总被抽得摔倒在了地上。

“你!!”摔倒在地上的阮总厉声喝道。

“业务员也是人!!!”陈松卫大喝一声,声音盖过了阮总。他深吸一口气,举起了高音喇叭,大喊道:“同志们!大家都看见了!我们为公司做牛做马,公司就这样对待我们!这些领导,从来都不把我们当人看!克扣我们的血汗,肆意践踏我们的利益,冷血漠视我们的声音!这样的老板,我们还要不要?!”

他身后的人群,在他喊出这番话之后,迟疑了两秒钟,随即爆发出震天响的声音:“不要!!!”

“对于这样不把我们当人看的东西,我们决不手软!!!”

“决不手软!!!”人群再次响应。

一看形势不对,阮总挣扎着爬起来,招呼丁队长叫保安们拦在了公司高层的前面。

“同志们,跟我上!!!”陈松卫高喊着冲向保安们组成的人墙。

被激怒的人群,开始冲向保安们护着的领导们……

一见到这样的状况,本身在抗议人群外面围观的人,顿时如同潮水般开始向外后退。

“可儿!道月!快离开!躲远一点!!!”一看场面失控了,我连忙对身边的两个女孩喊道。

听到我的呼喊,两个女孩马上醒悟过来。三人很快地逃离了“战区”。

回头一看,丁队长他们那些保安组成的防线,很快被愤怒的业务员们突破了——9 个人在 70 个人面前,那是多么不堪一击。保安和领导们,都被大量的业务员们淹没了。

公司的大门口,混乱久久地持续着……

“晴空!”道月拿着手机叫我,“刚才桂老大通知我,他在现场,所有的事情他都看见了。他用短信、手机 QQ 还有微信三种方式,群发了紧急通知:今天所有的分析师临时紧急放假,全都回家,这事情他来负责!今天公司大门口发生的事情绝对不要参与!”

我掏出手机一看,果然有桂老大的信息。于是,我对道月点了点头,说:“好……我听老大的。可儿,那你怎么样?”

可儿踌躇了一下,说:“我……打算从大楼的后门上去吧……我还是要上班的。”

“那道月,我先把可儿从后门送上去。你先回去吧,注意安全。”

“嘿嘿。晴空,今天你的这个态度,我给你打满分。”道月带着满意的神情点了点头，“那么，我先回家了。晴空、可儿，再见。”

说完，她转身快步离开了。

于是，我带着可儿向着公司大楼的后门方向走去。

偶然间，再回首，我停下脚步，远远地注视着公司大门口依然混乱的状况。

这——是多么熟悉的场面。

有时候，历史，真的会重演……

“唉……”

面对此情此景，我轻轻地叹息。

这时，可儿轻轻地握住了我的手。

“晴空。”

“嗯？”

“我们，都是凡人；而这，就是世界。别太在意。”

“嗯。”

蓝天白云之下，夏日晨间的微风带来短暂的凉爽，公司楼下大门口人群依然在呼喊着、躁动着……牵着可儿手的我，望着她清澈的双眸，微微点了点头。

2012年8月份，耀光期货公司劳资双方纠纷升级，最终演变成了一场失控的直接冲突。在这场冲突之中，公司大楼的9名保安，包括丁队长和廖师傅，都不同程度地受了伤。业务员一方，约有四五个人受了些轻伤。但总的来说，保安们受的伤并不是非常严重，业务员们似乎对保安们手下留情了。

而公司当时在场的高层领导，则没那么幸运了。据说，几个在场的领导都被打肿了双眼成了熊猫，有的甚至被打得跪地求饶。在冲突中，阮总受伤最重。她的两颗门牙被打落，部分头发被扯落，右眼眼眶被打肿，衣服被撕破。她被送到医院之后，检查出了皮下瘀血、右手手腕脱臼和脑震荡的症状。而且，除了身体上的伤，听说她精神上也受到了刺激——出现了抑郁症的症状。

暂时，她不会再到公司里来了……

那一天之后，公司大门口的抗议示威活动也结束了。也是在那一天之后，公司总部出现了大量员工的集中辞职，辞职的员工以业务部门的员工为主。

短短的两周内，离职的员工约有60多人，占到了公司总部人数的一半，总部所有业务部业务员的66%。逍月告诉我，根据她打听到的消息，很多离职的业务员，都是业务存量400万元以上的“优质业务员”。和他们一起离职的，还有这些业务部门的负责人。

在这次“辞职潮”中，连作为中后台部门的研究部，也未能幸免。研究部又有 5 个分析师离职了。这下，研究部仅剩 10 名分析师。在这种局面之下，研究部的正常运作都成了问题：剩余的 10 个分析师，无论怎么样调剂，都无法完全兼顾所有的期货品种了。更让我们这些剩下的分析师寒心的是，研究部的充满“业务开拓”精神的伍总，此时也选择了拍屁股走人，带着研究部 50% 的业务跳槽去了其他的期货公司。元气大伤的研究部，桂老大成了实际负责的领导……

耀光期货总部失去了将近一半员工，但事件却并没有在此落下帷幕。

2012 年 8 月下旬，耀光期货董事会最终决定，接受新证集团的收购提案。此前，耀光期货已经连续 3 年拒绝了新证集团的收购。根据新证集团的方案，新证集团旗下的全资子公司新昊期货，对耀光期货实施吸收并购。所有耀光期货现存的机构，统一吸收为新昊期货旗下的营业部。曾在业界小有名气的耀光期货，自此成为了历史……

时间，运行到了 2012 年 9 月的那一天。

那一天早晨，我，站在公司的门口。

公司的大门口，已经看不见昔日的前台文丽——她因为青梅竹马的死，哀伤地辞职离开了；两个装修工人，正在将“耀光期货”的金属牌匾，从公司大门口的背景墙上拆下来……

这一切似乎来得太快了，远远超出了所有人料想的速度——仅仅两个月时间，耀光期货，由正常状态迅速滑向没落，最终落得一个被收购的命运……

为什么，会这么快？

别人，可能会迷茫；

但是，我知道事情是如何发生的——至少我知道，为什么会变成这样的部分原因。

当 7 月份耀光期货采取新的分配政策的时候，就已经埋下了隐患。而在新政策遭遇其业务员群体的极大反弹之后，公司的高层领导却漠视反对意见一意孤行。他们不仅没有暂时“缓一缓”，反而“继续加码”，针对业务员转正录用制定了更为严苛的政策。王丰裕由于新的政策，没能够被转正录用，受不了打击而自杀。公司的连续高压政策，以及王丰裕的死，导致了公司三分之二的业务员加入到了抗议示威的人群之中……在经历了那场冲突之后，绝望而愤怒的业务员们，选择了离职的方式作为对公司的最终回应……公司因此失去了大量的优秀业务员以及团队长，就此滑落到了万劫不复的境地。在最后的最后，面对满目疮痍的现状，董事会抛弃了公司，将公司卖给了新证集团……

我虽然知道部分的原因，但这与自己心里去接受这个现实，还是不一样的。

这种变化，真的让我不太有真实感。

我，又一次，感受到了，那种无法形容的心情……

深深地吸了一口气，我推开了，曾经属于耀光期货公司总部的大门。

这里一半的员工辞职离开——现在公司里空荡荡的光景，看起来还是那么不太习惯。

走在"人烟稀少"走廊上，路过一个又一个"人去楼空"的营业部办公室，我继续回想着公司"覆灭"的始末。

其实，当初公司完全有机会可以避免滑向灭顶的状况。第一次，是7月份，公司第一次实施业务分配政策新规定的时候。当初公司高层既然知道可能会遭到强烈反弹，要是不那么急着推出，公司也不会走到这一步；第二次是公司已经遭遇业务员们强烈抵触的时候，要是当时公司"缓一缓"，而不是继续罔顾业务员的诉求继续实施"高压"政策，推出那苛刻无比的员工转正新规则的话，形势也不会进一步恶化，说不定，王丰裕也不会死；第三次，"堵大门"事件当天，面对公司总部超过六成员工的呼吁，阮总要是当时说话不那么刻薄而引起众怒的话，危机也不会如火山喷发般爆发，事态也不会变得无法收拾……

"这世道，用人单位和负心汉一样绝情。"想到这里，我轻轻地自言自语，重复了那一年，丁晨星曾经说过的那句话。虽然，当初她说这话的时候，寓指的是另一个领域的问题，但是，现在我觉得，用这句话来形容我们原来公司的高层，真的还算贴切。可是，似乎正是这种"绝情"，把公司自己，推上了"绝路"……

"这句话谁教你的?"身后，忽然响起一个浑厚而熟悉的声音。

回头一看，是桂老大。

# 14

# 咖啡香中

咖啡，天然是思想者的“灵魂伴侣”。

思想，在咖啡醇厚的香气之中碰撞出火花。

当然，一起喝咖啡，也是现代情侣们喜欢的交流方式……

"桂……桂老大。"

"别慌张，小向。"桂老大语气平静地又问了一遍，"我只是想问你，这句话是谁教给你的？"

"那个……我……我随口胡说的，老大你别介意。"我紧张地回答。

"再给你一次机会，告诉我实情吧，没事的。当然，为了让你安心，我先给你上个'止损'保险。现在，耀光期货都已经不存在了，我们这些剩下的员工，都要面对新公司的吸收合并，前途未卜。我和你一样，只不过是一个等待命运考验自己饭碗前途的分析师罢了，不再是你的什么领导。这样可以吗，晴空？"

我仍然有点心虚地看着桂老大。

他的眼神平和而诚恳。

想了想，我放下戒心，回答道："这句话，是前年，我的导师与我闲聊的时候说起的。"

"导师？"

"是的。"

"呵呵，好吧，导师……导师。还是那个老样子呢……"闻言，桂老大的眼神瞟向一边，露出异样的神情，轻声地自言自语道。

虽然，他说得很轻，但是我还是听见了。

"老大？"我轻轻地询问。

"没什么，你的导师……是个极端的人呢。你引用她的这句话，看来对公司的意见很深啊？"

"不是的。"

"不是？那你为什么用这样的修辞呢。"

"我……之前，在想公司的事情。这么大一个公司，在短短两个月内就沦落到这般田地的原因。"

此言一出，桂老大来了兴致，问："那你认为，耀光为什么会走到这样的结局？"

"我认为，公司高层的'绝情'，把公司自己，逼上了绝路。"

"哦？看来，你对这次事件有过自己的思考嘛。听庄说，你很爱喝咖啡？"

"是有点。"

"那走，去我办公室。我桌子里还有盒巴西咖啡，我们一边喝咖啡一边聊。"

"这个，合适吗？桂老大？现在还是上班时间……"

"你真是个少见的负责任的人。不过，我们现在只是坐等整编的时间罢了。现在，这个原来耀光期货的总部，几乎所有的工作都停下来了。这个月，我们唯一的工作，就是等新昊期货相关部门的进一步指示。其他什么也不用做——想做也做不了。这个时候，对有思想的分析师而言，正是一个进行'灾后总结评估'的好时间。你说呢？"

灾后总结评估？

我苦笑："这一点，桂老大你说得没错。"

"那么，走吧？"

"好，我恭敬不如从命了。"

来到桂老大的办公室，两人冲泡起巴西咖啡，咖啡醇厚的香气，开始飘荡在空中。

桂老大轻轻地端起咖啡杯，用小勺子搅拌着，说："那么，谈谈吧。对于公司在短短两个月中经历如此巨变的过程，晴空，你怎么看？"

我尽量用委婉的字眼，陈述了自己对整个事件经过的看法：我之前所想到的，公司在三个重要时点所犯的致命错误。

"嗯……你的意思是，在整个事件中，公司领导由于'冷漠无情'，在关键时点上犯了三个致命的'战术性'失误，最终导致了公司的衰落？"

"我大致上是这么想的。"

桂老大停顿了片刻。他端起咖啡，小抿了一口，随后说："在我点评你的看法之前，我想听听你对整个事件背景的认识。首先，晴空，你对事件发生之前，耀光期货的总体状况怎么看？"

"嗯……就我了解到的情况，我觉得原来耀光期货存在的问题很多。业务类型单一，经营模式和理念较为保守和陈旧。盈利能力本来就不是很好，今年的状况更是不容乐观。"

"看来你情报的收集工作做得还可以。因为你不是领导层，公司层面原先有些情况你没法得到第一手资料，因此不是非常了解。你能通过外围的信息，得到这样的认识，方向上还是正确的，已经不错了。你说的大致上没错，但是此前事情所达到的程度可是大大超过了你的预期。反正，耀光期货已经不存在了，本来只有我们领导层面才能知道的一些事情，我现在也不介意告诉你——实际上，两个月前，耀光期货已经到了非常窘迫的地步了。"

我顿感惊讶："有这么严重吗？"

桂老大点了点头，说："今年，耀光期货盈利能力连续下滑。在上一个季度，这种状况尤为严重——公司业务存量下降了15%。另外，新昊期货一直都想收购耀光的事情,现在大家都应该很清楚了吧?”

“是的。”我回答。经过此次巨变,新昊期货如愿以偿地收购了耀光期货。

“所以,两个月前,耀光期货面临的就是内忧外患同时发难的困境了。”

“原来是这样。”

“嗯,在这样的局面之下,我们重新审视整个事件的经过。晴空,你前面说公司在三个关键时点,犯了三次致命错误的看法,我认为,你只看到了六成。”

“六成?”我奇怪地问道,“那岂不是在五个关键点上有致命失误了?”

“没错。另外两个关键点,一个是我之前所提到的,属于公司内部消息,你不知道,这不怪你;而另一个关键点,你忽视了。所以,此前你的看法,我给你打 80 分。按照中级分析师的标准,你做得不错了。但是按照高级分析师的要求,还有很大距离哟。”

桂老大的“打分”,让我有了一种预感:事情,似乎比我看到的,分析出来的要复杂得多。想到这里,我虚心地说:“桂老大,愿闻其详。”

“晴空,事情开始于两个月前。在我们已知的那种严峻背景之下。耀光期货的公司高层,曾经开过一个紧急会议。”桂老大放下咖啡杯子,推了推眼镜,“在那个会议上,公司高层,为了扭转公司面临的颓势,制定了一系列新规和对策。”

“新规……就是我们所收到的那些邮件吗?”我喝了一口咖啡。

“那只是你们员工级别看到的。”桂老大靠向椅子背,“当时公司高层,一共制定了四个方面的系列措施。”

“哪四个方面呢?”

“这当中,后面三个方面,你们应该都看过了。回忆并总结一下,晴空,我记得你的记性应该是非常好的。”

“桂老大你太抬举我了。那我试着归纳一下。原公司曾分两次下达新规,主要涉及三个方面的内容。第一块是延迟、减少业务员的收入。第二块是重点削减居间人业务。第三块是关于新业务员转为正式员工的新规定。”

“非常正确。你记的一点都没错。除了这三条你已知的,我告诉你第一条内部施行的:所有领导层,集体减薪 20%。”

“什么?”我眼睛睁得大大的,“不会吧?”

“我就知道你会不相信。但是,这是事实。”

我太意外了。原先一直以为,公司的新规只是单方面针对员工的。但按照桂老大告诉我的,其实领导层面也“受损”显著。

“对于这个迟到的真相，你觉得怎么样？”

我有些无奈地说：“要是，当初新规下达的时候，业务员们知道了领导也大幅度减薪，说不定，他们就不会造反了……”

“这就是公司犯的第一个致命的战术性失误：没有将领导层减薪的信息，公开给广大业务员知道。实在是太可惜了，从公司的‘战略’上来看，这次事件公司所采取的应对策略，大致方向应该是正确的——却在一开始，就在这个细节上犯了严重的‘战术’级错误。”

“此话怎讲？”

“从你之前回忆的三方面，以及我刚才补充的一方面，综合起来看，公司应对危机，采取的方式可简称为‘休克疗法’式的极端财政紧缩策略。首先，领导大幅减薪、员工减薪，这不就是减轻公司负担吗？”

“这……的确说得通。”

“其次，你可能对削减居间人业务这一块有异议。我告诉你，这是公司为了提升盈利能力而做出的巨大调整。”

“哦？”

“逍月应该告诉过你，居间人业务占公司总业务比多少？”

“大约30%吧。而且，居间人业务，主要是‘中小’业务员们开发的。”

“根据大致水平来看，居间人业务中，居间人要拿走50%－60%的佣金返还，剩余的40%－50%才由公司和业务员按照规定来分，是不是？”

“是。”

“而业务员直接开发的业务，手续费分成，公司直接提走84%，业务员提走16%，对吧？”

我忽然明白了，说：“这块业务并不占公司业务的主导部分，分成又低，难怪……”

“难怪公司会削减，是吧？而且，返佣给其他公司外的居间人，还给公司的现金流，带来了巨大的负担。所以，公司削减居间人业务的做法，完全是为了改善盈利能力的理性选择。”

“最后一块，对临时业务员转正的新规，虽然的确很不人道，但这也是一种理性选择：淘汰冗员。综合上述公司的战略而言，是典型的危急时刻所采用的‘休克’疗法。你说呢？”此时，桂老大认真地看着我。

略整理了下思绪，我点了点头。

经过桂老大这样分析，我大致上明白了公司当初出台如此“高压”新规的初衷。现在看来，这也算高层曾经为了奋起自救而所作出的一种理性的选择吧。

“公司高层曾经定下的战略,的确是没有错。可是,却得到了这样的结果……”我摇了摇头。

“是啊,正确的策略。但是,策略一开始实施的时候,就犯了两个严重的战术错误:一个是没有向广大业务员们公开领导层也减薪的事实,以减小新规出炉的阻力;另一个是你所看到的,但我这里稍微做下修改,应该这样说——公司出台新规,并没有和广大基层员工好好沟通协商,却用‘简单粗暴’的方式直接下达。这种‘铁血’的行事风格——就我个人的理解来看,现在躺在医院里还没回来的阮总,当初在这一点上估计‘功不可没’。”桂老大耸了耸肩膀,喝了一口咖啡。

“呵呵。”我苦笑道,“这种可能性很高啊。因为这两个失误,新规定遭到了广大业务员的强烈反弹,员工们就是因为这个,开始中小规模的造反?”

“这个思维,看似合理,其实有漏洞。”

“怎么讲?”

“你说说看,当前的社会中,按照一般的惯例,在公司之中,要是有几个员工敢造反的话,是什么下场?”

“一般,是……直接开除吧?”

“那么,为什么,公司楼下大门口那 20 多号人,可以‘安然无恙’地闹腾那么多天——长达 1 个多月的时间,公司高层却又‘无动于衷’?”桂老大的眼神忽然变得锐利,盯着我问道。

“这……”我一下子愣住了。

之前所看到的那些现象,我一度曾觉得顺理成章。现在经桂老大这么一点,我才发觉,这当中真的存在疑点。

看到我疑惑的样子,桂老大用勺子搅拌着咖啡,慢悠悠地说:“那这样,晴空,我们用‘结果导向型’思维来考虑。公司的新政,对公司当中哪个阶层造成的损失最大?”

“是业务员吧?”

“不对。再好好深入想一想,不要只看一面,两面都要考虑、计算一下,再回答。”

我一边纠结地思索着,一边抿了一口咖啡。

不要只看一面,两面都考虑?

猛然间,脑子当中有什么东西像是一下贯通的感觉。我一拍大腿,说:“是业务部的老总们,那些团队长!”

“那么，下面，晴空，你继续？”桂老大略带满意地点了点头。

“因为公司的新政，团队长直接削减收入20%。而同时来说，占他们收入比例很大的‘业务提成’那一块，也因为针对业务员的政策，同样受到了影响。这样，业务部的老总，等于说是在新政当中损失最大的。如果，在新政当中受损最严重的是业务部的老总，那刚才那两个疑点就都说得通了！”

“你怎么理解？”

“一开始，中小规模的业务员抗议示威，是在那些业务部老总的支持下发起的。这实际上是业务部老总‘曲线式抗议’，是演给高层领导看的一出戏！”

“呵呵，这点分析得不错。那么，你再分析下，为何高层领导，并没有‘咔嚓’了那些抗议的员工，一副毫无反应的样子呢？”

“嗯……对公司高层而言，根据我们之前的推断，他们希望达到的目标是改善公司的状况。这些团队长鼓动支持手下演的这出‘戏’，既有抗议的意思，也有试探的意思，是不是？”

“说得非常好，小子。高层和这些团队长们，就好比‘朝廷中央’和‘地方诸侯’，其实是在博弈。高层对于团队长这样做的含义，根据高层的表现来看，应该是已经心知肚明了的。但是，高层也不敢在这个节骨眼上，对这些团队长们逼得太急。我们公司是以传统的经纪业务为主的期货公司，每个业务部老总旗下都拥有大量的业务——甚至，我们原来的研究部，也有类似的情况。在这样的公司当中，业务量，就是每个人的筹码，每个人的底牌。而这些团队长手中，就握有大量的这些底牌。要是公司高层逼急了……”桂老大端起咖啡，又抿了一口，“你也知道的，现在金融行业从业人员，乃至整个业务团队的流动性，是非常大的。”

“高层怕真的逼急了，团队长们‘拉走队伍’，是吧？”

“没错。所以，一段时间内，形成了‘一个派人唱戏，一个看戏’的僵持局面。而那些门口天天抗议的业务员们，就是‘戏子’。这种微妙的均衡状态一直持续到高层犯下第三个战术错误：居然在这种状态下选择‘兵行险招’，进一步加码，实施淘汰冗员的策略。”

“是。”

“这一点上，晴空你虽然并没有考虑到之前的状况，但是对于当时公司的错误点看得完全正确。在当时这种弱势平衡的局面之下，公司较好的选择是‘盘整’，先‘缓一缓’才是比较稳妥的做法。而高层，那时候却像个套牢的赌徒，选择了一意孤行。个人意见，估计，这又是阮总为首的高层们的杰作……”

“唉……是啊。”我摇了摇头。这种概率真的很高：私底下员工们给阮总起的“灭绝师太”外号，那可不是白来的……

“而在公司高层继续执行‘押宝’式战略之后，一个意外的状况的出现，大大出乎了所有人的意料，也打乱了此前‘多空’双方的微妙均势。那就是，王丰裕不堪压力而自杀的事件。”

王丰裕……

到现在，我都清晰地记得他的那封遗书的每一个字。

想到这里，我不禁黯然。

“王丰裕的死，其实给了公司高层一个重大的机会。公司高层，那时候要是抓住了这个机会，完全可以‘翻盘’的。可惜，公司高层，因为傲慢和愚蠢，白白地错过了。这是晴空你所忽视的，公司高层犯下的第四个严重的错误。”说完这句话，桂老大叹了一口气。

“重大的机会？此话何解？”我疑惑地抬起头，问道。

“还记得王丰裕追悼会那天的情形吗？”

“当然记得。当时，来了 50 多个业务员，却只来了一个领导前来探视，就是王丰裕遗书中提及的李副总……”

“在那种场合下，业务员心中充满了哀伤和震惊：人人自危会不会有一样的下场。在那个时候，要是高层领导适时出现，并做出一些安抚动作，向广大业务员们公开公司高层愿意和大家一起共渡难关的诚意，你说会怎么样呢？”

“对哦……我真忽视了这一点呢，这对公司高层而言，真是一个非常好的扭转局面的时机啊……”

“但是，公司高层错过了。这种错过，还带来了更深重的‘情况恶化’。王丰裕的死，公司领导的冷漠表现，使得广大业务员们心中的哀伤和恐惧转换成了愤怒，而且愤怒超出了临界点。于是，大量的业务员自发加入了抗议的人群之中。这个新状况，是那些‘安排演戏’的团队长们始料未及的。”

“桂老大你的意思是，后面 70 多人规模的抗议，不再是演戏，而是愤怒的业务员们群起自发参加的了？”

“这不是我的意思，而是事实了。不仅是那些先前没有参与抗议的业务员们，就连那些一开始只是演戏的‘戏子’们，看到王丰裕死后公司的态度，也都愤怒了。看看那个陈松卫吧。那一天，我全看见了。作为业务部团队长们安排演戏的‘主角’，一开始他还试图压住自己心中的怒火，与高层谈条件。但是，当受到高层傲慢的侮辱之后，他眼中的怒火，不是假的。”

“我的天。这下，此前只不过‘虚晃一枪’的人们，真的变成了一堆充满愤怒，容易失控的‘炸药桶’了。怪不得，那天他们做出了堵大门这种不让其他员工上楼上班的极端行为……”

“没错。不巧的是，由于高层的愚蠢，在这个时候却还没有意识到情况已经发生了质的变化。阮总他们这些人，居然还保留着一开始的判断：认为楼下的业务员们只不过是在演戏。但是，这样规模的‘演戏’也不是高层能够容忍的了。于是，他们下楼去与抗议人群对话。由于形势误判，傲慢与冷漠，阮总他们这些高层领导，居然在接近爆发的抗议人群面前，犯下了第五次，也是最为严重、代价最高昂的那次战术失误。然后……你也看到了，不是吗？”

“冲突日”那天的场景，至今，也历历在目。

桂老大长吁了一口气，抬起头，说：“公司高层一开始执行了正确的战略，却在实施过程中五个关键点上犯了致命的战术失误。结果，现在有几个领导都还躺在医院里呢。另一方面，直接冲突爆发后，团队长们，一来怕责任牵连，二来觉得再无期望，于是‘拉着队伍’走人。最终，耀光期货在此次事件中，变革策略彻底失败，并且元气大伤，再无抵抗新昊期货兼并收购的能力了。自此，耀光期货轰然倒下。”

“细节，真的是魔鬼呢。”我再次感慨道。

“若从战术层面的角度来说，你这句话总结得算到位了。不过，若从更高层面的视角来观察，还有更深层次的原因，引导着整个事件走向这一步。”

“更深层的原因？”

“是的。这个深层的原因，可以分为两个层面。我们还是用以人为本的思路来展开。第一个层面，是领导层的问题。晴空，你有注意到，整个事件中，高层领导一直都冷漠地‘选择性’忽视广大业务员群体诉求和感受吗？”

“的确是这样。但是，现在社会上，大部分公司的高层，不都是这样对待底层的职工的吗？”

“你习惯了？”

“基本上……吧。”

“呵呵。看来，你是习惯了。我也习惯了。但是，就是这种我们所习惯的东西，你觉得合理吗？”

“按照道理来讲，是不对的。”

“问题就在这里了。为什么会出现这样的情况呢？这要从领导层和基层两代人身上的特征说起了。之前，耀光期货的领导层，大多数都是 60 后和 70 后，而基层员工，基本上是 80 后和 90 后。就我的观察，领导层大致上还是用上一个时代，他们所熟悉的那套办法——对员工‘命令式’的指挥；公司里的一些重要情况，也习惯了‘隐瞒式’的处理方法。”

“桂老大你观察得不错，我虽然在公司的时间不长，但是对于这个现象还是感同身受的。这种现象产生的原因是什么呢？”

“领导层的这种行事作风，一方面是人的本性造成的——人总是会选择自己最熟悉的方式来着手解决问题；另一方面，则是60—70与80—90两个时代人思想上的代沟和‘隔阂’所带来的。这种作风，无形间造成了领导层和基层矛盾的积累。而原来耀光期货的董事会，自去年发觉了这个问题后，却采取了‘高压管制’的做法，专门聘请了阮总这位业界有名的‘铁血’作风的人来担任公司总经理。结果是，之前提到的这种趋向，在今年更加的严重了。你说呢？”

“唉，的确是这样。”

“现在社会上的人，大多数是既现实而又‘冷酷式’理性的。在我们刚才提到的，领导层的‘习惯式打压’作风之下，处于弱势的员工们为了保住饭碗，一般都选择忍。但是，人毕竟是人，这种忍，是有限度的，而且，怨气也会积累。时间长了，这种我们习惯了的不合理，慢慢地就成了悬在公司头顶上的一颗定时炸弹。”

“这炸弹前一段时间刚炸开……”我接口道。

“炸开以后跑路的也就算了，问题是我们这些剩下的，日子可难过了。旧的领导层‘躺平’了，新的领导层还没到位，业务员走了大半，建制也残了大半……我们这些剩下的，还得活着挺过接下来的‘阵痛’，未来前景显著偏空呢。世界，就是这么现实、残酷。”

“那……我们能做些什么呢？”

“什么都做不了。”

“……”我沉默了。在桂老大的办公室里，我们两个透彻地分析出了耀光期货覆灭的始末，却什么都改变不了。分析师，难道真的就是事后诸葛亮？真的，就这样无力吗？

“现在做不了，不代表以后做不了。当前，我们最好的策略，就是观望。不过，晴空，如果这段时间你闲不住的话，我这里倒是有个小课题，你自己去研究下？”

“好啊。桂老大。”心想，最近也没有报告写，我于是答应了下来，“是什么样的课题呢？”

“我们两个刚才谈了‘深层次的原因’。我给你介绍了第一层——从领导层面出发的深层次原因。我分析所采用的方式，是以领导为主体，其自身特点作为内因，而相对的员工层面就作为外部因素，这样的思路进行分析的。至于第二层，以广大业务员为主体的，我希望，你用自己的分析和思考，试着去推理出来。”

桂老大的这个提议让我颇为意外。此时他的腔调，不像是我的领导，倒很像是我的导师。迟疑了一下，我犹豫地问：“这……我可以吗？”

“我对你有信心，你可以的。不过……”

“不过？”

“我估计你可能需要花点时间。探索这个课题的时候，尽量全面和深入。这里给你点提示，既然是以业务员这类基层员工为主体，那么，也可以像我那样从外部因素和内部因素同时来考虑。当然，也不限于这种方式。思考的时候，有一点要切记，不要因为个人的情感色彩，影响了你正确的判断。”

“好吧，我会尽力。对了，我什么时候‘汇报成果’呢？”

“不着急。你慢慢思考好了。当什么时候，你觉得自己的解释是经得起推敲，无懈可击了，就什么时候来找我探讨心得。到时候，我再请你喝咖啡，怎么样？”

“好，一言为定！”我爽快地答应了。说起来，桂老大今天的咖啡，真是香醇……

“呵呵。”桂老大温和地笑了笑，将杯中剩余的咖啡一饮而尽。

从“冲突日”那一天算起来，已经整整1个月过去了。

新昊期货的领导层，开始逐渐派人过来对接工作。我们研究部，依然处于“半停转”的状态。在这种情况下，我们剩下的分析师，也只能做好自己的本分工作：出具各自负责品种的分析报告，以及自己客户权益的维护。

分析师的工作和生活，依然持续着。

另外……

就像那一天，在医院里，我对可儿说过的那样，每一个周末，我都会到张叔的钢琴店里，去听她弹钢琴。

2012年9月的第二个周末。

那一天，天气很好。

店长张叔又出去了，琴行不开门。

于是，我陪着可儿，在西湖边喝咖啡。

“今天的天气真好。”看着日光下波光粼粼的湖面，我的心情格外的好。

“‘清荡一池水，撒落万点银。’[①]如此好天气和美景，待在家里岂不是太

① “清荡一池水，撒落万点银”出自电视剧《宰相刘罗锅》中乾隆皇帝吟的一句诗。

闷啦?”

“嘿嘿,你看来也是在家里待不住的人呢。”

“这你猜错咯,晴空。”可儿微笑着回答,“只是,上次我在医院里闲得太久了,我真的不想再没事就宅在家里了。”

“那也要劳逸结合,别再给自己的身体太大负担。”

“知道啦,大分析师。”可儿喝了一口柠檬茶,说,“对了,我爸爸和姐姐,都要我郑重地转达他们对你的谢意。”

“你的家人们都太客气了,不用这么正式吧。”

“呵呵,他们就是这样的人啊。知道我出事以后,爸爸和姐姐都急得要马上回来呢。后来,我告诉他们你救了我,我也已经没事了,这才好不容易劝住他们呢。我爸还说,哪天他回来了,要当面见见你,表示诚挚的感谢呢。”

一听可儿这样说,我有点哭笑不得:“啊? 伯父也太夸张了吧。”

“不仅我爸,我那留学的姐姐,也一度说要马上搭飞机回来看我呢。我劝了她半天,她这才没有冲动到立马去买机票。”

“呵呵,他们很关心你呢。”我温和地笑笑。

忽然意识到了什么,我问道:“咦? 那可儿,你在杭州岂不是一个人住?”

可儿叹了一口气:“怎么办呢,我爸爸是个行走四方,经常去外地的音乐家。姐姐她还在英国留学。家里当然只有我一个人呢。”

父亲在外地,姐姐在留学,可儿在杭州的确是一个人留守……

“那会不会太辛苦哦?”

可儿轻轻地旋转着杯子,看着西湖的景色,淡淡地说:“没事,我早就习惯了。妈妈很早就走了。爸爸因为深爱着妈妈,一直都没有再婚。我和姐姐,很小的时候,就学会了自立。因为早就习惯了,辛苦倒是一点都不觉得;只是,倒真有一点冷清。”

那天在医院里,我记得她就说过,她母亲在她很小的时候就过世的事情。之前,就觉得温柔的可儿,是个坚强的人。但是现在我才知道,相比之下,我真比她幸福太多了。

“你真不容易呢,自己一个人在这里坚守着这个家。”

“不过,最近我不再觉得那么孤单了。”

“为什么?”

“因为你啊。晴空,你一直陪着我,不是吗?”可儿转过头,看着我的眼睛。

我有点不好意思地抓抓后脑勺。

看着我有点傻傻的样子,可儿微笑了。

湖边,我和可儿一边漫步,一边聊着。

“那么,平时,你和父母一起住吗?”

“只有周末。平时,我住在市区的租屋里,这样比较方便上班。”

“哦……”可儿的眼珠子一转,忽然冒出一句,“今天我想去看看你的小屋,可以吗?”

“哦,好的……啊?”我回答了之后,才反应过来。可儿怎么想去看我平时租住的地方呢?

“等等……可儿,你为什么要去我的租屋啊?”

“不行吗?是不是里面乱得没法走进去啊?”

“这倒没有。”

“哦?说得这么自信啊。我就是想去看看,大分析师的小屋是不是传说中的‘脏乱差’。”

“这点你不用担心,你见不到的。只是,去那还是免了吧……”

“难道有什么我不能看到的‘特殊趣味用品’?”可儿面带一丝诡异的笑意。

“怎么可能有……”我几乎是呻吟地回答道。

“没有的话,你怕什么。再说,刚才你不是说,‘哦,好的’吗?想抵赖?”

我哑口无言,刚才真的是一时失口回答得太快了。

我的租屋里。

我一把拉开了窗帘,让阳光洒进房间。另外,顺手启动了电脑,播放起轻柔的轻音乐。

“天……你的房间怎么收拾得比我的房间都干净。”看到眼前的景象,可儿有点愣住了。

我略带自豪地笑笑:“我就说了,你想在我这里看‘脏乱差’那是要失望的。”

周五离开的时候,我可是先搞了大扫除的。不同于一般的男生,我在父亲的熏陶下,非常注意个人卫生以及房间的整洁——甚至可以说有点洁癖。

“真是难得。”

可儿坐在我房间里唯一的一把转椅上。她看了一眼墙上画框中的《四大美女》,问我:“晴空,这个‘文化遗产’,就是你们那次传奇般的山西之行时得到的?”

“是的。”坐在床上的我回答道。说起来,我在山西“英勇”的事迹,直到“冲突日”事件之前,都还在公司里流传。不仅在我们公司总部,甚至连对面新证证券也开始流传了。据说,最新的版本,变成了我力战12个保安……这个世界上,寂寞而好事的人怎么这么多。

“我换个音乐啊,这个音乐不符合我的口味呢。”可儿边说着边转向我的手提电脑。

“好的。”我随口答应着。

可儿晃动下鼠标,之前屏幕保护变成了桌面。

她一下子呆住了。

“晴空……这是什么?”

我疑惑着转过头。

忽然,我反应过来了——电脑的背景桌面,是希诺的照片!

我顿时像触电般僵住了。

这是什么状况——前女友的照片,居然被可儿看到了!

想到这个,我吓得脸色煞白。

可儿幽幽地说:“真想不到……”

“可儿,听……听我解释……”我慌了神,想要解释,却不知道怎么解释……

“晴空君,真想不到,你是个PS控啊。喜欢偷偷地拍下女孩子的照片,然后P成各种场景和衣着的啊。”可儿站起身,转过电脑展示给我看。

她一脸的坏笑。

什……什么?我脑子一下子还没从恐慌的状态中恢复过来。

“老实交代,什么时候偷偷拍的我?还有,这张图片做了多久了?”

可儿这一问,我算明白了。由于希诺和可儿长得一模一样……看到桌面的可儿并没有想到别的,而是以为,我趁她不注意的时候偷拍了她的照片,然后P成现在这个样子……

顿时,悬着的心略微放下一些。但是,我亦觉得哭笑不得,这下,可儿肯定认为我是那种有“奇怪”的趣味的怪人了……

“这,这张图已经很久了。”我有些心虚地回答。

“哼哼,也就是说,你偷偷地注意我很久了咯?”可儿轻轻地扬起眉毛。

“呃……”这下,我不知道怎么回答了。

当然,严格来说,我是注意她蛮久了……

纠结了一下,我含糊地说:“算是吧……”

“哈。那我要再检查一下,里面有没有更多限制级的作品?说不定,过会还能找到你把我的头像安在某些来自日本的老师的身上的图呢……”可儿边说着就要继续查看电脑……

“哎……不要啊!”我连忙上前阻止。

“我要看,你的电脑里肯定有男生都有的‘X’文件夹!”

“这谁说的啊?”

“逍月说的呀。给我看看嘛。”

“不行,真的不行!”我很坚决。心想,里面还有更多的希诺的照片,被她看到了,万一起疑心怎么办……

“人家就要看嘛!”可儿趁我不注意握住了鼠标。

“不行!”我再次欲阻止。

结果,我和可儿的脚都被转椅的腿绊到了,我们一下子失去了重心。

“啊!”两个人尖叫着,一起倒了下去……

睁开眼睛,我发现,我和可儿倒在了我的床上;而且,她压在我身上……

租屋的房间很小,我的床和桌子离得很近,所以,我们两个刚才为了抢鼠标才会倒在我的床上。所幸因为这样,我们两个才没有受伤。但现在的状态,真不是一般的尴尬……

近距离的接触,我能够闻到,可儿身上淡淡的香气……我的脸,红了起来……

可儿静静地看着我,好像一点都没生气。

“晴空?”

“嗯?”

“你,真的注意我很久了?”

“是的。”

可儿微笑了一下,继续问:“那一天,为什么,加了一句?”

“什么?”

“你不是说过‘我喜欢你’? 后面,为什么加了一句‘弹的钢琴’呢? 你到底是喜欢我,还是我弹的钢琴?”

“我……”

面对我的迟疑,可儿大度地微笑,说:“再给你一次机会。”

可儿琥珀色的瞳仁,看起来是那么深邃和迷人;她身上淡淡的香气,使人如此迷醉……

此刻,我还在犹豫什么呢? 其实,那一天,在医院廊灯下,我早就知道了。

在将近半年的相处之后,虽然是渐进式的,我还是再一次地,打开了心门。

我知道,有些人,有些事情,一旦错过了——可能,就会永远错过了。

心念一转,我深吸一口气,选择了坦诚:“可儿,我……我想,我爱上你了。”

“晴空……”当我真的说出口的那一刻，可儿先一愣，随后她的声音有点颤抖。

两滴眼泪，滴在我的脸庞上。

“可儿……你哭了？”

淌着眼泪的可儿，微笑着。

“晴空……我，也爱你。”

话音刚落，可儿封住了我的双唇。

我愣了一下，随即激烈地回应她。

当两人分开的那一刻，两人的气息已经相当急促了。

“晴空……”

“什么？”

“以后别再PS了……把……窗帘拉上……”

我以平生最快的速度，拉上了窗帘。

当那种熟悉的完美，再次展现在我眼前的时候，我却犹豫了……

真的，和她一模一样……

除了，脖子左下侧的那颗痣。

“怎么了？”

望着身下可儿那美丽的双眸，强压下心中的那种纠结的感觉，我颤抖地说：“我……爱你！”

“我也爱你。”

年轻的身躯，交缠在一起。

某一时刻——“啊！疼……”可儿的眉头紧锁，叫了出来。

疼？

我的心中一阵抽动：她也是！

而且，她也把……给了我。

一切都如放量拉升的行情般，再也无法停止了……

两颗年轻的心，共同沐浴在爱河之中……

巫山云雨之后的两人，仍然久久地相拥着。

“晴空？”

“嗯？”

“再说一次好吗？我喜欢听……”

“多少次都可以。我爱你！”

“我也是。”

热情稍稍退潮之后……

“晴空，我姐姐她……”

“什么？”

“大约会在圣诞节回来看我。到时候，我想带你去见见她。可以吗？”

“好，听你的。”

# 15

# 关于好男人

在这个物欲横流的社会之中，好男人，是一种珍贵的硕果……这种硕果，是聪明而有胸襟的女人们，用信任和快乐去浇灌的，用智慧和耐心维护的……

……

睁开眼睛，我躺在山坡上。

这是，2010 年 11 月初。

多云，日间气温 16℃。

在初冬的伦敦，这样的天气实在是非常的难得了。

来到英国，已经有小半年的时间。

而我，也很久，没有像这样——

什么也不做，朝天躺在学校东北面大公园山坡上……

不算太厚的云层遮住了天空。微风，轻轻拂过我的脸庞。今天的气温相当合适，穿着那件最近刚买的，撤去内衬的野外生存装，躺在厚厚的草地上，不会觉得非常冷，也不会觉得太热。

身边，希诺吹奏起她的长笛曲——《圣母颂》。

支起身回头看，是我的希诺。

她正投入地演奏着那支悉心保养、状态良好的长笛，任由风将她秀美的长发扬起在空中。在她的背后，是那棵熟悉的——

大榆树。

那棵树下，我改变了自己；

那棵树下，我与她相遇；

然后，这一天，我们一起回到了，那棵树下……

悠扬的笛声随着清风，慢慢地飞扬至天际；青草沙沙的响声成为大自然的伴奏。心中，则有一股暖意慢慢地流淌着。

天空中的云层，被风一下子撕开了一道口子，阳光从缝隙中洒下，照亮了希诺靓丽的身影。

真的好美啊……

我赶紧抓起智能手机，将照相像素效果开到最大，将那一刻定格。

希诺冲着我微微一笑，继续动情地演奏着。

一曲终了，我轻轻地拍手，称赞道："未来的长笛大师，感谢你演奏的天籁。"

"马屁精。"走到我身边，希诺轻轻地躺下。

她一躺下，我立马靠了上去，亲吻她的脸庞。

"这是给你的奖品……亲。"

"瞧你没正经的……"看着我这副厚脸皮的样子，希诺娇嗔道。

"啊咧，看来奖品不够哦？换——大——奖。"

“大奖？”

正当希诺被我的话所迷惑的时候，我趁她不备，伸手搂紧了她，再一次封住了她的双唇，开始“湿吻”。

……

“停……停手啦……”许久之后，希诺满脸通红。

“有什么关系？”我更加得寸进尺把她搂紧了，“看来，‘大奖’也不够哦？是不是该换‘特等奖’？”

此刻，我不由地想起，两人在学校宿舍（前一天，我搬进了学校的宿舍）的寝室里度过的那个不眠之夜……真有点意犹未尽呢。

紧紧挨着的希诺，迅速感觉到我身上的反应，立刻有些慌张地推开了我。

“你！这……这不是在寝室里……还有，大露天的……你想冻死我呀！”她用粉拳捶了我一下。

我再次轻吻她：“嘿嘿，这样就吓死了，逗你玩的啦。”

“哼……老实交代，你怎么这么会接吻？”

“这个嘛，生活在现代的我们，都有一种免费的老师，叫谷歌和百度，不是么？”

那几天，我突击上网自学了“接吻技巧”。

“……好吧。”希诺无语地摇了摇头，“真败给你了。”

“希诺，你真的非常宝贝这支长笛呢。”我小心地拿起一边希诺的那支银色长笛。

“当然了。这可是我妈妈的长笛。”

“哦？这么说，你妈妈一定是个长笛大师咯？”

“这……是她曾经的梦想吧。”

“曾经？”

“嗯。”

“那她现在呢？”

“她……在天上，微笑着看着我吧。”希诺淡淡地说。

天上？那希诺岂不是——

我赶紧说：“对不起，对不起……我失言了。”

“没事。”

两人平躺着仰望天空，希诺平静地讲述着她父母的故事。

希诺的父母，曾经是 1977 年恢复高考之后的第三代大学生。那时候的大学生，可比现在的博士还要金贵。他父亲，是那个年代学校里具有传奇色彩的“校草”——典型的“奶油小生”式的美男。进入大学之前，希诺的父亲因为“家庭成分”问题，曾被打成“牛鬼蛇神”戴高帽游街。一次这种集会的时候，她母亲和几个小姐妹去看热闹。其中一个姐妹，一眼就看到她的父亲。

“据爸爸回忆，当时包括妈妈在内的那几个阿姨，一看见他，就喊：‘快看快看！这个牛鬼蛇神真帅啊！’”

我的脑海中出现了一幅画面：一个超级帅哥，带着“打倒 XX 牛鬼蛇神”的纸高帽子，被迫跪在广场上示众……

“你爸爸还真是个有传奇色彩的人物呢……”

“呵呵，我第一次听爸爸说起这些往事的时候，也是这么形容爸爸的哟。”希诺莞尔一笑，继续讲述。

后来，恢复高考之后，希诺的父亲几经波折考入大学。她母亲，也是在那时候入学的。两人同在音乐系。她父亲当时散发着一种冷酷的气场，加上他帅气的外表，所以，当时很多女孩子都倒追他——但都被他冷酷地拒绝了。意外的重逢，亦使得她母亲深深地被他吸引了。希诺的母亲，也开始激烈地追求他。她是那样的执着，他拗她不过，两人算是勉强在了一起。

“听爸爸说，我妈妈在那个年代，也算是大学里的校花之一呀。”

她和他，20 世纪 80 年代“校花与校草”的往事。

我不禁会心地一笑。

“妈妈的出现，是爸爸这一生最大的转折点。爸爸告诉我，在遇到妈妈之前，他因为曾经的经历而痛恨世界，拒绝一切，任性、冷酷……”

“你爸爸经历的过去，具体是什么样的呢？”

“爸爸出自音乐世家。爷爷年轻的时候曾经留学欧洲，在法国和奥地利的很多著名音乐学院游历和学习，是老一辈的音乐家。新中国成立之后，爷爷和奶奶回到了祖国。可是，在‘文革’时期，爷爷被打成‘反革命’，家被抄了，乐器被砸了、烧了……在 1976 年粉碎‘四人帮’的前夕，爷爷却因为癌症晚期而去世了，没有等到黎明的来临。”

“你爸爸在那些年，过得真不容易。”

“爸爸说，在那个‘伤痕文学’描述的时代，他的遭遇也不算少见。但是，妈妈的似水柔情、无数次的鼓励、无条件的信任、包容但不纵容的对待，以及——在他每次低潮的时候都会出现的温和微笑，终于融化了冻结在爸爸心头的那些坚冰。”

“你妈妈可真执着，真厉害。”我称赞道。

希诺点了点头，然后继续。

随着岁月的慢慢流逝，他们之间的关系，不再只是她母亲的单方向付出。她的父亲，也爱上了她母亲。真正的爱情，来到了他和她之间。这种互相的爱，变成了一种伟大的力量。希诺的爸爸被这种力量改变了。他不再冷酷，不再任性，也不再痛恨那些痛苦的曾经。他开始寻找方向，开始为之奋斗，开始与人交流，开始关心他人，开始为爱人遮风挡雨。慢慢地，希诺的父亲，由一个任性叛逆的大男孩，变成了一个坚忍奋斗且懂得如何去爱的好男人。她父亲在她母亲的鼓励之下重新振作起来，励志为成为她爷爷那样真正的音乐大师而努力；她母亲本来就爱好音乐，也曾梦想成为长笛大师。大学毕业后，两人由学校分配了工作。正如他们两个所希望的，他们走上了从事音乐艺术工作的道路。

一切看似都开始变得顺利和美好，波折却接踵而来。很快，两人到了婚嫁的年龄。可是当他们准备结婚的时候，她母亲家里却坚决反对——希诺的妈妈出自高干之家。为了在一起，希诺的母亲选择了与家庭决裂。折腾了两年之后，他们好不容易才结了婚。

"后来呢？"

"……妈妈她身体本来就不是非常好。在生下我和妹妹之后，她的身体也没有好好地恢复。当我三岁的时候，妈妈的生命走到了尽头。妈妈带着对爸爸矢志不渝的爱、没能完成梦想的遗憾和对不能照顾我和妹妹长大的愧疚，死在了爸爸的怀中。这支长笛，就是妈妈留下的，爸爸把它交给了我。爸爸因为深爱着妈妈，一直都没有再婚。"

"真想不到，这只长笛，饱含着这么深刻的意义呢。"我再次举起长笛，注视着它。天空之下，它显得那么耀眼。

"嗯。爸爸，希望我完成妈妈曾经的理想。"

"对此，你怎么想呢？"

"我接受了，并为此努力至今。这不仅是我妈妈曾经的理想，现在，早已成为我自己的梦想了呢。这个梦想，支撑着我，来到了英国，来到了这里。当然，也因为这样，我在这里，遇见了你，Rocky。"

希诺转过头朝向我。

她琥珀色的瞳仁，正静静地看着我。

她的脖子上，挂着我送给她的，幸运三叶草挂件。

在她的眼中，我看到了信任。

虽然，她的母亲，已经不在了，但是，我深深地认同，她曾经的那种“引导战略”。

深呼吸，我再一次搂紧了她。只是，这一次，我并不是因为欲望的驱动。

那一年，那一天，风卷残云的天空下，风吹草低的山坡上，一对年轻的恋人，曾在那里紧紧相拥。

当时背靠大地，仰望天空的我和希诺都不知道的是，丁晨星正站在大榆树旁。

带着无比羡慕的目光，她静静看着相拥的我和希诺，随后改变了自己原本打算行走的路线。

“祝福你们。”慢慢走远的她，自言自语道。

第二天上午 9:15。上午第一节结束了。中午打工之前，我打算先回寝室。

“Rocky。”

背后一个熟悉的声音叫住了我。

我回头一看，是一身工作装的丁晨星。

“Angelia？怎么了？”

在学校里，顾忌到其他国家同学的感受，虽然我和丁晨星都是中国人，却不直接称呼对方的中文名字，当着其他同学交谈时候也使用英语。

“你有时间吗？我想与你探讨一个小课题。”

当天，我没有其他的课。离平时打工时段还有点时间，此时的我还没什么事情。于是，我回答道：“有时间。”

“走，我请你喝咖啡。”

来到学校附近的一家咖啡馆，我和丁晨星找了个安静的位置坐了下来。

“怎么了，丁老师，要给我单独布置作业么？”我抿了一口自己手中的卡布奇诺。

“别紧张，小骑士。”丁晨星笑着搅拌着她的焦糖玛奇朵，“最近和Sonya还好吗？”

我尴尬地笑笑，她怎么如此八卦？

“哈，看这表现，就是很好。”

“好吧，丁老师……”

……

“Rocky，我观察你已经有很长一段时间了。有个问题，今天我想问你。”

“丁老师，你问吧。”我暗暗吃惊：丁晨星今天是怎么了？

“你生活的态度很认真，也很愿意帮助别人。”

我不好意思地说：“你过奖了。”

“就这一点上，我想问你，你对于帮助别人这件事情的看法：你觉得，这是一件别人教导的，崇高的、符合道德的高尚行为呢；还是觉得，当你这么做的时候，你觉得‘快乐’？”

“好像都不是。”

“哦？那还真是新鲜了。能不能说说看自己的想法？”

“我只是觉得，这已经是我的一种习惯了吧。”

“习惯？”

“嗯。”

丁晨星略有些惊讶，说：“你从小就这样？”

“好像是这样吧。小时候，我妈就一直很注意对我个性的培养。她一直教导我，与人方便，与己方便。开始，我帮别人之后，还有点感觉高兴，但时间久了，好像就习惯了。”

“你有位睿智的母亲，培养出了一个与众不同的儿子。我真佩服她。”

“是……是吗？”

“呵呵。Rocky，还有一个问题，我也想问你，你对好男人，怎么看？你觉得，好男人，该有怎么样的特质？”

“这个……每个人的标准，可能都不一样吧？”

“你个人的看法，是怎么样的呢？”

“我觉得，好男人，是‘四心级’的。”

“哪‘四心’？”

“‘责任心’‘事业心’‘自信心’和‘爱心’。”

“谁教你的？”

“我妈。”

“有意思，那你具体说说，这‘四心级’。”

“好……好吧。”

我开始讲述，母亲传授给我的好男人“四心级”标准。

“‘四心级’之中，责任心为第一位。母亲认为，作为一个男人，活在人世间，一定要有责任心。责任心是一个好男人应该具备的最基本的素养——首先对自己负责，然后对他人负责。她借用了一句古语：‘人无信不立。’责任心也可以说是一个好男人其他美德的基石。我妈说，一个不懂得责任为何物的男人，就是一个混蛋。这种混蛋之中，最恶劣的就是那种抛家弃子——特别是那些在妻子怀孕时期抛弃妻儿的男人。这种男人，应该穿越回包公时代去铡了。”

“你妈一定是对这种行为深恶痛绝，才这么形容。”

“是。”

“呵呵，那接下来是‘事业心’？”

“‘四心级’之中，事业心为第二位。一个男人，再有想法，再想负责任，都还是要依靠一定物质基础的。因此，男人，就该去打拼，去奋斗，去开疆辟土，为自己的家打下足够的物质基础。而这，才是拼事业的目的。我妈说，连一只公乌鸦要娶老婆，都要先搭好窝，然后找些漂亮的东东去‘装修’一番，这才有资格请母的乌鸦进来看一看……”

“哈哈哈，你妈这个比喻真形象。”丁晨星咯咯地笑了起来。笑意稍歇之后，她继续问，“那么，自信心和爱心呢？”

“自信心，是男人的内在动力。缺乏自信的男人，就算再善良，再有想法，也难于成事。而爱心，对男人来说，既是应有的特质，也是快乐之源：一个男人要是脑子里只有事业和责任而没有梦想和诗歌的余地，这个男人的内心很难是阳光的。这样的男人，是不快乐的。所以，好男人也要懂爱。爱心，除了懂得如何去爱之外，也要懂得‘博爱善良’。没有自信心的男人是软弱的，没有爱心的男人是冷酷的。这，就是所谓的‘四心级’。”

“只有四心？没有第五了？”

“呃……母亲说，有第五心。但是多了这一心，那就不是好男人了，是个混蛋。”

“是什么呢？”

“花心。她说，花心是对爱的背叛。一个会背叛的男人，没资格讲责任心和爱心，就算事业做得再大，也是个大混蛋。要是一个男人花心，那么前面四心的基本就崩塌了，根本不配再称为一个好男人。”

“嗯……我基本了解了。”听完我的讲述，丁晨星略一沉吟，随后问，“那么，你母亲是用什么方法教你学会这套理论的呢？”

“嗯……大致是这样吧：当她认为我做得对，取得成绩的时候，她会表扬、赞美我；当我犯小错的时候，会跟我讲道理。当我犯错有点离谱的时候……”

“她也打你？”

“没有。这个时候，爸爸会帮助妈妈。爸爸会给我两个选择，做100个俯卧撑，还是挨他的打。我基本上都选择做俯卧撑。”

“那你做了几次这样的俯卧撑啊？”

“也不多。我记得，大概也就三次吧。”

“嘿嘿，我明白了，你妈的指导理念：好男人，是女人用信任和表扬浇灌出来的。”

“是……是吗？”

“本来呢，今天我是想教授你关于好男人的信念。现在看来，你已有的程度已经大大超出了我的预期了。你母亲用这样的标准教育你，她其实比谁都严格。对于你妈的标准，我非常钦佩和赞同。这里，我只做一点补充。”

“是什么呢？”

“我加一心：‘心胸’。好男人，也要心底无私天地宽，有广阔的胸襟和强大的内心，能够容物。俗话说‘有容乃大’，不是吗？”

我点了点头。

“还有，遵守这些规则、规范的目的是为了什么，Rocky，你有想过吗？”

“是为了成为一个正直的人，成为一个好男人。”

丁晨星看着我，摇了摇头。

她的表现，使我一下子迷惑了。

“难道不是？”

“是为了幸福和快乐。”丁晨星认真地看着我，“即使，你已经按照正能量之路在前行，也要弄明白，这样做的本源是什么。人遵守美德，是为了自己与身边的人，最长久的幸福和快乐。随心所欲、放纵自己、恣意妄为的那些人，第一种只是为了短期的那一点点刺激当中‘快乐’的幻觉。物欲横流、纸醉金迷，甚至嗑药吸毒的人，最初的出发点就是这个。”

“那……第二种呢？”

“第二种，很简单，却也是人类最常见的：因为无知和随大流。”

“是这样啊。”

“所以，遵守美德，做一个好男人，是为了自己与爱人相伴一生，为了最长久的幸福快乐，而不是痛苦地做一个苦行僧。你明白了吗？”

“我懂了。”

“我对你有信心。未来，你成为一个真正好男人的概率很高哟。当然，现在你还只是个好男孩呢。唉，真羡慕现在的Sonya呢。”

那时的希诺……

我微笑着。

前一天，与她相拥在蓝天白云之下的场景，不禁在眼前回放。

真希望，那一刻永恒……

我微笑着……
我睁开了眼睛。
眼前,是仍然熟睡的可儿。
轻轻地,我长吁一口气。
我,又做梦了。
那一年,过去的曾经……
那一年,我曾试着紧紧抓住……
那一年,我却没能最终抓住……

我,想起来了。
母亲和导师,
曾经教给我的那些。

我,静静看着。
她熟睡的样子,无忧无虑,像个孩子。
我早就知道——她不是她。
记忆中,是曾经的她;
现实中,是身边的她。

我,是幸运的。
并不是所有的人,都有我这样的际遇。
不是每个人,都有第二次机会的。

我,想再尝试。
伸出手,并不一定能抓住;但是不伸出手,什么都不会发生。

"可儿,我要给你长久的快乐。"
对着熟睡的可儿,我轻声地说。

扭头查看手机时间:周一早上 5:50。
再过 10 分钟,手机闹铃就会响起。我连忙将手机的闹钟设置给取消了。
以最轻的动作,我小心地下了床,穿好衣服,开始写早报。
专心写早报的我,并没有注意到,身后的床上,依然闭着眼睛的可儿,嘴角露出的微笑。

“唉,真可惜了呢。”穿戴整齐,用随身化妆包仅画了点淡妆的可儿,轻轻地叹息着。

“怎么了,可儿?”

“这里什么都没有,想做早餐都不行呢。”

穿上便装的我转过身,饶有兴致地问:“哦?你想做早餐?”

“是呀。我对自己的手艺还是有点自信的。另外,我对外面卖的早餐不放心。”

“呵呵,没办法。”我摊开了手,“这里,还不是家。这里,只是我为了上班方便而租住的‘屋子’罢了。”

“那么,下次我再给你做早餐,好吗?”

“好,亲爱的。”

可儿在我脸颊上轻轻一吻。

这一吻,使我的信心与太阳一起升起来了。

我一边与可儿十指相扣,一边打开了房门。

“走,上班去吧。”

“嗯!”

这大概是,我和可儿第一次一起去上班。

期货分析师和证券客户经理的新一天,已经开始了。

上班的公交车上。

“晴空,你知道吗,我感觉,最近大家的‘魔力的秋天’到了哟。”

“最近秋天是快到了,可是‘魔力的秋天’……这怎么说呢?”

“当灼热的夏日、生命最旺盛的时期逐渐过去,落叶纷飞的秋天就走近了。在这样一个略带肃杀气氛的季节,人们的心容易感到那么一点点的阴郁,对关心和关爱的需求会略有增加,心门也容易打开。所以,秋天是一个恋爱的季节哟。”

“原来所谓‘魔力的秋天’其实就是‘恋爱的秋天’啊?”我略带一丝笑意地问道。

“是呀。”

“嘿嘿,你说‘大家’的‘魔力秋天’到了。看来,除了我们俩,还有谁也恋爱了?”

可儿轻笑着:“那你猜猜,是谁呢?”

卖关子想考我？于是，看似无心地，我随口回答道："最近庄和逍月进展得怎么样了？"

此话一出，可儿的嘴巴成了O型："晴空，你……你怎么知道……"

"哈哈，你也太小瞧我了吧，我可是一个基本面分析师哟。"我略带得意地回答。

"好吧。你真厉害。我刚才想跟你说，上周末逍月向我请教了一些早点的做法和料理的技巧，她貌似在为庄做早餐呢。"

逍月为庄做早餐？怪不得，刚回来上班没几天的庄，最近却总是东倒西歪的，原因居然是这个？想到这里，我肚子里暗暗发笑。

当然，我面上很淡定："要是逍月早点向你请教就好了，庄大天才就会少受很多罪哦。"

"瞧你，这么笑话人家啊。"

"嘿嘿，分析师的第一原则，就是冷静和客观嘛。"

"好吧……"

晨会结束之后，我走进自己的办公室。

逍月出去了，庄坐在自己的座位上。由于最近肠胃不好，庄的眼睛凹陷，脸色憔悴……

路过的时候，我轻轻拍了他的背。他只看了我一眼，没有其他动作。

2012年9月期间，国际黄金价格由于美国QE3(第三轮量化宽松)消息面的推动，在短短两个月中，从1600美元/盎司，涨到了1800美元/盎司的下方。到了近期，行情进入了"高位盘整"的状态。

而日间的行情，依然是那样的缺乏激情……

无聊地盯着电脑屏幕，我给庄发了消息。

**顺势而为的Rocky1986：**

老茶枪君，最近你行不行哦？我看你胃都快拉出来了。

**补爆仓的庄家1985：**

要你管，咖啡控。

**顺势而为的Rocky1986：**

Hold住啊……你好不容易才回来呢。别艳福都还没开始享受，人却先挂了。

**补爆仓的庄家 1985:**

你没头没脑地说神马呢?

**顺势而为的 Rocky1986:**

不用再掩饰了,我都知道了。天才配“煤”婆,真是绝配呢,哈哈哈^_^。

**补爆仓的庄家 1985:**

你……你的想象力太丰富了吧?

**顺势而为的 Rocky1986:**

还装。无论是从“长期基本面”分析,还是从“短期技术面”分析,外加近期我得到的“内部消息”,你们的事情……哼哼。要不我提示你一下呢?最近某人做的早餐你吃得很爽吧?:P

**补爆仓的庄家 1985:**

!!!

呃……我早就知道,她是个大喇叭,这么要紧的事情,居然还到处乱说……真是不怕死的节奏,唉……

**顺势而为的 Rocky1986:**

别紧张,大天才。还有,这次你倒冤枉她了。她没有到处宣扬,是我从细节上看出来的,只不过今天得到证实罢了。

**补爆仓的庄家 1985:**

还好吧,那她还算有些长进。那么,拜托你了,我的知己,千万别到处宣扬,要不然,我们两个就要上演“生别离”了。拜托了。

我略想了想,点点头。庄和逍月的情况,与我和可儿的情况是不同的。我和可儿毕竟不属于一个公司,就算真的被别人知道,问题也不是很大。庄和逍月,在同一个公司,要是被别人知道,那其中一个人的工作势将不保……

这种事情,我绝对不能做。

**顺势而为的 Rocky1986:**

放心。我不是大喇叭,这种遭雷劈的事情我不会做的。

**补爆仓的庄家 1985:**

谢谢了。

**顺势而为的 Rocky1986:**

说起来我真有点佩服你啊,茶枪君,最近你这是吃早饭呢,还是在“幽暗城皇家药剂师协会”里面“试毒”啊?

**补爆仓的庄家 1985：**

还好吧。她最近总算有点长进。好像去可儿那里去取经过了。

**顺势而为的 Rocky1986：**

……

**补爆仓的庄家 1985：**

我不像你这么幸福啊，我收的是这货。看看你收的可儿，让人羡慕得要死。

我一愣，我和可儿的事情，怎么连庄都知道了？

**顺势而为的 Rocky1986：**

你……你怎么知道？

**补爆仓的庄家 1985：**

哼哼，我也是基本面分析师，而且是个比你资格老的分析师，自有消息渠道。唉，瞧你这幸福生活过的……可儿乃是对门营业部之花，标准的美女，文艺范，待人接物八面玲珑，穿衣打扮有品位，个性温和，烧得一手好菜……你这明显是一波超级长期“美丽人生”强势行情开始的节奏嘛……

**顺势而为的 Rocky1986：**

咳，好吧。

说实话，我真佩服你的忍受力。你是怎么想的，怎么做到的？

**补爆仓的庄家 1985：**

呵呵。逍月呢，跟可儿当然是无法比的。穿衣服没品位，不会打扮，又八卦又不懂分寸，天天喊着减肥，做的东西难吃得要死……

她现在这个样子其实很大程度上不是她的错。我们这代人，这样的情况不要太多。父母总是天天督促我们读书，有重视教我们怎么生活和怎么做人吗？

但是有一点实在很珍贵：她心地很善良，又很努力。对于这种纯真的努力，我想给她信任和鼓励。

人总是要有梦想的，随便否定别人那种单纯而真挚的努力可是很残忍的哟。

另外，虽然现在的逍月做饭还是一手“黄氏暗黑料理”，但也许以后会有好转的机会吧。这一点，得靠你家可儿这位资深“镁铝”大厨去点化了……

盯着屏幕上他的回复，我睁大了眼睛。

抬起头，看看远处座位上的庄。看似沉闷，要么默默不语，要么语出惊人的庄，隐藏在这个天才“怪人”表面之下的，居然是如大海般宽广的心胸。

我，自愧不如。

这样的他，一定会成为一个好男人。

想到这里，我微笑着。

这个时候，逍月忽然走了进来。在她走到我隔壁——她的位置之前，要路过庄的位置。

此时，看看自己的屏幕上对话的最后几行字：

“另外，虽然现在的逍月做饭还是一手‘黄氏暗黑料理’，但也许以后会有好转的机会吧。这一点，得靠你家可儿这位资深‘镁铝’大厨去点化了……”

要是让逍月看到我们两个议论她的“暗黑料理”……一股寒意顿时传遍全身。我赶紧键入信息。

**顺势而为的 Rocky1986：**

注意，3 点钟方向警报！

高威胁利空因素来袭！

然后我连忙看向庄。可是，庄这时候只是疑惑地看着桌面，没理解我的意思。

只见，逍月在庄的身边停住了，微笑着问：“庄，你刚才在干吗呢？打字打得这么频繁。咦？在和谁聊天吗？”

“逍月？！你……你什么时候冒出来的？”庄吃了一惊，失去了平常的低调和冷静，有点慌张地回答道。

“我刚来啊，你这么紧张干吗？在聊什么我不能见的东西吗？”

“哪……哪有？”庄的语气有点心虚。

“很可疑哟。让我看——看。”逍月带着诡异的微笑，就向庄的电脑屏幕探过头去（她的视力不好）。

此时，庄脸上已经是一副“大事不好”的表情……

眼见形势不对，我赶紧拿起自己的水笔，趁逍月不注意时候丢到她附近，“不慎掉落”至她的脚边，同时喊：“逍月！”

逍月听到我的声音，站直了身体，问：“什么事情？”

“劳驾，那边。我的笔掉了，帮我捡一下，行不行？”

"哦，等一下啊。"于是，逍月帮我捡笔去了。

"谢谢啊。"

趁逍月弯下腰的时候，我看见庄远远地向我竖起大拇指，一副松了一口气的样子。

我会意地笑笑，也松了一口气。

下班前，桂老大召集我们三个开会。

"其他几个组的伙计，我前几天都通过气了。今天，是时候告诉我自己这个小组了。下周开始，大家要做好思想准备了。新昊期货总部的研究部要派人来了。"

"这个……前一段时间，他们不是已经来过了吗，老大？"逍月问。

"这一次不一样了。上一次，他们派了一个副手与我们待了一段时间，那只是为了先期考察和了解情况的。这一次，他们的老总和副手将要一起过来，对我们剩下的分析师要进行整合、分级、运用，甚至是……"说到这里，桂老大停了下来，神情严肃地扫视我们，然后继续说，"筛选。"

我们三个顿时神情也凝重了起来。

"绷紧神经吧，小子们。'无政府状态'结束了。我们将面临'筛子'的考验。这一点，我也不例外。还有一点，以后，不要再叫我'老大'了。"

"可是，我们习惯了呀……"逍月提出异议。

"这是为你们好，尤其是在新领导面前。"桂老大认真地看着我们几个。

"知道了。"我们齐声回答道。

"唉……真受不了。这个都要改，改什么好呢？"逍月纠结道。

"我提议，'桂老大'改为'桂老师'怎么样？最小幅度的改动。"我提议。

"这个不错。"逍月和庄附和道。

"这个称呼像是在学校里用的，不过也行，起码不会惹麻烦。"桂老大轻轻笑道。

"晴空，你留一下。"

"是，桂老……师。"

桂老大轻叹了口气："事情的推进速度超过了我此前的预期。晴空，你还记得此前我给你布置的课题吗？"

"记得。以业务员们为主体，分析为何他们有如此境遇——一直不被重视。"

“那么，你准备好喝第二次巴西咖啡了吗？”

“我……”

“干脆点。你，准备好喝第二次咖啡了吗？”桂老大的眼神中露出异样的光芒。

那一年，我在另外一个人的眼中，也见过这种光芒。

我抓紧了拳头，坚定地说：“我准备好了。”

“好。不过，今天已经到了下班时间了。明天早上，我再请你喝咖啡，怎么样？”

“没问题。”

“那么，君子一言——”

“快马一鞭。”

# 16

# “积木”

记得儿时，曾玩过积木。一块块积木，可以拼成“房子”。当“房子”倒塌的时候，积木，还是积木。只要那块积木没有坏掉，将它拾起，还可以重新搭成另一座房子……

长大以后，我们开始意识到，沉浮于世间的自己，在某种状况下，也像那一块块积木一般。

但是，朋友啊，你是选择一辈子机械地做一块“积木”，还是用智慧去思考，然后规划未来？

手机上，可儿发来了信息。

**双子座 B 面的天使：**
亲，早会结束了吗？
**顺势而为的 Rocky1986：**
刚结束。
**双子座 B 面的天使：**
那到电梯间旁的安全通道里来。那边见。
**顺势而为的 Rocky1986：**
好，就来：)

“亲，今天的早餐。”安全通道里，可儿微笑着递给我餐盒。

“是什么呀？”

“鸡蛋沙拉三明治。”

“哦？我尝尝。”我打开了餐盒，拿起三明治咬了一口。

味道相当不错。于是，三下五除二，三明治就被我消灭了。

“太好吃了。三明治我原来在英国经常吃，也经常自己做的。但是，我做不到这么好吃啊。想不到，可儿你做的味道这么好啊。”

“真的吗？不要恭维我哦。”可儿十指交叉，看着我，“前一段时间在网上和姐姐聊天的时候，说起过这个做法，于是今天我就试了试。”

“我呢，可是很客观的分析师。鸡蛋是今早新煮的；蛋黄、蛋清切得相当均匀；沙拉酱的用量恰到好处；芹菜和黄瓜片切的厚薄也刚刚好；调味料用得很正确；配合刚刚烤过的全麦吐司之口感，这真是一份美味的早餐。”

“马屁精，这么会哄人。”可儿露出了微笑。

“嘿嘿。我还没吃饱，怎么办？”

“今天只做了这么多，没有了。”

“那——我要吃你。”

“啊？”可儿一下子愣住了。

在她迷惑的那一刻，我趁机封住了她的双唇。

僻静的消防通道中，我把可儿顶在墙上舌吻……

可儿稍微挣扎了一下，就放弃了。

良久之后……

“真是的,也不先擦擦嘴巴……”可儿红着脸对我娇嗔道。

我则是一副死猪不怕开水烫的厚脸皮状。

“先走了啊,午餐的时候见。”我摆了摆手。

“去吧。”

回到办公室,路过庄的位置。庄正在写一篇报社约稿。

我看见他的桌子上有个餐盒,里面装的也是三明治。往周围张望了下,逍月并不在,我小声地问:“庄,今天的早餐,又是‘暗黑料理’?”

庄停下手中的活,回答说:“今天起码外观上进步了不少。好像是她从可儿那边山寨来的新做法吧。”

“是吗?你是不是太护着你家‘煤’婆了呀?”

“最近,她进步已经蛮大了。不信,你尝尝?”

“我尝一点看看。”于是,我掰了一小块三明治尝了尝。那一小块刚入口,我的神情立刻严峻了起来。

“怎么样?”庄扭头看我。

“材料用得正确,选材都很新鲜,鸡蛋是早上新煮的,黄瓜和芹菜的切工好得令我有点不敢相信,外面的吐司烤得也不错……”

“我说嘛,她进步很大。”庄难得地温和笑笑。

“但是……”我依然神色严峻。

“但是?”庄的笑容僵住了。

“做鸡蛋沙拉三明治用的沙拉酱,是略带咸味的‘鸡蛋沙拉酱’,她却用了很甜的‘奶油沙拉酱’……此外,白胡椒粉放得太多了……这味道,咳……”说完,我赶紧找水去了……

庄的笑容消失了。他摇了摇头,推了推眼镜,继续写稿子:“趋势是良好的,前路是曲折的……”

好不容易缓过来,依照昨天的约定,我敲了敲桂老大办公室的门。

“桂老师,我来了。”

“请进。”

桂老大的办公室中,再一次飘起巴西咖啡那优雅的香味。

“桂老师,你的咖啡真不错。”

“呵呵。”桂老大对着咖啡轻轻吹了一口气,抿了一口,然后抬起头,看着我的脸,不紧不慢地说,“在你开始之前,我想先猜猜,你这次回答的主题。”

“桂老师请。”

“是这一代人的个性吗?”

“呃,不是。”

“哦?”桂老大推了推眼镜,“看来你的思考,比我预计的深入。那么,是业务员本身的特性——流动性吗?”

“这个因素,我思考过,一开始觉得稍微搭一点边。但是,最后我觉得,这还不是最深层、最主要的问题。”我抿了一口咖啡,口感还是那么醇香。

“哦?我猜了两次,居然都没猜到?这真让我意外了。那你说,你今天打算讲的主题是什么呢?”

“是数量。”

“数量?”桂老大意外地问。

“嗯,数量。”我肯定地回答。

桂老大认真地盯着我的眼睛看,我则是平静地回应他的目光。

良久,桂老大喝了一口咖啡,说:“小子,今天你成功地把我的胃口吊起来了。刚才,如果你想讲‘这代人的个性’话题,我会直接判你不及格。如果,你想讲‘业务员流动性特征’这个主题,则是在我预期之内。但是,你居然告诉我,导致业务员们不被重视的内在原因,居然是因为‘数量’?我倒想听听你的想法。”

“好。”我喝了一口咖啡,然后将杯子放在一边,摊开了工作笔记本。

“哦?还有量化数据支撑?”桂老大脸上露出了更加浓厚的兴趣。

“上次,桂老师你说过,‘思考的时候,不要因为个人的情感色彩,影响了你正确的判断’。更早之前,你也一直教导我,分析要客观、冷静,注重论据的支持。所以,对于这个课题的研究,我尽可能地冷静和客观。我分析的时候,抛开了对那些业务员的同情、对领导层做法的不满,尽量就事论事。经过我的思考,我认为,‘数量规模’才是这些业务员一直不被重视的原因,也是他们痛苦的根源。”

“我是有这么说过。现在,你讲的这个主题,完全不在我预期之内。那么,开始吧?”

“这段时间,我一直在思考,思考业务员们为什么这样的不受重视。我想到了,现在这个社会,一个人的收入大致代表了一个人‘一段时间’内‘被认可’的‘使用价值’,即这个人一段时间内对社会或者企业能有多大的用处。从这一点上来看,人和商品的属性是比较类似的。所以,我暂时放弃了用对待‘人’的方式思考,而是转用类似对待‘商品’的方式思考业务员们的境遇。”

话音刚落，我发现桂老大的脸色变了。他的神情转为严肃，但依然示意我继续。

“既然是作为商品考虑，那么，一个业务员的收入，可以看成价格（P）；业务员的数量（Q），则可以看成供给。任何商品，都有其供给面与需求面[①]两方面的曲线。”

接下来，我向桂老大详细地展开自己的见解。

首先是业务员的基本“供给面”。业务员的构成，基本上都是从业低于两年的大学生，而且相当多的是大学毕业生。2012 年，大学毕业生为 680 万，已经是 12 年前的 6.3 倍。具体统计数据显示，2000—2012 年，大学毕业生累计总人数已经超过了 0.5 个亿。

“12 年，0.5 个亿？”

“嗯。而且，就这几年看来，未来大学毕业生每年‘高产量’的状态，很大概率上会再持续 5 年。”

“也就是说，供给面很坚挺？”

“是的，非常坚挺。”

“……继续吧。”

我继续阐述。

从供给面进一步深挖，现在每年有超过 600 万大学毕业生涌入社会。在每年产生的这 600 多万大学毕业生当中，家庭背景有钱有权有势的，毕竟只占很小一部分。而家境一般甚至是贫寒的大学生则占绝大多数。

每年产生的大学毕业生中，有相当大一部分人涌向了各行各业的“业务员”岗位。这是因为，业务员的准入门槛低，需要的技能少，主要靠拼家境、关系、背景和自己的“厚脸皮”。这对于刚踏入社会，缺乏技能和实力的毕业生们而言，算是一个比较自然而然的选择。于是，各行各业大量的“业务员”供给，就此源源不断地产生了。保守估计，每年踏上工作岗位的毕业大学生当中，不下三成涌向了业务员岗位。

讲完这一段，我喝了一口咖啡。

---

① 供给与需求：一般来说，商品的市场价值或生产价格决定其价格，价格决定供求；反过来，供求决定价格，并通过调节不同生产条件下的生产，影响市场价值的形成与决定。因而市场价值或生产价格、价格与市场供求关系形成一种辩证关系。

一般而言，在二维坐标轴上，商品的供给曲线是朝右上方倾斜的，而需求曲线是朝左上方倾斜的，两者交叉呈现“X”状。“X”的交点（供给曲线和需求曲线的交点），就是平衡点，这一点对应 Y 坐标轴上的价格“P”，就是单位商品在平衡状态下的市场价格。

“大约不下三成……”桂老大轻轻地自言自语。然后，他转向我，问：“那么，需求面呢？”

“需求面，因为时间关系，我并没有做完全的调查。我只是做了我们期货相关和毗邻行业的大致调查。”

“知道多少，讲多少吧。”

“是。”

我进一步讲述业务员们的需求面。对业务员需求比较大的主要是金融行业，包括银行、保险、证券、期货与现货等行业。对于这些行业，业务员的需求量与行业的发展状况可谓密切相关。而这些行业的发展状况，则略有些“靠天吃饭”。进入2012年，中国的经济增长状况，已经由此前的持续高速增长状态，逐步转为“稳步”增长状态。相应的，金融行业的发展亦略有降温。

“这种降温，使得需求基本上处于较为稳定的状态。”

“你说得太保守了。在我看，总体稳定，但可能还有点萎缩的征兆。”桂老大插了一句。

我点了点头。

综合供给面和需求面的状况联立分析，供给非常稳定且逐年增长，需求面却相对稳定，甚至有些萎缩。

接着，我在自己的笔记本上，画了一张“X”形的示意图。

“供给曲线呈现显著向右移动趋势，需求曲线略有向左平移趋势，于是，单位业务员收入‘P’显著下降。总的来看，我认为，业务员们面临的问题，与我们前期山西之行看到的问题有异曲同工的意思。业务员们因为‘产能严重过剩’，导致了‘谷贱伤农’的现象。这是他们痛苦的根源……”说到这里，我轻轻地叹了一口气。

“就你的分析，大学生就像商品，因为实在太多了，所以就不值钱了。是这个意思吗？”桂老大看着我的眼睛。

“是的。所以，我想说，数量，是这些业务员，不，应该说这些大学生们痛苦的根源。”

说完，我喝了一口咖啡。

桂老大站了起来，视线投向窗外，沉默着。

房间里一下子安静了。

回味之前自己的分析，我不禁想起当年希诺对我说起的往事。当年她父母作为1980年第三代大学生[①]，工作是学校分配的，住房也是分配的。而现在的大学生，毕业之后，即将面临残酷的社会竞争，很多人一开始工作，收入可能比某些行业的民工还低……

时代，真的不同了。

"晴空。"沉默了良久，桂老大再次开了腔。

"桂老师？"

"我的确叫你分析的时候要保持冷静和客观。但是，你今天的方式，已经超出了'冷静'的范畴，应该称为'冷酷'了。"

"冷酷？"

"是的。我认同你分析出来的这部分结论，却不同意你把'人'像'商品'一样对待。"

"这……有问题吗？"

"有问题。"桂老大语气凝重地说。

"请桂老师指教……"

"把人看成商品，这种分析思维本身，是极端危险的。现在社会上的领导层面，太多的人，根本不把业务员和其他种类的基层员工下属当人看。他们秉持的，就是你这种把人当'商品''零件''耗材'的思维。但是，业务员毕竟不是商品，是人！人的承受能力，是有限的。领导层不顾员工死活，一旦员工承受的压力超过极限，会出现两种极端的状况。"

"哪两种？"

"第一种情况。你还记得'冲突日'，阮总说了什么吗？"

我在脑海里思索了起来。

当时，阮总说了：

……在我眼里，你们就是一群蚂蚁！哪个不安分的话，我随时可以炒了……

……大学毕业找不到工作的有得是！你们不想混了是吧？那给我滚……

……一个小业务员，在我眼里就是一只蚂蚁，我随时都可以捏死你……

一想到这几句话，我的心猛地抽紧了。

"那么，你还记得，阮总的下场吧？"

---

① 1980年第三代大学生：1977年9月，国家教育部在北京召开全国高等学校招生工作会议，决定恢复已经停止了10年的全国高等院校招生考试，以统一考试、择优录取的方式选拔人才上大学。这是具有转折意义的全国高校招生工作会议决定。恢复高考后，当时大学生毕业后由国家统一分配工作。闻希诺的父母是1980年的大学生，从1977年开始算，属于第三代。

“我……记得。”我迟疑地说。

“阮总他们的态度，就是把业务员们当成商品，认为因为数量太多了，随便谁都可以替代，因此不重视。最后的收场你还记得吧？当然，他们造成的后果，算是非常轻微的。”

我大惑不解道：“这叫非常轻微？激怒大量的员工，导致冲突爆发，公司因此濒临倒闭被其他公司收购……这还叫轻微？”

“你读过史书吧，从武王伐纣开始，中国历史上有多少次王朝，因为这第一种类似的效果而垮台的？”

我哑口无言。与那些王朝的覆灭相比，耀光期货的覆灭的确是不算什么……

桂老大喝了一口咖啡，继续道：“第二种极端的情形，你还记得诸南阳、王丰裕吧？还记得吗，他们为什么会想到自杀？逼迫他们走到这一步的到底是什么？你应该懂吧！”

“……”

站在楼顶的诸南阳，伏倒在桌上的王丰裕……我一闭上眼，他们的身影在眼前闪过。

“你记得就好。”看着我，桂老大叹了一口气，“知道吗？智慧，本身也是很危险的。如果没有信仰和诗歌，核弹就会被引爆。没有智慧的正义是困窘的，没有正义的智慧是邪恶的，懂吗？”

“我……知道了。”

“你认识到这一点就好。”桂老大摘下眼镜，用擦镜布擦了擦，“当然，我刚才说了，我不喜欢你这种分析的思维，却没有不认同你分析得出的结论。但是，我认为，这还不是全面的。”

“我的分析，还不全面？”

“是。”

“愿闻其详。”

“按照 SWOT 分析法的视角来看，我姑且可以把你分析出来的部分归类为‘外部因素’的范畴。那么，你有分析过业务员们自身的问题吗？”

“自身的问题？”

“也就是内部因素。你分析的‘产能过剩’的问题再严峻，那也属于外部因素的范畴，你有从这些业务员，或者更明确地说，这些大学生的自身深度挖掘思考过吗？”

“这……”

“没有是吧？专注于一点，挖掘的深度非常可观；但是以点概面，看到了一个点之后，就忽视了其他面的问题。这是你犯的第二个错误——片面。片面地看问题，得出的结论势必也是片面的。”

“我知道了……那么，桂老师，关于你说的‘内部因素’，我应该关注哪些方面呢？”

“这需要你自己再去整理了。我给你再牵个头：思考一下，当代大学生的特性、背景，强项和弱点分别是什么。”

“我……再去整理一下。”

答应之后，我有点泄气地低下了头。

似乎看到了我的心思，桂老大继续说：“小伙子，你这种‘集中一点突破，打开全局局面’的思考方式，估计是受到你以前研究生导师的影响吧？”

“的确是这样。”我虚心坦诚道。研究生时代，丁晨星对我的影响是深刻的。

“以前，我曾经教你，分析师要做到冷静和客观。今天我再给你加上一点：全面。记住了吗？”

“记住了。”

“好。”桂老大说完，看了看手表，说，“马上就是午餐时间了，你去吧。”

我关上了桂老大办公室的门。

午餐时间。

我心不在焉地吃着午餐。

自从桂老大给我这个思考题之后，我一直非常慎重，力求结论客观翔实。结果，苦思许久得出来的结论，今天被他评价为既“冷酷”又“片面”，我不由有点垂头丧气。

另外，回想早上与桂老大的交谈，我心中不禁疑惑——为什么桂老大对我思考的方式，甚至对我导师作风都很熟悉的样子。这是为什么呢？

2010 年 12 月，北伦敦，大学小教室中。

研究生课程第一学期，国际经济学最后一次计分的讨论课。

教室的屏幕上，出现了一张照片。照片拍自 2008 年，全球金融海啸最严重时期的伦敦金融城，无数穿着西装的各类金融行业精英，包括精算师、评估师、操盘手以及分析师，举着牌子正在抗议。

我根据前一天邮件中共享的背景资料了解到，2008 年金融海啸爆发时期，曾经拥有 40 万各类金融精英的伦敦金融城当时“一瞬间”失业的人数，就超过了 12000 人；而金融城那一年的失业人数，超过了 10 万。大量人员的失业，造成了社会的动荡。无论是曾经收入超过几十万英镑的业界精英，还是中低阶层职员，失业之后，行动倒是出奇的一致：走上街头。

一身深蓝色教师装的丁晨星，插着双手站在来自世界各地的学生们面前。

“先生和女士们，我想，大家都已经看过背景资料了。对于照片上，两年前发生在‘龙的脚下’的往事，不知大家有何感想？”

“好大的 Party 啊！”一旁穿着白袍的卡拉奇不负责任地随口开了一句玩笑。这位同学来自阿联酋，他家里是石油家族企业，平时对上课和学业一点不关心，经常出去旅游……

“的确是很大的 Party。那么，侯赛因先生，你在这场‘大 Party’当中，看到了什么呢？”丁晨星微笑着追问下去。

卡拉奇一时语塞，吐了吐舌头缩了回去，他身边的几个同学笑了起来。大家对他这位阿拉伯大少爷的做派早就习以为常了。

“那么，其他同学还有更多的见解吗？”丁晨星并没有责怪侯赛因。在英国的课堂上，学生和教师互相开玩笑，提出一些天马行空的观点，那是家常便饭。

于是，其他国家的学生们开始陆续发言。他们提出了诸如“经济不景气时期的典型特征”“政府无效论”“失业率与社会治安的关系”，等等的见解。

“Rocky，你怎么看？”在其他多数同学都发言之后，丁晨星把目光转向了我。

“我，还没完全想好……”我坦诚道。此话一出，周围的同学又哄笑起来。

丁晨星也笑了，说：“没关系，你想到多少，就讲多少。”

“OK。”我站了起来，开始讲述自己的想法，“我在这张图上，看到了‘用人需求’短时间内的急速萎缩。”

“真的吗？听起来很有趣的样子。你详细展开一下？这样大家也能一起分享和讨论。”

我继续讲解自己的观点。

2008 年金融海啸爆发之时，在金融海啸的冲击下，伦敦金融城各大银行的投行业务均受创最为严重。投行业务因此成为银行自保之时首先抛弃的“弃卒”——各大银行对于高级人才的需求因此短期内急速减少。

“因为上述原因，这些业界高端人才，在金融海啸中反而第一个被裁撤。个人认为，他们的遭遇，与‘站在食物链顶端的动物，反而最为脆弱’是一样的道理。”

当我说完，周围的同学纷纷点头表示赞同。

“非常好。Rocky，你的发言涉及了我们今天讨论课的核心观点。”丁晨星轻轻地赞扬道，“还有谁有更多见解的？”

这时，日本同学幸喜秀树举起了手：“我有补充。”

“那么，Koki 请讲。”丁晨星示意秀树发言。

“我认为，Rocky 的见解非常好。不过，这还只是微观层面的分析。”

“哦？你想从宏观层面来分析吗，Koki？”

“日本大叔”点了点头：“Yes。”

“好，那就把你的观点分享给大家。”

秀树的观点是，在危机当中，首先倒下的就是金融行业本身。在现代的国民经济当中，金融行业几乎已经是最高端的产业了。虚拟经济相比实体经济，发展起来阻力更小，速度更快。但是，其本身就有天生的脆弱性。金融行业，在经济不景气时期，往往容易成为最先倒下的一环。当整个金融行业进入萧条状态的时候，所有金融相关企业的用人需求都会迅速下降。最后，不仅仅是之前我提到的那些率先陷入困境的“精英”，而是所有金融从业人员，都会先于其他行业经历阵痛。

“我明白了，Koki 你是从整个经济和产业层面来看待此次危机，是吗？”丁晨星问道。

“是的。”

“你的分析完全抓住了我们这次讨论的核心。而且，我不得不说，你的视角非常的新颖。做得太棒了，Koki！”

“谢谢你，Angelia。但是，我的视角并不是新的。我只是在讲述我父亲那代人的教训而已。1986 年 12 月到 1991 年 2 月，我的国家，就曾经经历过这种巨大的阵痛。”

丁晨星满意地点了点头。

这时候，身旁的卡拉奇小声问我：“Rocky，Koki 讲述的‘教训’是什么？我怎么不知道？”

闻言，我心里不禁在想，他还真是个不学无术的大少爷。但是，我还是耐心地解释道：“Karachi，Koki 刚才讲述的，是世界经济史中，1986 年至 1991 年发生的‘日本经济泡沫破灭’的历史。”

“哦……原来是这样啊。你真博学，Rocky。”卡拉奇微笑道，露出了他非常白净的牙齿。

我报以温和的微笑。

讨论课结束了。丁晨星对我和秀树说:“Rocky, Koki,你们两个的表现太好了。你们两个的思考与分析,切实抓住了此次讨论的主题。Koki 你更是难得,表现超出了我的预期。我宣布,此次讨论课成绩,你们两个获得‘最优’。”

那一年,丁晨星评价学生的时候,的确非常注重一个学生能不能抓住事件中的核心影响因素。而这种风格,确实影响到了后来的我。

“谢谢你,Angelia!”我和秀树两个人难掩兴奋。在研究生时代,我的学制一共是三个学期;每个学期有四次计成绩的讨论课(按一个学期大约四个月计算,讨论课是每月一次)。在第一学期的前三次讨论课,我都获得了“优秀”;而这一次,我获得了“最优”。我朝着完成硕士学业的梦想又前进了一步。

而身边的秀树,已经是连续第四次获得“最优”了,此外他的其他各项成绩都是全班第一。这一点,让我不得不佩服。只是,因为他,我总是当“全班第二”,心里多少有点不是滋味……

“都吃完了,还不把盘子送到回收处去?”身边可儿的声音,把我拖回了现实之中。

“哦,是啊。”

一边答应着,我一边起身收拾。

“刚才发什么呆呢?”可儿关心道。

“唔……在想一些事情。”

看着脸上我略带纠结的神情,可儿说:“走,陪我到公司附近便利店去买点东西吧。”

午休时间还剩半个小时。我点了点头。

便利店中。

“这一次,你又在担心什么,晴空?”身边的可儿问。

“哦,你什么时候变得已经知道我在想什么了?”

“你有的时候会沉默,会掩饰,但是,你的眼睛从来都不骗人哦。午饭的时候,你的眼睛就告诉我,你有心事,对不对?”

真被她打败了,我尴尬地笑笑:“唉,真是瞒不住你呀。”

我开始简单地讲述,桂老大前后两次请我“喝咖啡”的始末,以及之前心中淡淡的失落与一直萦绕心头的疑问。

“原来是这么回事情呀。”听完我的说明之后，可儿点了头。

“也不是什么特别大的事情。只是我心中一直有点在意罢了。”

“唔……”想着我的话，可儿坐在便利店的座位上，喝了一口刚买的优酸乳。

良久……

“晴空，关于你心里的疑惑，我也没办法回答你……但是，听你叙述的桂老大那些事，我忽然觉得好羡慕你呢。”

“羡慕我？为什么？”

“你有一位再难得不过的领导哟。”

“是吗？”

“你难道没发觉，桂老大‘故意’请你喝了两次咖啡吗？”

“你的意思是……”

“他在培养你呢。前几年的电影《功夫熊猫》应该看过吧？”

“我当然看过，这有什么关联吗？”

“你应该记得，‘师父’是怎么教会‘阿波’练就武功的吧？”

《功夫熊猫》？

我忽然明白了。《功夫熊猫》中，师父注意到阿波一遇到吃的就“干劲十足”，就以食物为动力，慢慢地引导他成为武功高手；而桂老大，则是利用了我特别爱喝好的咖啡这一脾性……

“这难道不是‘利诱’吗？”

“的确，没错……”

“现代社会中，领导和老板一般对待下属的方式就只是‘利用’；而桂老大作为你们几个的领导，一直用适当的引导手段给予你们明确的努力方向，还在关键节点上保护你们。而你更是个幸运儿哟。他一直在培养你，不是吗？”可儿的视线投向店外的大街，看着来来往往的车流，又喝了一口优酸乳，“我的领导吴姐可就没那么好咯，只知道天天驱赶着我们去多拉业务。唉，要是这么相比，我和你的待遇，简直是一个天，一个地。所以，我才说羡慕你呀，‘昏’析师君。”

我，全都记起来了。可儿说得一点都没错。桂老大一直引领着我们研究部所有分析师。虽然，因为他是副手而没有办法改变公司“全员营销”的大方针，但他却尽自己的努力带领我们做好研究分析工作；作为分析师，他以身作则，身兼四个研究品种；“冲突日”那一天，为了避免分析师们卷入公司的冲突纠纷而丢了饭碗，他更是当机立断下达了全员放假回家的“紧急避险”指令，保护了我们……

对于我，他更是有点“特殊照顾”了。是他，给了我第一次机会；是他，告诉了我，怎样做好一个分析师；是他，在工作中一次次指点我；近期，更是他，用巧妙的方式培养我。从前，我就认为桂老大不错。现在看来，在社会中遇到他这样的领导，我简直有点“中彩票”的感觉了。

想到这里，我释怀地笑笑，点了点头：“呵呵，可儿，你分析得非常正确。有这么好的领导，我还疑惑丧气个什么劲哦?”

“嘿嘿，你能这么想，那就太好了。”

“想不到，可儿你也这么厉害呀，我看你要么别做客户经理了，跳槽去当分析师吧?”

“我才不要呢。”可儿嫌弃道。

“为什么?”

“你们分析师一天到晚冥思苦想，殚精竭虑，加班加点，据说这样脑细胞死得很快。我还听说，干分析师超过五年的大叔们，要么白头，要么秃头……我才不要那个样子，不——要——”

我愣了一下，随后“扑哧”一下子笑了出来。好不容易止住笑意，我说道：“你就这样嘲笑我们分析师啊?”

“哈哈，我形容的难道不是事实吗？这么看来，你的未来一片黑暗。”可儿调皮地吐了吐舌头，视线还真的往我头发上瞟去……

“你……你这样有点过分了。我要罚你。”我假装生气，却悄悄逼近了可儿。

这次，由于有了消防通道里的“教训”，可儿的反应明显快了许多，一下子就明白我要干吗了。她连忙向后退，并轻轻地娇嗔道：“喂，这么大庭广众的，而且还有监控，你要注意点啦。”

眼见“阴谋”失败，我也只好悻悻然放弃。

“哼。时间差不多啦，我们该回去上班了，大色狼。”

“好吧。”

我和可儿离开了便利店。

看着我和可儿离开了，便利店收银的大叔摇摇头，自言自语道：“现在的年轻人啊，真是太豪放了……”

当天傍晚6:30。杭州萧山国际机场。

机场的出口处，一男一女走了出来。

那名女子短发，中等身材。带着一副小型的眼镜，一身工作装，眼神中流露着强硬和锐利。而一旁男子个子又高又瘦，对那名女子一副俯首帖耳的模样。

女子看了看她右手手腕上的名表，说："仁建，看看现在的航班，真是没救了，一天到晚延误。这次我们又延误了两个小时。本来，今天还想去那边实地先看看情况呢。"

随行的柳仁建一边推着行李车，一边回答道："没办法，萧总，现在的民航就是这副德行。今天已经太晚了，我还是先给您安排晚餐吧？今晚您先好好休息。我明天会向您详细汇报上一次去摸底了解到的情况的。"

"嗯，这也好。那么，我们走吧。"

那一天，新昊期货总部研究部的负责人萧礼和有色金属组组长柳仁建，抵达了杭州。

# 17

# “盘整”(上)

“他们的那位领航员久经考验，曾面对过无数艰难无比的挑战，但最终还是被狂风巨浪卷走了。”——《钢铁是怎样炼成的》

早上晨会之后,会议室中。所有的人都已经就座了。

大家的目光一直聚焦在两个人身上。

一位是大家已经熟悉的人:他是几周前,曾来我们这里待过一段时间的柳仁建。而另一位中等身材的陌生女子,大家都没见过。

坐在主讲台上,桂老大宣布:“这一位,是我们新昊期货总部研究部的经理——萧总。以后,萧总是我们研究部的最高领导,大家欢迎萧总给我们讲话!”

下面响起掌声回应。

一边拍手,我一边暗暗打量着这位我们新的研究部的最高领导。这大概是我第一次看见新昊研究部的经理——萧礼。根据此前收集的信息,她 37 岁,未婚,计量经济学、西方经济学双硕士,领导新昊期货研究部已经 6 年了。

与前一任领导伍总不同的是,新来的萧总在当上研究部领导之前,是一位真正的分析师和讲师。在业界,她已经小有名气,以其翔实的基本面结合量化支持的研究方法而著称。外界传闻,她对于研究的深度非常重视,并非常看重各个研究员所负责各个相关品种观点之间的联动性和整体方向性。

萧总稳步走上讲坛,开始讲话。

她的声音非常有力量:“从今天开始,我将待在杭州一段时间,与我们杭州支部的同事们一起工作。我将与大家一起努力,致力于重整杭州的研究力量。首先,在这里,我向大家说明未来一年我们的方向。今后我们努力的方向是,将全部力量放在研究工作上。从今天开始,各位分析师已有的存量业务各自维护,我不再对新开展业务做更多要求。大家从此以后,全心全意做好研究工作!”

萧总说出这番话之后,座下的分析师们先是一愣,随即爆发出热烈的掌声。我也跟着大家一起鼓掌。

大家的脸上,都难掩兴奋的表情。我的心中,也不由一阵激动。当初,我们这些研究生和海归应聘耀光期货的分析师职位,其初衷是当一个专注于研究工作的研究人员。结果,在原伍总的带领下,我们变成了一半搞研究,一半拉业务的半吊子“业务员”。在研究与业务指标的“双重”压力下,大家被压得喘不过气来。

前几天,在我研究过她的背景资料之后,对于她的到来,有着一点点的期待。因为,我一直认为,研究部的负责人,除了具备领导能力之外,应该是一位具备真正研究工作能力的“专家”。萧总的这番全力专注研究工作的话一出,我对她的印象更好了。

我们这些剩下来的分析师,等这一天,似乎已经等了太久了。

掌声稍歇,萧总继续她的讲话:“今后一段时间,我们的具体工作内容的大框架,是以配合公司业务部门攻坚、服务企业型大客户为目标,全面深化我新昊期货的研发工作;将我们的研究工作,全局联动化、操作实用化、深度专业化!”

在座的分析师们都点了点头。

让我赞赏的是,她一直都是脱稿讲述的。而且,她讲得非常顺畅和有力。正如背景资料中描述的,她也是一位优秀的讲师。

萧总沉稳地开始具体讲述“三化”的内容。

首先,全局联动化。在新昊期货吃掉耀光期货之后,其在全国 22 个主要城市中拥有分支机构。而在这其中,北京、大连、郑州、上海、杭州、深圳均属于不同品种的重要产业中心。在除了杭州之外的其他五个中心,新昊期货已经都有具体负责相应品种的分支研究部了。萧总的意思是,杭州也要像其他“区域中心”一样,在原有耀光期货研究部剩余分析师的基础上,建立一个新的研究支部。

其次,操作实用化。这里,萧总提出了一个“实用主义”的方针。她指出,分析师的研究,要切实配合公司部门营销的各种需求。如日报、周报、月报等周期报告,要满足业务部门提出的服务指导客户的需求,以及套利和套保方案,要满足协助业务部门营销企业客户的需求。

“这里,我要给大家强调两个关键点。第一,我们服务客户,要以服务大客户为优先;第二,协助业务部门营销企业客户,是我们工作的重中之重。”

萧总说到这里,略作停顿。她喝了一口水。

在她喝水的间隙,我的心中升起了一丝疑惑。

对于第二条,我没有异议。记得半年前,我就协助过原金融三部制作套保方案并前往企业现场讲解。这是我们分析师所做的核心工作之一。

可是,对于第一条,我却心存疑问。桂老大曾经教过我,作为分析师,其最基本的本职工作,是冷静、客观地出具各种研究分析报告,给出客观的指导建议,并以之服务和指导客户操作。这个“客户”,指的是我们公司所有的客户,并不是单指资金量大的“大户”。而此刻萧总提出的“歧视性”服务策略,我实在无法完全赞同……

正当我思考的时候,萧总继续讲述她的方针。

她最后提出的,是深度专业化。

“经过多次扩张,我新昊期货现在已经跻身全国一流期货公司之列。因此,我们的研究人员和我们出具的研究报告,都应该是行业中的佼佼者!我们应该努力提升自己的研究水平,甚至应该看齐华尔街!”

萧总此话一出,在座的分析师纷纷发出赞叹之声。但是,我却注意到,坐在身边的桂老大眼神中闪过一丝异样的神情。他的脸色变得略微有些凝重。

在热烈的鼓掌声中,萧总结束了她在“新昊期货研究部(杭州支部)”的第一次讲话。

会议结束后,分析师们回到了各自的座位上开始工作。看得出来,今天大家的士气明显地提高了。

在桂老大的招呼下,我和庄帮助萧总和柳组长安顿他们两个的办公场所。根据安排,萧总用原来伍总的办公室,而柳组长则暂时使用原来伍总秘书的座位办公。

忙活完之后。我、庄、桂老大走回自己的位置。

途中,桂老大靠近我,轻轻地问:“晴空,今天你看到了什么?”

“啊?”我一下子没反应过来。当我回头仔细看桂老大的时候,我发现他的表情很认真。

“我现在还说不出来。但是,好像有一些奇怪的感觉。总觉得,哪里好像不对……我在想,是不是我想多了……”

听到我的回答,桂老大略带满意地微笑。他拍了拍我的背:“不,你没有想多。你能有这样的预感,而不是像其他人那样一副‘乐呵呵’的样子,这说明你不错了。”

“是……是吗?”我疑惑地问。

桂老大轻轻地叹了一口气:“该来的,还是会来。小子,做好准备吧,‘筛子’要来了。”

留下这句话,桂老大走开了。

“筛子”?我细细地咀嚼这两个字,不得其解……

2012年,国庆节黄金周结束之后,周一。

早上6:50,萧总和柳组长早早地到了办公室。

以前我们就知道,柳组长有早来的习惯。而萧总居然也来得这么早,自然让大家有些意外(以前开晨会,伍总总是最后一个到的)。

当然,萧总的这个行动,使得大家对她更多了一份敬意。

晨会之后的工作会议上,萧总对接下来的工作做了安排。10月的第二周,研究部杭州支部将举行三轮评选,分别是“讲课能力评估”“报告写作能力评估”和“数据库整理，模型编程能力评估”。

而评委，则由萧总、柳组长和桂老大三人担任。

周二，研究部开始了第一轮评选——讲课能力评估。

第一轮评估的方式比较奇特。萧总对大家宣布，希望大家尽情发挥。所以，讲课能力评估的方式为：杭州剩余的分析师们，每个人先挑选近一年中自己认为讲得最好的一篇推介稿，然后在三个评委和所有分析师面前，进行演讲。讲完之后，由评委进行打分。单个评委打分最高为 10 分，总分最高是 30 分。

对于这个方式，大家都觉得很有趣，但也一致认为非常公平。这是因为，对于每个分析师而言，没有什么比演讲自己认为讲得最好的推介稿更让人心里舒服的了。

经过一整天的讲课评选，周三早上，柳组长宣布了第一轮评选，也就是讲课能力评选的前几名。

我获得 27 分，排名第一；

逍月获得 26 分，排名第二；

庄获得 22 分，排名第四。

当结果出来之后，逍月和庄都对我投以羡慕的眼神。

逍月说：“晴空，你可真行。你进我们研究部才刚过半年时间，演讲能力却排在了第一。真不能小看你啊。”

庄也凑趣道：“根据能力数值雷达图显示，晴空的演讲推介能力实在可以说是 S 级的。”

我有点不好意思地抓抓后脑勺：“你们过奖了。”

正当我们几个在谈论的时候，桂老大走了过来。

“桂老师。”三人于是停止了讨论。

“你们三个不愧是我带的兵，表现真没让我失望。”桂老大淡淡地表扬道。

三个人先是一愣，随后都微笑了：“谢谢桂老师。”

桂老大点了点头。但是，他的表情突然变得严肃：“后面还有两轮评估，你们三个，给我拿出吃奶的劲，好好表现。听到了吗？”

“是。”我们回应道。

桂老大说完离开了。

逍月没注意到什么，回自己的座位去了。

刚才桂老大的口气似乎有点奇怪？我站在原地想着。

“这只是普通的技术比武罢了，老大为什么如此关心我们在后面两次评估中表现呢?”一旁的庄小声地对我说。

我不禁惊讶——庄正好把我在想的事情说了出来。但是,疑惑归疑惑,我却说不出来为什么。略带无奈,我回答道:“我也不知道。但我总觉得,老大这么提醒我们,自有他的深意吧。后面两天,我们尽全力表现就是了。”

庄会意地点了点头。

周三第一轮成绩公布之后,紧接着就是第二轮和第三轮的评选。实际上,第二轮和第三轮评选是合在一起的。萧总开会的时候告诉大家,所有的分析师在下班之前,用电子邮件的方式,上交自己认为今年写得最好的一篇深度报告(最起码是“月报”或者“新品种介绍手册”级别的报告)。第二波“报告写作能力”评选的评委,也是由萧总、柳组长和桂老大三人共同担任。

此外,柳组长通知大家,第三波“数据库整理,模型编程能力”的评选开展的细节:周三下班之前,杭州分部所有分析师整理好各自品种的数据库和程序化模型资料,然后也以电子邮件的方式统一发给他。

两天之后的周五早晨,报告写作能力评选的结果出炉了。

逍月获得第一名,得分 28,代表作为《焦煤产业链深度分析》;

我则获得第三名,得分 26,代表作为《新版耀光期货黄金期货产品介绍》;

庄获得了第四名,得分 24,代表作为《量化追踪——耀光期货市场各品种主力资金动向声呐》。

同一时间,柳组长也公布了他对于第三轮评选的意见。

他宣布,庄获得了第三轮评选的第一名。而对于其他人,柳组长并没有再具体给出名次。原因在于,他认为其余人的水准与庄相比,差距实在太大。

对于第三轮评选,柳组长这样的评价我倒是可以理解。原因就在于我们原来研究部里,程序化和量化工作都是由庄负责的。

对于这个结果,其他的分析师们也纷纷表示认可。

随着 10 月第二周的结束,萧总开展的三轮评选落下帷幕。我获得“演讲能力”的冠军,逍月获得了“报告写作能力”的冠军,而庄则获得了“程序化、量化能力”的冠军。

周末,临近傍晚。

按照事先约定好的,我在琴行门口等待着。

不一会儿,可儿从琴行里走了出来。她做完兼职下班了。

看到我,她微笑着走了过来。

我握住了她的手。

两人的十指交扣着，出发了。

今天可儿想去看看鞋子，于是我陪她去商业街的购物中心。

在大厦内的某家店铺，可儿试穿一双新款鞋子。

“这双鞋子不错哟。配合前段时间你的那套秋装效果应该不错。”看着可儿穿的新鞋一会后，我下了结论。

“是吗？”可儿高兴地说，“那么，我们走吧。”

“亲，不买吗？”我略微奇怪地问。

看着店员的眼神，可儿微笑着说：“唔……我再考虑考虑吧。”

女店员：“先生小姐请慢走。”

稍微走远一点，可儿才悄悄地对我说：“别在这里买啦……我已经记住这双鞋子的款式和型号了。回去以后，我会在网上代购的。网上代购的价格与这里相比，那简直是一个天一个地。知道吗，亲？”

可儿此话一出，我顿时无语，喉咙里感到一阵干燥。难怪，好几次我和可儿来购物商场里逛店，可儿真的只是“看看”和“试试”。原来，她是先来大厦里“选定目标”，之后再在网上代购以“降低成本”……

在如此“持家有道”的可儿身上，我似乎看到了我妈的影子……

“怎么啦？”看着我无语的模样，可儿问。

“没什么，我只是觉得，你未来一定是个好老婆。”

可儿先是一愣，随后掩着嘴笑了起来。好不容易她才止住笑意：“你呀，越来越会拍马屁喽。”

我顽皮地吐吐舌头。

这时，旁边忽然出现逍月的声音：“我实在听不下去了，你们两个实在是太肉麻了。”

我和可儿循声望去，逍月居然就在隔壁店铺试鞋子。更令我俩意外的是，庄也在——他闷坐在店中的小沙发上等逍月。注意到我们的目光，庄也走了过来。

一下子，场面变成了四个人面面相觑的局面。

我和可儿：“你们两个……果然是……”

逍月和庄：“你们两个才是……”

大家沉默了片刻，随后都愉快地笑了。

其实，大家对对方的情况早已心知肚明了。此刻，只是各自的情况，在这次偶遇中再次得到印证而已。

接着，两对情侣的约会，变成了工作之外的小聚。四个人找了家咖啡馆坐下。

我们聊起了近况，特别是上一周的"三轮评选"。

"你们三个可真厉害呢。"可儿听完我们的介绍之后，眼中充满了钦佩，"一个讲课冠军，一个写报告冠军，一个程序量化冠军。大家都是实力派呀。"

"嘿嘿，可儿你还忘记了一样哦。"

"什么呀？"可儿捧着水果茶问道。

逍月揶揄道："你家老公还是我们研究部的'功夫冠军'哟。传说中力战击退 6 个保安的传奇人物——向大侠。"

可儿咯咯地笑了起来。

对于逍月的这种调侃，我早已习惯了，因此只是微微地笑笑："这个没啥大用了，现在我们又不靠打打杀杀过日子了。"

"嘿嘿，你太谦虚了，有能力保护自己和别人，那可真是非常不错的。不像某人，只能当沙包。"

逍月此话一出，一旁的庄咳嗽了一声。

他是用这种方式在表示抗议……

对于庄的不满，逍月冷哼一声，说："不服啊？人家晴空就是这么可靠。你要是不服气，那就去加强呗。晴空，你要么教他武术？"

她的这个提议一出，我和可儿开始偷笑，而庄则是一脸郁闷的表情，摇了摇头："这就免了，鄙人没有这方面的天赋……"

"说起来，我还是蛮喜欢我们新来的萧总搞的这种全体大'比武'的。分析师嘛，就应该磨炼自己的技能，提升分析的水平。讲课、写报告、量化数据分析，这是分析师工作中最重要的三个环节，她一来就能迅速抓住重点，真不错。"逍月喝了一口她的柠檬茶。不知怎的，话题又转回了之前的"三轮评选"。

"集中力量，明确方向，你们的新领导貌似不错哟。"可儿回答。

"嗯，那是。萧总与原来的伍总相比，那可不是一个水准的。现在我们那里，才真正像个专业的研究部，大家都在一门心思地搞研究工作。"

"哎……真好啊。这下，逍月你们可真的从业务的苦海当中解放了。我真羡慕你们。"可儿说。

对于逍月和可儿的对话，我和庄没有发表意见。

之前，桂老大提到的"筛子"，后面又叫我们使出吃奶的劲去面对评选，还说"该来的总会来"……这些，是什么兆头呢？

各自回家之前，庄靠近我。看了一眼仍然在东拉西扯的逍月和可儿，庄小声说:“晴空,这周的情况,你注意到了吗?我感觉事情的发展有些蹊跷。”

原来,庄也和我一样,感觉到了什么。

我点了点头,小声回答:“我也感觉,哪里好像不对的样子。你知道是什么吗?”

“现在还说不上来,我们先静观其变吧。”

“你说得对。”我点了点头。

相互告别之后,两对情侣各自散场回家去了。

10 月的第三周,周一。

这个早上我没有报告要推介,但不知为什么,我起得特别早。

6:50,我就到了公司。

走进办公室,我好像听到有人在争执的声音。这个声音的来源,是萧总的办公室……

大清早的办公室中,其他同事都还没有来。

我悄悄地靠近。仔细一听,居然是桂老大和萧总在争执。

“萧总,你再考虑一下吧!”

“这个事情我已经决定了。这个决定不会再更改!”

“你就不能再给他们一些机会吗?!”

“我曾经说过,我们要成为行业中的佼佼者。我们要向华尔街看齐。因此,我们的队伍,也必须是最优秀的!”

“这话是没错,可是,其余的人,他们都不容易的,都是拖家带口的,好几个还压着房贷,你就不能宽容一下他们吗?”

“哼,给他们机会?那你说说,现在这个社会,市场会宽容我们吗?!”

“可是……”

“我说过了,不会再更改了。谈话到此结束!过会要开早会了!”

……

拖家带口的?宽容他们一下?这,难道是——

我不禁打了一个冷战。

看看四下无人,我赶紧离开了。

周一的晨会之后,萧总继续召开工作会议。

我注意到,萧总一旁的桂老大脸色不是一般的难看……

萧总开始主持会议。会议上,她首先总结了上一周的三轮评选。

随后,她宣布了一个决定:

“我宣布,根据上一周三轮评选出来的结果,杭州研究部剩下的十名分析师,综合排名前五的,继续留任;后面我会和其他组长研究调整安排他们研究的品种和分派的任务;而排名未进前五的其他五名分析师,则调任至其他的业务团队中开始任职。大家听清楚了吗?”

会议室中,顿时鸦雀无声。在场的所有分析师们,似乎都瞬间凝固了。排名前五的人,包括我、庄、逍月和另外两名分析师,短暂的惊骇之后,均选择了沉默不语。

而在短暂的沉默之后,未进前五的五名分析师,开始死命地向萧总求情。

可是,萧总铁面无情地拒绝了他们:“我萧礼做出的决定,绝对不会更改!”

那五个分析师,都露出了绝望的神情。

稍微从震惊中恢复过来的我,忽然全明白了——为什么,一切会变成这样:

经历了9月动乱,组织框架残缺不全、半停转的原耀光期货杭州总部,在新昊期货的领导层面的眼中,其实就是一些等待被收编的“残兵”。那么,新昊期货挑选“残兵”的时候,自然是留下符合他们要求的,能够继续使用的,而摒弃那些“不符合标准”的……

简单来说,我们面对的现状就是“人为刀俎,我为鱼肉”。从耀光期货倒下的那一天起,留守的我们,似乎就会遇见被人挑选的这一天……

而在上一周,貌似为了“集中精力”走专业研究路线而举行的三轮评选,其真实目的就是,根据我们的能力和资质,决定我们杭州剩下的十名分析师当中谁留下继续搞研究工作,谁打发去业务部拉业务。

这,就是桂老大之前暗示的“筛子”……

此时,我也理解了,为什么他叫我、庄和逍月在后面两轮评选中拼尽全力。

我也明白了,晨间他到底在和萧总争执什么。

他在尽最后力量,保护我们这剩下的十位分析师的饭碗。

痛苦的工作会议,在沉默中结束了。

勉强保住分析师职位的五个人,包括我在内,谁都不敢提出异议。谁提出异议,就几乎意味着跟着“流放”到业务部门去。

而另外五个被调任至业务部门的分析师们,虽然沉痛无比,却也都不敢再吱声——现在是公司收编整合的关键时期,这个时候谁要是敢再闹腾,面对的就不是“筛选”,而是“剔除”了。

更何况，他们只有五个人。这么几个人，想闹都闹不起来……

这些，我们大家都很清楚。

因为，我们这些分析师，都是比常人更为理性的人……

当天，我因为隔日早上有重要行情变化要点评，所以加班。

坐在座位上的我，仍然无法停止回想下午办公室里的情景。无论是留下的人，还是正在默默整理东西准备搬离研究部办公室的人，都面如死灰。

在上一周——

我们迎来了新的领导：一位真正的研究部、资深分析师领导；

我们踊跃响应她的号召：参加了研究技术评比的"大比武"；

我们燃起了斗志和希望：我们以为，从此以后自己可以专心全力地搞研究工作，再也不用当"三夹板"……

可这一周——

我们迎来了真正的结局："筛子"的降临；

我们一半人勉强留了下来，一半人却不得不变成了完全的业务员；

我们感受到了"绝望"——当一丝希望刚刚燃起，却立刻遭遇更深的失望之后。

我终于明白了：为什么我和庄一直觉得，事情哪里有些不对。

而桂老大，他在提示我们"筛子"的时候，似乎早已预料到了这样的局面……

"唉……"

黑暗的办公室之中，背靠转椅靠背的我，在深夜中长长地叹了一口气。

屏幕上，忽然出现了新邮件的提示。

我立即点开查看。

发件人：新昊期货有限公司办公室

收件人：所有员工

主题：人事调动通知

内容：

新昊期货人事调动通知（2012 年第 34 号）

各部门：

经由公司全体领导研究决定，解除原新昊期货研究部杭州支部副总经理桂建强的职务。桂建强自 2012 年 10 月 22 日起调任至新昊期货杭州营业部金融事业三部。

新昊期货有限公司

读完了邮件,我一时间屏住了呼吸。

我简直不敢相信自己的眼睛;脑袋中,飞快地旋转着一个疑问:

不会吧?为什么,连桂老大也……

但是,这是公司的邮箱系统。既然是已经发往全公司的邮件,那一定是真的……

为什么?

我无比纠结地盯着屏幕……

忽然,我想起了几周前,桂老大当时说的一句话。

"绷紧神经吧,小子们。'无政府状态'结束了。我们将面临'筛子'的考验。这一点,我也不例外。"

事实,不幸被他言中了。

"筛子"真的来了,真的没有例外——他那一次做出的"预测",现在完全实现了……

我突然下意识地扭头,在办公室门外走廊灯光的映衬下,有一个厚实的身影靠在门边上。

一个熟悉而浑厚的声音传来:"还在加班呢,小子?"

"是的,老大。"

保存下文件,我起身走向他。

刚想开口,桂老大却率先开了腔:"刚才看过邮件了?"

"看过了。老大……"此时站在他面前,我的心里纠结异常。

良久,我才再吐出几个字:"老大,为什么,事情会变成这样?"

"呵呵,小子,你指哪一块?"

"为什么,你……"

"哦……原来你不明白,为什么我也会被'剔除'是吧?"

"我真的不明白。"

"除了这个,其他的你都明白了吗?"

我心里清楚,他指的是"筛子"事件的整个经过。

"我……现在明白了。但是,我要是早一点全弄明白就好了……"

"呵呵。"桂老大淡然地笑笑,推了推他的眼镜,继续说道,"晴空,这不是你的问题。这个事情,就算你早一点弄明白,也最多只能在'筛子'进行的时候,更加努力地发挥罢了。而且，早一点告诉你们几个，说不定反而会害了你们几个。”

“欸？这又是为何？”

“人就是人。人总是在充满希望、心情愉快的时候，发挥得比较出色。太早告诉你们，你们什么都做不了，思想上反而会背上沉重的包袱。这肯定会影响你们的发挥。”

“既然这样，桂老大你为什么又时不时地提示我们呢？”

“这个事情，当时办起来还真有点难度呢。不能太早全部告诉你们，也不能一点都不告诉你们。要是一点都不告诉你们，你们心里一点准备都没有的话，面对现在如此震撼的现实的时候，会受不了的。”

原来，桂老大的这种做法，还是在为我们着想。

“老大。”

“嗯？”

“你还没有告诉我，为什么……”

“真是个认真的小子。走，去我那坐坐。”

我又一次，来到了桂老大的办公室里。只见桌子上，一只纸板箱里装着他的东西。

他，非常淡然。

他，已经准备好了。

但是，看着这似乎平静的一切，我的心里却愈发地难受……

桂老大走近箱子，从当中拿出了一盒东西递给我。

是他的那盒巴西咖啡。

“现在是晚上，再喝咖啡那就别想再睡觉了。本来，还想等你完成那个课题，一起再喝的。现在看来，等不到那个时候了。你拿着吧。”

“谢谢。”

“坐。”

“嗯。”

“其实，自从柳组长第一次到我们这里来摸底，我就预感到了自己的这一天。”

“具体的原因是什么？老大，我还是不明白。”

“呵呵，具体的原因，有两个。你现在先别急着难受，冷静冷静，再试着回想一下，看看能说多少。”

我开始尽量冷静地回想。

忽然,我意识到了什么。

9月“冲突日”那一天,桂老大曾经临场下达了“全体紧急避险”的命令,保护了我们这些下属……

“老大,因为,你总是保护我们……这,这太不公平了!”我又激动了起来。

“我没那么伟大。在你们这些分析师中,我算是个士官长吧。我们分析师,一直冷静、客观、理性地看待这个世界。我知道,我在这种时候继续护着你们,迟早会被刷了。但是,理性做出的判断,一定是对的吗?如果这样,当年英国不用打不列颠之战,直接投降德国好了。那结果会是怎么样呢?抛弃属下这种行为,我还是做不出来的。”

“柳组长来这里摸底的时候知道了这一点,回去报告了萧总。所以,萧总来杭州‘筛选’的时候,首先就要把老大你……”我的声音有了一点颤抖。

“你的进步真是太大了。我很高兴,你能够看到这一点。”

“这不公平,这不公平……”

“这很公平。”桂老大平静地说,“自然法则,弱肉强食——没有什么比这个更公平了。你早就知道了‘人为刀俎,我为鱼肉’的背景了吧?经过‘9月动乱’,我们这里,好比海湾战争之后打剩下的伊拉克共和国卫队。这一次,我们连跟总部研究部周旋的实力都没有。到了今天这样的结局,倒也在我的预期之中。你真的不错,能够说出第一点。那么再回忆一下,能够说出第二点吗?”

“……”努力压制自己胸中汹涌的情绪,我再次开始思考。

桂老大和萧总,都是知名的分析师,为什么,就不能共存呢……

等等……

都是知名?

研究部,只需要一个最高领导,只需要一个行业中有名望的专家……

这是“既生瑜,何生亮”……

我苦涩地说:“天无二日吗?”

“呵呵……”桂老大会心地微笑起来,“我终于看见,你在我这里‘考100分’的这一天了。这一次,你完全抓住了两个重点。不过,善于抓住重点,是你来研究部之前就学会的技能吧。我太高兴了。晨星有你这样一个好学生,真是她的幸福。她还给我送来这样一位好部下,这也是我的幸运。”

晨星?!

我的心脏猛地抽动了一下。

深夜的办公室里,我惊讶地睁大眼睛,嘴巴也张大了。

桂老大,他怎么知道我导师的名字?

猛地,脑海中闪过一段两年前的记忆——

丁晨星曾经亲口对我说过:"我当年的青梅竹马,和我一样,没有结婚,在杭州某家期货公司培训分析师。"

"老大,你……就是丁老师的青梅竹马?!"

"哦? 前两年她还提起过吗?"

"是的……可是,你怎么知道我是她的学生?"

"呵呵,这也有三个原因。首先,这些年,我一直默默关注着晨星。她在哪家学校当老师,我当然知道。年初你来面试的时候,我注意到你就是她任教的那家大学毕业的,于是就翻了翻你的研究生毕业论文。果然,最后一页责任导师签名上,我看到了她的签名。其次,你思考的风格和研究的套路基本上沿袭了她的作风。最后,那一天,你说出了她说过的一句话,我更加确信了,你和她一定认识,而且,关系还比较好。这个世界上,很少有巧合。由此,我基本上可以确定,你是晨星的得意门生。"

我心中升起由衷的佩服。原来,桂老大在 7 个月前,就已经知道了我是丁晨星的学生。

看着眼前的桂老大,我不由地想起当年在英国的日子。

这个世界,是不是太小了一点?

"说起来,那些年晨星有没有说起过我?"桂老大饶有兴趣地问我。

"有是有,但是不多。"

"哦? 说说看。"

"她……她说她没脸见你。"

"唉,真是个笨蛋……她还说什么?"

"她还说,如果时光可以倒流,她当年一定跟了你,在国内老老实实地过着普普通通,有些拮据,但却心心相印的日子……"

"笨蛋……笨蛋……笨蛋……"桂老大轻轻地重复三遍"笨蛋",随后叹了口气,"唉……死要面子干吗哟……我懂了。"

我惊讶地看到,一向沉稳而冷静的桂老大,在微微地颤抖。

"老大,接下来,你打算在业务部东山再起吗?"

"不,我打算辞职。"

"为什么?"

"这是一个专业分析师最后的尊严。还有,我已经有了更重要的事情要做。"

“是吗?”

“今天我要谢谢你。谢谢你告诉了我这些。因为这样,我有了新的方向。”

“是吗?”

“呵呵。不用担心我,晴空。还是担心你自己吧。”桂老大豁达地笑笑。

“都这样了,还能怎么样?”我泄气地说。

“‘筛子’还没结束哦。”桂老大认真地说,“一波完整的行情,难道只有一个浪吗?”

我的心顿时又抽紧了。是的,公司的整编还没结束,现在就安心那真的是太天真了。

“以后千万要小心谨慎,知道了吗?如果想要保住自己的饭碗的话。”

“我知道了。”

“去吧,你明早还有推介要做,还要加班吧?”

“我马上就弄好了。”

“呵呵,执行力还是那么高。”

我起身准备离开。

“晴空。”

“什么?”

“要像雄狮一样勇敢,要像麒麟一样正直,也要像鹰一样自由。未来的路,自己走吧。祝你们三个好运。”

我认真地点了点头。

第二天,桂建强,离开了。

# 18

## “盘整”（下）

期货、证券的行情之中，最难操作的情况，是当一种期货品种处于毫无方向的“震荡区间”之中。在“震荡区间”之中，投资者最容易因误判方向而蒙受巨大的损失。当行情盘整结束之后，即将面临方向性的选择。这种选择，可以是迅速的上涨，也可以是跳空下挫。

而人生，有时候也会进入纠结的“盘整”状态……

2012 年 12 月中旬，下午 3:30，收盘后。

昔日的研究部办公室里，安静得令人窒息。

剩下的人，各自默默不语地做着手上的活。

过去的两个月，我们经历了 2012 年中最黑暗的一段日子。

桂老大走了之后，杭州支部剩下的五个人，都由萧总重新安排研究品种。

经过调整，我只负责黄金期货，白银期货的研究移交给了上海支部的同事；逍月的研究品种由三个减少到两个，只负责焦炭和焦煤；庄以后专心搞程序化和量化这一块，化工品种全部移交给上海支部和郑州支部的同事。

另外两名同事，接手了我原来兼负责的欧洲和美国宏观面研究。

但是，事情没有就这样结束。

另外两个男同事，一个叫程艾华，31 岁，刚刚结婚两年，女儿刚满周岁；另一个叫郭旭宇，与我同年，在杭州有一个已经交往了五年的女朋友，刚刚才接了各自差事，没等他们庆幸自己在第一波“筛子”中幸存了下来，第二波“冲击”就找上门来了。

公司研究部门的布局中，宏观研究组被安排在了北京。在萧总刚下达他们两个去做宏观研究的安排之后，第二天就作出了让他们两个在一周之内去北京和其宏观组同事一起工作的决定。

此后的几天，两人不停地向萧总请求——甚至可以说是哀求，要求继续留在杭州。

可是，萧总的回复是：

“这个事情没有商量的余地，你们两个自己选择吧。要么立马去北京，要么调去业务部。或者，想选‘第三种’，也可以。”

程艾华和郭旭宇的心凉了半截。

萧总的意思很明确。

要么，出发北漂；要么，‘流放’去业务部；要么……卷铺盖走人。

带着几乎绝望的心情，他们两个最后，痛苦地选择了去北京。

程艾华回家和他老婆大吵了一架，据逍月打听来的消息，那晚他女儿的哭声一直没有停过，直到社区和民警来调解。此后，他在外面待了两天两夜没有回家……

郭旭宇的脾气则较为温和，他回去之后平心静气地找他女朋友商量。

结果……后来——

他和她，就没有“后来”了。

阔别五年之后，郭旭宇在这一年的 11 月 11 日那一天，再一次过上了“光棍”节……

他们两个出发的那一天，我再一次看见了那种眼神——

曾在屋顶上，在诸南阳眼中看到的那种眼神。

生存的饭碗，活生生拆散了家庭，无情地碾碎了爱情……

我们所在的办公室，曾经是耀光期货总部的研究部；我们，曾经是一个拥有超过 30 名分析师的团队；而经过两轮“筛子”的洗礼之后，研究部杭州支部只剩下我们三个人了。

自从桂老大走了以后，逍月的话少了很多。这段时间，我甚至觉得，她有点变得像我和庄一样沉默。庄虽然面上没有太大的变化，但是这段时间眼神也有些黯然。

我非常能够理解他们两个的心情。

逍月和庄，是桂老师亲自带出来的学生。

在之前共事的日子中，我可以非常明显地感觉到，桂老大在他们两个人心中的分量。桂老大的离开，对他们来说着实是心理上重大的打击。

其实，不只是他们两个。连我的心里，也感觉好像空荡荡的，总是少了些什么。

我知道。

在过去的 9 个月中，我早已习惯了他在我们身边：

那位身板厚实，看似严厉，却默默地守护着我们几个成长的领导、上级和导师——

他走了，再也没有出现。

两个月以来，再也没有任何关于他的信息。

逍月说，连她都没得到，桂老大进一步的动向。

他似乎，刻意隐藏起了自己。

我沉默地敲击着键盘，撰写着报告……

萧总带来的，是真正的“斯巴达”式筛选。

“强者生存，弱者淘汰吗？”我轻轻地自言自语着。

心中，再次想起那句话……

这，真的是我们要的吗？

屏幕上，出现逍月的消息。

**飞翔夜空的月神：**

晴空。

**顺势而为的 Rocky1986：**

什么，逍月？

**飞翔夜空的月神：**

看邮件了吗？

**顺势而为的 Rocky1986：**

还没。刚才一直在写报告。

**飞翔夜空的月神：**

手上的报告先放一放。赶紧看邮件。

**顺势而为的 Rocky1986：**

怎么了？

**飞翔夜空的月神：**

别问了，看完邮件你就懂了。这明显是不弄死我们不停手的节奏……

不弄死我们不停手的节奏？

我抬起头，却发现逍月和庄已经都在严肃地注视着我。

他们两个的神情如临大敌。

这是怎么回事呢？

我赶紧点开了公司的邮箱，查看邮件。

一封新邮件赫然跃入眼帘——

发件人：新昊期货研究部(总部)经理 萧礼

收件人：新昊期货研究部(杭州支部) 向晴空

抄送人：黄逍月；庄玄清

主题：紧急报告需求

附件：世界黄金协会 2012 年第 3 季度黄金需求趋势报告(英文原件)

内容：

晴空、逍月和庄：

世界黄金协会最近出具了《2012 年第 3 季度黄金需求趋势报告》。这份专业性很强的基本面研究报告，我希望我们能够抢先其他公司一步翻译出来并推介给投资者。这样，既可以提升我们在投资者心中的专业形象，也可以对公司的业务开拓有所助力。

这里我给你们下达任务。晴空、逍月、庄，你们三个负责今晚把报告编译出来，明天上午发给我。

另外，也准备好课件。明天早上10点，先给我和柳组长试推介一遍。到时候如果我觉得满意了，再在后天安排全公司推介。

我期待你们的表现。

萧礼

读完邮件，我倒吸了一口凉气，心脏跳动一下子加速了。

"一波完整的行情，难道只有一个浪吗？"

桂老大临走之前的提醒，再次响起在耳畔。

作为一个专业的黄金分析师，我清楚地知道这份报告的分量。

世界黄金协会，每个季度都会出具一份关于上一季度的黄金需求趋势报告，内容包含上个季度全球黄金供需平衡、季度内热点表现阐述以及持续追踪数据跟踪等。通常，这份报告长度为30—40页，内含30张左右的专业图表。

3个月前，我曾经编译过这份报告的上一期。

但是，当时我开足马力，还是连续干了3个工作日……

而现在，萧总，只给了我们三个人：

日间剩下的一个多小时和一个晚上……

怎么办呢？

这时，屏幕上逍月又发来了信息，她发起了小组讨论。

**飞翔夜空的月神：**

晴空，邮件读完了？

**顺势而为的 Rocky1986：**

读完了。事情真有点难办了呢。

**补爆仓的庄家 1985：**

晴空，我们这里数你执行力最高了。上次你编译完这份报告花了多久？

**顺势而为的 Rocky1986：**

……

**飞翔夜空的月神：**

说呀。

面对两人的疑问，我踌躇着。叹了一口气，我如实地回答。

**顺势而为的 Rocky1986:**

三天。

**飞翔夜空的月神:**

什么?!

**补爆仓的庄家 1985:**

月儿,别激动。

晴空,要是你开足马力弄呢?

**顺势而为的 Rocky1986:**

……一_一|||上一次,我已经是开足马力了。

**飞翔夜空的月神:**

天啊!!! 这么艰巨的任务只给我们一个晚上。这不是要逼死我们吗?

**补爆仓的庄家 1985:**

月儿,还是那句话,别激动。

萧总这不是要逼死我们,而是执行总公司"淘汰冗员""精兵简政"的大方针吧。

**飞翔夜空的月神:**

试试我们? 要是到明天早上,我们任务没完成,估计也要流放去业务部了吧?

**补爆仓的庄家 1985:**

没错,我觉得她也会这么做。

**飞翔夜空的月神:**

这个混蛋!

**补爆仓的庄家 1985:**

月儿,不要骂人。我觉得,她虽然冷血,但做得却没错。她下达这么苛刻的任务,估计还是想再试试我们的斤两。

**飞翔夜空的月神:**

你! 你还是不是我们一起的?! 怎么帮那个老妖婆说话?! 她先是把我们这里一半的弟兄们流放去了业务部,后来又赶走了桂老大,再后来又逼得程艾华和郭旭宇妻离子散,背井离乡。这样"魔王"级别的人,你居然还帮她说话!!!

**补爆仓的庄家 1985:**

我只是陈述事实而已。按照一般逻辑推理,她做得并没有错。

**飞翔夜空的月神:**

你!!!

接下来，两个人在小组讨论中争论了起来。

显示屏上，争论的信息开始刷屏……

看着他们两个的争论，我摇了摇头。

**顺势而为的 Rocky1986：**

Stop!!!

我说你们这对地下夫妻，省省力气，先冷静一下。

我出去透透气，马上回来。

无力地站起身，我离开了只有三个人的冷清的研究部办公室……

回想刚才两人的争吵，我叹了口气。

我们现在的状态，又是濒临绝境了。

这一次，连向来冷静沉默的庄，也不淡定了。

刚才两个人的争吵，除了意见不同之外，其实也是在掩饰心中的恐惧。

他们，在害怕。

其实，我也怕。

走到楼下，感受 12 月的刺骨寒风。

桂老大已经走了。

剩下的我们，该怎么办呢？

我，该怎么办呢？

有些彷徨地，我独自一人走向公司附近的那家便利店……

记得，去年……

巴斯的一处停车场。

经过长途的车程，我略有些疲倦地走出丁晨星那辆转手了不知道多少次的老款宝马三系轿车(购入价格 1200 英镑，相当于丁晨星小半个月的工资)。

打开汽车后备厢，我拿出了丁晨星、乔家慧和希诺的行李。

巴斯，是英国一座历史悠久的古老城镇。它以其乔治王朝时期的建筑和温泉而著名。巴斯的这些温泉，是公元 1 世纪古罗马人开凿的。“洗澡”的英语单词“bath”，就来自于巴斯这座英国的温泉之城的名字。巴斯也是英国的节日之城。2011 年的 5 月，是巴斯的音乐节。我们一行人，就是冲着巴斯的音乐节去的。

根据手机地图的导航，我们很快地找到了网上预订好的青年旅社。

安顿好之后,丁晨星说她开车开累了想睡觉,乔家慧则是有点晕车想休息。途中,丁晨星开车"一路100码以上"的作风,着实让我们几个捏了一把汗……

希诺的精神却很好,迫不及待地想在这英国的音乐节圣地四处走走。

躺在四人间的一架双层床上(青年旅馆里是男女混住,当晚也就是我和希诺她们三个女的同一房间),丁晨星对我说:"你们两个去吧。不过,要注意安全。"

"放心吧,天黑之前我们就回来。"希诺微笑着说。

"呵呵,这次的安排真对不住你们啦。由于预算有限,我们这次住的是青年旅社,没法让你们这对可爱的情侣晚上好好亲热咯。"丁晨星看了看我,露出了诡异的微笑。

"这……丁老师……"我无语地说道。

我和希诺十指相扣,漫步在小镇巴斯古意盎然的街道上。

迎面吹来5月巴斯暖人的微风……

看着巴斯的街道,我感觉时间似乎在这里放慢了脚步。到处都是充满古典艺术气息的建筑。来的路上,听丁晨星讲,这里的建筑很多都是英国乔治王朝时期的遗产。

"Rocky,你知道吗?巴斯的音乐节,在欧洲是很有名的哟。"希诺一边走着一边又讲起她神往的音乐节。每次她提起音乐节的时候,眼睛都会放光。

"是吗?"

"嗯,是的。这次音乐节上所有的演出,分为古典音乐、早期音乐、欧洲爵士、当代音乐和世界音乐这五类。分别会在巴斯大教堂、阿贝路音乐厅、格尔德宫举办,而稍微大型一些的音乐会则是在装饰典雅、高贵的场所举办。"

"哇,有这么多种不同的音乐呀。我还以为这么古典的小镇举办的音乐节,基本就是古典音乐为主流呢……"

"你呀,和我在一起这么久了,怎么还是没啥长进咧?"希诺微笑着。

"这……"我略微有些尴尬,"人家学的是计量经济学……"

"呵呵,大呆瓜。"

走到一处教堂前的小型广场,我和希诺找了张公共长椅坐下。

"真期待呢,明天开始的音乐会。"希诺温顺地靠在我的肩膀上,"不过,这也算完成梦想之一了。"

"来巴斯参加音乐节,是你的梦想之一?"

"是啊。"

“看来你的梦想还挺多的呢。”

“嗯……我想继承爸爸和妈妈的愿望，成为一名真正的长笛大师；我想来英国，提升自己音乐上的造诣；我想走遍欧洲的音乐圣地。”

“是不是稍微贪心了一点?”

“我也觉得，自己稍微贪心了一点啦。前面两个，我想，通过自己的努力，可能在英国慢慢地就会实现的；但是最后一个……有点难度呢。”

“你是说，走遍欧洲的音乐圣地?”

“嗯。比如奥地利的维也纳……梦想的实现，也离不开物质基础的支持呀。不管怎么样，今天我已经很高兴了，可以到巴斯来。”

我当然知道，希诺说的“物质基础”的分量。在一起的这段日子，我早已知道，她的家境并不是非常富裕。她的父亲是个不算非常“红”的音乐家。虽然，平时生活中希诺也和我一样，不是那种花钱大手大脚的类型。但英国留学的费用非常的高昂。这对于她的家庭来说，几乎已经是满负荷了。

而我，这个曾经的“高帅富”，现在已经是一个“穷屌丝”了，生活费用尚且靠自己打工维系……这一次，我们几个到巴斯这种距离伦敦不算太远的地方旅游，可以说是极限了。

如果是以前，我请父亲帮忙，也许能帮希诺实现去维也纳的梦想；可是现在……

想到这里，我也不禁感慨。

此时，一边传来了一个声音。

“嘿！那边的年轻人，很抱歉打断你们。能帮我一个忙吗?”

抬起头一看，一个坐着轮椅的英国老人，远远地看着我。

愣了一下，我回答道：“先生，你是?”

希诺也坐直了。

“我是马赛莱斯船长!”

“OK，马赛莱斯……船长。”这时，我才注意到，他穿着军人的制服，胸前挂着一排勋章。于是我正色道：“马赛莱斯船长。我能帮你什么?”

“你能够把你们旁边的那顶帽子给我吗？这该死的风，刚才把它吹走了。”

我扭头一看，果然有顶帽子。

与希诺相视一笑，我轻轻地捡起了帽子。我和希诺站起身走近马赛莱斯船长，将帽子交给老人。

老人满意地对我们微笑。

随后，虽然坐着轮椅，但声音洪亮、器宇轩昂的马赛莱斯船长，与我们两个聊了起来。

根据马赛莱斯船长的介绍,二战中,他曾经在英国皇家海军中的一艘驱逐舰上服役过。

"有一次,我们作为护航舰队,守护着商船船队航向英国。德国佬的飞机来了,一阵扫射,我的船长比我先去见上帝了。"

"所以,你就因此成了船长?"希诺轻轻地问。

"是。当时在船上,除了船长以外,我的军衔最高。我的船长是个少校,我是大尉。因此,当他死后,按照规定,我立刻接手船长的职务。"

"原来是这样。"我认真地点点头。

"在海军之中,每一位军官都要做好在原有船长阵亡后接替位置的准备。一位真正的船长,应该可敬又果断,在部下面前应该拥有钢铁般的意志。他要给予部下的,是无所不知和无所畏惧的形象。这种形象,是用以身作则、身先士卒的方式塑造起来的。他要给部下力量和希望。不能在部下面前说'不知道',这三个字像深水炸弹,会炸死船员的。船长,总是有办法的!"

现在我们的"船",已经中弹无数,船长也已经不再,只剩下了三个人。

我是不是,也应该做些什么呢?

船长,总是有办法的。

我,有没有底气,像当年的马赛莱斯船长一样毫无畏惧地接手呢?

之前,庄分析的现实,一点都没有错。要是明天我们三个没有完成任务,我们的命运,就是被萧总毫不犹豫地"流放"到业务部去。

因为,萧总会认为我们几个不符合她的标准。对她而言,杭州支部"全部裁撤",也只是一种整合的结果而已。

时间,只剩下这么一点了。我们,还有得选择吗?

我,还有得选择吗?

深深地吸了一口 12 月寒冷的空气,仰起头,看看冬日的天空。

我,再一次攥紧了拳头。

回到办公室,庄和道月各自别过头不说话。

看着他俩赌气的样子,我摇了摇头,发起了小组讨论。

**顺势而为的 Rocky1986:**

我说,"昏"析师夫妇,吵架吵完了?

**补爆仓的庄家 1985:**

谁愿意跟她吵。我刚才只是陈述事实罢了。

**飞翔夜空的月神:**

你这是什么态度?!

**补爆仓的庄家 1985:**

重要的不是态度,而是事实。我说的,难道不是事实吗?

**飞翔夜空的月神:**

有你这样的人吗?! 晴空,你来评评理!

**顺势而为的 Rocky1986:**

态度、事实,都不是最重要的。

**补爆仓的庄家 1985:**

?

**飞翔夜空的月神:**

??

**顺势而为的 Rocky1986:**

等你们分出哪个是最重要的,我们的饭碗就没了!

**补爆仓的庄家 1985:**

……

**飞翔夜空的月神:**

!!

**顺势而为的 Rocky1986:**

我不是不知道大家的心情。我也生气。但我问你们,现在我们分析师的工作,你们还想不想做下去?

屏幕上安静了一会。

**补爆仓的庄家 1985:**

想。现在不是招工的好季节,继续"稳住"是比较理智的选择。

**飞翔夜空的月神:**

暂时,我也想。

**顺势而为的 Rocky1986:**

既然都想保住这个位子,你们两个就先别争了行不? 就算看在我的面子上。

**补爆仓的庄家 1985:**

好。

**飞翔夜空的月神:**

……好吧。

**顺势而为的 Rocky1986:**

伙计们,我们的目标——完成任务,挺过“筛子”,保住饭碗。有异议吗?

**补爆仓的庄家 1985:**

No。

**飞翔夜空的月神:**

没有。

**顺势而为的 Rocky1986:**

刚才我想过了。这次任务光靠我一个人那是不行的。要是我们几个各自为战,那也不行。大家一起做,怎么样?

**补爆仓的庄家 1985:**

你有计划了?

**飞翔夜空的月神:**

说说看吧。

看着他们两个总算达成一致,我悬着的心稍微放下来了一点。抬起左手,查看手表,离下班还剩下半个小时。现在开动似乎不是时候。

**顺势而为的 Rocky1986:**

我们先去吃饭。饿兵是打不好仗的。

下班后,三人在附近的餐厅弄了点简单的东西吃。

“晴空,你心里应该是有谱了。”庄率先吃完饭,抬起头问我。

“上次我一个人单干,花了整整三天的时间。但是,加上你们两个高手的话,也许一个晚上完成并不是不可能。”我也吃完了,拿起餐巾纸擦了擦嘴。

“说说你的计划吧。”逍月今天吃饭难得的迅速。

“我们三个,是原来杭州研究部当中,‘推介冠军’‘报告冠军’和‘量化冠军’。这次的任务非常艰巨,我认为我们应该合作,发挥各自的优势。这份报告,前面 15 页左右,应该是文字性叙述。后面的部分则是量化图表数据。”

逍月和庄都安静下来认真聆听。

我继续道:“逍月,前面文字的主干部分,我和你一起搞定,怎么样?”

逍月带着有趣的神情问我:“你这样分配倒是没错。不过,既然只有 15 到 20 页左右,也不算很多,为什么不放手给我做呢?”

我解释道:“逍月你报告写作能力的确是我们这里最强的。但是,说到英语水平,则应该是我最强吧?”

“这倒是。”逍月点了点头。

“那么,庄。”我转过头看庄,“你的任务可艰巨了。后面的那些图表,需要用自己的数据重新制作一遍。”

“我懂。量化这块,就交给我。”

“好。”稍微又想了想,我站起身来,认真地说,“这一次,我需要借助大家的力量。这是为了我们的饭碗。”

逍月和庄都点了点头。

忽然,逍月站起来,伸出手说:“三人同心,其利断金!”

我和庄愣了一下,随后也都微笑着伸出了手。

三只年轻的手,握在了一起。

夜色中,研究部的日光灯亮着。

办公室里非常安静,只能听到急促的键盘敲击声。

凌晨 3:00,我和逍月终于完成了文字部分的编译。

此时逍月已经是一副随时要倒下的样子。

别看她平时总是活蹦乱跳的,毕竟是个女孩子,体力无法与我和庄相比。

“逍月,文字编译已经完成了。我校对一下。你休息一下吧。”

“靠你了……”说完逍月立刻倒在了桌子上。

不一会儿,她就睡着了。

看着她的样子,庄心疼地摇了摇头。站起身,庄走到衣柜那里,拿了件备用的工作西装,给逍月披上。

“这不是感情很好吗?”我轻轻地对庄说。

庄无奈地说:“她虽然毛病不少,但却是非常正直和善良的。就是因为这样,我才不能放着她不管。”

“进度怎么样了?”

“基本上弄好了。我再检查下格式和细节。”

“大天才,你真可靠。”

凌晨 4 点,我们的报告编译工作终于做完了。

“完工。”疲惫的我对庄说道。逍月则仍然在熟睡。

“庄,还有余力吗?”

“怎么?”

我从口袋里拿出了两瓶“精神液”,放在桌子上:“虽然真有点对不住你,但是6个小时以后,我还需要你。在萧总面前的推介,我希望我们以小组的姿态出现,而不是我一个人在那里表演。我希望,我在那里讲解的时候,你在旁边负责页面切换和操作。可以吗?”

庄听到这番话,愣了一下。

随后,他的嘴角露出了少见笑意:“呵呵。真是个可靠的‘MT’①。”

“什么?”

“我知道你的意思。你想向萧总显示,这次报告的编译工作,并不是你一个人的功劳,而是我们三个人的共同努力。通过这样,你想让萧总知道,我们是一个对她有用的团队,然后考虑保留下我们。你是用这套策略来保住大家的饭碗是吗?”

“你真不愧是个天才。”

“哪里,我看你跟天才的距离也没差多少了。”

两个男人脸上都露出了会意的微笑。

“听你的,‘MT’。就算不幸‘团灭’,我们起码也尽力了。”

我微笑着向庄伸出了手,两人碰了碰拳头。

早上10:00。

虽然,半个小时前,我和庄已经偷偷地各自喝下了“精神液”。但是,这并不代表彻夜赶工之后的我们不会感觉到疲劳。我现在的感觉很难受:身上,熬夜的疲劳感和功能饮料提神效果“对抗”的那种滋味……

暗暗地掐了一下自己的大腿,用“痛感”助力“提神”效果,我再一次站在讲坛之上。一旁的操作台上,与我差不多状态的庄,负责电脑操作。

台下,听众只有两个:萧总和柳组长。

---

① MT:著名老牌网络游戏“魔兽世界”中,MT是“主坦克”(Main-tank)的缩写,是在团队中唯一有着特殊身份的玩家。“坦克”是在团队副本作战中怪物仇恨的主要承担者,即怪物的攻击目标。由于他们的存在,使得别的玩家可以较为安全地进行伤害输出。称之为“坦克”形象又生动。因为作为“坦克”的角色一般情况下都要有很高的护甲、防御技能、抗性和HP,抗打击能力很强。MT的操作水平、意识、装备情况、抗性装备情况,甚至网速情况等都会对团队的副本进度产生很大的影响。所以MT在魔兽世界玩家心目中有很特殊的地位。此处MT寓意“领导者”。

暗暗地深呼吸，我开始了演讲：

"各位尊敬的领导、同事，大家好。我是新昊期货研究部黄金分析师向晴空。今天，我将为大家呈现世界黄金协会近期刚出炉的，2012 年第 3 季度世界黄金需求趋势报告的内容。本次推介由我负责讲解，由我的小组成员负责操作切换。下面，我将为大家展开具体内容。"

虽然状态非常差，但我还是保持了表述的流利。与庄这样高水平的人的合作，是件愉快的事情。庄一直密切注意我演讲的进度，和我发出的"切换下一页"的手势暗号。因此，报告的推介之中，一次都没有出现中断和冷场的问题。

25 分钟之后。

"以上，就是我们研究部杭州小组为大家呈现的内容。谢谢大家花时间来听。"

座位上，萧总一副沉思的模样。而身旁的柳组长则微笑着看着我们。

但是，他们两个都没鼓掌。

这让我的心悬到了嗓子眼上了。难道，萧总不满意？

良久，我注意到萧总微微点了点头。她终于开了腔："我很意外。你们三个，在一个晚上就完成了这份报告的编译。而且，还在第二天早上，做出如此精彩的推介演讲。这一点，我研究部麾下其他分析师当中还找不出同样的三个出来。这一次我们来杭州，看来真的不虚此行。仁建，我们算淘到宝了，你说呢？"

身旁的柳组长赶紧说："萧总说得非常对。这份报告我在他们编译和演讲之前已经过目过了。他们对报告的编译非常到位，图表重做得也很不错，今天的演讲更是非常精彩。杭州的这三个人，都是人才呢。萧总，我觉得是不是就此确定他们为杭州小组，以后与全国的同事一起联网合作？"

"嗯，我也是这么想的。"萧总回答道。

三天之后。萧总只留下一句话，就和柳组长一起回总部去了。

"期待我们未来的共事，希望一起走向辉煌。"

他们走了。

持续两个月时间的整合，终于落下了帷幕。我们这里，只剩下了三个人。因为人数太少，公司安排我们三人搬到了一个小办公室。而昔日的研究部办公室则成了其他业务部门的新办公室。

但我知道：三人的未来并不轻松。

萧总并没有指定谁担任杭州小组的组长,也没有将我们划归所属板块组长的麾下,而是宣布我们几个直接由她负责。

我自然知道她心里在想什么。一旦她对我们中任何一个不满意,就可以随时开了,而不用顾忌其他组长的意见……事情并没有完全结束,只是暂时告一段落罢了。

周六那一天,我没有回郊区的家里;可儿也不做兼职。

我们两个,什么也不做,只是一起宅在我的那间租屋里。

冬日的阳光,斜斜地从窗帘的缝隙中射入屋内。房间里,非常安静。

某一时间,我从后面靠近可儿,拥抱她。

可儿扭头看了看,发现我闭上了双眼。

两个人,保持这个姿势。

“怎么了?晴空?”

“没什么。最近有点累。”

“我知道。逍月都告诉我了。辛苦你了。”

我依然闭着眼睛,闻着可儿的体香,说:“没事。”

“真可惜,这里什么都没有。”

“嗯?”

“我在想,一个理想的家里,应该有些什么。”

“说说看,应该有些什么呢?”

“其他的我还没想好。不过,对我来说,需要一个好的厨房和一架钢琴。”

“为什么?”

可儿微笑着说:“因为,你是个吃货呀。每次你吃完好吃的东西以后,总是一副无心事的样子。有个好的厨房,我才能给你做好吃的呀。”

“……好吧。”

“还有,钢琴也是不能少的哟。”

“呵呵,我知道,那是你的梦想。”

“一半是。我想给你弹曲子听。你听曲子的时候,表情总是很放松的,不是吗?老去琴行麻烦张叔总不好的。”

我愣住了。

可儿这是……

她想抚平我心里的疲倦,以她的方式。

遇见这样的她,我是不是太幸运了呢?

顿时觉得,我工作和生活中遇到的那些波折,似乎都是无关痛痒的小插曲罢了。

心中涌起了一股前所未有的暖流,我搂紧了可儿。

"可儿?"

"嗯?"

"我们一起,慢慢地把刚才的目标实现,好吗?"

"好。"

"我爱你。"

"我也爱你。"

两个人,在房间里,似乎再也不想分开。

2012 年 12 月 23 日。

一班从上海发出的高铁刚刚抵达杭州。

一个戴着墨镜的女孩,拖着一只巨大的拉杆箱,走出了车站。

她抬起头,看着外面的风景,脸上出现了怀念的神情。

"真快,都两年了。"她自言自语道。

她摘下了墨镜。

墨镜之下,是一副与可儿一模一样的面容。

# 19

# 命运的二重奏

每个人都有过去——过去塑造了每个人独特的存在。
但当过去与现在不经意地碰撞之时，你将何去何从？

……

白色的世界。

大雪漫天飞舞着。

大雪覆盖的小山坡上……

这样冰冷的世界中——

我的眼前,模糊地出现希诺的影子。

她冷冷地注视着我。

她的眼中,带着愤怒和失望……

我迟疑了,无意识地伸出手……

她转身离去。

影子,化作千万片碎片,随着飞雪消逝了。

我,哀伤地闭上了双眼。

当我再度睁开眼睛时,周围已经是家乡的世界了。

碧绿的湖水,阳光下波光粼粼的景色……

我面前,是一身工作装的可儿的身影……

她默默地凝视着我。

她的眼中,饱含着幽怨和无助;她的眼角,噙着晶莹的泪珠。

我震惊了。

我再一次伸出手,想要紧紧抓住。

她的影子,却淡去、消散了……

世界,变成了灰色。

她和她,都不见了。

灰色的世界中,只有我一个人,孤单地前行着。

为什么,会变成这样?

为什么?!

我朝着天空声嘶力竭地长啸。

灰暗的世界中。

袁教练:“没有正义的力量是狂暴的,但没有力量的正义是苍白的!”

我:“我,尽力去战斗了!”

“那个”声音:“孩子,你需要力量吗?”

我:“我懂!责任心。我已经尽力了!”

桂老大:“没有正义的智慧是困窘的,但没有智慧的正义是邪恶的!你的课题还没做完呢!”

我:“……是的,我还没做完。”

世界,又沉寂了。

可是,我还是不懂,为什么,会这样……

“啊!”

我惊醒了。

梦吗?

无力地扭头看看时间。

2012年12月24日,西方世界的平安夜。

这一年,快要结束了。

到达公司。

回想之前的那个梦,我不禁心有余悸。

最近好不容易才挺过一波难关,自己为什么会做这样的噩梦呢?

中午,杭州支部剩下的三人组,与可儿在食堂共进午餐。

吃饭的时候,我忍不住看可儿。

她还是老样子。

今天,什么都还是老样子。

是我多心了吗?

好像并没有什么症状……

“晴空,今天什么状况?你怎么吃饭速度这么慢?”一旁的逍月问我。

我这才发现,自己今天居然吃饭是最慢的一个。

“没什么……今天的胃口不太好吧。”我掩饰道。

随便扒了几口饭,我结束了用餐。

一旁的可儿都看在了眼里。

吃完,可儿靠近我,说:“怎么了?”

“我,说不上来。”

“呵呵,走,‘午餐后附近百步走’,走你?”可儿微笑着做了一个“出发”的手势。

我有些尴尬地点了点头。

看着我和可儿走出去，逍月有些羡慕地对身旁的庄说："他们两个的感情，是我见过的情侣当中最好的，简直是童话式的嘛。"

"相伴穿越过生死的情侣，感情自然是不一般的。"庄在一旁轻声说道。

听到这句话，逍月用难以置信的目光看着庄。

庄的嘴角出现一丝神秘的微笑："我们两个也差不多。"

说完，他自顾自地走了。

逍月彻底愣住了。

良久，她低下头，有些脸红地自言自语："笨蛋，第一次听你说这种肉麻的话还真不习惯呢……"

公司大楼之外。

"晴空，这次又怎么了？"身旁的可儿问。

"……"看着可儿的眼睛，我有些踌躇。昨晚梦境中的一切，实在是太莫名其妙。很多事情，都已经发生很久了……

但是，我曾答应过可儿：如果有什么事情的话，不会瞒着她。只是，昨晚这个噩梦……

思量再三，我有些不好意思地说："我……昨晚做噩梦了……"

"哦？"可儿来了兴趣，"大分析师也会做噩梦啊？怎么，梦见自己'爆仓'啦？"

"哪里。"我的声音小了下去，"我梦见，你不要我了……"

"哈？"可儿愣了一下，随后咯咯地笑了起来。

看着她笑得那个欢的样子，我真有点后悔告诉她了：现在我羞得恨不得地上有条缝钻进去……

"我懂了，我懂了。"可儿好不容易才止住自己的笑意，"大呆瓜，直说嘛，你离不开我了，是不是？"

"呃……差不多。"我含糊地回答。

"这样吧。"可儿四下张望了一下，确定没有公司里的和熟人之后，主动上来给了我一个轻轻的吻。

嘴唇上，仍然留有吻后的触感；心中，似乎一下子平静了许多。

"这样，就不用担心了吧？'昏'析师君。我看你这是前一阵子精神过度紧张的后遗症吧?”可儿微笑着看着我。

“也是,也许,我是太紧张了。”

“别那么紧张啦。你要是这么紧张,明天我怎么把你带给我姐姐看呢?”

“你姐姐?”

“是啊。上一次我不是说过,我姐姐会在圣诞前后回来的吗?唉,你全忘光了吧?看来,最近你的确有‘焦虑症’的征兆呢。”

“抱歉……”

“没关系啦。打起精神来。明天你可要表现得好一点哟。我姐姐可是个要求很严格的人呢。”

“是吗?”我露出担心的表情。明天就要和可儿的家人见面了。可儿的爸爸还在北方没有回来。她姐姐是第一关,怎么说都要留下好印象。

“瞧你,仗都还没打,气势就输了一半。”可儿在一边又笑了,“打起精神来!你也不想想自己的巨大优势。”

“巨大优势?”我大惑不解地问。

“你呀,真是一焦虑脑子都转不快了呢。你在担心能不能在我姐那里留下好印象是吗?”

“唉,被你看穿了。是啊。”

“第一,我姐可是非常感激你救了我哟。第二,她可是英国的在读留学生。晴空,你不是英国毕业的吗?与她见面的时候肯定有很多共同语言吧?”

可儿说的是实情。我点了点头,微笑道:“看来我是担心过头了。最近的状态真是不好到一定境界了。是该好好调整一下。”

“别担心啦。明天的圣诞节,我们一起去见我姐姐,肯定没有问题的。”

“嗯。”

当晚,我回到租屋,翻箱倒柜地将在英国穿过的较为正式的套装找了出来。

2012 年的圣诞节,终于到了。

不过,当天并不是周末。白天,我们仍然需要上班。

可儿在市中心一家环境不错的咖啡馆定了位置。那个地方,距离公司大厦也不算远,大约只有三站公交车的路程。

我穿戴整齐地在公司大厦底下等待可儿。

忽然,手机响了。一看,是可儿。

“喂?可儿,怎么还不下来?”

“不好意思，晴空，我们领导要给我们几个开个短会。这样，你先去吧，到了那边先坐下来。一会我姐也会去的。”

“啊？这……”

“没关系的。我过半小时就会赶过去的。你赶紧去吧，圣诞节那边位置很抢手的，你不赶紧去坐好，他们就不给我们保留了。”

“好吧，那我先过去了。”

“那边见。”

于是，我出发了。

花了约15分钟，我抵达了那里。经过服务员的指引，我很快地找到了预订的位置。

远远地看过去，我们的位置上已经有个女孩坐在那边了。她正在玩手机。

再靠近一看，是可儿。

只是，她不知道什么时候换上了一整套英伦风格的衣服。

我心中不禁觉得好笑。她这套服饰，是为了让大家的气氛更加融洽而做的准备吗？还有，她明明说要迟到一会，怎么反而比我还早到呢？

于是，我打招呼道：“哟，亲，动作这么迅速啊。会这么快就结束了？”

女孩闻声抬起头看着我。

忽然，她的手指一滑，手机掉在了地上……

她睁大了眼睛，用手捂住嘴巴，万分惊骇地注视着我，神情好像看见鬼一样。匆忙捡起手机，她站了起来。

看这情形，我疑惑地问：“怎么了？”

她没有回答。

我伸手过去，想要拉她的手。

她却一下子把我的手打开了。

“到底怎么了？”

“怎么会是你啊……”女孩低下头。

我注意到，她似乎在颤抖。

一种不好的预感，正在逼近。正当我迟疑的时候，女孩发话了。

“Rocky……为什么会是你啊……为什么！”

是可儿的声音。但稍微有点不同……

Rocky？

她叫我Rocky？

我并没有告诉可儿,我在英国的名字。

难道——

我的心跳,瞬间开始加速。

这不可能,这不可能!

站在我面前的,难道是她?!

“怎么,不记得我了? Rocky?!”

女孩抬起头,愤怒地盯着我。

我艰难地吐出两个字:

“希……诺?! 希诺,你……怎么在这里? 什么时候回来的?”我惊慌地问道。

“……”

希诺冷冷地盯着我,不说话。

周围忽然安静了。附近的人都在看着我们两个,好像是在欣赏典型的“夫妻吵架”场景。

这个样子实在让我难受极了。

我的脑子里一团乱麻。今天本来是与可儿一起来见她姐姐的,怎么会在这里遇见希诺呢? 还有,现在我和希诺这个样子僵持着,过会可儿来了可怎么办呢?

正当我纠结的时候,背后出现了声音:

“姐,晴空,不好意思哦,我来晚了。你们都来了? 都站着干吗?”

我像没有上油的机器人一样,艰难地转过头。

可儿真的来了。

等等……

她刚才说“姐”? 很明显,她叫“姐”的对象是站在那里一声不吭的——希诺。

!!!

从她们长得几乎一模一样的情形来看,她们俩绝对是双胞胎……怎么会这样?

可儿是希诺的妹妹,希诺是可儿的姐姐?

记忆中关于可儿和希诺的片段,开始不断地涌出来:

希诺没有妈妈,可儿也没有妈妈……

希诺的爸爸是音乐家,可儿也是……

在英国的岁月中,希诺说过她有个妹妹……

前几个月，可儿说过她有个在英国留学的姐姐……

她们两个的长相、声音几乎一模一样……

这个世界上，从不存在巧合。与可儿相处这段时间下来，很多细节已经提示过我，现在这种情况发生的可能性了。

我忽然明白了，为什么自己前一天会做这样的梦了。前一天晚上的梦，只是我自己潜意识的预警罢了。但是，我始终一厢情愿地相信，这些只是巧合。而且，我一直拿一个重要的理由安慰自己：可儿姓"上官"，而希诺姓"闻"。而今天眼前的状态则告诉我，我错了，我全都错了。

这才是，真正的——

你妹……

但是，为什么她们是双胞胎，却姓氏不同呢？这究竟是怎么回事情呢？

我不知道……

我只知道，我的世界开始混乱了……

耳中开始鸣叫，视野也开始摇晃。

身旁，可儿一脸迷惑地看着我和希诺，问道："你们怎么了？"

"你自己问他！"希诺冷冷地说。

听到希诺这样的口气，可儿靠近我问："晴空，你怎么惹我姐生气了？"

"我……"心中处于几乎癫狂的状态，我无意识地回答道。

可儿一把抓住我的胳膊："我知道了。你刚才是不是把我姐当成我，然后毛手毛脚了？"

"我不知道，我真的不知道……"

"赶紧道歉呀，大呆瓜！"可儿拧了一下我的胳膊。

"……对不起。"

咬咬牙，我勉强按照可儿说的挤出了一句。

希诺别过头，并不接受。

但是，她忽然僵住了，好像意识到了什么。她转过头，惊恐地问可儿："你们两个……在一起了？"

"嗯……是的，姐姐。"

可儿有点不好意思，害羞地抓着我的胳膊。

听到可儿回答，看着可儿的神情，希诺变成了和我一样失魂落魄、神情恍惚的状态。她几乎是瘫倒般地坐在了沙发上。

三个人，坐在咖啡馆中。

空气中的气氛，相当怪异。

坐在座位上，我和希诺各自怀着深重的心事，闭口不语。而可儿则不太清楚发生了什么，一脸的茫然。

良久，可儿试图打破僵局："姐，我代晴空向你道歉啦。他之前可能并不知道你是我姐，所以做出了一些让你不高兴的举动。你消消气好吗？说起来，这也怪我没有告诉他，你是我的双胞胎姐姐。"

希诺抬起头盯着我。

我则是咬着嘴唇。

见没能打开局面，可儿干笑了一下，继续努力道："算了。大家还没正式介绍一下呢。姐，我来给你正式介绍，这位是……"

没等可儿继续介绍下去，希诺就低沉地打断道："妹妹，不必了。"

"为什么？"可儿疑惑道。

"Rocky，你是自己说呢，还是我来说？嗯？"希诺星目一寒。

可儿疑惑地转向身边的我："晴空，这是怎么回事？"

"……"我面如死灰，闭口不言。

"晴空？"可儿脸上的疑问更加凝重了。

希诺加重了语气："你不说是吧？那我来。"

"不必了……"我终于开了腔。

这大概是天意吧……

我闭上眼，深深地吸了一口气，再睁开眼。

看着眼前的双胞胎姐妹，强压住心中的惊涛骇浪，我声音低沉地说："可儿，我和你姐，早在两年前就认识了。"

"原来你们认识啊。"听我这么说，可儿的声音放松了许多，"刚才不早说，害我瞎担心。大家都认识，那就好说了……"

"可儿，听我说完……"

"怎么？"

"我和你姐，曾经是同一个语言班、同一个大学的留学生同学。我们也曾经是……"

说到这里，我还是说不下去了。

"也曾经是？"可儿追问道。

一旁的希诺接口道："可儿，他就是我在英国的前男友——Rocky！"

可儿一下子没有反应过来。她迟疑地问："姐，你开玩笑的吧？"

希诺没有回答,只是冷酷地瞪着我。

我则是表情黯然地沉默着。

可儿开始颤抖:“这不是真的,这不是真的……”

突然,可儿意识到了什么,她失神地自言自语道:“那个桌面照片……”

随后,可儿一下子抓住我的衣服:“晴空,你告诉我! 那个桌面……到底是不是 PS 的?!”

“桌面?”希诺在一旁纳闷了。

我内疚地抬起头,直面可儿的眼睛,说:“桌面照片上吹长笛的女孩,就是你姐……”

她无力地松开了手。

可儿低沉地问道:“为什么瞒着我? 为什么?”

“我……”

“为什么?!”可儿再次问道。

这个状态下,我实在是答不上来。

两行眼泪,从可儿的脸颊滑落……

“呜呜呜……”她哭泣着夺门而出。

“可儿!”我想追上去。

希诺在此时却喝住了我:“Rocky! 你给我站住! 你过去欺骗了我,现在又欺骗我妹妹?! 你这个抛弃原则、背叛梦想的混蛋!”

我终于知道了,什么叫“跳进黄河也洗不清”……

“你给我说清楚! 可儿说的桌面是怎么回事?”希诺揪住了我的衣领。

“我说了,你会相信吗?”

“不要狡辩,给我说明白!”

我无力地坐下。

对面的希诺,是一副“审讯犯人的刑警”的表情……

脱力和眩晕的感觉,蔓延到了全身……

聚集起剩下不多的勇气和力气,我开始向希诺讲述,可儿第一次去我租屋那一天发生的一切。

……

“事情就是这样。那一天,我没有骗她,我只是瞒着她。每一个人,都有自己不想说的过去。我以为,回到家乡,我可以重新开始自己的生活。我只是做梦都没想到,再一次遇到的人,她竟然是你的双胞胎妹妹。”

"你以为,这样轻描淡写地,就可以推脱所有的责任吗?你以为,我会相信你的说辞吗?"

"刚才我就问你,我的话你会相信吗?你如果不相信我说的,为什么还要我再说出来呢?"

"这……"希诺一时语塞,回答不上来。

叹了一口气,我继续说:"对于可儿,有些事情,我的确瞒着她。但是,我从来没有欺骗过她。"

"那么,去年,你为什么欺骗我呢?"希诺阴沉地问。

我的眼睛一下子睁大了。

那时的原因……

深处的伤痕,又痛了起来。

"为什么,那个时候,你一再地欺骗我呢?而且,到了今天,你都不肯对我说。这到底是为什么?!"

"……"

我摇了摇头。

虽然,希诺曾不止一次地出现在我的梦中。可是,当她再次出现在我面前时,我依然无法说出——那时的原因。

见我不回答,希诺露出不屑的神色,尖刻地讽刺道:"Rocky,你这个人真是没救了。去年,你被利益冲昏了头脑、腐蚀了灵魂、丧失了心智!到今天你还不敢直面自己的错误吗?"

不敢……直面?

深处的伤痕,比前一刻更痛了。

"你这样的人,不配跟可儿在一起!我警告你,离她远一点!"

丢下这句警告,希诺愤懑地离去了。

她的背影,消失在我的视野中。

我一个人呆坐在位置上。

周围的人,对我投来异样的眼神。

男士们的眼神,大多是戏谑和嘲笑;而女士们的眼神,则多半是鄙夷。

不一会,他们便移开了视线。

不知呆坐了多久,我离开了……

站在店外的空地上,我无意识地拿起手机,拨打可儿的电话。

可是，没法接通。她把手机设置成了拒接状态。

其他的通信方式，也全部不行。

和那一年一样。

那个时候，希诺也是这样做的。

天已经黑了。12 月刺骨的寒风，刮过我的脸庞。

在黑暗而混沌的环境中，我的眼睛，慢慢地失去了神采。

梦中的残酷和灰暗，渐渐地都成了现实。

我活该吗？不知道。

那些年，曾经脆弱而幼稚的我，给了希诺——我那份尚不成熟的爱。

那些年，我也用自己那点可怜的力量，去守护她。

但是去年，因为我曾经犯下的人生中最大的错误，她离开了我……

后来，我回到了故乡。

不是每个人都有第二次机会。幸运的我真的迎来了这样的机会。

我遇见了可儿。

这一次，我已经懂得了珍惜。

这一次，我倾尽我所有的力量，全心全力地守护……自己所珍惜的一切。

结果，今天突然发生的一切，再一次搅乱了我经营的一切。

爱情的曙光才刚刚开始温暖我那颗疲惫的心，过去没有处理好的旧债却像阴霾一样，再次将它遮住了。

我该怎么办？

找可儿说清楚？

告诉她，我的前女友闻希诺，是她的双胞胎姐姐——这种荒谬的现实，可儿她怎么会受得了？!

处于这种怪诞到极点的状态之下，我根本不知道怎么去说清……

我，又要失去了吗？

这个世界上，很多时候，你越是想守住某样东西，却往往会失去这样东西。

人的力量是有限的。或许应该说，我们就是这么渺小，这么无力？

真的是这样吗？

夜空中，我仰起头，深深地呼吸寒冷的空气。

闭上眼，我冲着夜空微笑。

我在微笑？

我笑出声来。

不对，我明明在哭。

我闭上眼，仰着天这样傻笑，只是为了不让眼泪流出来而作的掩饰罢了。

这样奇怪的行为，为了什么？

其实周围并没有其他人。

我这样做，只是为了自己仅剩下的那点“男人自尊”罢了……

于是，我站在那里，凄厉地“笑”着……

自己的世界，看来要再一次回到灰色中去了。

“咔咔”……

这种奇怪的感觉又出现了。我感觉身上有个地方，碎裂了两次。

寒夜中，我闭着双眼仰首面向天空。

虽然大脑在疯狂地运转，我还是成功地做到了一件事：我没有让眼泪从眼角流出来。

滚烫的眼泪，流经鼻腔，直接落到了自己的喉咙里。

维持那个姿势呆站了约半个小时之后，我低着头离开了。

离开的时候，我又是一个人。

一个人……

2012 年的圣诞节，就这样结束了。

我所不知道的是，直到我离开前的那一刻，可儿其实一直藏在咖啡馆附近的角落。她脸上挂着泪水，双眼已经红肿。但她一直用手捂着自己的嘴，不让自己哭出声来。保持这种状态，她看着我，一直到我离去。

当我走远了之后，可儿无力地靠在墙壁上，又哭了起来。

直到这个时候，她才哭出声音来。

那一周的剩余时间，可儿都请假了。

我用尽了各种通信方式联系她……但是可儿都没有回应。

我确实被她扔进了黑名单。

她不想见我。

梦中最糟糕的状态，真的发生了。

更糟的是，我根本不知道怎么样去处理……

联系不上可儿的我开始工作——近乎疯狂地工作。

这段时间,我的工作效率比之前遭遇危机时更高。

我埋头撰写着各类的报告;报告写完了,我帮着庄一起处理数据;就算没有事情,我也弄点事情给自己做,不让自己停下来。即使到了夜晚,回到自己的租屋里,我也没有停下来。我上网查阅着各种渠道,让自己的注意力迷失在海量的数据和资料之中。

我试图用这种方式麻痹自己的神经。因为,总感觉一停下来,深处的伤疤就会隐隐作痛。

圣诞节之后的第三天早晨,2012 年最后一个周五,心力交瘁的我,昏倒在了电脑屏幕前……

我被一阵强烈的神经冲击感唤醒了。

感觉到鼻子下方和嘴唇之间的位置有些疼痛。

我睁开双眼,自己还坐在转椅上。

身旁是庄和逍月。刚才我昏过去了,似乎是庄掐了我的人中穴。

我刚醒过来,逍月就抢着问:"晴空,这几天你是怎么了?"

我没有回答。

"你倒是说话呀! 这几天可儿都没来;你一天到晚只知道搏命工作。你们两个发生什么事情了?"

我还是没有回答。

"喂! 说话呀!"逍月急了。

这时,一旁的庄按住了逍月的肩膀,摇了摇头。

"月儿,到茶水间给晴空泡个咖啡吧。"

逍月听话地离开了。

"最近你是怎么了?"庄拉了把椅子,在我身边坐下。

我抬头,看了看他,还是没说一个字。

"一向坚强而冷静的你,怎么成了这个样子?"不管我的沉默,庄继续说,"以前遇到再大的事情,你的眼睛里也没有失去过光芒。那种光芒,用我的话来形容,就像是发自于虔诚的圣道者的那种眼神,温柔而坚强。看看你现在,你这是什么眼神? 简直比诸南阳当时的眼神还难看。"

我现在是这个样子吗? 大概是吧……我无力地摇摇头。

"你不想说,没关系。但是,请你先冷静一下,最近你在自暴自弃。"

"我在自暴自弃? 我不是在努力好好工作吗……"

"你这根本不叫努力,而是以你的方式在逃避罢了。"庄推了推他的眼镜,严肃地看着我。

!

被庄说中了心里的痛处,我又沉默不语了。

“你和可儿之间发生了什么,我不知道。我只知道一点,你们是一起穿越过生死的情侣。你们之间的牵绊和信任,应该不止这么一点点吧?你相信她吧?”

庄说得一点都没错。可是,现在我面临的问题更加纠结,更加严重。

这个时候,逍月将一杯刚泡好的热咖啡放在我面前。

“马上就是元旦假期了。你给自己一点时间冷静一下,也给可儿一点时间吧。”

说完,庄招呼逍月各自回自己的座位上干自己的事情去了。

盯着眼前的咖啡,看着上面旋转的泡沫,情绪无比低落的我叹了一口气。

端起杯子,我喝了一口。

也许,现在的我,只能等待吧。

那一年,我也选择了等待……

当天上午 10:45。

双胞胎的家里。

圣诞节后的第三天,穿着居家睡衣的可儿从自己的房间里走了出来。

连续两天不吃不喝的她,脸色憔悴无比。但是,她眼中的光芒却没有消失。

可儿走进客厅里时,希诺正坐在沙发上看电视。

“可儿?你终于出来了!”看到妹妹总算从房间里出来了,希诺连忙起身。

看到妹妹这副样子,希诺心疼无比。

但是,希诺也不太敢直面可儿的眼睛。因为在她心中,不知道为什么,总有些异样的愧疚。

“姐。”

“你好些了吗?”

可儿点了点头,回答道:“我想和你谈谈。”

“谈什么?”

“关于他。”

希诺的心一阵抽紧:“那种人,有什么谈的。”

“姐,我在房间里面待了两天。第一天,我一直在哭。我的心很痛,胸口很难受。我不停地在想:为什么事情会是这样?为什么他是你的前男友?还有为什么他要瞒着我?我不停地想,吃不下东西,睡不着觉……"

"可儿,你这又是何苦呢。他这种人,不值得你这样!"

"不,姐姐,听我说下去!"可儿坚决地说,"第二天,我醒过来以后,心情平复了很多。我回忆了过往,并开始思考。我感觉到,这一切似乎并不完全是他的错。"

"你说什么?"

"我认识晴空已经大半年时间了。昨天我好好回忆了过往的一切。他这个人,会掩饰,会沉默,却从来没有对我说谎。"

一听到可儿这么讲,希诺提高了音调,眼中是抑制不住的怒气:"你忘记了吗?他电脑桌面的事情,难道不是在骗你吗?!要不是因为那个桌面,你和他就不会……今天让你这么痛苦的一切,就都不会发生了!这一切,都是他的错!"

可儿摇了摇头。

"不是这样的,姐姐。"

"为什么?"

"桌面照片这件事情,昨天我冷静地想过了。这不能怪他。"

"啊?"当可儿说出这句话的时候,希诺惊讶地张大了嘴巴。

没有理会姐姐的惊讶,可儿继续说:"姐,你们以前在一起过,是吧?"

"是。"

"那么,他一直保留着前女友的照片,这也没什么错吧?"

希诺一下子愣住了。晴空一直保留着她的照片?

"但是,他瞒着你,这怎么说呢?!"

可儿继续道:"首先,根据我的回忆,他并不知道我和姐姐你是双胞胎。其次,每个人都有自己不想让别人知道的过去。这有什么错?!"

面对可儿的质问,希诺一时无法回答。

稍微缓了缓,希诺说:"就算他这件事情上没有错,就算他现在没有骗你,他这样的人,也是很危险的。可儿,你不要再接近他了。"

"你为什么说他很危险?"

"你跟他处的时间不长,还不完全了解他这个人的脾性。知道吗?他这个人,思考能力异常出众,执着的程度令人惊讶,努力的热情比任何人都忘我,暴发起来简直难以控制。这种人,一旦跨过原则的底线,失去道德的约束,会变得比任何人都恐怖的,你知道吗,妹妹!"

"姐,他……曾经做过违背原则的事情吗?"

"是的。在英国,他曾经不止一次地背着我,做过违法的事情。"

"不会吧?姐,晴空不是这样的人啊……"可儿瞪大了眼睛。

"所以我才说,你并不完全了解他。"

可儿低下了头,暂时不再说话。

这时,可儿的肚子咕咕叫了起来。毕竟,她已经快三天没有好好吃东西了。

看着妹妹的样子,希诺叹了口气。

"妹妹,等一会我们再谈吧。你快三天没好好吃东西了,我先给你做点吃的,吃完我们再接着谈,好吗?"

"好……麻烦你了,姐。"

"等我一下。"

希诺走进了厨房。

说到做菜的手艺,姐妹两个都是娴熟的高手。不多时,希诺就为可儿做好了饭菜。

姐妹两个人,很久没有一起吃饭了。

只是,这一刻,她们两个各怀心事,所以也只是默默地吃着。

吃完以后,两姐妹在厨房收拾。

"可儿,你休息一下吧,这里我来收拾就可以了。"

"没事的,姐。刚才吃了点东西,现在有力气多了。"

"会吃东西就好。你已经两天没吃东西了呢,我都不知道怎么办呢。"

回到客厅里,希诺为可儿泡了一杯热茶。

可儿握着茶杯,默默地看着杯中浮动的茶叶。

"姐。"

"嗯?"

"能不能告诉我,你和晴空那些年的故事?"

"什么?"

"我想知道事情的全部。我想知道,你和晴空之间到底发生了什么。"

希诺看着可儿的眼睛。

可儿的眼神非常坚持。

"你无论如何都想知道吗,可儿?"

"是的。我想听一听姐姐和他的故事。"

“可儿,你为什么这样坚持呢?”

“你说,晴空在英国曾经欺骗过你,做了违反原则的事情。我想知道,是什么原因,使得那样正直、善良而又执着的晴空,做出那样的事情。”

“直到现在,你还这么看他?”

“是的。”可儿肯定式地点了点头,“我信任他。”

面对妹妹坚定的态度,希诺微微摇了摇头。

“……这是一段,很长的故事。”

# 20

# 瞳孔中的记录

过去，是已经发生的；过去，是不能改变的；过去，是基于因果律，会直接影响现在的存在。

过去，存在于我们的记忆之中；而未来，却捏在我们的手中。

# 20

“这是一段很长的故事。”

“那么,你就慢慢地讲吧。反正,今天我不打算去上班,姐。”一边说着,可儿喝了一口热茶,在沙发上抱起了一个大靠枕。

“我和他第一次见面,是在2010年的夏天。那时,我刚刚到伦敦。”

希诺开始向可儿讲述她与晴空一起经历的点滴。

首先,她讲述了语言学校时期的那段经历。

……

“什么?他曾经是个有点口吃的人?”

“是的。那个时候,我常去学校附近大公园里,一个风景很优美的地方练习长笛。有一天,一个牧师带着他来到那里。从那天开始起,他每天都去那里,像单纯的小孩子一样搞‘特训’。但是,一开始他讲得真不是一般的差。因为他的缘故,我每天在日出的时候练习长笛的场地,都被他抢了先。我不想打搅他,于是每次都等他结束走远了以后,才开始练习。”

“姐,你当时就这么默默地看着?”

“是啊。那个时候,他是如此认真。看着他那样单纯地努力着,我当时不忍心打断他。经过这种‘一根筋’式的恶补,短短一周之内,我看着他由‘口吃男’变成了‘演说家’。这当然给我留下了非常深刻的印象。”

“真看不出来。现在的他,可是一个演讲和表达能力都很出众的人。”

“所以我才说,他执着的程度令人惊讶。”

接着,希诺讲述了晴空打工的那段日子。

“不是吧?你们三个喝得半醉的女孩子,就这么毫无防备地把他拉进屋子里来?”

“这都怪丁老师……不过,也没发生什么事情。把我们三个喝醉的女孩送进各自的房间以后,他就这么在客厅的沙发上合衣睡了一晚。半夜里我醒来去上厕所的时候,发现他的呼噜声都很响了。”

“这个……”可儿听到这里不禁露出了尴尬的表情。

“我知道你在想什么,妹妹。事实就是事实,那时候的他,算是一个少见的正直之人。”

可儿点了点头:“后来呢。”

“后来……”

希诺述说了两人在金融城相遇,继而晚上遭遇歹徒袭击的那一天。

听着姐姐不带感情色彩的讲述,可儿紧张地睁大了眼睛:“天啊,姐姐,你曾在英国遇到过这么恐怖的事情啊?你为什么从来都没有向我和爸爸提起过呢?”

希诺的眼神黯淡了下来:“我不想你和爸爸白担心。我那个时候在英国,告诉你们两个,你们又能怎么样呢?这么做除了让你们担惊受怕之外,没有任何其他的好处。另外,我也不想再提起这件事情。虽然,那个时候我被他救了下来,但是此后我还是做了好几次噩梦。”

“姐……”可儿心疼地握住了希诺的手。

“都是过去很久的事情了。”希诺将头发拨到肩膀后面,继续说,“现在回想起来,这件事情对他的影响更大吧。”

“为什么?”

希诺停住了。晴空在咖啡店坦白的情况,让她心里剧痛无比。他和自己的双胞胎妹妹,居然也上过床……但这已经成为事实了,时间是无法倒流的。她咬了咬嘴唇,缓缓地说:“你应该见过,他左侧胸口上的那道伤疤吧?”

“我见过。怎么?”

“那是他在搏斗中被歹徒划伤的。”

“啊?!原来,那道伤疤是这么来的……”

希诺微微点头:“这件事情,也让他养成了一个几乎是强迫症一样的习惯。从那个时候开始,他身边总是带着外伤药品。他的包里会准备喷雾剂、酒精、纱布、绷带什么的。他甚至会在随身钱包里放创可贴。”

这时,可儿心里一惊。难怪,在晴空“帮忙加班”的那个夜晚,会从钱包里拿出创可贴来——这居然是他惨痛的斗争经验。

“看着他浴血奋战、舍命相救的身影,我被深深地打动了。”希诺端起茶杯喝了一口热茶,继续道,“但是,那次事件中,我心底里对晴空也产生了一点点的恐惧。”

“嗯?他救了你,你为什么会怕他?”

“事后冷静地回想,他当时的样子可怕极了。我刚才不是说过,一开始,他打不过那两个歹徒吗。”

“是的。”

“当时,他在沉默中爆发了。他暴走的样子,很像初号机①……我死命地拉住他,他才没有杀了那个要强奸我的歹徒。”

① 初号机,又称一号机,中译名“天鹰号”。日本经典动画《新世纪福音战士》中一部最重要的机体。其暴走时对敌人疯狂、血腥、残忍的攻击方式,给观众留下了非常深的印象。因此,初号机也成为动漫迷形容“暴走”时首先想到的形象。

“这……太恐怖了。”

“从此以后，我心底里暗暗地记住了一件事：他并不是一个柔弱的人。在被逼到绝路的时候，他也会变得很可怕。”

“是这样吗？”

“嗯。不过，那件事之后，就像小说和电影里描写的情节一样，我们两个相爱了。那之后，我和他在一起了。”

“真好呢，教科书式的英雄救美故事……”可儿低声地说。此时，可儿的心里略微有些妒忌。但是转念一想，她的心情迅速地平复了。虽然没有像希诺当年如此轰轰烈烈，可儿与晴空也算是一起穿越过生死的人了。

“我和他，一起度过了大约三个季度的美好时光。虽然当时条件都不算太好，我和他在英国的留学生当中也算过得简朴，但是我们曾经也心心相印、幸福快乐地度过每一天。”

“姐，你现在怀念那段日子吗？”

“怀念，怀念极了。我一直在想，时光要是能够倒流，那该多好。我也一直在想，曾经那样正派的他，后来为什么会变质。”

“后面到底发生了什么？”可儿的神经顿时绷紧了。

“一切都很平静，直到2011年的9月份。那个时候，我和他进入了硕士课程的论文写作时期。”

希诺开始讲述那段至今都让她失望和难受的特殊经历。

虽然专业不同，她与晴空一样，是英国一年半学制的硕士。课程自2010年9月正式开始，第二年的9月份授课结束后，两人均开始写作硕士毕业论文。

“他曾经是丁老师班级里最优秀的学生之一，经常考全班第二，写论文也是飞快。研究生那两万字的论文，他不到3周就完成了。而且，他还帮着我一起搞论文。在他的帮助之下，我的毕业论文也提前弄好了。”

可儿点了点头。这不是她第一次听说晴空那出众的报告写作能力了。

“那时候，虽然我们在一起了，不过我在学校外面租房子住，他则是住学校寝室。有一天，我去他的寝室……”

2011年10月，北伦敦，公交车上。

“Rocky，我坐公交车过来，大概还有5分钟就到学校了。”希诺在电话里说。

“亲，你到了以后，先在我房间里休息一下吧。你有我房间的钥匙吧？我去附近超市买东西，大概15分钟以后回来。”

“嗯。之前我叫你记得要买的几个菜，已经发给你了，记得看一下哦。”

“我知道啦，不会少买的。过会儿寝室里见。”

希诺挂了电话。

从公交车站下车，希诺径直前往晴空的寝室。

她用钥匙卡打开了寝室的门。

这不是希诺第一次进入晴空的房间了。不大的房间里，总是那么整洁。这一点连希诺都感觉自愧不如。

一个人坐在房间里，自然觉得有些无聊。希诺开启了晴空的电脑。

电脑的桌面，是那一天在山冈上晴空抓拍的照片。

看到这张照片，希诺露出了微笑。

正打算放一点音乐度过无聊的时间，希诺注意到了一点：晴空电脑桌面上，多了十多个文件夹。

这些文件夹标注着“本周加急完成”“两周内需完成”和“下个月完成”等奇怪的字眼。

带着一丝疑惑，希诺点开了这些文件夹。

不多时，她的眼睛睁大了，神情也变得非常凝重。

一会儿，晴空回来了。

“亲，我回来了。”看见希诺在房间里，晴空热情地搂了上来。

希诺冷淡地把他推开。

“怎么了？”晴空疑惑地问道。

“Rocky，你的论文写完了吧？”希诺问。

“写完了。怎么了？”

“那……我的论文，也已经结束了吧？”

“当然结束了。为什么这么问？”

“接下来，你应该是等着论文交稿和答辩的来临了，是吧？”

“呃，是啊……”这时，晴空的声音里出现了一丝迟疑。

“那你最近为什么这么忙啊，在忙些什么呀？”

“你不是知道的嘛。我在王叔的店里送外卖。”

“你的第二职业生意很红火嘛。做了多久了？”

“什么……第二职业？”

“还打算瞒着我吗？论文枪手[①]先生！”

“你……你怎么知道的？”

“刚才我用你的电脑，想放点音乐听。结果，发现了这么个惊天大秘密。我真想不到，你居然会做这种违法的事情！”

晴空顿时面如土色。

希诺继续向可儿解释：“在英国，做论文枪手收入虽然很高，但却是很严重的违法活动。我也在一些论坛上了解过相关信息。那些论文枪手，收费是很高的。他们一般是这样的：本科一年级到硕士的各类论文、作业，每千字收费从 70 英镑到 120 英镑不等；‘交工’时间一般为两周，‘加急’就得加钱。英国当局近年来也在严查这个事情，一旦被抓住，‘枪手’不仅学籍会被吊销，更将有牢狱之灾。当时，我一再地追问他这么做的原因，可他死活就是不肯告诉我。我当时心凉了半截。为了这个，我与他大吵了一架。在这之前，我们两个从来没有吵过架……”

可儿奇怪地问道：“他就是不肯说？”

“嗯。为了这个，我两天没有理他。我当时真的好失望。他曾经也算是一个‘高帅富’，但在留学半途中，他家里不幸破产了。我开始想，他这么做，最大的可能就是为了钱。他当时打工一周的净收入，还不及一份 2000 字的论文收入。”

“就因为这个事情，你们分开了吗？”

“不，还没有这么快。后来，我们两个和好了。我要他保证，不要再做这种违法的事情了。他当时，当着我的面同意了。之后我也看过他的电脑，这些文件夹的确都不在了。后面一个半月，我真的以为他‘金盆洗手’了。而事实证明，我错了。”

“怎么回事？”可儿问。

希诺的声音变得颤抖，眼睛里像要喷出火焰：“一个半月后，我再次打开他的电脑。他当时用的还是 XP 系统，桌面上干干净净。我想放点音乐听。结果，他的光电鼠标不太灵，按到了‘我最近的文档’。这时，他最近使用过的文件出现了。我吃惊地发现，最近使用的文档，居然还是那些代写的论文！他……

① 论文枪手：欧美的高等院校，普遍采用名为“Turn it in”的防抄袭系统查论文抄袭。一旦被发现有造假行为，学生就会被取消学籍，其金融系统的信用纪录上也会留下污点。对于很多不认真读书、弄虚造假的留学生而言，写作论文是相当头痛的事情。论文枪手市场应需而生。国外的论文枪手，主要是以学习成绩优异的研究生、博士生甚至在校教职人员为主力。欧美当局严查枪手代写论文的违法行为。因此，主角当年的行为是非常严重的违法行为。

他居然还背着我,继续从事这种危险的违法交易!”

“我的天……”

“那一天,我对他彻底失望了……”

晴空站在伦敦城北学校寝室外面,天空变得灰暗,似乎马上要下雨了。伦敦的天气就是这样,随时都会下雨。

“Rocky,你为什么会变成这样?为什么,又骗我?!”

眼前的她正厉声质问他。

“你的原则和梦想到哪里去了?!”

“我……”晴空一时语塞,答不上来。

“这不是第一次了,你一再地瞒着我,不信任我,这就是你的方式?”希诺的眼中,饱含着气愤和失望。

晴空此时慌乱了:“听我说……”

“我不想再听了,再也不想了。你上次保证过的,不会再做这样的事情。这就是你的保证?”

晴空说不出话。

“你太让我失望了。现在的你,和那些混蛋不再有质的区别。”希诺的眼中堆起了寒霜。

叹息着,希诺解下了挂在她脖子上的那根幸运三叶草挂坠项链。

将项链塞进晴空手中:“我不想再见到你。”

果决地说完,希诺快步离去。

只剩下震惊的晴空,呆立在原地。

雨慢慢地下大了……

“那一天,我离开了他。我封锁了所有与他联系的方式,还换了住处。对于这种违背原则,背叛梦想,一再欺骗我的人,我不想再见到他!”此时的希诺,居然有些颤抖。

“可是,姐,他毕竟救过你的命啊,你就这么断然地……”

“妹妹,你忘记爸爸怎么教我们的吗?”

听到姐姐这么说,可儿愣住了。

“他是救过我的命。我承认,当时的我,跟现在的你一样,十分地倾心于他……但是,我更清楚,他是一个什么样的人。你还记得我刚刚说的吗?他是那么执着的一个人。这样的他,当梦想、原则、道德伴随,绝对是一个光辉的存在;但是,他一旦失去原则的束缚,走上邪路,他的执着反而会把他变成一种可怕的存在……当我被他救起之后,其实我就隐隐地担心。我总想着,像妈妈一样,把他引向正面的轨迹上来,却没想到……”

说到这里,希诺停住了。可儿等待姐姐的下一句。

希诺的眼中露出了哀伤:“当他第二次……我绝望了——然后,放弃了。但是,我真没想到,上天会这样捉弄我——当我回来,居然又遇见了他。更可怕的是,他居然跟你在一起,我的妹妹……”

听完希诺的叙述,可儿沉默不语。

“今天就到此为止吧。我不想再提他。”

“嗯。”可儿默默地点了点头。

希诺回到了房间里。

本来,这段历史,她打算永远埋在心底,让时间去慢慢地冲淡它。

但是,她知道妹妹的个性。虽然看起来与自己一样温柔,可儿却是个外柔内刚的妹妹。要是不把事情完整地告诉她,她是不会轻易地改变自己的心意的。为了让妹妹看清现实,她也只有硬着头皮说出来了。只是,重新提起这段往事,让她的心隐隐作痛。

她长长地叹了一口气。

另一边,可儿也回到了自己的房间。

她也沉默了。本身,她想要劝说姐姐,不要带着偏见去看待晴空。却没有料想到,希诺陈述的那段往事,是这样的沉重。这大大超出可儿原先的预期。

但是,一个疑问也在可儿的心头升起。

“当年,他为什么死活不肯说出原因呢?”

她自言自语道。

第二天早晨。

“可儿,我想去看妈妈。一起去吗?”

“嗯。”

那一天,公墓里的人并不多。

墓碑上刻着“爱妻闻笛韵”,并贴着一张黑白色的照片。

对比照片,姐妹俩与她们的妈妈长得像极了。

将一盆鲜花放在母亲的坟前,双胞胎默默地祈祷着。

"很久没有来了。"希诺因为留学,已经有很长时间没有来祭奠她的母亲了。

"是啊,姐姐你已经两年没来看妈妈了。"

"希望妈妈不会生我的气。"

"不会的,姐。每次来扫墓,我都会对妈妈说:爸爸在为我们的家努力着,姐姐带着妈妈的长笛,在英国为了梦想而努力着。我想,妈妈不会介意的。"

"谢谢你,可儿。真辛苦你了。"希诺在两年前出国留学,父亲则一直在外地奔波。杭州的家一直都是可儿一个人留守。想到这里,希诺不禁觉得有些愧疚。

"没事的,姐姐。"

姐妹两个走下公墓中小道的阶梯。

"那个,姐?"

"嗯?"

"昨天晚上,你告诉我的,有关他的事情,我全部想过了。"

"是吗?那你想通了吧?想通了,就不要再见他了。"

可儿摇了摇头:"不。"

希诺停住了脚步:"什么,不?"

可儿肯定地点了点头。

"妹妹,你太固执了!这样的人,不值得你为他坚持,你懂吗?!"希诺一下子有点激动,音量也提高了。

"姐姐,很感谢你告诉我的一切。但是,我还是相信他。"

"我的傻妹妹!和这样逾越道德底线、背叛梦想的人在一起,是不会有好的结果的!"

"姐姐,请不要这样说他。"可儿的眼神非常坚定,"我承认,我爱他,非常爱他。知道你们关系的那一天,我的确冲动和失控过。但是,我现在很冷静!我觉得,这个事情没这么简单。"

"你……你真是被爱情冲昏头脑了。"

"没有。你知道吗?他现在的工作是分析师。我从他身上学到了一样东西,那就是冷静客观地分析!昨天晚上,我真的有好好分析过你告诉我的事情。我发现了几个非常大的疑点。"

"好,好。"希诺叉起双手,"那你分析给我听,你所说的那些疑点。"

“首先，你说，他仅仅因为金钱和利益而做违法的事情，我不完全赞同这一点。”

“这有什么好质疑的？这不是明摆的事实吗？”

“我计算过了，姐姐，按照他的报告写作能力，加上他在英国打工的收入，一个月少说也会有4000—5000英镑收入吧？他当时并没有大手大脚地生活，那一个月少说也会有超过3000英镑的净收入。那么，既然收入是如此丰厚，他与你分开之后，为什么没有留在英国，继续做下去？”

“我不知道。”

“你或许不知道吧。他现在在我对门的期货公司上班。虽然每个月收入到手有6500元上下，但是他每个月过得很辛苦。你知道吗，现在的他肩负着他父亲的房贷，每个月自己的可用余额只有可怜的500元！如果这样，他为什么不继续留在英国，用违法赚来的英镑还房贷呢？要知道，3000英镑相当于他现在一个半季度的收入①！如果他真的只是为了钱，为什么回来？为什么给自己找这种罪受？这说不通啊！”

“这……我不知道。但是，他在英国做了违法的事情，而且一再地欺骗我，这是不可改变的事实……”

“我知道。但是，姐，你知道吗？现在的他，也没有变成你所恐惧的那种‘越陷越深’的可怕家伙。”

“你这明显是在偏袒他。”

“我没有。我和他认识到现在大约9个月时间，他给我的印象非常深刻。他平时话不多，总是乐于助人，与同事相处得很融洽。更难能可贵的是，他总是在关键时刻挺身而出：他不止一次地拯救处在危难中的同事，还救过我的命！”

“什……什么？”希诺的眼睛一下子睁大了，“你多说一些，他现在的事情。”

“好。”

可儿开始向希诺讲述，自从她第一次遇见晴空之后，两人一起经历的往事。

听着妹妹的讲述，一开始希诺还不太相信，但随着妹妹进一步的讲述，希诺心中的疑惑越来越大了。

---

① 按照2013年年初英镑对人民币汇率9.987计算，3000英镑价值为人民币29961元。晴空当时月到手收入为6500元，3000英镑他需要4.6个月才能挣到。英国大学讲师年薪也才50000英镑上下。因此，月薪扣除生活成本后3000英镑已经属于收入中等的群体了。

可儿口中的晴空,就是原来的晴空——没有做违法事情之前的他。

这怎么可能?

"姐姐,人可能是会伪装。但是,我跟他相处了9个月了,我知道,他做的这一切,并不是伪装。他真是一个很少见的好人。"

听完可儿所说的,希诺心中出现了非常大的动摇。

"还有最重要的一个疑点。"可儿继续道。

"什么?"

"嗯。从姐姐你的讲述中,我发现,他当时似乎是突然发生改变的,之前一点征兆也没有。他身上当时到底发生了什么?为什么他一直不肯说出原因?这可是最大的一个疑点呢。"

"这也是我想知道的。但是,无论是当年,还是前两天,他都没有说出来。"

"前两天,他还是没有说?"

"嗯。死活不肯说。"

"我有一种预感,这里面一定有隐情。知道具体的原因,可能就是解开一切问题症结的关键。"

希诺低沉地说:"我何尝不想知道个中缘由。但是,直到三天之前,他都不肯说。"

"嗯……姐,你真的想解开这个谜团吗?"

"想是想,但是没办法。"

"那么,你相信我吗?"

"你是我的双胞胎妹妹,我当然相信你。"

"听我说,姐姐,现在的他,无条件地相信我。我和他曾经约定,心里有事情绝对不瞒着对方。所以,我有办法了。"

"你能有什么办法?"

"是的,我有办法。"可儿充满信心地点了点头,"过会,我们去发艺中心吧。"

"发艺中心?可儿,你葫芦里卖的是什么药啊?"

"姐,你不是相信我嘛,你跟我去就知道了。走吧。"

"哦……"

带着满心狐疑,希诺跟着妹妹,两人出发去她们以前常去的那家发艺中心。

一个小时之后。

希诺的黑亮直发,换成了与可儿一样的栗色长波浪。

“哈哈，你们两个这下真是难分彼此了。”发艺中心的发型师，对希诺和可儿说道。

“这……可儿，你要干吗呀？”

“姐，你说过你相信我的呀。”

“我是说过……但你这是干吗呢？”

“别急。我们现在只完成了第一步。第二步，我们回家。”

“啊？”

“别问了。走啦走啦，姐姐。”可儿说完就拉着希诺的手走了。

希诺此时感觉自己像是市场里的驴子，被人牵着走……

回到家里，可儿打开了衣柜。

“现在，我还得把你改造一下。”

“什么？改造？为什么？”

“你就瞧好吧，姐。”

可儿的眼中露出自信的光芒。

……

“喂，可儿，等等……”

“姐，你别乱动……”

“这件是不是太松了？奇怪了，以前我的衣服尺码和你是一样的呢。两年不见，可儿你的胸围什么时候变大了？”

“嘿嘿……人是会成长的嘛。”

“好吧……”希诺无语道，扭头看看，两年不见，妹妹的确是变得“雄伟”了不少……

再看看自己，还是老样子。想到这里，希诺不禁自嘲地苦笑，继续由可儿摆弄。

半个小时之后……

“哈，万事俱备咯。”可儿得意地说道。

“这，这是什么……”希诺难以置信地看着镜子中的自己——现在的她，穿衣风格不再是英伦风，而是变成了一个活脱脱的可儿的“复制品”。

“这就是我的战略咯，姐姐。”

当天晚上。

不知道为什么，虽然是周末，但我并没有回到郊区的家中。

租屋里，我一个人盯着自己的电脑桌面发呆。

这张桌面照片，记录了我和希诺曾经最幸福的那个时刻……

这张桌面照片，我一直不舍得换掉……

因为这张照片，我和可儿阴差阳错地在一起了……

也是因为这张照片，造成了今天这样旋流般纠结的局面。

我一点都不知道该怎么办，只好默默地等待着。

叹了一口气。我点开存放昔日照片的文件夹。

那些照片，记录下了我与希诺曾经在一起的那段日子。

一张张浏览着，心里的痛楚，也一点点地增加。

某一刻，我将英国照片的整个文件夹丢入了回收站之中。

右键，清空回收站……

我……

我……

我还是，按不下去手。

最后，我还是把那些照片还原了……

我真的忘不了，也不愿意忘记。那些记忆，早就成为我生命的一部分了，如果就这样把它们忘却，这段记忆中的我，不就是等于被杀死了吗？

不可否认的是，这一次，我被过去没有处理好的事，给搅乱了一切。过去的经历，给了我经验，给了我力量，塑造了我的个性和灵魂，却也埋下了隐患……

但是，我清楚地知道，这一切的因果，都是我自己亲手种下的。不用怪天，也不用怪地。要怪，还是怪自己吧。

我并不打算逃避。

那一年，那一次，我同样是选择了等待，结果却……

当时的寒冷，当时的绝望，当时的痛苦，当时的心碎感觉，我至今都没有忘记。

当时的我，差一点又……

不过到了最后，那个最黑暗的时刻，我并没有逃避。

当时也是因为有一双温暖的手，在我滑落深渊的时候，及时拉了我一把。

但是，即使现在的我不打算逃避，我也不知道，怎么解开现在这种死结般的局面……

“唉……我该怎么办呢？”

我无力地倒在自己的床上。

现在，无计可施的我，似乎也只能继续等待了。

感受着一丝无力，我慢慢地闭上了眼睛。

手机响起提示音。

我拿起来看了一下。

“QQ：**双子座 B 面的天使** 加你为好友（接受/拒绝）”

“微信：**上官可** 添加你为好友（接受？）”

这是——

我不是在做梦吧？

我赶紧通过邀请，随后立即开始发信息。

**顺势而为的 Rocky1986：**

可儿，在吗？

**双子座 B 面的天使：**

在。

**顺势而为的 Rocky1986：**

你还好吗？

**双子座 B 面的天使：**

你说，遇到这样的情况之后，我还会好吗？！

一看这句回答，我的心里一下子又凉了半截。虽然她终于肯跟我联系了，但此刻她的心情肯定是糟糕到了极点。这当然可以理解。

**顺势而为的 Rocky1986：**

对不起。

**双子座 B 面的天使：**

向晴空，发生了这么难以置信的事情，你以为一句对不起就够了吗？

**顺势而为的 Rocky1986：**

对整件事情，我现在除了对不起之外，我不知道还能说什么。

**双子座 B 面的天使：**

对不起是没有用的。我不会这样就原谅你的！

**顺势而为的 Rocky1986：**

你怎么样才能原谅我呢……

给我一个机会吧……

**双子座 B 面的天使:**

……

这一次,你为什么瞒着我?

**顺势而为的 Rocky1986:**

我……

**双子座 B 面的天使:**

以前,你不是从不瞒着我的吗?我们两个之间的信任,难道只有这么一点吗?

回答我!

**顺势而为的 Rocky1986:**

我以前不知道,你是……

**双子座 B 面的天使:**

行了。

看到这句话,我又紧张了起来。可儿似乎不想听我解释……这可怎么办呢?

正当我苦恼的时候,可儿又来了信息。

**双子座 B 面的天使:**

用这种方式,没法把事情说明白。

她的意思是——

正当我迟疑的时候,可儿又来了一条信息。

**双子座 B 面的天使:**

明天,我想跟你谈谈。

**双子座 B 面的天使:**

?

没反应了?

你不想谈?

**顺势而为的 Rocky1986:**

不是……

**双子座 B 面的天使：**

那么，最后一次机会。Y/N？

**顺势而为的 Rocky1986：**

当然是 Yes。

**双子座 B 面的天使：**

那明天上午 10 点，西湖边的那家咖啡店。你知道在哪里。

**顺势而为的 Rocky1986：**

我知道。那就明天见吧。

**双子座 B 面的天使：**

嗯。

手机上的谈话就此结束了。

我的心跳速度开始提升。不经意间，眼眶居然有些湿润了。

灰暗的视野中，闪现了一丝名为希望的曙光。

我等到了？

是的，我起码等到了面谈的机会。

那一年，希诺最后可是一点机会都没有留给我……

这一次，可儿至少给了我再次交谈、表明心迹的机会。

陷入灰暗的心底，再次出现了期盼。

这次机会，绝对不能轻易地浪费了。

我第一次感觉到，命运的抉择权掌握在自己手中的那种感觉。

我暗暗攥紧了自己的拳头。

同一时间，可儿的房间内。

“可儿，你这样做，到底是为了什么？”

“为了和他在一起。”

“你弄出这样荒唐的计划，就是为了和他在一起？”

“是的。如果不解开你和他的心结，大家不能和平相处，我和他，那才是真的没有未来可言。这个死结，一定要解开。而且，这对姐姐你也好。你难道不想弄清楚事情的真相，不想去除困扰了自己快两年的心病吗？”

“我当然想。但是，妹妹你的计划也太胡闹了。要是你的计划失败了，到时候大家之间的矛盾岂不是更深，事情岂不是弄得更僵吗？”

“姐，你说现在的状况够不够糟？”

“坏到家了。”

“要是有机会，哪怕稍微改善一点点，你做不做？不伸出手，不去尝试，什么都不会发生，纠结的情况也不会有任何改变。到头来，我们三个人都痛苦！”

“话是这么说没错。但是……”

“姐，你就相信我一次吧。”

“还有一个问题。虽然我对他并不陌生，但是按照你的方式，很容易露馅的。”

“放心吧，姐姐。这个我有办法。”可儿靠近了希诺的耳朵，“我教你怎么说，绝对不会露馅。他也不会怀疑的。”

# 21

# 飞雪中的记忆

你一直信任的某个人,突然违背他一直以来坚守的规则,做出了出乎你意料的事情——这让你失望伤心,乃至绝望痛恨。在这种情况之下,你还会用理智去思考、探寻背后更深层的真实吗?

真相,只有一个。但真相,却不只有一面……

第二天下午,希诺失魂落魄地从出租车上下来。她的双眸失去了焦聚和神采,走路也跌跌撞撞。

像游魂一样,她踉踉跄跄地回到了家里。

“姐,你回来了? 怎么这么早就回来了? 计划进行得怎么样了?”客厅里的可儿见希诺回来了,立刻就来迎接。

抬起头,看着眼前穿着居家服的双胞胎妹妹,希诺的心更加剧烈地痛了起来。

泪珠,不受控制地从她眼中滑落。

“姐,你怎么哭了? 发生什么事情了?”看到希诺一回来就开始流泪,可儿也有点慌了。

而此刻的希诺,再也控制不住自己的情感。她靠近妹妹,一下子抱住了她。

“可儿……呜呜呜……天啊……这都是为什么呀……啊啊啊……”

希诺的情绪一时间失控了,她抱着可儿开始痛哭。

这种情况是可儿所没有预料到的,她只能先试着安抚姐姐的情绪。

抱着哭泣的希诺,可儿心中非常纳闷:

上午到底发生了什么?

当天上午 9:30。

我早早地到了那家咖啡馆。

这已经是习惯了,早到总比迟到好。

这是一个阳光灿烂的冬日早晨。

我找了个可以看见西湖的靠窗的位置坐下。

30 分钟之后。

视野中——

小清新的女性冬装,栗色的长波浪头发和那张熟悉的面孔。

她来了,可儿来了。

“可儿,来了?”

“你还是那个老习惯,赶早不赶迟。”没有理会我的招呼,希诺冷冷地回答。

只是几天不见,可儿的脸上,如希诺一般挂满冰霜。

我心中暗暗叹息,定了定神。虽然,那一天之后,我就猜到会变成这个样子,但真的看到她那冷漠神情,心里还是异常难受。

而此时装扮成可儿的希诺,心里也不禁觉得荒唐,可儿的计划居然真的开始奏效了——晴空居然真的没有看出破绽来。

"可儿,我……"

没等我下面的话说出口,希诺打断我道:"姐姐已经把过去的事情都告诉我了。"

她的这句话完全打乱了我之前的计划。我心里不禁大骇:她全部知道了?我和希诺的事情……这下我该怎么跟她说呢?

我苦涩地问道:"你姐全都告诉你了?"

"是的。从开始,到结束。"希诺顿了顿,"我今天来,是想问你几个问题。希望你诚实地回答。"

"那么,我也先问你一个问题。"

"什么?"

"我说的,你相信吗?"

希诺心中不禁觉得惊奇。因为来之前,可儿就对她说过,晴空可能会问这句话。

按照可儿事先嘱咐的,希诺低下头,说:"我一直都相信你,晴空。"

看着可儿的脸色似乎很勉强,我继续问:"真的?"

希诺暗暗地咬了咬牙齿,说:"当然是……真的。我如果不相信你,干吗还要叫你出来把事情说清楚呢?"

说完,希诺在心中忖度:虽然可儿交代过,如果晴空这样问,她就这样回答。但是,这样会有用吗?晴空真的会把那些说不出口的曾经说出来吗?

而另一边,我则是极度感动地看着面前的女孩。

她不仅给了我第二次机会,而且还给予我坦诚和信任。

怀着一丝感动,我微微点了点头,说:"我懂了。可儿,你问吧。"

看到我的态度,希诺略感意外。

晴空与可儿真的如此互相信任?

带着疑问,她的心中浮现了想"测试一下"的想法。

"晴空。有关你和姐姐分手的事情,我听姐姐讲了一些。姐姐说,你曾经在英国做了违法的事情。这是真的吗?"

说完,希诺的眼睛死死地盯着我。

我心中暗自吃了一惊:她的第一个问题,就是如此尖刻。这触及了我心中最痛的那些曾经。说实话,我真的不想说。但是,现在又不得不说……真是难受至极的状态。

叹了口气，我坦诚道："没错，我在英国是做过当论文枪手这种违法的事情。"

听到我的坦言，希诺大为意外：

一方面，她没想到晴空真的会对可儿说实话，而且是这种难以启齿的事情。晴空，真的没有欺骗可儿。

另一方面，可儿与晴空相处的时间并不及自己与晴空相处的时间长。但是，妹妹却对晴空的心理和性格把握如此准确，这是她万万没有料想到的。

他们两个，真的已经到了"相知"的程度了吗？

略平复自己的心情，希诺缓缓道："这件事情，姐姐跟我说了。真意外，今天你会承认。"

"我……的确做过。这大概是我这辈子犯下的最大的错误吧。"

"那么，你这么做，是为了什么？"希诺追问道。

!!!

她的问题，触及了迄今为止我心中最痛的那些曾经。

深处的伤疤，又剧痛了起来。

我沉默了。

"不想说？"

我还是沉默。

希诺叹了一口气。似乎，即使面前换成了可儿，他还是不愿意坦白事情的原因。

带着失望的表情，希诺淡淡地说："你不说的话，也可以。那今天的谈话就到此结束吧……"

话音刚落，她准备起身离开。

看着眼前的女孩准备离去，我恐惧了起来。

第二次机会，表明心迹的机会，正在消逝。要是没有抓住的话……

以后，可能就没有以后了……

不！

"可儿！等等！"

已经走出三步的希诺停下了脚步，转过身看着我，说："怎么，想说了？"

我抬起头回应她的目光，随后无比艰难地点了点头。

当年，我为什么这么做？

这个秘密，只有我自己一个人知道。我已经把它埋藏在心底里太久了。

希诺再次坐下来，盯着我的眼睛，说："请完整地告诉我，你当年这么做的原因。”

看来今天,为了挽回我自己最重视的东西,我不得不把它再次挖出来了。只是,撕开伤疤的感觉,真的不是一般的——痛。

深深地吸了一口气,我回答道:“我当年做这件事情,为了三个目标。”

“哪三个?”希诺的口气紧张了起来。

“为了……友情、爱情和梦想……”

说出来了……

我终于说出来了。

心中某个位置,像是决堤一般的感觉。

压抑太久了,我真的说出来了。

希诺露出了难以置信的脸色:“什么?你再说一遍?!”

“我当年那么做,是为了友情、爱情和梦想。”

“你骗我!”

“我没有骗你。”

“你骗人,你胡说。做这种违法的事情,怎么可能是为了这些崇高的目标?!你骗我!”希诺提高了音量。

“可儿,我真的没有骗你。”我沉重地低下了头。

“那你倒是给我解释解释!”

“关于友情……我在英国留学的时候,班里有一个日本同学,他名叫幸喜秀树。”

我开始介绍有关幸喜秀树的一些背景。

希诺装作认真听的样子。其实有关秀树的信息,她并不是第一次听到了。

“2011 年 3 月,秀树遭遇了人生当中最黑暗的一天。”

“为什么?”

“你应该知道东日本大地震吧……地震引发了大海啸,毁灭了他的一切……”

“不是吧?”

“2011 年 3 月 12 日,地震发生的第二天。那一天,我看见秀树跪在学校宿舍外的草地上。一开始,他只是跪在那里呆愣地流泪。某一刻,他仰天凄厉地长啸。”

“他怎么了?”

“前一天,大海啸卷走了他家的整个房子……他父母,还有妹妹,都失踪了。他跪着的方向,是朝着日本的方向。”

希诺吓得捂住了嘴巴。

“你想想，失踪在太平洋里，下场是什么？所谓的失踪，其实就是死亡。大约两周后的夜晚，在寝室里……”

有人激烈地敲门。

我打开了房门一看，居然是秀树。

他的红肿的眼圈中噙着热泪：“Rocky！我妹妹，美佐子，她还活着！那天，她放学后有事耽搁了一下，留在学校里，结果她活了下来！”

我也震惊了。几天当中，我们寝室的留学生都在看日本海啸的消息。秀树的妹妹能够幸存下来，这真是奇迹……

自从那天开始，秀树开始玩命般地认真学习，比之前更加用功。他后来才告诉我，他之所以能够来留学，其实是签了“卖身契”：他是他所工作的银行派来的公派留学生。在英国留学一年半毕业之后，他回日本必须为那家银行工作满 5 年不得跳槽，否则就要偿还英国的学杂费……

……

在那场灾难过去半年之后，某一天，秀树找到我。

“Rocky，我想跟你谈一个合作计划。”

“什么样的合作计划。”

“我们一直都是最佳拍档吧？”

“是的。”

秀树说得没错。在英国两个学期，我曾多次与他合作；每次我们合作，肯定是取得全班第一的成绩。两个人留下了相当愉快的合作经历，也建立了深厚的交情。当然，我对秀树比我强这一点略有些遗憾。因为他我变成了万年第二。

“现在我们所有的课程都已经完成了。你的成绩，证明了你的实力。”

“所以呢？”

“我们一起合作，接代写论文的生意吧？”秀树推了推他的眼镜，“一个高手写完一篇毕业论文至少需要两周，但两个高手合作写那只要一周。”

看着秀树的脸，我一下子愣住了。近半年以来，他学习太过忘我，压力过大，满脸的痘痘……

代写论文等于说当“论文枪手”。在英国，论文枪手的收入是相当可观的。近年来大量亚洲和阿拉伯世界国家的富二代留学生的到来，也为论文枪手提供了市场。但是，这也是相当危险的行为——因为英国当局一直在严查此类违法活动。

带着惊讶,我回答道:"幸喜君,你不是在开玩笑吧?这可是违法行为啊!"

秀树的眼神非常坚决:"我知道。但是,我别无选择。你能帮我吗?"

"赚钱有很多种方式,你为什么要选择这种方式呢?"

"因为这种方式最快!9月份开始,很多学校的学生开始写毕业论文了,冬季入学的学生也需要写小论文。这是一个旺季!这段时间我们开始干的话,肯定能大赚一票!"

"我不是问你为什么选择这个时段干这个事情,而是问你为什么要做这种违法的事情!回答我,幸喜君!"

"为了美佐子!我唯一的亲人!"

"什么?"

秀树提高了音调,睁大了眼睛:"我需要钱。明年,她就要高三了,马上就要读大学了。本来,她的成绩很优异,她想去考京都的大学!可是,现在,我们的家乡什么都没有了。她也什么都没有了!你知道吗,日本读大学每年大概需要100万日元[①]!为了我的妹妹,我没有选择!!我不想我妹妹被人看不起!"

此刻的秀树的心意,我完全清楚。

他作为家里的长男,为了他妹妹的未来,算是完全豁出去了。他的目标非常明确:在他英国毕业之前,想办法为家乡唯一的妹妹,筹集读大学的资金……

他是那样的坚决。

"虽然,他的方式是错误的;但是,他的出发点,却是光辉的。他绝对称得上是一个负责任的兄长。"

希诺的惊讶程度又提升了一个等级。她听得出来,晴空说的是事实。

用有些颤抖的声音,希诺迟疑地问:"所以,因为这个原因,你就开始帮着秀树一起做论文枪手?只是为了帮他筹集他妹妹的学费?"

"不,我当时只是对他说了'给我一点时间考虑'这样的推脱词。"

"你一开始没有答应他?"

"是的。虽然我非常同情秀树,也想过要帮他。但是,当论文枪手毕竟是违法的事情,风险也太大了。所以一开始我并没有一口答应下来。"

---

① 日本大学的学费根据学校性质和专业不同而各异。公立大学学费总体在每年100万日元上下(约6000英镑)。幸喜秀树希望在毕业之前赚到约6000英镑,正好是一般日本大学的学费。一些高级私立大学的某些专业,学费每年可达700万日元。

“那……你为什么后来答应了呢？”希诺再次追问，“还有，你说的，为了爱情和梦想，又是怎么回事情呢？”

我喝了一口咖啡，说：“这个，则要从 2011 年的 5 月份说起了。”

希诺纳闷道：2011 年 5 月份，不是自己和晴空一起去巴斯参加音乐节的时候吗？

没有察觉到异样，我继续说道：“当时我和你姐姐、一个同学，还有丁老师，一起去了伦敦附近的巴斯，参加了当地的音乐节。在巴斯的时候，我了解到了你姐的梦想。她的一个梦想，就是走遍欧洲的音乐圣地。其中，她最想去的，就是奥地利的首都——音乐之都维也纳。”

“你们的旅行……我听姐姐说起过。那之后，发生了什么事情？”希诺继续装作不甚了解的样子。

她的心中，却升起了不好的预感。

“那个时候，我的状况也没有比现在好多少。平时，我在中餐馆送外卖打工养活自己，每个月勉强能够攒下点不多的钱。出去旅行，是要花钱的。那一次去巴斯，就几乎耗尽了我打工两个月积攒下来的盈余。而两个人去一趟维也纳，那起码也要 4000－5000 英镑。当时，我真的没那个能力。你姐也没有。我和她当时月均消费也才 1000 英镑上下。”

顿了顿，我继续道，“但即便是这样，当时你姐的梦想，一直挂在我的心头。”

“你是说，她想去维也纳参加音乐节的想法？”

我点了点头：“然后，到了 9 月份。自从秀树向我提出那个提议后，我一直在犹豫。直到有一天……”

2011 年 9 月第二周，上午 10:45。

我来到了希诺的房间。

“亲，来了？”

“嗯。最近课程基本都结束了，论文也写好了，这下你可空了吧？”

“呵呵，这我可要多谢你的帮助哟。”

“哪里，为你做任何事情，我都很开心的。”

希诺笑嘻嘻地靠近，在我脸庞上亲了一下。

“Rocky，马上就是中午了，我去做饭，过会一起吃吧？你在这里等着就好，先看会电影好了。”

“嗯，好。”

希诺于是离开房间去厨房了。

我坐在她的电脑面前。

仔细一看,我来之前,她一直在看一段音乐视频。那是上一年维也纳新年音乐会的视频。

那一刻,我明白了。从巴斯回来以后,虽然希诺嘴上并没有说起,但她心中真的很渴望去维也纳。

但是,那个时候,我赚的钱只能勉强维持生活……

坐在她的电脑前,我的心开始纠结。

秀树要为他妹妹筹集学费……我则是想帮助希诺去心中的圣地参加新年音乐会……

思虑良久,我做出了决定。

"所以,那时候你最终决定和秀树联手了?"

我点了点头。

"你为了帮助朋友,为了陪我……姐去维也纳参加新年音乐会,所以才……"

我又点了点头,说:"很不巧,这些目标,都需要钱,需要很多的钱……秀树希望在毕业前赚到 6000 英镑,我则是希望在年底之前赚到 4000 英镑的路费……所以,我们两个丁老师班级里最优秀的学生,联手了。"

"怎么会是这样……"

"我呢,没有为自己辩解的意思。现在再美化自己,一点意义也没有。那个时候,虽然我和秀树的出发点可以称得上合情合理;但是,从我们用错方法的那一天开始,我们的行为,就是错误的。"

希诺没有回答。

我简短地下了一个结论:"这就是可儿你想知道的事实……"

说完,我长长地叹了一口气。这段压在我心中的历史,我第一次向他人说出来了。

希诺点了点头。此时她的胸中早已掀起了惊涛骇浪。

无论是基于判断,还是直觉,她都知道,晴空陈述的都是事实。

那些年,晴空走那条路的原因,真的是为了友情、爱情和她的梦想。

而且,最终让晴空下决心的,居然是因为他当年对自己的——爱。

晴空,就是这么一个人。为了重要的人,他会不顾一切地去付出。

根据之前可儿的描述,现在的晴空,还是这样一个人。

其实,他一直不曾改变。

但是，这样的事实，让她一下子失去了昔日仇恨的方向。她到底在恨什么？她恨的东西，根本是虚无的。她和他之间，存在的不是恨，而是天大的误会。

希诺感觉自己有点眩晕了。

良久，她艰难地问："为什么……"

"唔？"

"为什么，你不早点告诉我……姐？"猛然觉察到自己的口误，希诺赶紧加了个"姐"字。

"这……"我揪心地看着她，又说不下去了。

"晴空，告诉我好吗？求求你了。"

我觉察到，她的声音变得颤抖，眼神也变得不太对。

心里想，这样的事情，对她来说可能真的太沉重了吧。

思虑再三，我缓缓道："可儿，告诉你也可以，不过……答应我一件事。"

"什么？"

"前面的原因，你回去可以告诉你姐。但后面我所说的，我求你，不要告诉她，好吗？"

"为什么不告诉她？"

"你能答应我吗？"

"我……答应你。你说吧。"

端起咖啡，我抿了一口，说："一开始，我不向你姐透露，其实是为了男人那点要命的自尊心。那一天，你姐愤然地提出分手并走掉之后，我后悔了。我后来曾试着联系她，想要告诉她这一切。"

"是吗？"

"是的。但是，那时候，你姐没有给我更多的机会。"

希诺心中又是一阵抽动。

"你……就没有想办法，再尝试着去联系我姐吗？"希诺幽幽地说。虽然嘴上这么说，希诺却很清楚，这么说纯属自己在给自己找借口了。当年她做得那么绝，封锁了晴空所有的联系方式，还搬了家。晴空想要联系上她真的是非常难……

"我试了。我试过通过你姐的朋友，试过通过学校和各种她使用的邮箱联系她。我想告诉她：我在树下等她，全天都在。"

希诺当然知道，那个地方的含义。当年，她的确见过那些邮件。但是当时被怒气冲昏了头脑的她，并没有去。

她继续问:“然后呢?”

“我每天都给你姐发邮件。告诉她,我在树下等她,想告诉她我的心意。第一天,她没有来;第二天,她没有来;第三天,她还是没有来。即使,我等到快死了,她还是没有来……”

“你等我……姐,等到快死了,这是怎么回事情?”希诺因为紧张,差点又说错了。

“第三天,白天气温只有 6 度,当天天气预报会下雪。我一直等,坐在树下等。到黄昏的时分,你姐还是没有来。那天的黄昏时分,我没有离开。”

“你就那么一直坐着,没有走?”

“嗯。”

那一天……

背靠着大榆树,我一动不动地坐着。

我似乎变成了,树下的一座石像。

我的手中,紧紧攥着那条幸运三叶草的项链。

天气非常寒冷。虽然,我身上穿着厚型号的野外生存装,但是,寒风还是一点一滴地吃掉我的体温和体力……

我一动不动地坐在树下。

三天了。她没有任何回音,也都没有来过。

她不会来了。我其实心里已经清楚地知道这个事实了。

我现在这样坚持,似乎是毫无意义的。这大概是我人生至今为止最大的失败吧。因为友情和爱情,我突破了自己的原则。钱,我赚到了。现在我的银行卡里,有 5000 多英镑余额——足够我和她新年的时候一起去维也纳了。但是,当我赚到这些钱之后,她却离开我了……那么,我赚这笔钱,还有意义吗?这真是天大的讽刺……

我一动不动地坐在树下。

不知过了多久,黑暗的夜空中,雪花开始一点点落下。慢慢地,山冈上的草地开始变得雪白……

这棵树下,我改变了自己;这棵树下,我与她有了交集;这棵树下,我曾记录下了在英国最幸福的一刻。而现在,我在这棵树下,面对人生中最悲痛的一刻。

我一动不动地坐在树下。

再睁开眼睛的时候,周围的积雪已经有两三寸厚了。

我的四肢和脸庞都麻木了。意识,也开始变得有些恍惚。我知道,这是体温过低的症状。她不会来了。那么,我在这里等什么呢?再这样等下去,我等不到她,可能会先等到自己的死亡吧。

死亡,并不恐怖。在英国,我已经临近过一次死亡了。

现在,活着的我如此痛苦,也许就这样死了,也不错吧。

雪中,我一直沉默着。

雪一直在下,周围的世界变得白茫茫的一片。心,似乎也开始慢慢宁静下来。这样宁静的空间之中,我四肢麻木,静静地坐着,任由时间慢慢地流逝着。

天似乎慢慢地开始变亮了。哦?我坐了多久了?一个夜晚就这样过去了?

我还没有死。但是,这一刻,我还真有点想死。不久之前,我虽然失去了财富,但我仍然握着爱情和梦想。而现在,我失去了爱情。

爱情……我和希诺的爱情,还算是生死与共的呢。结果,也如此不堪一击。

我还有什么?梦想吗?冷静地想想,我的梦想也是非常可笑的。单纯地读到博士,又能怎么样呢?现在这个社会,早就过了靠高学历上位的年代了。人才过剩的今天,单纯的一个博士学位还有什么用呢?我执着追求着读到博士的这种梦想,是不是也有点可笑呢?

而且,这个梦想,我在这里差点放弃过。那还是经过她的鼓励,我才继续坚持下去的。

现在,我成了这个样子。这样的梦想……

抛弃吧。

那么,我就真的什么都没有了。

"这样也好。"我低声地自言自语。

就这样,那一年的那一天,在白雪纷飞的山冈上,我失去了爱情,抛弃了梦想,再次逼近了死亡。

"你……你在那个时候,抛弃了梦想?"希诺睁大了眼睛。

"是的,可儿。还记得吗?我曾经说过,我早已经没有了梦想。而你姐说过,我背叛了梦想。事实是,在那一年的那一天,当我失去了爱情,万念俱灰,快要冻死的时候,我抛弃了想读博士的梦想。"

希诺痛苦地低下了头，不让我看到她的表情，低声问："那……后面又发生了什么？"

"我撑到了天亮。"

早上，大雪变成了零星的小雪。

我嘴唇已经冻得发紫，几乎动弹不得了。

心中却意外平静。

我也许就这样平静地冻死吧。

这种死法，非常有童话色彩。当年，卖火柴的小女孩就是这样死去的。

似乎，也不算很痛苦……

有些模糊的视野中，出现了一个黑影。

好像是有人朝我这边走过来了。

那个人影停了一下，之后似乎跑了起来。似乎，向我冲过来。

那个人想救我吗？

"Rocky?! 是 Rocky 吗?!"

是个女的？声音好熟悉。

她是——

丁晨星。

丁晨星冲到我身边，喊道："Rocky！你怎么坐在这里?!"

"丁……老师？"我吃力地回答她。

"Rocky，你在这里坐了多久了?! 快回答我！"丁晨星焦急地问。

"我……从昨天早上，就在这里了……"

"我的天！你坐了整整一天一夜?! 傻孩子，这到底是为什么呀?!"

"丁老师……别管我了。我什么都没有了……"

"孩子，快告诉我，发生了什么事情?! 快说呀！"

"我……失去了……爱情……希诺，不要我了……梦想……也没有了。我……什么都没有了……"

"你跟 Sonya 分手了？难怪她前几天突然搬家了。"

"她……不想见我，她……不会来了。我等了她四天……她不会来了，她不会来了……我……什么都没有了。"

"Rocky，你振作点！失恋不代表你失去了全部！"

"丁老师……你别管我了……我……爱情……梦想……都没有了。我活下去的目的……不知道……不知道……我真的好累。我……找不到继续的力量了。”

丁晨星的眼中，我的眼神，就是活死人的眼神，一副生死已经无所谓的样子了。

丁晨星狠狠地打了我一个耳光。

已经冻僵的脸庞，连痛感也不是很强了。

我疑惑地看着丁晨星。

“Rocky，我对你太失望了。这个样子的你，根本成不了一个好男人。你还说，你母亲教你做‘四心级’好男人呢！我看，你连最基本的责任心都做不到！你这个不负责任的混蛋！”

“我……不负责任？”

丁晨星厉声问道：“是的！看看你现在的样子。你对自己的生命不负责任，你对养育你成人的父母不负责任，你对你的家庭不负责任！你的责任心，到哪里去了？！”

“责任……心？”我疑惑地问道。

“是的。你今年已经26岁了。你就这样客死在英国，你想让你的父母下半生都活在痛苦之中吗？！你是不是太残忍了点？”

“爸爸……妈妈……”

我的脑海中，开始闪现与父母一起度过的画面。

是的，我这样死了，他们生活的希望就会破灭，余生将在痛苦之中度过。这是因为，他们此生奋斗的全部，就算是彻底被摧毁了。

丁晨星紧紧地抓着我的肩膀，说：“孩子，你需要力量吗？就算你失去了爱情，迷失了梦想，想想你的责任吧！责任心，还是能给你力量的！Rocky，活下去！完成你的学业，然后回故乡！坚强地活下去！”

“活下去……”我迟疑地重复着这句。

活下去……

活下去……

“我要……活下去。”

听到我的回答，丁晨星立刻解开了自己的大衣，一把将我冰冷的脸庞，埋进了她的胸膛。

树下，我的导师紧紧地拥抱着我。

感受着丁晨星的温暖，我的脸庞稍稍恢复了一些知觉。

我哭了……

我开始啜泣……

我号哭起来……

“呜啊啊……”

雪日的山冈上，回荡着我，一个 26 岁大男孩的哭声。

抱着我的丁晨星，也流下了眼泪：“好孩子，哭吧……哭吧，然后活下去！”

“后来，我以责任心为唯一的精神支柱，完成了硕士论文答辩。2011 年年底，我告别了丁晨星，告别了伦敦，回到了这里，我们的故乡。那之后三个月，我遇见了你。”

“这就是你和我……姐，那些年的故事？”希诺颤抖着问道。

“这就是我和你姐那些年完整的故事。”我的声音也有些低沉。

将视线投往窗外，我深深地呼吸。

“完整的……”希诺无意识地低声重复着我的话。

“可儿，对不起。我真的不知道，你和希诺是亲姐妹……更没想到，你们是双胞胎。”我再次坦诚地面对她的目光。

而她此时，却已经不敢再看我的眼睛。

希诺支支吾吾地说：“这……真的，不能完全怪你。”

“谢谢你的理解。也谢谢你，给了我面谈的机会。”

听到我说这句话的时候，希诺感到无比的内疚和痛苦。那一年，正是因为她一点余地都没有留下，结果造成了这样巨大的误会，也几乎酿成悲剧。

此刻，她已经快崩溃了。可儿的计划完全奏效了。她终于知道了当年隐藏的过去。只是，她万万没有想到，真相居然是这样的。

她再也没有继续伪装成可儿，继续对话下去的勇气了。

“晴空，要不，下次……再谈吧。我想静一静。我想先回去了，好吗？”希诺仍然不敢看着我的眼睛。

“好吧。”虽然谈话并没有结束，但至少，她说了还愿意和我继续谈。这证明，还是有希望的。

希诺侧过身，想拿她喝咖啡时解下放在一边的围巾。

这个瞬间，我注意到了她的脖子。

似乎，没有看到痣。

但我没有在意。

我送着她上了计程车。

“下次再见。”

“嗯……再联系吧……”希诺恍惚地回答道。

车开走了。我双手插口袋,准备离开。

心里想着,今天总算是对可儿说了很多心里话。有些事情,憋在心里,不仅自己难受,还会造成误会。把话说出来,也好。

说起来,今天可儿的谈吐似乎与平常很不同?但这也算正常吧。经历了这么大的事情,她心中的震撼肯定是非常的强,情绪也没有完全平复下来。她需要花一点时间去接受。若是因为这样,她今天那些反常的表现,也算是正常的吧。

但是,我刚才好像没看见她脖子左下侧的痣……

脖子左下侧的痣?

我忽然警觉了起来。

希诺的脖子上没有痣,而可儿的脖子左下侧是有痣的。

此时,脑子里突然跳出很多的细节。

对我介绍的英国一些背景事项,她似乎很熟悉?

她几次口误,都是“我”后面勉强加了个“姐”字?

我和她谈话开始时,她冰冷的眼神与前几天希诺的一模一样……

她的头发虽然也是栗色长波浪,但从发色看似乎有点新?可儿的栗色长波浪发型做了很久了。

最关键的,她脖子的左下侧没有痣。

难道,今天与我交谈的,不是可儿,而是希诺?

天啊!

一想到这里,我赶紧朝着刚才送她上车的位置跑过去。

可是,计程车早就开远了。

我无力地弯下了腰。

难道,我亲口告诉了希诺,那些年发生的一切?

顿时,我感觉世界开始旋转,耳中开始尖锐地鸣叫起来。

如果真的是这样,木已成舟,如之奈何?

一个人站在路边,我苦涩地笑着,有种混乱的感觉……

“事情……就是这样。”在可儿怀里的希诺,断断续续地诉说了事情的经过,“妹妹,他没有对不起我。这一切,都是因为我,都是因为我!我埋葬了他的爱情,击碎了他的梦想。这都是我的错!”

“姐……你冷静点……”

“我做了什么……他和你，才刚刚开始新的……我却把你们的一切都搅乱了。妹妹我……我……呜呜呜……”

希诺再次情绪失控了，在可儿的怀里痛哭着。

安抚着姐姐的可儿，心中是那样地沉重。

她的策略，成功了——晴空亲口对姐姐说出了当年的真相。

只是……真相，真的不仅仅只有一面。

仰望天花板，可儿想起了晴空的脸庞。

“大呆瓜……”

可儿在心中默默念着。

# 22

# 二月春风似剪刀

这个社会上，很多被认为是正确的选择，真的实施起来却往往要付出巨大的代价。我们面对的，不是天堂，不是地狱，是现实。

元旦假期结束之后，1月上旬。

单位的消防通道里。

背对着可儿，我低沉地道："可儿。"

"晴空？"

"这个主意是你想出来的吧？"

"你……在说什么呢？"

"这个'调包计'真是高水准，我差点没看出来。"

晴空居然看穿了？可儿一下子呆住了，说话也变得支支吾吾："你……什么时候……"

我转过身，手伸向可儿的脖子。

可儿有些害怕地倒退，一下子靠在了墙上。

我平静地拨开她的衣领。

看着她脖子左下侧的痣，我淡淡地说："这才是你。那天，一开始我并没有看出来。直到谈话结束，你姐起身离开的时候，我偶然间朝她的脖子上看了一眼，才发现这个破绽。"

可儿捂着嘴巴，慌张地睁大了眼睛。

"那么，你姐回家之后，把事情都告诉你了？"

"是……"

"所有的一切，你现在都知道了是吗？"

可儿抬起头，神色复杂地看着我。她微微点了点头。

"可儿，告诉我，你为什么这么做。"

"我……自姐姐给我讲了你们的往事之后，我发觉当中似乎存在着巨大的误会。我想……"

"你想解开误会？"

"是的。"

"为什么？"

这时，可儿沉默了，她又低下头，没有回答。

"因为我想和你在一起。"

这句话卡在可儿喉咙里半晌，结果还是没说出口。

我则是轻轻叹了一口气："我没有责怪你的意思，可儿。你这么做，是不是想让大家和平相处？"

"啊……嗯。"

沉默了一会，我说："你姐姐，她现在怎么样了？"

“她……变得像前一段时间的我。”

“什么?”

“她把自己关在房间里,已经两天了。”

“啊?”我惊讶道。

忽然想起可儿说的“前一段时间的我”,我追问了一句:“可儿,前一段时间,你也这样过?”

“嗯……是的。”可儿小声说道。

我心情无比复杂地看着眼前的可儿。

说实话,我真的有种很强烈的感觉,想对可儿说声“谢谢”。但是,这句谢谢,我却说不出来。

一定要说结果如何的话,现在的结果,不算太坏。

客观地讲,存在于我和希诺心头快要两年的巨大误会,算是解开了。

现在三个人都知道了那些年发生的一切。

可是,这个迟来的结果,却对现在的状况没有任何帮助。

一方面,在没有知道真相之前,希诺恨我。知道了真相,希诺的心情变成了深深的内疚。而且,这真相居然是我亲口告诉她的。这种心灵上的冲击,她如何受得了呢?现在,我依然不知道怎么去面对这样的希诺。

另一方面,如今我更加不知道如何去面对可儿了。虽然,可儿对我使用了这种几乎是令人无法接受的方式了解真相。但是,我根本没有资格去责怪她。

首先,这一切,对可儿来说,本身就太不公平了。她没有做错任何事情,却要无妄地卷入如此揪心和困扰的纠葛之中。其次,我不得不佩服她如大海般宽广的心胸和如发般细腻的心思。在遭遇这种事情之后,她居然能够在这样短时间内振作起来并想办法尝试改变现状。只是,这方式用得实在是——

那一天,我忍着心中的剧痛坦白一切,是想挽回我和可儿之间的感情。但是,当我意识到我述说的对象不是可儿,而是希诺的时候,我本就有点支离破碎的心,却更痛了。这是由于,我和可儿之间原本存在的无条件的相互信任,因为她的这个“方法”,被敲出了一点点裂痕。

怀着强烈的负罪感、敬佩感和确实存在的“信任受创”感……我也不知道怎么去面对眼前的可儿。

而且,另外一个严酷的现实,即使到现在,也没有一丁点的改变:

在英国,我是双胞胎姐姐希诺的男朋友;在故乡,我与双胞胎妹妹可儿在一起。

现状,可谓一点都没有改善……

“晴空……我……”可儿边说着想靠上来。

我却下意识地后退躲开了。

看到我这样的反应,可儿先是吃了一惊。随后,她的眼神变得失落和彷徨。

她怅然地离开了。

那种心碎的感觉,再次出现了。

似乎,我的存在对她们姐妹两个而言就是一种痛苦。

虽然,这一切并不是我有心造成的结果……

复杂而纠结的心情,汇聚成了前所未有的无力感,强烈地冲击着我的神经。

我无力地扶在石灰墙壁上。

以后该怎么办?

我一点都不知道。

回到办公室,我无力地坐下。

“晴空,回来了?”逍月问道。

“嗯。”

“看下邮件吧。萧总派活来了。”

“我这就看一下。”

我开始查看邮件。

发件人:新昊期货研究部(总部)经理 萧礼

收件人:新昊期货研究部(杭州支部) 向晴空

主题:2013 年 2 月月报写作

内容:

晴空:

经过我这段时间对你的观察,我认为你已经有足够的能力接手黄金品种的研究和相关报告的编写工作。

2012 年已经结束。这里我给你下达任务。在 1 月份结束之前,完成 2013 年 2 月月报的写作。接下来的一段时间,关于月报的内容和细节,我们保持联系。

我期待你的表现。

萧礼

读完邮件，我略有些意外。在这之前，萧总并不放心让我写公司的月报，只是让我负责较为简易和日常的日报、周报的编写。

整编结束已经是两个月前的事情了，可萧总真正把我们几个当作团队内成员来看待和使用，直到今天才算开始——让我们几个开始负责月报的编写，才算是对我们的一种真正的认可。

对于这个同样是“迟到”的结果，我微微摇了摇头。

挥去那些让人心烦的念头，我开始收集整理资料和数据，准备写月报。

我再一次进入了前几天的“工作狂”状态。这种状态下，我的工作效率不是一般的高：当庄和逍月两个人还处在月报框架构思的阶段之时，我就已经构思好了月报的内容，并准备好了数据和图表。

对于当前的我来说，投身到工作中去，算是一种忘记烦恼的方式吧。

因为，只要我一停下来，我就没有办法不去想——两姐妹的事情。

这样的我，埋头写着月报……

下班了。

“逍月。”可儿在电梯口遇到了逍月。

“啊，可儿。”逍月一边招手一边走了过来。她的身旁，是背着公文包的庄。

见晴空没有一起下班走出来，可儿问逍月：“他呢？”

“你说你家的工作狂呀，还在加班呢。照他这架势，7000字左右的月度报告估计两天之内就能完成了。”

听到逍月的话，可儿不禁感到有些心疼。但是，想起白天在消防通道里，晴空对她靠近时候的反应，可儿又觉得无比的无奈。

“你们两个怎么了？”逍月问道，“什么事情，可以让你们两个闹得这么凶、这么久？”

这句话，问到了可儿心头的痛楚上。可儿摇了摇头，沉默了。

正当逍月想要追问的时候，身边的庄按住了她的肩膀，摇了摇头。

“算了月儿，别难为可儿了。没看见她这么纠结吗？”

“啊？”

“这个事件，看起来信息量很大。”

“庄，说中文好吗？”

“我的意思是，这件事情一定不简单，当中肯定有很深的故事。”

“那……”

“这些问题,也只有他们自己能够解决。是吧,可儿?”庄转向了可儿。

“啊……嗯。”可儿不置可否地回答道。

“可儿。给他一点时间和空间,大家都冷静一下,怎么样?”

可儿微微点了点头。

空无一人的昏暗小办公室中。

电脑屏幕上,我正与总部的萧总进行视频对话。

“晴空,听得见吗?”

“萧总,声音很清楚。”

“好的。那我们开始吧,月报框架的讨论。”

“好。”

“首先,我要表扬你。这一次月报写作,你是研究部全国各支部分析师当中效率最高的一个。现在,大多数别的同事都还在构思阶段,你却已经完成了构思和资料准备。这非常好。”

“谢谢萧总。这是我的分内事。”

“不过,对于你的总体写作思路,我有一点疑问。”

“萧总请讲。”

“你还记得上个月我主导编写的《2013 年贵金属年报》吗?”

“我记得。”

“我的年报当中,对后续黄金白银走势的大致观点还是看涨的,是不是?”

“是的。”

“那么,为什么你这次月报写作汇报给我的思路却是阶段性大方向调整,总体看跌呢?我们之前所采用的思路,有问题吗?”

“我觉得有问题。”

“没关系,有不同的想法,应该共同交流和探讨下。你可以反对我的观点,但是要讲出你的理由。这样,你说说你提出相反思路的理由吧,把所有因素都罗列一下。”

“好的,萧总。”

于是,我开始具体展开。

“我的第一点理由,是基于宏观面的分析。现代黄金价格最重量级别的影响因素是美国宏观经济走向,特别是货币政策的动向。在 2012 年,美国实施 QE3 和 QE4 之后,持续加码额外量化宽松政策的动作已经接近尾声。在实施了 QE3 和 QE4,每个月购买 850 亿美元 MBS 的举措之后,进一步扩大的概率已经微乎其微。美国经济数据也逐步出现好转。日后,美国收紧 QE 的概率、市场对此的预期,只会随着时间的推移而逐渐上升。黄金白银被公认为具有抗通胀属性。但是,在消息面已经出现'QE3 叠加 QE4'这样的强势量化宽松之后,黄金价格也没有超越美国 QE2 时期的最高位置。一旦日后超额量化宽松逐步收紧,价格将面临巨大下行压力。

"第二点理由,是第一点理由的延伸。在市场已经出现这种风向和判断之后,黄金白银的资金面已经出现了大量的流出。这从各项指标之上,已经有所反映。大量的出逃,对于价格的'抽血'作用,是最为直接和强烈的。

"第三点理由,是从基本面考虑的。世界黄金供给与需求常年处于紧平衡状态。世界黄金的供给大致处于稳定状态。而需求面,印度和中国两国总计占去了一半。其中,第一需求大国为印度。问题是,印度由于连年购买大量黄金,增大了赤字,导致卢比贬值压力增大。因此,印度方面可能对黄金进口实施限制。这可能影响黄金的需求量。需求一旦走软,价格的下行压力亦将更强。

"第四点理由,期货是预期导向型的,也就是说,市场预期将主导黄金期货价格的走向。在如此之多悲观预期的联合作用之下,未来期货黄金价格的走向,很有可能会结束长达 12 年之久的牛市。

"综合上述理由,我认为,2013 年,黄金价格将显著走低。2 月份,可能是这种显著走低的一个开始。"

听完我的讲解,屏幕上的萧总迟迟没有说话。

良久,她问:"你说的这些论证支持因素,都有翔实的量化数据支撑吗?"

"前三条理由都有非常详尽的数据和信息支持,尤其是第二条和第三条。第一条,我与宏观组的同事交流过,他们也是这个观点。第四条理由,是出于分析师的经验。"

"我懂了……接下来,你先继续展开吧。"萧总略带犹豫地说。

视频通话结束了。

虽然通过视频看得并不是非常清楚,但我还是注意到,她的脸色并不是非常好。

心中暗想:这一次,我提出的观点,与她上一次年度报告当中写的大方向可谓背道而驰。这大概是她会不快的主要原因吧。

我并没有多想。反正她也叫我继续写下去,我还是先完成了再说。

夜色下的办公室中,我一个人持续加班着。

两天之后,我完成了月度报告。随即,我用电子邮件将报告发给了萧总和有色金属组的组长。

但自从我将报告上传之后,奇怪的事情就出现了。

我是第一个上传的。但是,我的月报领导修改意见反馈却迟迟没有下来。

这段时间,我与可儿一直不怎么说话。

虽然,过去的事情,三个人都已经知道了,但是,问题却仍然存在着,没有解决。

一种让人心焦的尴尬与无奈,存在于我和她之间。

我仍然不知道,怎么再次去打开局面。还有,那句谢谢,我一直都说不出口。

在这种迷茫而忧郁的状态下,两周时间过去了。其他同事的月报基本已经敲定内容并且定稿了,但我的黄金2月月报却仍然杳无音讯……

2013年1月末。

"庄,问你要点数据。"办公室里,我向庄打了个招呼。

"MT,请吩咐。"庄喝了一口他的白茶。

"最近我们公司客户黄金净持仓状况怎么样?"

"我调出来看看。给我两分钟。"

"数据出来了。"庄招呼我过去,"看吧。最近我们公司黄金期货净多头持仓为6000多手,排名行业前五名。"

看了这个数据,我没有做出回应。现在我们公司所属的客户,在上一次年报的指导下,基本上是以做多看涨操作为主的。一手黄金期货的非近月保证金在3万-4万元人民币之间,一般的投资者,资金规模在10万-50万元人民币左右,少数大户会达到100万乃至200万元人民币以上。而投资者一般是半仓操作的(满仓操作,价格只要朝反方向波动超过5%,就会有爆仓的危险)。

6000多手的数据说明,我们公司的客户,有超过2亿元的资金,或者说大约2000名客户正在做多。

按照我的预测,2月份黄金可能会出现较为明显的下跌。那么,现在这些客户的处境,其实是非常危险的。现在,我也只能等待自己的月报快快通过定稿。希望这些客户读过之后,能够改变操作方式吧。

"庄,把数据传我吧。"

"OK。"

将数据归档,我靠向椅子背。

很快,又到了下班时间。正当我准备关机的时候,有邮件来了。

发件人:新昊期货研究部(总部)经理 萧礼

收件人:新昊期货研究部(杭州支部) 向晴空

主题:2月黄金期货月报修改指导意见

附件:2013年2月黄金期货月报.doc

内容:

晴空:

你写的月报我已经全部看过了。

我想了一下,这一次我们的月报还是延续上个月的。上次的论述我考虑过了。虽然你的理由很充分,论据很坚实,数据支持也很到位。但这一次我们还是不改大方向了。月报的话,你大致按照年报的思路、因素延续性地写一下吧。数据更新一下,因素有变化的部分补全一下就行了。这个月报你两天之内弄好,然后发给文档调整的同事,让她统一公司网站邮箱发出去。

时间比较紧,但是麻烦你了。

萧礼

看完邮件,我顿时愣住了。

虽然,我对前一段时间萧总在我们这里实施的铁腕式"筛选"心存芥蒂,也很不满她赶走了桂老大,但是我却从未怀疑过她的分析水平。在她要来杭州之前,我就在网络上读过她写的分析评论和文章。她的水平,应该是非常高的——应该与桂老大不相上下。

但是,这次月报的情况则显得太奇怪了。

首先,我1月初就把写好的2月月报上交给她了。但是,她为何迟迟等到月末才给我回应?

其次,我的那些论据,都是经过深思熟虑的。而且,我的观点也不是少数孤立的——在这一时段,市场上很多知名的分析机构和人士已经提出了类似的警告。按照她的分析水平,她应该清楚地认识到,黄金期货价格即将面临大跌。在这种状况下,继续采用做多观点,可谓引导我们公司大量的投资者以身犯险。

但是,她为什么一意孤行呢?

心里浮现一个声音——我要和她谈谈。

想到这里,我拿起座机话筒。

“喂,萧总,是我。”

“啊,晴空啊。”

“萧总,现在说话方便吗?”

“嗯,现在方便。怎么,找我有事情吗?”

“是的,萧总。我想找你谈谈月报的事情。”

“你是不是想问我,为什么还是要继续坚持黄金期货做多的报告论点?”

“是的。萧总……”

话筒另一端,萧总却打断了我的话:“晴空,你除了上次的那些论点之外,还有没有别的要说?如果没有的话,你还是按照我邮件指示的写吧。”

闻言,我感觉更怪了。

略平复心神,我说:“萧总,上次我说过,黄金价格在2月份很有可能开始下行。这是我通过对各个方面因素综合分析得到的结论。这对我们公司所属的客户来说,是很危险的。刚刚我才看过数据,现在我们公司的客户,黄金净多持仓高达6000多手。也就是说,全国有2000多客户,超过两亿元的资金面临巨大的风险。我们怎么可以让客户以身犯险呢?”

话筒那边,萧总沉默了。

听到她略有动摇,我继续说:“萧总,你再考虑考虑吧……”

萧总又开了腔:“晴空,你知道最近我们研究部最大的项目是什么吗?”

最大的项目?

在脑袋里搜索了一阵子,我好不容易才想起来:“是和总部商品一部,一起营销国内著名黄金生产加工企业的合作项目吧?”

“你还记得就好。那么,我问你,对于中国特色的黄金生产加工企业而言,什么情况他们才赚钱,才高兴?仔细想想。”

萧总在“赚钱”和“高兴”这两个词上加了重音。

萧总提这个问题,对我来说却是不陌生了。一般来说,对于黄金生产加工企业而言,黄金价格下跌,他们才会获利。这是因为,黄金对他们而言,是生产成本——金价上升会增加生产成本。但是,中国特色的黄金生产加工企业则不同。因为中国的黄金生产加工企业会大量囤积黄金现货,等待价格上涨而赚取价差。这个情形,我在耀光时代就遇到过。

于是,我回答:“是黄金价格上涨的状态。”

“看来你也是有经验的么。不错。那么，假设你这次月报写成价格显著看跌，然后我们带着你的月报，去营销那家企业的老总，他会高兴吗？”

什么？!

“可是这样的话……萧总，我们公司的那些客户怎么办？他们要是跟着月报的观点，继续做多，那……”

“已经拉进来的客户，就别管他们了。我们还是开发新的客户为首要任务。你要知道，这个企业要是能够成功拿下，我们研究部光分得的业务量，就可以把现在的总量翻一倍。”

“可是……”

我还想说下去，萧总却再一次地打断了我：“这个事情你别管了。这两天我还要出个短差。你赶紧把延续观点的月报弄好就定稿吧，然后发过来，所有的月报一起上传系统。”

说完，她挂断了电话。

我挂上了听筒，随后呆呆地站在原地。

这下，我全明白了。萧总坚持要我写黄金期货价格看涨的月度报告，就是为了让营销目标企业老总高兴，然后可以营销成功？！她……居然是为了这样的理由？!

就为了能够营销成功，拉进“大户”，萧总在明知黄金价格会大跌的状态下，昧着良心让我写“黄金价格继续长期看涨”的报告，置我们公司那些操作黄金期货的客户于不顾？

这明摆着是为了拉业务而不择手段的一种看似“高级”的方式。

分析师的预测，并不是每次都正确的。

如果是因为我能力不足，导致错误的分析结果，那只能算是过失……

但是，现在明知道结果会这样，却不按照实际客观事实写，这无异于欺骗，离渎职犯罪不远了……按照萧总的指示，我在报告中继续采用上个月的指导思路，这无异于把投资者往火坑里推。

我该怎么办？

不对，若是用这个问法，我似乎还是太高看自己的选择余地和能力了。

应该是：我能怎么办？

我只是一个小小的中级分析师，而且还是刚刚被吸收合并的。领导对我还不完全信任。一旦做出任何忤逆上级领导的行为，我会有什么样的下场——这我懂。

我如果违背萧总的指示,我就会被……

我的责任,还没有完成。

家里的状况还不轻松……

我还有一年两个月的房贷要还……

如果,现在我失去这份工作的话,我会怎么样?我的家会怎么样?

为了家,为了父母,为了我所珍视的一切,我从未放弃过我的责任。

只是,今天,当这与原则相矛盾的时候,我该如何抉择呢?

心中充满矛盾的我,慢慢地朝茶水间踱过去。

就算现在已经是夜间了,我却真的好想喝咖啡呢。

路过公司门口的时候,我朝外面望了一眼。

是她。

似乎,有两周没有和她好好地对话了。

我停住了脚步。

"可儿。"

听到我的呼唤,可儿身体一震。

她转过了身,注视我的眼睛。

电梯间的灯光非常充足,我能够看见,她那双明亮的眼睛中带着一丝期盼。

"来……我们公司坐坐吗?"

"嗯。"

在我们公司的茶水间,我泡了一杯咖啡。可儿不想喝咖啡,于是我给她弄了一杯温水。

两人坐在休息处的沙发上,却一言不发。

感到这个样子非常难受,于是我首先开腔:"最近还好吗?"

"还好,就是临近年关,任务有点重。"

"记得不要让自己太累。现在天气冷,你这身子又不是特别好,千万别太拼了。"

可儿默默地点了点头。

"你姐……最近怎么样?"

"她这段时间,一直在家里休息。偶尔,出去会一下老朋友。"

"哦……那个……"

“嗯？”

想了半天，我还是决心说出来：“可儿，虽然有点迟了，但是，我想对你说声谢谢。”

“嗯？为什么？”

“不管怎么样，我和你姐之间的误会，是你想办法解开的。要不是因为你，这个误会可能要在我和她心中存在一辈子吧。”

“对不起……”

“为什么要道歉？”

“我骗了你……”

我转过头，发现可儿已经低下了头。

“算了。”我淡淡地回答道。

“你不怪我了？”可儿惊讶地抬起头。

“要说做错，整个过程中，最先做错事情的，是我。在我看来，可儿你从来没有做错过事情。那一次，你这么做，也是为了给大家解开误会。”

“只是……”

“只是什么？”

“我真的没想到，事实是这么复杂……”

“很多事情，都是我们无法预料的，是不是？”

“是啊。”

“可儿，我想问你一些事情。”

“说吧。”

“首先，你觉得，我当年是不是太傻了？”

“不。我觉得一点都不傻。我觉得你很伟大。”

“你太抬举我了。你觉得，我当年这样做，值得吗？”

“这个……我说不上来。”

想了想，可儿问我：“那个，晴空。”

“嗯？”

“姐姐回来以后，说你承认自己用了错误的方法，是不是？”

“是的。现在要我说，我还是会说，自己用错了方法。”

“我觉得，也是这样吧……”

“哦？”我喝了口咖啡，问可儿：“你已经从你姐那里听完整个故事了吧。那你是怎么看这个事情的呢？”

“我觉得，姐姐当时的确太意气用事了一点，一点余地也不留。这太绝了。

但是……”

说到这里，可儿说不下去了。

“没关系，都过去的事情了。你怎么想的，就怎么说吧。”

“她的出发点，并没有错。”

厌恶、反感抛弃原则的人，这点当然是无可厚非。我淡淡地说：“继续？”

“我觉得，坚持原则，对一个人来说是非常重要的。”

可儿也这么想？看来两姐妹在这一点上果然是很相似的。

“这当然是对的。说说你的见解？”

“嗯……爸爸曾经对我和姐姐说过，原则对一个人来说，是非常重要的。因为原则是一个人控制欲望的缰绳。”

控制欲望的缰绳？

“这个说法很新鲜。然后呢？”

“人如果完全抛弃了原则，那么曾经被原则所控制和均衡的欲望，会失控。这当中，最显著的就是对物质的需求，会使人滑向拜金主义和不择手段。”

“那么，其他欲望也会吗？比如说爱？”

“也会吧。失去控制的爱，会变成无原则的溺爱和非常极端的占有欲。”

我心中一惊。

可儿的话，解开了我心中的一个疑惑。

的确，原则就是控制欲望的缰绳。一个人如果多次突破自己的原则，那么原则将会消失。一旦这个缰绳消失了，这个人心中原有的欲望，的确会有失控的危险。

就算是爱、责任心这些正面的需求，其实也是欲望的一种。突破原则之后，这些欲望也难保不会失控。刚才可儿就已经说过，失去原则的爱，也可能变成无原则的溺爱和极端的占有欲。那么，失去原则的责任感，很有可能会变成为了达成责任和目标而不择手段。

前一段时间，我就看到过“为了救子女而抢劫银行”的新闻。促使那位父亲铤而走险的，难道不就是爱和责任心吗？

回想起来，我在英国，曾经为了爱、友情和梦想，突破过一次原则。

如今，我难道要为了肩头的责任，而再一次突破原则吗？

看着可儿的脸庞，我眼前忽然闪现出当年的那一幕：

飘落的雨中，希诺那失望的眼神、愤然离去的身影……

似乎，现在的这一切，所有的缘由，都出自于我跨越原则的边境的那一刻。

那么，我还要再试一次？

不。

见我沉默了，可儿疑惑地问："晴空，怎么了？"

"可儿，我懂了。"

"你懂了什么？"

"没什么。"

"你在说什么呀？"

"那个……谢谢你。遇到你，真好。"

"这……我都不知道怎么说了……"

我淡然地笑笑："不早了，你事情做完了吗？"

"我刚才正准备回去呢。你还要加班吗？"

"嗯。我还有事情没做完。"

"那……别太拼了。也要注意休息呢。"

我点了点头。

"我先走了。别弄得太晚了哟。"

"放心。"

看着可儿离去的身影，我握紧了拳头，心中下了决心。

返回自己的电脑，我找出原先"黄金价格看跌"观点的月报，更新了下内部的数据和图表，再次校对勘误之后，发给了总部负责向全公司发送定期报告的同事。

用鼠标按下电子邮件上"发送"按钮的那一刻，我深深地吸了一口气。我很清楚，自己做了一个怎样的决定。

夜色笼罩的办公室中，我看着天花板，淡淡地微笑着。

三天后，2 月初。

我的座机铃声响起。

电话中，刚刚出差回来的萧总大发雷霆。

听着萧总的痛骂，我沉默着。心中，却很坦然。此时，我那份"黄金价格趋势看跌"的报告，已经发给了公司所有的客户。这已经成为了事实。我已经做了我应该做的事情。

"等着吧！向晴空，看 2 月黄金价格怎么走。如果黄金价格到时候大涨，看我怎么收拾你！"

愤恨地丢下这些话后，萧总挂上了电话。

一旁，逍月和庄神情惊讶地看着我。

“晴空，你做了什么？”

面对一起“出生入死”的两个同事，我简要地述说了事情的经过。

听完，逍月叹了口气，拍了拍我的背：“算啦，事情都已经这样了，骂也挨了。晴空，这几天你还是祈祷黄金价格下跌吧。只要黄金价格下跌了，你就没事了。”

而一旁，庄的神色则凝重得多。

正当他想说什么的时候，我看着他摇了摇头。

他的眼神变为惊讶。他知道，我已经有这个觉悟了。

庄略带无奈地摇了摇头。

两天后，庄告诉我最新的数据：我们公司所属客户黄金净多头持仓，由6000多手猛降为1000手左右——超过八成的投资者选择了离场观望。这说明，超过1600名的客户听取了我的意见。

2013年的2月过得飞快。除去第一周和第二周，2月9日至2月15日是春节假期。很快，时间到了2月下旬。

在这段时间里，COMEX黄金期货价格由1660美元/盎司一线，再次大跌100美元/盎司，至1560美元/盎司左右。

“太好了，黄金价格真的跌下去了。晴空，这下你不用担心了呢。萧总一定不会怪你了。”看着黄金价格的K线图，逍月兴奋地叫道。

我淡然地笑笑。

一旁，庄则是轻轻地叹息着，推了推他的眼镜。

下班后，逍月和庄都已经走了，我在整理东西也准备下班。

电话铃声响起。

我接起了电话。

是萧总。

今天，她的声音非常平静：“晴空，今天我想跟你谈一谈，你的工作调动问题。”

一听到这句话，我知道，该来的，终于来了。

萧总给了我两条路：第一条路，是转成杭州本地的业务员；第二条路，是去公司的交易管理部，从最基层的干起。

“我和其他团队队长也商量过了。我们觉得，你不适合做我们公司的分析师。你对这两个选择怎么看？”

这两个选择，其实差别并不大。

一个人的办公室里，拿着话筒的我，微笑了。

“你怎么看？我问你呢？”话筒那一头的萧总催促道。

“我选择，第三条路。”

“什么第三条路？你想继续做分析师那是不太适合了……”

“我知道。明天，我会开始办手续，走流程了。”

“你！”萧总吃了一惊，“你这什么意思？”

“我就是这个意思。不管怎么样，感谢萧总你给过我机会。”

话筒那头，萧总沉默了。良久，她说：“真想不到。好吧，晴空，这是你自己的选择。”

她挂上了电话。

一个人的办公室里，我微笑着。

我笑了，再一次笑了。

我知道。自从大半个月前，我发送了那份看空黄金价格趋势的月报的时候，我就料到了这一天。

两天后。办公室里，逍月睁大眼睛，捂着嘴，无比难受地看着我；而一旁的庄，只是闷坐着看着我。不过，我第一次在他的眼神中，看到了一丝哀伤。

此刻的我，正将自己的东西装进一个纸板箱。

这一次，无论是黄金价格趋势，还是自己未来发展趋势，我全部预测正确了。

这一次，我的选择得到了什么？

秉持自己的良心，遵守应有的原则。公司大批的客户，因为我的这次预警，算是躲过了一劫……

我又失去了什么？

我失去了赖以支撑现在这个家庭的饭碗——我这份分析师的工作。

为什么我选择辞职而不是转岗？

当初，桂老大这样说过：这是作为一个分析师最后的尊严。

整理东西的我并不是很清楚，自己这样做是不是值得。

也许，又和以前一样，付出了很大的代价，却得不偿失吧……

算了……

整理完东西的我，端起纸板箱。

“逍月，庄，很高兴与二位共事。以后，这里拜托了。祝你们好运。”

逍月几乎快哭了。

庄默默地点了点头。

良久，他挤出一句话：“以后，保持联系。大家还是朋友。”

看着他，我点了点头。

他们两个，沉默地看着我，离开了办公室。

端着纸板箱，我走过熟悉的走廊。

走过原先研究部的办公室门口的时候，我停下了脚步。

这里，曾经是30人左右的研究部——我也曾在这里面办公。现在，已经变成业务部门了。在这里，我已经工作了快一年时间。

端着纸板箱，我继续向前走。

路过原先金融三部的门口时，我又停下了脚步。

半年前，王丰裕在这里结束了生命。我是他生命中最后一个对话的人。在夜幕中，他一个人无声无息地走了……

轻轻地叹了一口气，我继续前行。

再往前走，是会议室。

会议室，一直是我作为分析师向全公司员工和客户讲解行情的地方。在这里，我做过多少次晨会讲解，已经记不清了。说起来，我第一次面试也是在这里进行的。放下纸板箱，我轻轻地抚摸着会议室的大门。

再次端起纸板箱，我继续向前走。

已经到了公司门口了。

现在的公司门口，已经不设前台接待人员了。王丰裕的青梅竹马，文丽曾经在这里。

公司门口的背后，是休息接待处。

在那里，我第一次遇见了可儿。

再见了，我的公司。

端着纸板箱，我跨出公司的大门。

大门外，是电梯间。

穿着工作装的可儿,居然在等电梯。她手中,拿着一份资料。

看见我端着纸板箱走出来,可儿大惊失色:“晴空,你这是?”

望着她的眼睛,我坦然地说道:“可儿,这一次,我没有违背原则。麻烦你也跟你姐姐说一声。还有……”

“还有?”可儿的声音已经颤抖了。

“遇见你,真好。保重,再见。”

可儿手中的资料掉在了地上。

电梯来了。我走进电梯。

可儿走了两步,跑到电梯门前纠结地注视着我。

电梯的门,缓缓关上了;她的样子,也消失了。

走出公司的大楼,仰面感受2月的春风。其实,杭州的2月,非常寒冷。这风吹得人感到刺骨的难受……

在2月刺骨的寒风中,年轻的分析师,端着纸板箱,渐行渐远。

2013年的2月,他的第一段分析师生涯,结束了……

# 23

# 沉淀

失去，是一位良师。

晴空离开后的第二天晚上。

可儿无力地打开家里的房门。

希诺跑过来迎接。看到妹妹的样子，她不禁吓了一跳。

妹妹那双本来明亮的眼睛失去了神采。

“妹妹，发生什么事情了？”

可儿呆呆地站在那里。她抬起眼睛，看着姐姐。

希诺的表情变得疑惑：“可儿，你怎么了？”

“他……消失了。”

“什么？”

“晴空，消失了……”可儿颤抖地说，“他还要我告诉你，这一次，他……没有违背原则。”

直觉告诉希诺，发生大事了。

“到底发生了什么？”

晴空离去的那天下午，可儿找到了庄和逍月。

“逍月，到底是怎么回事？他怎么突然就辞职了？”可儿拉着逍月的手问道。

“他没告诉你？”

“没有。刚才我还要给楼上的会议室送资料。他走了以后，我打电话过去，可是就是打不通……”

“他关机了？”

“没有……但是，他就是不接。”

“唉……我们两个的电话，他也不接。”

“到底发生什么事情了？为什么他突然就辞职了呀?！他……他都没有跟我说起过……”

“庄，你告诉可儿吧。前因后果，你最清楚。”看着可儿焦急的样子，神色黯然的逍月转过头对着庄说道。

可儿的目光转向庄。

看着可儿心急如焚的样子，庄长长地叹了一口气。

他详细地讲述了晴空辞职的原因。

听完庄的叙述，可儿顿时惊呆了。

为了做人的道德和原则，他违背了上级的意愿，结果触怒了领导……

为了一个分析师最后的尊严，他拒绝了“曲线流放”，选择了离开……

难怪，他那天说，这一次他没有违背原则……

"这不公平……这不公平！"可儿喃喃道，"为什么凭着良心做事却是这种下场？这太不公平了！"

听到这句话，庄紧张了起来，连忙到办公室外张望。确认没有人之后，他关上了门，神情沉重地对可儿说："可儿，我们这些人，是被收购的对象。当初，桂老大也是这样的……"

可儿沉默了。晴空曾对她讲起过桂老大离开事情的前后。

她无力地说："他为什么不接电话……"

一旁的逍月叉起双手："晴空也真是的，其他人的电话不接也就算了，为什么可儿的电话也不接呢？"

"他想静一静吧。"一旁的庄冷不丁地插嘴道，"最近，他背负的实在太多了。再坚强的人，也受不了这样的多重打击。"

听到这句话，可儿沉默了。

而逍月则不以为然。撇了撇嘴，她说："哦？庄，你们男人有这么脆弱，这么摆架子的吗？"

庄略微摇摇头："你呀，什么都不知道，是不是活得太轻松了？"

"你什么意思，想吵架啊？"

"不要吵架……"可儿连忙安抚两人。然后，她问庄："庄，你刚才的意思能不能说得更明确一点？"

"本来，你和他的事情，我不应该多嘴。但是，最近三个月，我看着晴空都觉得痛苦。这三个月，他一直在失去，一点一点地失去。直到今天，他入职以来所经营和重视的一切，几乎全部都失去了。他是我的知己，我会不知道他？当有着如此强烈信仰的男人，几乎失去一切的时候，他唯一剩下的，就是自尊了吧……"

"自尊……"可儿咀嚼这两个字。

"这个时候，无论是谁的安慰，他都会视为'怜悯'。他想一个人静一静……"

可儿黯然地回到了家里。一路上，她都在想着晴空。

这一刻，晴空肯定在自己的租屋里，一个人静静地舔舐着伤口上的鲜血吧。

她多想，此刻就到他的身边去……

可是——

现在的他，只剩下了自尊心……

无论是谁的安慰，他都会视为"怜悯"……

似乎，还是不要这么快就去打扰他比较好。

当天晚上，可儿失眠了。

晴空离开的第二天下午。

整个白天，可儿都心不在焉。

他没有关机，但还是不接电话。

她的担心，随着时间的推移而不停地增长。

终于，可儿忍不住了。

下班后。

“姐姐，我迟一点回家，你自己弄一点东西吃吧。”

匆匆地给希诺打了一个电话后，可儿匆匆地赶到晴空的租屋。

她敲了敲房门。

可是许久，都没有人来应门。

难道他出去了？

正当可儿疑惑的时候，隔壁的邻居出来了。

看可儿正在敲门，邻居说：“姑娘，你找这里的租客？”

“是啊，怎么了？”

“这里的租客昨晚搬走了。”

搬走了？

这三个字如晴天霹雳般砸下来，可儿一下子震惊了。

“我不信，你骗我！”

“我骗你干吗？这房子是我妈租出去的。这里的小伙子租了快一年了，昨天不知怎么的突然就退租了。”

“这……”

“你不相信，我打开房门给你看看。”

房东的儿子打开了房门。

熟悉的房间里，除了空荡荡的书桌、椅子和柜子之外，就是只剩下一张席梦思。

他，真的搬走了。

虽然，晴空的电话没有关机，其他联系方式也没有关闭，可是，他再没有回音……

他就这样，从可儿的生活中——

消失了。

“他消失了！姐姐，这一次，他真的消失了！”可儿的情绪失控了，抱住希诺不住地抽泣。

抱着可儿的希诺，下意识地拍着她的背。

安抚着妹妹，希诺的目光投向天花板……

向晴空……这个在她生命中刻下深深印记的男人。

曾经，她深深地爱过他……

后来，她对他深恶痛绝……

接着，她发现自己误会了他……

现在，她的妹妹，可儿深深地爱着他；

可是，这一次，他为了守住那一年他曾经突破过的原则，却付出了这样高昂的代价。

随后，这个男人——从她和妹妹的生活中，消失了。

锥心的痛，一点点地增强。

希诺惊讶地发现，自己又一次流下了眼泪。

客厅中，啜泣的可儿与默默流泪的希诺，紧紧地相拥着。

2013 年的 3 月。

晴空离开后的第二周。

可儿正在慢慢地恢复。

上班、生活，一切都还在继续。

只是，她再也没有笑过。

那一周的周六，可儿换好衣服，准备出门。

“妹妹，今天去哪？”希诺问。

“去张叔的琴行里帮忙。好一段时间没去了，真觉得有点对不起他呢。”

“周末你都去那里兼职吗？”

“嗯。”

“介不介意我也去看看呢？”

“当然不，我等你，姐。”

双胞胎出发去琴行。

“可儿，这是什么情况……”琴行的张叔，看着眼前的双胞胎姐妹，非常惊讶。

“张叔，这是我的双胞胎姐姐，闻希诺。”

希诺礼貌地向张叔打招呼:“张叔好。妹妹一直以来承蒙你照顾了。”

“哪里的话,可儿在这里帮了老头子我很多忙呀。”张叔笑呵呵地回答,“你们两个都是好孩子,都这么有礼貌。”

在调整完之后,可儿打开了一架三角钢琴的键盘盖。

她再一次,弹起钢琴——《僻静的大街》。

希诺静静地听着可儿的弹奏。

许久不见,可儿弹奏的水平又上升了不少。看来,虽然她不再继续走音乐的道路,却一点都没有生疏。

只是,妹妹当年放弃音乐的原因……

想起这一点,希诺又是一阵心痛。

可儿今天弹奏的这首曲子,洋溢着伤感的味道。

一边弹奏着曲子,可儿的脑海中划过无数过往的片段——特别是和他在一起的日子。

弹着,弹着……

泪水再一次脱离了她的控制,从她的双眸中滑落。

琴声停止了。

可儿双手抱住手臂,努力抑制自己想哭的冲动。

希诺走上前去,将手轻轻地放在可儿的肩膀上:“还在想他?”

可儿默默地点了点头。

希诺从后面抱住了妹妹。

她知道,可儿是坚强的——比自己要坚强。可是,这不代表她不会伤心、不会难过。再坚强的人,承受力也是有限的。

可儿真的爱着他,深深地爱着。这种感觉,希诺自己也曾经有过。

现在看来,可儿对他的感情,可能比自己当年更加的强烈、更加的深沉。

只是,他已经离开了。

这一次,可儿的心,真的受伤了。

此刻,希诺也非常难过。她知道,事情会变成今天这个样子,跟自己也是有很大的关系的。

但是,事到如今她还能怎么办呢?

希诺暗暗地叹息。

回到自己的房间里，心事重重的希诺，无力地打开自己的手提电脑。

按照习惯，她查看了电子邮箱。突然，她注意到一封特殊的邮件。这封邮件，是伦敦方面发来的。

点击阅读之后，她的眼睛睁大了。但随之，她的表情变得凝重。

“时间不多了。”希诺自言自语道，“我能做些什么呢?”

她拿起了手机。

一天前，上午 10:00。

这里，是图书馆。

图书馆的一角，自习室的座位上——

一个年轻的男子，趴在桌子上。

不同于周围自习的人，他的面前，一本书也没有。

他好像熟睡着。

但是，他没有睡着。

某一时间，他睁开了眼睛——

我叫向晴空，今年 28 岁，不久之前刚刚失业。

我没有睡着，而是在静静地反思。

从退租房子那天算起，已经快两周了。我每天都会到这里来。

现在的我，丢掉了饭碗，没能尽到责任，又一次失去了爱情……

似乎，我再一次，什么都没有了。

失落感、挫折感、空洞感……经过上一周时间，这些感觉都已经渐渐地淡去了。

时间，是治愈一切最有效的良药。

或许，在这一次变故之中，对我来说除了工作之外，其他东西并不是第一次失去了;所以，这一次我恢复的速度比留学时代要快得多。

两周后的现在，我的心，已经安静下来了。

在这两周时间里，我除了一个人冷静之外，也在图书馆里静静地“阅读”周围那些后辈们。

坐在我正前方，距离我三排桌子的是一个男孩。路过他身边的时候，我注意看过他的资料。他一直在准备托福和美国大学入学考试。看他的样子，应该是意向留学美国的。

坐在我左前方，距离我两排桌子的，是一个女孩子。她面前摆着的是CPA（注册会计师）考试的资料。看她的样子，应该是商科大学本科生。

在那个女孩子正后方，是另外一个穿着比较时尚的女孩子。她面前是雅思英语考试的资料和澳洲一家大学的介绍。她应该是准备留学澳大利亚的。

坐在我的隔壁，距离两个位子的地方，是一个戴着眼镜的女孩子。她的面前，是大堆的模拟卷和辅导书。这个年轻的女孩子正在准备高考。对于连续几天都在这里"睡觉"的我，她偶尔会投来带着一丝鄙视的眼神……

趴着的我，微微一笑。

周围的后辈们……准备出国的、准备高考的、准备在大学中考证的……

他们迟早有一天和我一样：加入中国巨量的存量大学毕业生的行列当中。

他们当中，也有人是准备移民的。

不过，外面的世界，并不像我们这些"报喜不报忧"的前辈们宣传的那样美好：如果打算在国外生活，必须有准备好当二等公民的觉悟。

想到这里，我不禁轻轻地摸了摸左侧胸口。

那里，有那一年留下的刀伤。

我的面前，一本书也没有。

不需要了。因为，作为研究生，而且当过分析师的我，读过的书和资料，远远超过了周围的人。

周围的这些正在自习的后辈们，算是同龄当中优秀的。在图书馆中默默提高自己的人，比起在寝室和网吧里沉浸于虚拟世界中的那些人，要明智得多。

不管怎么样，他们在这里，就证明了他们的一种意识——主动提高自己的意识。这已经非常的难得了。

曾经，我也是在这里自习的一员。大约四年前，我就在这里为了出国留学而准备雅思英语考试。我也曾像他们一样努力。

但是，今天我却感到一阵无名的空洞感——因为，当踏上社会之后，我悲哀地发现，我们曾经花下大把岁月和精力学习的知识，最后大部分会慢慢地被遗忘。

为什么会这样？

首先，在踏上社会和工作岗位之后，仅有少部分人，会有幸从事自己当初专业所涉及的工作。一旦他从事的是与其专业完全无关的工作，他所学习的知识，会因为长时间不用，而慢慢地被淡忘。这种淡忘，也是我们人类大脑的自然机制之一。

其次,我们所学习的知识,往往伴随着大量的痛苦和负面情感。我们这两代人的学习历程中,伴随着太多的“被迫”“指标”和“痛苦”。人,会首先淡忘痛苦的事情,而留下快乐的记忆;而大量的基于“填鸭式”教学所获得的知识,也很容易被淡忘。这,也是我们人类大脑的自然机制。

这,就是活生生的现实。

我又一次闭上了眼睛。

脑海中,又一次回响起了桂老大的声音:“没有正义的智慧是邪恶的,没有智慧的正义是困窘的!晴空,你的课题还没做完呢!”

是啊。

我真的还有事情没做完。

我答应过桂老大,一定会完成那个课题的思考。以前,我一直被眼前的事情困扰着,压根没有思考的余地;现在这个状态,似乎正是个好好静下来的机会,不是吗?

包括我在内,新一代的大学生们,面临的是一个不轻松的时代。

上一次,我的思考,进展到哪里?

哦,对,我思考到了外部因素“O”(机遇)和“T”(威胁)。

上一次思考研究时,我认识到,我们这代人,最大的外部威胁,就是我们的数量。进入21世纪后的十几年时间内,新一代存量大学本科毕业生总量已经逼近0.6个亿了。中国的大学本科生,对于当下的社会劳动力市场而言不再是稀缺的资源。上一次,我就考虑到了严酷的现状:供给持续高速增长,而用人单位需求基本稳定——甚至因为经济略有减速而有萎缩征兆。我们这代人面临的最大威胁,就是数量问题所导致的“谷贱伤农”。

面临如此威胁,我们这代人,还有机会吗?有的。我们存在的最大客观机会,就是我们还年轻。我们的职业生涯才刚刚开始。更新换代是必然的趋势——年轻,就是机会。只是,未必每个人都能把握住这样的“突破机会”。大部分的人,都可能要面临长期的“彷徨”和“盘整”。

上一次,桂老大指出,我只分析了外部因素,而并没有考虑“内部因素”——“S”(优势)和“W”(弱点)。

80后和90后这两代人,最显著的优势就是思维活跃、接受新事物的能力强。当然，这两代人普遍接受的基本教育也还过得去，特别是操作计算机的能力，较前几代人显著好得多。

但是，似乎我们这两代人，弱点还真不少：我们这两代人，思想上普遍晚熟，责任心不是很强，承受能力差，主观意识也不强，“耐力”也不是很好，普遍家里没有强大的实力。

要说承受能力……我的脑海中，再次出现了诸南阳在楼顶准备跳楼的样子和王丰裕死在电脑桌上的样子，还有我——在风雪中慢慢等死的样子。我们这代人的承受能力，真的不佳。

然后，考虑到“主见”问题……我们这代人行动的方向，大多是父母确定的。无论是要努力读书，还是大学选的专业方向，或者是出国留学什么的。可以说，我们几乎没有自己的主见。举例来说，我和可儿的专业，都是父母当时根据“热门专业”和“实际需要”而选定的。虽然，希诺可以说是为了梦想而努力着，但是她的梦想，也是继承自父母。

实际上，父母的这种选择，真的可以说是一个天大的赌注。虽然比起我们，父母那代人更为理性；但是，他们的思想，已经有些陈旧，对社会的变化不再非常敏感。现代社会，高速发展，潮起潮落——四年之前，社会上热门的专业和产业，到了四年之后，则未必是最佳的。有些专业，甚至在学生即将毕业的第四年，已经走向了夕阳……这种长达四年的赌注，真的是很冒险。

最后，考虑到家里的实力……现代社会，竞争早就不是一个人的事情了。我们年轻一代人工作岗位上的竞争，除了拼才华、拼能干、拼做人之外，或多或少还要拼父母辈的实力。最显著的，就是金融行业：“一人做金融，全家来帮忙。”但是，这个社会上，有强势家族资源支撑的学生毕竟是少数；大量的大学毕业生，还是属于“无权、无势、无钱”的“三无”状态。

优势不算多，弱点还真不少——而且很突出。

想到这里，我睁开了眼睛，坐起身来。

掏出大衣口袋中，陪伴了我一整年的工作笔记本。

拿出水笔，我在笔记本上的两页新的纸上，画了四个大框，并标上：“S”“W”“O”“T”。

在各个框中，我将刚才想到的那些因素，归类填入。

观察四个框后，我在笔记本上写下了结论：

“可以预见的五年之内，越来越多的自主认知和分析能力不强的、承受能力较差的、‘拳头’技能几乎没有的、缺乏强势家庭背景支撑的新一代大学毕业生，涌向经济减速、岗位数量有所萎缩的各大主要城市。这无可避免造成的后果是：新一代大学毕业生，就业越来越困难；他们一开始面临的'阵痛'，势必越来越强。"

看着自己写下的结论，我轻轻地叹了口气。

课题研究，算是完成了。内部因素、外部因素、综合结论，都出来了。

只是，桂老大已经走了。他没能亲眼看到我完成这个课题的研究。

我突然意识到，课题并没有做完。

我曾经是什么？我是一个分析师。

我的工作流程是什么？认识问题、分析研究问题，随后给出建议，并提供可能的帮助。

只分析，不给出建议和帮助，研究工作还是只完成了一半。

本着这个想法，我开始审视自己所列出的"威胁"和"弱点"。

接着，我试着写下了三条建议。

第一条建议是："让后辈们了解他们将面临的外在威胁。在认识未来大环境的前提之下，认识自身处境，并改变自身的定位。"

我们这两代人面临的"威胁"是数量越来越多。现今时代，大学生原有的光环早已全部褪去。这个变化，是大势所趋。在我们国家教育事业的推进之下，未来国民当中大学生的比例肯定会越来越高。可以说，"供给面"强势持续增长的趋势，基本是不会动摇的。而与此同时，就业岗位的需求，则仰仗经济的发展。在我国经济发展速度逐渐稳健化的状态之下，想要创造大量的就业岗位，难度很大。对于这个威胁性很强的现实，我们能做的，一是适应，二是将这个现实尽可能多地告诉后辈们。毕竟，踏上社会之时，心里有所准备的状态下和完全没有概念的状态下，他们的感受会差很多。

接着，我写下了第二条建议："设法引导他们，针对他们的内在弱点进行一定的补强和提高。"

而对于他们的弱点……要想帮助他们，难度也很高。除去无法改变的家庭背景实力差别之外，想要提升他们的责任心、自主思考能力和承受力，应该怎么下手呢？

此时，我再一次环顾四周。

大多数，都是在校大学生。

我身边的那位，则是高中生。

看看她，再看看周围的后辈……

我有点明白了。

能够改变的最佳时机，是在大学的四年之中。

虽然，现在大学毕业生文凭的实际效用一直在下降，但是，高考仍然几乎是每个年轻人人生中必经的道路。在大学之前，他们的目标几乎是直线式的“争取高分，考上尽可能好的大学。”

处于这样状态下的后辈们，大脑中会有思考未来的余地吗？前一段时间，一直疲于奔命的我，不也是完全没有思考的余地吗……

更何况，此时的他们，承受能力更差，心智也未能完全成熟。

真正可以做些什么的时间段，是大学时期。进入大学之后，课业压力顿减。这段时间很关键——如果浪费了，他们将在毫无防备、浑浑噩噩的状态下，冲入社会竞争的旋流之中随波逐流。但是，如果有人在这段他们可以开始自由思考的岁月当中，以适当的方式启迪和引导他们，也许就可以让他们在心理上有一定的准备。

当然了，人的力量是有限的——我们不可能指望让后辈们完全克服自身的弱点。但是，只要有一点点效果，他们心里稍微有些概念和准备，那也将是完全不同的一种光景了。

转着笔，稍微想了一下，我写下了第三条：“开发‘自主思考’能力的同时，加强创新意识和能力。”

创新，对于面临严酷社会竞争的后辈们来说，是非常重要的。当前，社会经济增长速度已经趋缓。在这个时代之中，拥有自主思考能力的年轻人，应在积累下足够的经验，拥有足够的实力和眼界后自主创业，而不是去“挤破头”地去争取那些工资越来越低的职位，这何尝不是一条可行的道路呢？

看着我写下的三条建议，一个问题又出现了。

什么样的人，能够引导和启迪后辈们呢？

最佳人选，就是他们的导师。

对于一个人来说，遇到怎么样的导师，就今后的人生而言可谓至关重要。

我这一生中，就遇到过两位难得的好导师。

在英国留学时期，我遇到了丁晨星。她教给了我基本思考、分析和研究的方法，进一步让我明白了责任的分量，还在关键时刻拯救了我的生命。

回到故乡之后，我遇到了桂老大。作为我的领导，他却也像导师一样引导、培养我。他教给了我冷静、客观、全面的“深入”研究技巧。他也教会了我原则的分量。

他们两个，曾是青梅竹马。

当然，这不是重点。重点是，他们都采用了适当的引导、客观的肯定和——“快乐”的力量。

记得和他们在一起的日子，我的努力，会被他们所肯定；我的不足，会被他们所点明；我的迷茫，会被他们所解开；我的方向，会被他们所指引。

和他们在一起时，我是快乐的。

快乐，也是一种力量，一种有效引导人前进的力量。

分析师工作的最后一环，是提供可能的帮助。

我……做得到吗？

我也能像我的导师们——丁晨星和桂建强一样，给即将面临残酷社会竞争的后辈们，指明前进的方向吗？

我再次环视周围的后辈们。

看着周围仍然在努力的他们，我的心里浮现出一个声音：“我想把我所知道的，告诉他们。”

我真的，想试着做些什么。

这种想法，变成了一种渴望，而且越来越强烈。

这就是——我已经久违了的，所谓“梦想”的感觉？

但是，我很快就纠结起来。

想成为大学教师，给后辈们指出方向，这个梦想非常好。可是，难度也不小。

首先，现在的我，自已生存尚且还成问题呢。

辞去分析师的工作之后，我为了减少开支，甚至不得不退租了在市区的房间。

其次，现在要成为大学教师，特别是讲师，起码也要博士学历了——我这个留学的硕士学历还是不够。

等等，读博士？

不经意间，我想起可儿说过的一句话：

“不要轻言放弃，好吗？说不定，以后你还有机会，实现这个理想呢。”

我曾经的理想是，读博士。

在英国，我已经放弃了——因为那时候内心绝望，认为没有任何继续下去的价值。

但是现在，如果我想成为大学教师，为后辈们做些什么，则需要重新拿起这个“阶段性目标”……

为了新的梦想，重拾昔日的梦想，然后前进？

真的被可儿说中了……

我很清楚：在与可儿接触和相处的日子里，我的心中早已再次燃起对梦想的渴望。

只是，那时的我，仍然迷茫于梦想的方向。

在今天这种几乎是绝望的状态下，我居然找到了——

我再一次，拥有了梦想？

这是巧合吗？

这是命运吗？

低下头，我笑了。

这一刻，我想起了可儿。

与可儿在一起的时光，如同画卷般在我脑海中展开。

在这里……这个她不在的地方，我才发觉，她早就刻进了我的心里。

扪心自问，这段时间我不止一次地想过她。

对我而言，可儿真的就像一个港湾，一个我可以安心休息的港湾。

我知道，我不止一次地幻想和勾勒过与可儿在一起的未来。

当然，这是在她姐姐，希诺再次出现之前。

现在的状况，依然是一团乱麻。现在的我，依然不知道怎样去面对可儿和她的姐姐希诺。我的存在，对她们两个而言，几乎就等同于痛苦的回忆……

这个死结，怎么去打开？

我还是不知道。

另外，现在的我，有资格规划未来吗？

有资格规划未来的男人，需要的是实实在在的“实力”。

“男人的信仰，是靠力量去守护的！没有力量的正义是苍白的！”

此时，我想起了袁教练那句铿锵有力的训诫。

信仰、正义、愿望，这些“目标”都是要靠足够的“力量”才能实现的。

力量，不仅仅是身体和精神上的强健，也包括各种物质基础实力的足够的积淀，更涉及人际关系脉络的建立。

要是按照这样的标准来看，现在的我，几乎一点力量都没有了。

我甚至不知道怎么去解决家里下个月的房贷……

这样的我，能给可儿什么？

那么，可以说，现在我的愿望，也是苍白的……

现实是：现在的我，太弱了，实在是太弱了。

我真的，有点痛恨自己的软弱。

虽然，我曾经算是无比地努力；但是，结果，却是这样。

比起去年3月份的时候，我的状况一点都没好转——甚至可以说更糟了。

当下，我还能做些什么？上一周，我再一次投出了50份简历。比起上一次，状况相对好一些。现在的我，算是有一年工作经历的人了。只是这样的“提升”，似乎是可以“忽略不计”的。

和去年3月时一样，我仍然在等待用人单位的回音。

无论如何，此刻的我算是再一次有了明确的方向：

我的梦想，是给那些即将面临严酷环境的后辈们，提供一些可能的帮助。

我的愿望，是和她在一起。

可是现在的我，似乎什么也做不到。

“唉……”我一声长叹。

脱力的感觉，一下子蔓延至全身。

收起笔记本，我起身离开自习室，离开了身边这些依然为“明天的梦想”而奋斗的后辈们。

走出图书馆，春日的艳阳，照得人有些酥软。

这是2013年的阳春三月。

天气，正在一天天地转好。真正春暖花开的季节，快要来临了。

但是我的世界，却仍然没法从“冬天”当中走出来。

严格来说，我并不是第一次遭遇现在这样绝望的状况了——无论是那些年，在伦敦的岁月中，还是归来故乡后的那些日子里。

以前，我总是用“忍耐”配合“挤榨出最后一滴力量”的方式，一次又一次勉强地过了关。

但是，这一次，似乎不行了。

我现在心中的期望值，与我现在的能力值相比，差距实在是太大了。

这一次，无论我怎么挤榨力量，短期来看，都没有什么用了。

再次陷入困境的我，还能再想出什么办法吗？

仰面春日的阳光，伸手，抚摸柔和的春风。

大衣里，手机震动的感觉。

上一周，庄、道月还有可儿，都曾打过很多很多的电话给我。这些电话，我都没有接听。因为，那时我想一个人静一静。

我掏出了手机。屏幕显示——父亲来电。

“喂？爸？”

“儿子，是我。今天你又跑图书馆里去了？”

“嗯，是啊。”我边走边回答道，“我想静一静，顺便想想事情。”

“你回到家里要多久？”

“坐公交车大约 50 分钟吧。怎么了？”

“那赶紧回家来吧。我和你妈等你吃饭。”

“不用了吧，前几天我不都是傍晚才回来的吗？午饭我自己外面解决就行了。”

“儿子，赶紧回来。”

父亲的语气，似乎有点怪？

我问道：“爸，出了什么事情了？为什么那么着急地叫我回去？”

“你别管那么多了，赶紧回来就是了。等你回到家，不就知道了？”

“好吧。你们等等我，我尽快回来。”

坐在回家的公交车上，我不禁有点担心家里的状况。

从电话里的口气当中，我觉得家里肯定又发生了什么事情。而这，是我所最为担心的。

对于父母，我很早之前就不再奢望什么了。我已经长大成人，父母也老了。再过一年，他们两个都要到退休的年龄了。对于年事渐高的父母，我只希望他们平平安安地过好每一天。

当然，我也知道，虽然已经到了退休的年龄，但是“宁可睡地板，也要做老板”的父亲，至今没有放弃。

父亲的这种执着，为我所敬佩，但也是我所深深担忧的。我一直担心，父亲会不会为了“东山再起”，而再闹出点事情来。

现在我的家，早已经不起任何更多的风浪了。近三年以来，我们家经历了

“盛极而衰”的痛苦历程。企业破产、家道败落、借款被骗……现在我的家里，也变成了“一点力量也没有”的状态了。我们家现在的状态，倒是和我现在自身的状态非常相似。想到这里，我的心中也不禁有些凄凉。

中午时分，我回到了位于郊区的家中。用钥匙打开大铁门，我进入了院子。

父亲正站在院子中。

“我回来了。”

# 24

# Reset

一心向前冲的人，你可曾留意过自己的后方？世间，有一个意为“交换”，却显得有些悲壮的词语——“牺牲”。

你可曾记得，那些为你付出乃至作出牺牲的人？

“儿子，回来了？先吃饭吧。”见我进了院子，父亲平静地招呼道。

吃饭的期间，我一直仔细观察父母细微的举手投足。但似乎，没有太多奇怪的征兆。只是，母亲的脸上，似乎出现了一丝“释然”的感觉。是我多心了吗？

不，父亲这么急着叫我回来，肯定是为了什么事情。

想到这里，我并没有放下戒心。

吃完饭之后，我想帮母亲一起收拾。

“今天不用了，儿子。”母亲摆摆手，“去吧，你爸有事找你。”

听母亲这么说，我放弃了帮忙一起收拾的打算。

吃完午餐的父亲，又站在院子中，仰望着天空。

“爸，这么急叫我回来，有什么急事吗？”

“你最近半个月发生的事情，前几天你妈都跟我说过了。这一次，你做得对，只是代价稍微大了点。算了，最近心情好一些了吗？”

父亲这么急把我叫回来，就是为了关心我的近况？我顿时觉得有点哭笑不得。不过，转念一想，自我辞职回来以后，具体事情的经过，也只对母亲说过，对父亲则并没有多提。近两周以来，我每天除了晚上会回家之外，其余时间都泡在图书馆里“冥想”。

不光是这段时间，从去年4月份之后，我与父母的交流就并不是很多。当时的我，勉强将家里安顿好之后，就一直忙于自己的工作和生活而无暇他顾。我与母亲偶尔还会谈谈天，但与父亲，那真的是交流甚少。

想到这里，心里不禁略有一丝愧疚。

我回答：“基本上已经没事了。只是现在工作真难找，我还在等待用人单位的通知。放心吧，爸爸，我一定会在两个月内找到工作的。找到工作之后，我会想办法把房贷再接上。”

“我知道，你会的。”父亲微微点了点头，“你真是我的好儿子。”

沉吟了一下，父亲正色提问道：“儿子，我想问你一个问题。”

“什么问题搞得这么严肃啊，爸？”

“你怪过我吗？”

这个提问着实让我吃了一惊。他为什么会问这样的问题？

再看看父亲，他依然在等我的回答。

迟疑了一下，我回答：“爸，怎么会呢？你是我的榜样。我曾经一直都梦想着,能像你一样坚强,像你一样成功。我怎么会怪你呢?”

“儿子……今天,能说句实话给爸爸听吗?”

“什么?”

“我在你人生当中两次最重要的关键时刻,严重地拖累了你,你怪我吗?”

“这从何说起?”

“第一次,是快三年前的事情了。当你好不容易用自己的努力,通过了语言预科的学习,准备开始正式课程的时候,我却因为经营严重失误而导致企业破产,害得你差点半途而废。结果,你在英国那么苦地过了将近两年时间。”

父亲顿了顿,继续说:“第二次,是你回来不久以后。你刚刚用自己的实力,获得了升职,我却再一次严重失误,差点让整个家陷入了万劫不复的险境。我帮不上你的忙也就算了,还让你这只雏鹰刚刚开始起飞,翅膀上就背上这么沉重的包袱。我真是没用的老头子……儿子,说实话,你怪我吗?”

父亲说完,注视着我的眼睛。他的眼神中满怀着愧疚。

“……”

短暂的沉默后,我迎上父亲的眼神,回答:“爸,我从来没有怪过你。”

“儿子,真的?”

“真的。说起来,这两件事情,对我们的家来说,的确算是惊天动地的变故。但是,我们不都挺过来了吗?现在,我们一家人不还好好地过着日子吗?我们并没有过不下去。另外,”我摊开了手,“人生当中,潮起潮落。很多东西,很多事情,也不是人力能够掌控的。”

“哦?”父亲的眼神当中闪过一丝惊讶。

我继续道:“要想成事,总是要天时地利人和,缺一不可。而且,现在社会风云变幻,很多大势无法逆转,也不是我们所抵挡得了的。在我看来,爸爸你一直很努力,从不放弃,坚持自己的信念,这已经是非常伟大的了。只是,很多事情,已经超出了你的能力,比如外贸环境的变化、人民币升值。至于被骗的那一次,已经发生的事情,也没法逆转了。父亲你以前有能力的时候,也是非常愿意帮助别人的。所以,爸爸,我一点都不怪你。”

父亲点了点头:“真看不出来,我的儿子,有这样过人的‘心胸’。好。”

我淡淡地微笑。

父亲接着问:“那么,儿子,你现在,恨骗走我们家那些钱的三叔吗?”

话音刚落,我发现他正用深邃的目光看着我。

父亲今天是怎么了?先问我怪不怪他,后来又问我恨不恨骗走我家钱的三叔?为什么,他今天的问题都这么冷不丁呢?

纠结了一下，我回答："怎么说呢，去年 4 月份的时候，我恨他恨得要死。不过现在，我不恨他了。"

父亲惊讶的程度又上了一级。他有点难以置信地看着我："你不恨他了？"

"我没空去恨他。"

我说的倒是事实。自从将家里安顿好之后，我很快将三叔骗我们家钱的事情抛在了脑后。一年以来，发生了这么多事情，工作、生活上的压力压得我根本"没空"去恨他。要不是父亲提起，我几乎把这档子事情给淡忘了。

父亲满意地点了点头："你太让我意外了。儿子，你比我强太多了。这下，我可以放心了。本来，我还在犹豫自己这次的决定到底对不对呢。现在看来，我可以把一切放心地交给你了！"

放心地交给我？父亲没头没脑地说什么呢？

正当我疑惑的时候，父亲走近了我，拍了拍我的背："走，爸带你去看一样东西！"

父亲开启了家里车库的卷帘门。

卷帘门缓缓升起。

展现在我面前的，是——

一辆崭新的，国产品牌 SUV？

只看了一眼，我就大致知道了它的价值——整车价大约 10 万－14 万元。

等等，我忽然意识到了什么。

"爸，你的宝马 X6 呢？"

"换成这个了。"

我大惊失色。

那辆宝马车，是父亲最后的"老板面子"。此前父亲一直不愿意动，这几天他怎么突然就把它变卖了？

"爸，发生了什么事情？"我着急地问道。

父亲却没有理会我的提问，自顾自地说："买车，当然还是要 SUV 啊。我们家这么大，住得离市区远，没个车怎么行。现在城市内涝严重，还是底盘高点的车省心。"

"爸，我不是问这个。你为什么把宝马卖了？"

父亲还是没有回答我的问题，继续说："还有，你再也不需要还房贷了。"

"怎么？"

"我一次性全部还完了。"

“啊?”

父亲轻松地说:“嗯,评估下来,我的宝马卖了 80 万块。换了一辆新车用了 11 万块,再把最后一年的房贷全部还清,现在还剩下 60 万块。”

我语气焦急地问:“爸爸,你为什么突然做出这么大的决定?之前都没有和我说起过!告诉我,到底发生了什么?”

父亲淡淡地说:“你三叔一家人,回来了。”

“什么?”我大为意外,“他们不是跑路了吗?居然敢这样回来?那村里的人还饶得了他们?”

“儿子,你不是说你不恨他了吗?”

“我没空恨他,不代表我不鄙视他。”

“这怎么说?”

“我现在并不是恨他,恨他早就没有实际意义了。但是,人求财有很多种方式,用这么下三烂的方式的人,我怎么可能不鄙视?不过,村里其他的亲朋好友,可没我这么好说话。估计那几个脾气暴的,化成灰都不会放过他们家吧。”

此时,父亲眼神有点闪烁:“他们家遭到‘现世报’了。”

“什么?”

“你三叔,死在了西班牙,变成骨灰盒回来了!”

我当场呆住了。

真的,化成灰了?!

父亲开始向我讲述,他从三叔儿子口中听到的过去一年发生的事情。

去年 4 月,三叔企业破产之后,为了继续维持家庭和供在西班牙留学的儿子读书,骗了村里很多亲戚朋友的钱,加起来总共 500 万元,然后带着他老婆跑路,到了儿子正在留学的西班牙,想要东山再起。可是,在西班牙的一年当中,他的生意越来越做不下去。后来,他更是遭遇了两次致命的打击。

“第一次,他也被别人,一个号称老乡的生意伙伴给骗了。”

“他也会被骗?!”我睁大了眼睛。

“他会欺骗我们,别人难道不会欺骗他吗?”

“……”我收了声。

父亲接着讲述。这次上当受骗,使得三叔丧失了绝大部分的流动资本。随后,西班牙那边,出现了反华的事件,华人的货物被焚毁。在那场大火中,三叔剩下的货物也化成了灰烬……

“上个月,西班牙警方发现,你三叔在租屋的后院里自杀了。他老婆受不了这样的现实，精神分裂了。他的儿子勉强安顿好一切之后，放弃了还剩两年的学业，捧着父亲的骨灰盒，拖着疯疯癫癫的母亲，回来了。”

“这……报应来得也太快了吧?”我简直不敢相信自己的耳朵。

“你三叔这么走了也就算了，还给他儿子留下了这么多的债。前几天，你出去的时候，那孩子来登门道歉过了。他诚心诚意地说，父亲的债，他未来一定会想办法还我们……那孩子，真的太不容易了。”

说起三叔的儿子……我想起来了。他也算是我童年的玩伴之一吧。小时候，我们村和隔壁村的几个孩子经常在一起玩。打弹弓、斗蛐蛐、捉知了……三叔的儿子比我小一点，也经常跟着我们几个一起玩。长大以后，因为我们村里的条件普遍不错，所以我这一辈的年轻人都出去读书或者工作了，有几个也像我一样出国留学了。他也跟我一样，走的是出国留学的道路。

同样是留学生，他现在的境遇……

我感慨地叹息着。

“爸，那你怎么对他说的呢?”

“虽然说，父债子还，但是，我没过多地苛责他。他走了以后，我一个人想起了很多事情。”

“你想了些什么呢?”

“我想起了我和你三叔年轻创业的时候。我和你三叔，是同时期起家的。那个时候，你和他儿子都还没出生呢。那时候，我是做扣子起家的，你三叔是做鞋垫的。一开始，我和你三叔都只有两间房和几台机器。我们那个时候是靠一点一滴的积累慢慢才做大的。后来，我的企业最多时达到了4000万元的规模，你三叔则大约3000多万元的样子……这几年，我们这些做加工出口产业的，都遭遇了寒冬。村里面，不止我和你三叔，好几个同期发家的老弟兄，也都不行了。有些还行的，也都转方向了。”

父亲的发家史，我倒不是第一次听了。只是，今时今日听到这些，心里却是无比揪心和凄凉。

我安慰道：“这都是因为大趋势，并不是你们的错。”

“我知道。我只是在想，其实你三叔也跟我一样。他也只是单纯不愿意放弃。为了东山再起，为了留学的孩子，为了家里，他铤而走险，居然拿做人的底线去换……他也是个到死都不懂得放弃的老顽固。我其实，也没什么资格去怪他，去恨他。相比之下，我跟他，只不过是‘五十步和一百步’的差距罢了。”

“这……”父亲这么说，我不知道怎么评价。

“只是，他当初走出这一步的时候，做梦都没想到，自己会是这么个结局。

不仅自己客死他乡，还给孩子增加了天大的麻烦。我要是他，肯定也会死不瞑目。”

我沉重地点了点头。设身处地地思考，如果我是三叔，事情变成这个样子，也一定会含恨九泉。

“唉，当年的老伙计，因为走错了道，不仅害死了自己，害了别人，还害了孩子……”父亲伤感道，“他儿子走了以后，我静静地反思了好一阵。”

父亲因为这个事情反思？

父亲继续说：“曾经，我是那样坚持。打拼创业，我从来义无反顾。我曾经也成功过。后来，我倒了，总想着要东山再起。直到你三叔的孩子来过之后，我才意识到，我和你三叔，是不是把当初的目的给忘记了？”

“当初的目的？”

“我们打下基业，是为了家里能过上好日子，老婆孩子能过上宽裕的生活，是为了家庭的幸福。时间久了，我和你三叔这样的老顽固，是不是在打拼的过程中，把当初的初衷给忘记了？看看你三叔家里吧。他不择手段地‘坚持到底’，换来了什么？他给他的儿子留下了什么？这就是他想打拼回来的东西吗？”

“这个……”

“我不想哪天我们家也变成那番光景。”

“所以，你就把宝马车……卖了？”

“嗯。那辆宝马车，的确是我的老板面子。可是我现在都已经这个岁数了，而且已经‘板老’了，这车是不是也跟孔乙己的长衫一样呢？我该承认，自己老了，不中用了。现在把宝马卖了，起码还有这个价格；换来的钱，还能用来帮你。”

话音刚落，父亲递过来一张银行的白金卡：“儿子，这卡是用你的名义开的。卖车剩下的60万块，还有市区那套90平方米的房子，现在我都交给你。”

盯着父亲手中的白金卡，我睁大了眼睛。

“爸，这……行吗？”

“有什么不行的。”父亲满怀信心地看着我，“我相信你。你是个好儿子。我们家宽裕的时候，也没见你乱花钱；我们家困窘的时候，你还救了你老子我一次呢。所以，我相信，把房子和这些钱交给你，你会好好打理的。”

“可是……”我还想说些什么。

“儿子，这不仅仅是财富。这还是力量，更是责任。靠自己打拼很重要，但是好好地继承也很重要。这些东西，对现今社会来说，已经不算什么了。但就算是这点东西,按照你之前的收入水平,打拼整整 30 年都不够。好男人,需要力量,去贯彻自己的信仰。本来还想为你多创造一些的,现在爸能给你的力量,只有这么多了。"

"爸爸,别这么说,你做得很好了。你真的已经尽力了!"

此时,我的声音已经变得有些颤抖。

"爸爸只能为你做这么多了。好好地收下吧。以后的路,靠你自己走了,儿子!"

深深地吸了一口气,我郑重地伸出手,接过了白金卡。

直到第二天晚上,躺在床上的我仍然不住地回想着父亲的抉择。

昨天,父亲放弃了再一次做老板的梦想。

昨天,我继承了父亲给予的,他打拼大半辈子之后剩下的最后一份力量。

虽然说,按照现在社会的标准来讲,拥有这些东西的我离一般定义的"高帅富"仍然有不少的差距。但是,至少现在的我已经不再那么无力了。

如果未来,我理性而有规划地善用这份力量,那将有机会去实践自己的梦想。

只是,这个珍贵无比的机会,是父亲放弃了他的梦想为我换来的。

手机响起提示音。

我拿起来一看。

下一瞬间,我惊得一下子坐了起来。

手机上显示:

"QQ:**双子座 A 面的精灵** 加你为好友(接受/拒绝)"

"微信:**闻希诺** 添加你为好友(接受?)"

三年了,她居然都没有更换她的昵称。

闭上眼,深深地吸了一口气。

我通过了请求。

她随即就发来了信息。

**双子座 A 面的精灵:**

你在哪里?

看了一眼信息，我没有回复。
过了一会，信息又来了。

**双子座 A 面的精灵：**
你在的吧，为什么不回答？

我没动。

**双子座 A 面的精灵：**
你在的吧，回答我一声，这些天，为什么无论谁叫你，你都不回答？
我想跟你谈谈。

我眼睛闪动了一下，但还是没动。
过了半分钟，都没有新的信息。
正当我以为她放弃了的时候，信息又来了。

**双子座 A 面的精灵：**
回答我一声，好不好？
可儿在哭！

看到这几个字的时候，我顿时屏住了呼吸。
可儿，在哭？
这几个字，在我脑海中横冲直撞。
不安、难受、紧张、心疼……这些感觉一瞬间都泛了起来。
心跳，也跟着剧烈地加速。
终于按捺不住，我回复了信息。

**寒夜的静思者 Rocky：**
我在。

**双子座 A 面的精灵：**
你终于吭声了。
**寒夜的静思者 Rocky：**

你想谈什么？事情，你应该都知道了。还有什么可谈的呢？

**双子座 A 面的精灵：**

我想跟你谈一谈，尽快。

**寒夜的静思者 Rocky：**

我考虑一下。

**双子座 A 面的精灵：**

算我拜托你了，尽快，好吗？

希诺为什么这样着急地想见我？

稍微犹豫了一下，我回复她。

**寒夜的静思者 Rocky：**

你定时间和地点吧。我的手机号码你知道的，从未变过。

**双子座 A 面的精灵：**

好吧。

杭州“城市阳台”周边。

眼前，是她。

“你来了。”

“嗯。”

今天的她，一身英伦风春装，恢复了天然的发色。但是，似乎是因为将染色洗掉的缘故，她的头发光泽度较以前有点打折了。

我微微叹了口气：“这么快就把染色洗掉了？很伤发质的。”

希诺神色复杂地看着我。她知道我暗指什么。

半晌，她回答道：“这件事情，请不要怪可儿。她这么做，也是为了……”

“我知道，为了解开大家的误会。她不是做到了吗？”没等希诺继续说下去，我接口说。

“不是……不是！”

“不是？”

“她费神想出这个办法，是为了能和你在一起！”

“什么？”

“你知道吗，当她知道我们两个的关系之后，只过了两天时间，她就冷静下来了。当时，我以为她执迷不悟，还与她争执过。是她，用从你身上学来的‘分析'，发现了当年的误会；也是她，想出办法，让我知道了真相……"

"知道了真相，又能怎么样呢？"

"这不是她的错。她本来想解开大家的心结，为的是和平共处，为的是能跟你继续在一起。只是，她没有想到，我也没有想到，真相居然是这样……"

可儿，做这一切，是为了能再跟我在一起？

我怎么没有意识到呢？

"虽然，有点晚了；虽然，可能一点用也没有。Rocky……我想对你说……"

我转过头看着她的眼睛。

似乎是下了极大的决心，希诺低下了头："对不起。我真的，非常对不起你。"

她向我道歉？

我心里清楚，她为了什么道歉。

沟通、理解和这份歉意……

似乎都迟到了将近两年。

将视线转向远处的钱塘江，勉强将苦涩的感觉咽下，我沉默了。

这一切，都是因果律吧……

定了定神，我轻轻地摇头。

希诺的眼神一阵黯然："也对……因为我，你失去了那么多……你不可能这么简单就原谅我……"

"我从来就没有怪过你。"

"欸？"

希诺惊讶地抬起了头，看着我的眼睛。

我坦然地回应她的目光，说："这件事情，说到底最初错的就是我。承受这一切后果，也是我应得的。我没有资格怪你，也从来没有怪过你。"

"真的？"

"真的。"我肯定地回答。

"但是……"希诺咬了咬嘴唇，继续说，"因为我，你的爱情、你的梦想，都丢失了；因为我，那一天你差点死在雪地里。"

"失去爱情，这是我做错事情的代价；放弃昔日的梦想，虽然当时有点不理性，但也是我自己做出的选择；至于其他的……我今天还好好地活在这里，那就算了吧。"

"你真的这么想？"

"嗯。是的。"

希诺的眼神中,闪过一丝讶异。

"这一次的事情,可儿都告诉我了。我真的好意外,你会这样选择。"靠着栏杆,眺望远处的江面,希诺说道。

"怎么说呢,那些年,我为了所谓高尚的目标,牺牲了原则,结果……"我双手扶上栏杆,继续说,"吸取教训吧。我不想再用原则去换了。原则,要是一次又一次地被突破,就会完全崩坏。被原则所节制的欲望,就会失控。"

希诺惊讶地问:"这是谁教你的?"

"当然是可儿了。"我坦然地回答。

"但是,你的牺牲是不是太大了一点?"

"谁知道呢。反正,得不偿失的事情,我早就不是第一次做了。"我自嘲道。

"牺牲。"希诺念叨着这两个字,"这两个字,分量真重。"

"这个世界上没有免费的午餐。"

"嗯?"

"目标的完成,理念的贯彻,都是要付出相应的代价的。"

希诺的目光,转向我的左侧胸口。

"代价吗……"她轻声地自言自语。

"Rocky,你是怎么看我妹妹,可儿的?"

"温柔、美丽而坚强,"我感慨着说,"就是不太知道保重自己。"

"你……真的爱她吗?"

我愣住了。

希诺这时又看着我的眼睛。

她认真地等着我的回答。

想了一下,我回答:"我爱她。"

"你爱她什么?"希诺静静地问,"说得出来吗?"

"我承认,一开始我会靠近她,是因为她身上有你的影子。但是,很快我就知道了,你是你,她是她。"

希诺的眼神变得微妙,继续聆听。

"我慢慢地发现了,虽然她看起来很柔弱,但是她内心很坚强。和她在一起的时候,我即使倒下了,也会再站起来。因为她总会用她的方式,让我的内心再一次充满力量。她也教会了我很多东西。更因为她,我那颗放弃了梦想而空荡荡的心，再一次燃起了想要去追求什么的渴望。”

“那么，你现在找回梦想了吗?”

我点点头。

“还是想考博士吗?”

“考博士只是我新梦想的一环。我现在的新梦想，更明确，也更大了。当然，”我顿了顿，“需要花的时间和精力也更多了。”

“恭喜你，再一次有了梦想和方向。你也是坚强的。”希诺感慨道。

我轻轻地摇摇头。

“这还不是? 你太看轻自己了吧?”

“我的身边，有很多坚强的人。我只是慢慢受他们影响，学着变得坚强罢了。”

“是这样吗?”

“当然是这样。丁老师、桂老大、朋友们，还有可儿，从他们身上，我真的学到了好多好多。”

与可儿在一起的他和英国留学时代的他相比，真的成长了好多。希诺的心中，暗暗地这样想着。

“上一次，你信息中说的，可儿在哭，是怎么回事?”

“嗯?”

“那个，可儿真的在哭，还是你……只是为了让我回信?”

“可儿真的在哭。”

“为什么?”

“因为，你这个她心中分量最重的听众，不在了。”

“啊?”

“你以前每周末都去琴行听她弹琴吧? 自从你走了以后，可儿最近弹奏的曲子风格变得很忧伤。她弹到一半，想起了你，流下了眼泪。”

我的心一下子抽紧了。

这些日子，我一直认为自己的存在就是这对双胞胎的痛苦。我消失了，她们两个的痛苦就应该会消失。

可是，现在看来，我又错了。

可儿在哭，她真的在哭……

“我……该怎么办?”我低声问希诺。

“我再问你一次，你真的爱她吗?”希诺认真地问。

“我爱她。”

“那么，你用心去面对她吧。”

“可是……”

面对我踌躇的表情，希诺质问道：“你还在犹豫什么？”

“我……”

“我知道，你介意我们两个的过去。但是，我们的事情已经属于过去了。你还要被过去绑着手脚，驻足不前吗？”

“那么……”我注视着希诺的眼睛，认真地问，“你放得下吗？”

被我这么一问，希诺略迟疑了一下。

但随后，她坚定地回答：“我是做姐姐的。我希望我唯一的双胞胎妹妹能够得到幸福！Rocky，这件事情，只有你才能做到。除了你以外，没人能够做到了，不是吗？”

我被希诺的回答震慑住了。

为了可儿——她唯一的妹妹的幸福，她的眼神中，毫无迷茫。

这就是所谓的“觉悟”和“决心”吧。

“我……知道了。”实在不好拒绝，我于是只好含糊地答应道。

“不要让可儿再流下伤心的泪水了，好吗？一切，就拜托你了。”

站在“城市阳台”之上，感受江面吹来的春风，面对着希诺殷切的眼神，我郑重地点了点头。

那一刻，希诺的脸上露出了满意的表情。

我所不知道的是，当我离去的时候，希诺一直都看着我渐渐远去的背影。她的神情，是那么落寞。

“好好的，要好好的，两个人……”希诺轻声地自言自语道，抬头仰望春日的蓝天白云。

隔日早晨，双胞胎家里。

“对不起，姐，今天我没法送你了。”一早就换好工作装，准备去上班的可儿一脸歉意地对希诺说道。

“没事。反而是我，这次回来，给你添了这么多麻烦。”希诺愧疚地说道。

“哪里的话。我们永远是亲姐妹，一家人。”

“嗯，一家人。”

双胞胎姐妹，在客厅里拥抱着。

同一时间，我还是一早就跑到了图书馆里。虽然我已经拥有了父亲给予的支持。但是，我还没有到可以不去工作的程度。我依旧等待着用人单位的通知，随时预备着下一份工作的开始。

更何况，有些事情也该准备起来了。毕竟因为工作的缘故，就算是记性如此之好的我，离学生时期的状态也多少有些差距了。

正当我在图书馆中借书的时候，有邮件来了。

我打开手机。

是希诺的邮件。

读着邮件，我的表情一下子变得严峻无比，下意识地冲出了图书馆——

Rocky：

也许，对于现在的你，还是跟可儿一样，叫你晴空比较好。

晴空，当你收到这封邮件的时候，我正在上海机场的航站楼里，等待飞机的起飞。我将再一次前往伦敦。前一段时间，我就收到了伦敦一家交响乐团的 offer。今天，是我离开故乡，再一次出发的时候了。

其实，昨天我有一句话，还是没能对你说出来。

自从可儿想办法解开我们之间的误会之后，我一直都在深深地后悔，深深地内疚。当误会解开之后，虚幻的“恨”消散了，昔日的感情，却像潮水一般无法抵挡地涌了上来。

昨天，你离去的时候，我真的好想再一次对你说，“我爱你”。可是，我已经没有这个资格了。那些年的我，不够成熟，也没有给予你足够的沟通和信任。直到回来以后，经过一系列事情，我发现我依然没有这个资格。

可儿无条件地信任着你，因为她对你的爱；你同样深深地信任着她。你不仅从来没有欺骗过她，而且，只有对着她，你才会打开自己内心世界的最深处。

这是最难得的，基于相知和信任的真爱！

人们都说，双胞胎其实是共有一个灵魂的存在。作为我灵魂的另一半，可儿的才华其实不下于我。但仅仅因为她身体比较弱和她谦让的个性，在父亲只能选择我们两个之中一个继续音乐之路、出国留学的时候，她放弃了自己的机会，学了她非常讨厌的商科。也因为这样，她牺牲了自己的前途……

回想过去，不仅仅是可儿，我身边的人都为我做出了这样那样的牺牲。父亲为了帮我实现梦想、送我出国留学而筹措资金，牺牲了他的钢琴。你为我牺牲得更多，因为救我，你的身体和心灵上都留下了深深的伤痕；因为我，你在树下放弃了原来的梦想，差点结束了自己的生命……

我感觉自己，亏欠你们太多了。我是不是太自私了？

好好地照顾可儿吧。她深深地爱着你，正等待着你对她的回应。

时间比较急，写得这么乱，真对不起。

我会在日不落的彼端，地球的另一面，默默地祝福和守望着，那些年我曾经爱着的你，以及我唯一的双胞胎妹妹。

你们两个人一定要好好地在一起！

爱着你们的希诺

此刻的我才明白了，为什么之前希诺那么着急地要叫我出来。

因为，她马上又要走了。

跑到图书馆门口广场的我，焦急地拨打希诺的电话。

还能接通。

第一遍，她没有接。

我用微信，大声吼了一句："希诺，拜托你，快接我电话！"

第二遍，她接了。

"晴空。"

"希诺，这就回去了？怎么昨天也不跟我说一声？"

"我……"

"说呀！"

"你读了邮件吧？我实在说不出来。你能够原谅我，我已经非常感激了。我怎么敢奢求更多的呢？这一次，真的是我不好。我的出现，把你归来后经营的一切，几乎都搅乱了……"

"我说了，这不怪你。"

坐在候机室里，希诺回着电话："我真的很佩服现在你的心胸。晴空，再答应我一件事情好吗？请你，忘记我，好吗？"

这句话，在我脑子里嗡嗡地打转。

她为了我和可儿能好好地在一起而要我忘记她？

心中一下子安静了。

闭上眼，心头只浮现出一个字：

不。

深呼吸之后，我再次睁开眼，认真回答道：

"希诺，我曾经的爱人，请听我说。

“在日不落的彼端，我们曾经心心相印，共同走过了那难忘的两年。

“那些岁月中，我们一起努力的样子，曾经相爱的心情，经历过的一切，甚至挫折还有伤痛，都是真实的。

“我不会否定当时的自己，也不会忘记我曾经爱着的你。

“那些记忆，早就成为我生命中的一部分了。

“继续在天边逐梦的你啊，不要轻易放弃！

“我和可儿，一直都会在这里，我们永远的家乡，人间的天堂，深深地祝福着你！

“愿梦想和快乐，一直陪伴你前进的脚步！”

将心头的想法和强烈的感觉一口气宣泄出来的我，居然微微有些喘气。

而电话的另一侧，拿着电话的希诺，两行眼泪从她的双眸中滑落。

“谢谢你！晴空。最后，你还记得昨天我们的约定吧？”

“我记得，我答应过。”

“再一次，谢谢。再见。”

“再见，希诺。”

十五分钟后，拭去眼泪，带着满足笑容的希诺，登上了直飞伦敦的航班。

而杭州的天空下，站在图书馆门口广场上的我，朝着西北的方向，久久地伫立着。

那是伦敦的方向。

幸福——

这两个简单的字中，暗藏着深意：

“幸”=“十”+“辛”，隐含“十分艰辛”之意；

“福”=“一口”+“衣褐之人”+“躬亲耕耘”，隐含艰辛耕耘后才有成果之意。

幸福——来之不易，所以，珍惜身边的幸福吧。

新证证券营业部大厅中。

一身工作装的可儿看着人来人往的营业部大厅出神。

这是她在这个客户大厅里工作的第三个年头了。

三年前,姐姐希诺,出发前往英国留学。同时,她从大学毕业,开始在这家证券营业部里工作。

快一年前,他——一个令她难忘的年轻分析师,出现了。

又是一年的春天。

只是,这个春天似乎有点凄凉的味道。

快一个月前,他捧着纸板箱,一个人默默地走了。

到现在,他再也没有出现过,也没有任何消息。

三天前,姐姐又一次走了。带着妈妈的长笛,带着爸爸的期望,带着她的思念,姐姐再一次踏上了追逐梦想的旅程。

他们,都离开了。

想到这里,可儿不禁感到一丝伤感。

“可儿?”同单位的女同事小张轻轻地拍了可儿一下。

“啊? 嗯?”

“发什么呆呢?”

可儿这才意识到自己出神了,连忙说:“不好意思啊。什么事情?”

“呵呵,最近你的魂到哪里去了? 忘记了? 吴总过会要召集大家开会了,为了明天举行的露天营销活动。”

“我没忘记。”可儿定了定神,说,“是不是差不多到时间,我们该过去了?”

“嗯,我们走吧?”

“好。”

新证证券营业部的小会议室中。

可儿的领导吴总,正在台上布置工作。

根据她的安排,为了响应总公司“春季业务攻势”的号召,明天营业部的所有人员,将去公司附近一处已联系好的、较为高档的住宅小区的广场上,举行露天营销活动。活动从下午持续到夜间,包括日间的宣传、分析师的讲课,以及夜间的电影播放。

“明天就是现场营销活动了。”吴总站在台上,试图鼓舞士气,“希望大家好好表现，争取多获取一些小区居民的注意，争取更多的意向客户，我们要有信心！”

看着吴总又一次的“战前动员”，可儿早就习以为常了。

明天的活动流程，可儿早就熟记于胸了。

而且，这也不是她第一次参与营业部的户外现场营销活动了。

所以，吴总的讲解，她并没有认真听。

现场营销，目的还是为了拉业务，不过是换了种形式的拉业务方式罢了。

看看周围，那些比自己早入行的、比自己晚入行的姐妹们，可儿有一丝异样的感触。

她和周围这些年纪都慢慢开始走向 30 岁的大女孩们的最重要的工作，就是多拉业务，完成指标……

这样的生活，即将进入第三年。

记得与他在一起时，自己曾经这样对他说过：

“我开始怀疑，自己这样的坚持，是不是值得？之前努力的方向，到底会把自己引向何方？”

她现在的想法，与当时一样。

但是，现在除了继续在这里坚持以外，又能怎么样呢？

“明天的布置就这样。大家回去好好准备，争取明天打一个漂亮仗！”安排好工作，吴总结束了“战前动员会议”。

“明天的天气怎么样，可儿？”小张问。

“天气预报是 4—11℃。微风，晴天。”

“白天这气温倒还行，而且有太阳，就是晚上有点冷啊。”

“大衣和暖宝宝要准备好哦。”可儿叮嘱。

“唉，也只能这样了。”小张一脸的郁闷，“算了，反正明天也没啥活动。”

这时，另一位同事小蔡凑趣道：“咦，小张，你前段时间刚认识的基金经理男朋友呢？明天‘白色情人节’，他晚上不给你安排啥活动啊？”

“我们么加班，他么，就别提了，被老总抓去一起去宁波出差了。明天啊，安心上班吧。”

“唉……真无趣。”

“这有什么办法。”

听着同事姐妹们随口的闲聊，可儿才意识到：

明天是 3 月 14 日，白色情人节。

说起一个月前的情人节……

那时，大家都处于那样的尴尬时期。

结果，情人节之后不久，他就因为……

现在的他，有没有从低潮中走出来呢？平时在做些什么呢？找到新的工作了吗？早饭有好好吃吗……

无数关于他的疑问，浮上心头……

可儿眼神黯淡了下去，感到胸口一阵难受。

每当想起他……都是这样的感觉。

“晴空，你现在，在哪里呢？”可儿轻轻地自言自语道。

第二天，2013 年 3 月 14 日。

某期货公司的面试现场。

保持礼节，我微笑着对面试官们说：“期待我与贵公司长久的合作，大家一起走向发展壮大之路。”

面试官们满意地点了点头：“那么，向晴空先生，正式开始工作的时间定为下周一，可以吗？”

“可以。”

“好，那就这样定了。”

我缓步走出新面试公司所在的写字楼。

这一次，我应聘了另外一家期货公司的白银期货研究员的职务。

我知道自己新的目标和梦想。

但是，如果是为了新的目标，在将近三年时间里，转变成完全不工作状态……

我似乎，不能接受。

或许，“在职”是比较能够接受的一种方式。

信步走在大街上。不知不觉，我又逛到了琴行门口。

我这才发现，新应聘的公司距离原先工作的区域并不是很远——只相差两个街区而已。

今天是周四，可儿应该不会来。

但是，不知为什么，我还是走进了琴行。

“欢迎……咦，这不是小向吗？”

店里果然只有张叔一个人。

“今天你怎么过来了？可儿今天不在哟。”

“嗯……今天刚刚办完事情，走着走着就路过这里了，所以进来看看。”

“你这小子，快一年前，你第一次到这里的时候也这么说。”张叔笑着推了推他的老花眼镜，“说起来，你很久没来了。你跟可儿之间，发生了什么事情吗？”

“呃……没什么事情啊。”我掩饰道。

“孩子，不坦率可不是好事哟。”张叔正色说道，“你已经快一个月没来这里了。自从那时开始，可儿脸上的笑容消失了。而且她弹奏的曲子风格变得很哀伤。有时候，她会偷偷地流泪。她怎么会变成这样？直到一个月前，一切都还好好的。怎么，你们吵架了？”

“唉，一言难尽。”

说着，我叹了口气。

看着我的样子，张叔摇了摇头。

“小向，过来。”

张叔领着我走到店里的一架三角钢琴面前。

“孩子，面前的这是什么？”

“是……一架钢琴？”

“没错，这是一架钢琴。每一架钢琴，都是一个美丽的存在。”

“哦？”

“钢琴，通过弹奏者的演奏，可以发出美妙动听的音乐。音乐是有魔力的，因为音乐之中是蕴含着情感的。可儿的心中，也有一架钢琴。她是一个心中充满爱的钢琴师。所以，她保养每一架钢琴的时候，都是那么用心；她弹奏钢琴的时候，音乐中充满着爱。这是因为，她很用心。”

我没有说话，等着张叔的下一句。

“但是，可儿心中的这架钢琴也是需要保养的。钢琴可以演奏出美丽的音乐，抚平人们心中的不安、烦躁和忧伤；但是，钢琴本身也是要用爱去呵护的。”

“用爱去呵护？”

“嗯。”张叔边说着，打开了三角钢琴的盖板，向我展示了钢琴内部的构造，“看吧，孩子，钢琴的内部是多么复杂：木材、琴弦、机关、击键……虽然钢琴是那么古老，但是，它曾是多少代人智慧和心血的结晶。这样复杂的钢琴，需要认真的保养。琴弦、螺丝都要定期检查和调试；木材是会呼吸的，天气干燥的时候，要放一瓶水在里面，避免木材因为过于干燥而开裂。这一切，都是要用心、用爱，认真而细致地去做的，你明白我的意思吗？”

我当然明白张叔的意思。

可是……

“我……”我犹豫道。

“可儿心中的这架钢琴，现在状态很不好，需要调试。而能够调整她心中那架钢琴的人，只有你！”

只有我？

心中，不禁泛起希诺走之前说的那句话。

“Rocky，这件事情，只有你才能做到。除了你以外，没人能够做到了，不是吗？”

现在，只有我，才能将可儿心中那架钢琴的状态调整过来……是这样吗？

“真的，只有我？”我疑惑地问。

“孩子，你说呢？”张叔非常认真地看着我。

“但是，我……该怎么做呢？”

“问它吧。”张叔用手指了指我的心脏位置，“问问它，你就会知道答案。知道答案以后，试着用你的勇气，战胜心中的犹豫和迷茫。孩子，趁年轻，不要错过了。有些事情，你现在不把握，只会在10年之后，让自己后悔不已，却无能为力。”

“我懂了，谢谢张叔。”

“去吧，孩子。”

离开了琴行，我站在大街上，仰望着天空。

今天的天气非常晴朗。

说起来，今天还是“白色情人节”呢。

张叔叫我问问自己的心。

其实，心中的答案是什么，我早就知道了。

心中的感觉，随着时间的推移，几何式地增强，变得越来越无法抑制。

我的胸中，有那么多的话想对她说。

只是，我一直在犹豫。

结果，因为犹豫，我白白浪费了这么多时间。

这一刻，我多想立刻就到可儿的身边去……

为什么不现在就去呢？现在应该是中午休息时间了。

一想到这里，我迈开了脚步。

从琴行到可儿的公司，走大路的话，要穿过两个街区。

但是,我知道一条近路。

如果,从琴行和公司大楼之间的小区穿行过去,路程可以大大地缩短。

一边想着,我一边朝着小区的入口走去。

走着走着,我远远地看见,小区中心的广场上,似乎在准备什么活动的样子:不少工作人员正在来回地忙碌着,拉起横幅,竖起银幕,还有摆放座位什么的。那些人都穿着工作服。

慢慢走近,我发现,那些工作制服是那么熟悉。

抬头看看横幅,四个熟悉的字映入眼帘——“新证证券”。

我的心中一阵抽紧。

这不是可儿工作的那家证券公司吗?今天在这个小区里搞营销活动?

心中有一种越来越强的预感,促使我加快了脚步。

我快步接近正在忙碌着的人们。

“中午了,大家歇一下吧。”吴总发话道,“大家先吃午饭,下午开始办正事!”

“好。”众人应了一声。

穿着单薄工作服,内侧贴着暖宝宝的可儿轻轻地吁了一口气。

经过营业部同事们上午一个半小时的忙活,布置工作基本上完成了。虽然说,今年的队伍中有几个是刚刚换上来的新兵,做起事情来不免笨手笨脚,但在可儿还有其他几个前辈的带领之下,任务总算是按时完成了。

看着周围的同事,可儿忽然觉察到了一丝不同。

这段时间下来,少了好几张熟悉的老面孔。

可儿这才想起,这一年,好几个跟她同时期入职的,做了两三年的姐妹,今年都跳槽了。为此,营业部老总特地去学校招聘了几个新兵来“顶缺”。现在她们班子的组成可谓半新半旧。

看着周围那些新人,可儿不禁想起了自己从前的样子。说起来,三年前,自己也是在类似的状况之下进入证券行业的。

进公司的时候,自己 23 岁。现在,已经 26 岁了。

时光,总是这样飞逝,不会因为你对它的珍惜而放慢脚步。

这样想着,可儿暗暗地心中叹息着。

轻轻地摇头,挥去这些烦心的想法,可儿仰头看看天空。

今天的天气,真好。

这时,同时期入职的姐妹小张走近可儿:“又在发呆?”

“哪有。”可儿摆摆手，“休息下咯，看看今天的天空，是不是很可爱呢？”

“是呀，要是气温再高点，我们不上班的话，那就更可爱啦。”

“呵呵，就别抱怨啦。改天叫你家那位基金经理好好补偿你呗。”

“他呀……三天两头到处跑，老是见不到人影。”

“你呀，老是抱怨人家忙。他也是没办法的么。我们金融系统的，你看看有几个是按时下班的？”

“算了。”小张摊了摊手。

某一刻，小张似乎注意到了什么，轻声对可儿说：“可儿，刚才我就注意到了，那边好像有个人，眼睛一直朝我们这里直勾勾地看。”

“你多心了吧？”

“真的有啊，他现在还在呢。不过，他好像看起来有点眼熟……”

可儿知道，小张今天没有戴隐形眼镜。前一段时间，她的眼睛发炎。

“你说的那人在哪里？”听小张这么一说，可儿也警觉起来。

“就在你的身后，大约十步的位置。”小张朝可儿背后看了一眼，继续说，“那个人现在还朝着我们两个看呢，这架势，怎么有点吓人呢。”

“别自己吓自己，也许是路人看我们在这里摆弄，纯粹看热闹吧。”一边说着，可儿转过身。

她整个人一下子僵住了。

十步开外，站在那里注视着自己的，是——

十步开外，与同事站在一起的，是她。

可儿，就在那里。

当她转过身看着我的那一刻，我不禁屏住了呼吸。

本想，穿过小区，去可儿的公司找她，却不曾想，在这里不期而遇。

我默默地看着可儿。

她一脸的错愕。

仔细观察，才过了一个月，她消瘦了不少。

似乎注意到我们两个对视的状态，周围可儿的那些同事靠近了。

有些人认出了我。

“欸？他好像是原来对门新昊期货的那个贵金属分析师。”

“你这么一说，我想起来了。就是他。他不就是那个传说中力战 9 个山西保安的超强分析师吗？”

“咦？怎么是9个？我听说是12个呀。”

“胡说。我听到的版本是6个。”

“我反正不知道。我只知道，他好像以前跟可儿交往过呢。”

“是吗？”

“但是，不知道什么原因，一个月前他突然辞职了，然后就消失了。”

“这样啊，今天他怎么在这里？”

……

良久，可儿抬起头看着我。

我惊讶地发现，这一幕是那么熟悉。

因为，我在梦中曾经看到过这样的场景：

身着工作服的可儿，看着我的眼神，是那么幽怨和无助。

梦中的结局……

会变成那样吗？

沉默的我，心底同一时间浮现出很多声音。

李嘉图牧师：“把你心中想要告诉听众的内容，表达出来——并争取他们的认同……如果，你不敢直面你自己心中的胆怯，并战胜它，你如何面对听众？……力量，首先来自信念……”

希诺：“你还要被过去绑着手脚，驻足不前吗……Rocky，这件事情，只有你才能做到。除了你以外，没人能够做到了……”

张叔：“只有你，才能调整可儿心中的那架钢琴……有些事情，你现在不把握，只会在10年之后，让自己后悔不已，却无能为力……”

……

忽然间，那些声音都消失了。

只剩下一个声音，那是我自己的——

“你的愿望是什么？”

“是和她在一起。”

而她……现在就在我的眼前。

我忽然懂了。

就算，现在我手上没有麦克风——

用丹田发力……

用胸腔共振……

用心战胜迷茫……

用……我所学会的一切!

可儿不知所措地呆站着。

对面的他,沉默了很久。

他为什么不说话?

今天,他为什么会出现在这里?

为什么……

太多的为什么,一下子挤满了可儿的思维。

可儿不知道该怎么办了。

再一次,见到他——这似乎是她所渴望的。

可是,现在这个样子的重逢,实在是太奇怪了。

为什么,他不说话呢?

怎么办?怎么办?

正当可儿纠结的时候,他动了。

他向前走了三步,靠近至七步的距离。

他闭上了眼睛,深深地吸了一口气。

他慢慢地抬起双手……

他这是要……干什么?

不仅是可儿,周围的人也迷惑了。

周围的人群中,有个人忽然明白过来了。

他是新证证券的证券分析师。

“他这架势,难道是要——”他惊讶地自言自语。

没等他说完……

睁开眼睛的那一刻,抬起双手的我,将胸中的那股热意,那股强烈的情感,一下子释放了出来!

“可儿,请听我说!”

小区广场的上空,回响起了我浑厚有力的声音。

周围人们的目光,不约而同地纷纷转向我们这边。

“我的爱人,今天,是我遇见你的第364天。

“命运的齿轮,在2012年的春天,悄悄地改变了轨迹;

“海外归来、满心疲惫的我,视野中,出现了——你。

“在我眼中，你是那么耀眼；整个人洋溢着我所向往的那种美丽！

“我的注意力，一下子全部被你占据了。”

被我突然的行动所吸引，很多路过的小区居民、业主停下了脚步。很多人在周围驻足观看、聆听。

一点都不在意周围人们的举动，我继续道：

“我心动了。心意，驱使着我，慢慢靠近。

“时光一点点流过，我慢慢地发现了：你的心，不仅充满着温柔和善良，更闪耀着逐梦者永不言弃的光芒。

“这种光芒，为我眼中黑白色的世界重新画上了色彩。

“我那颗曾经因为放弃梦想，空洞而迷茫的心，渴望着这种光芒。”

这时，可儿的领导吴总，还有他们的分析师，也靠了过来。

面对这情形，吴总闭口不言；而新证证券的分析师则暗暗自言自语：

“果然是这样……这个同行，功力不浅呀……”

作为事件的当事人，可儿则呆呆地站在那里。

此刻，我早已无视周围的情况。

在我的眼中，只剩下了可儿。我任由强烈的情感，喷涌而出：

“回应内心的呼唤，我努力，慢慢靠近。

“慢慢地，接触、了解、关心、共鸣——

“缘分，终于再一次地眷顾；两颗年轻的心，终于靠近了。

“这是个美丽的开始。

“和你在一起的我，改变了。

“爱情，如阳光普照般，洒满我的世界，给了我全新的能量！

“我这只飘了很久的小船，终于找到了那片可以安心休整的港湾。

“每当想起我们在一起时的那些岁月，我都会感到自己灵魂那幸福的颤抖！

“岁月，也教给我们——

“生活，并非天天都是晴天和彩虹……

“我们也曾面对疾病、挫折，甚至失败……

“曾经，我不够坚强；我倒下过、迷茫过、彷徨过。

“重新站起来的我，想起了最初的珍贵。

“我们在一起时的心情，都是真实的——共同度过的每一刻，都伴随着我的心脏，每一次搏击！

“那些记忆，使我确定，使我相信！

“把我们紧紧联系在一起的，是——爱！

“今天，再一次，我站在你的面前。

“现在的我，不再犹豫。

“我将变得足够坚强，我将参天蔽日，遮风挡雨，我要亲手实现，我们在一起时的那些梦想！

“我想待在你的身边——我想要我们在一起！

“我的爱人，你——愿意吗？”

我缓缓地放下了扬起的双手。

当我说完的那一刻，小区的中心广场上早已变得安静。

周围的人都屏住了呼吸。

七步之外，可儿低着头，一动不动。

她为什么没有反应？

为什么？

我……已经尽力了。

等着，命运的决断吧……

一切，安静得令人窒息。

终于，可儿动了。

她跑动起来，向着我冲了过来。

短短七步的距离，可儿的每一个动作，我都看得一清二楚——时间似乎放慢了脚步。

可儿冲了过来，一下子扑进了我的怀中。

“我愿意……”

怀中的可儿，似乎是在颤抖。

“可儿？”

可儿语无伦次地喊道：“晴空，我愿意，我愿意，我愿意！不要再离开我……再也不要离开我！”

她的声音中，带着一丝哭腔。

我才发现，原来她的脸上，挂着两行热泪。

这是……

我的心跳，在加速；我的世界，在旋转。

胸中，充满着一种无比强烈的感觉——那是焦土上的子民，终于盼来甘霖时的那种心情。

感受着这种巨大的喜悦，我深情地对可儿说："我再也不离开你！"

"你保证，再也不离开我！"可儿抬起头，看着我的眼睛。她的眼角噙着泪花。

"我保证，我再也不离开你！"看着可儿的眼睛，我无比真诚地回应。

蔚蓝色的天空之下，阳光是那么灿烂。温和的春风，轻轻地吹过。

人群，似乎在这个时候才反应过来。

看着紧紧相拥的我和可儿，周围的人，无论是新证证券的员工们，还是小区里的业主和住户们，都为我们欢呼鼓掌。

面对这样的场景，我显得非常淡定。而我怀中的可儿，则有些不好意思。

在周围喧嚣的喝彩声中，可儿轻轻地埋怨道："你也真是的，这么大庭广众之下就……也不看看场合啦。"

我微笑着，说："亲，我是一个分析师，在大庭广众之下发言，一直以来都是我的工作哟。"

"你……"可儿娇嗔道，"你还好意思说呢……"

"本来我想去你的单位找你的。我想抄近路从小区这里穿过去。没想到在这里就遇见了你。不过，这没有区别。我想见你。"

"我也想见你！"怀中的可儿又激动起来，"我想见你想得快发疯了。"

"对不起。我再也不会让你伤心了。我再也不离开你。"

这时，可儿的领导吴总与他们公司的分析师一起走了过来。

一见到领导走过来，可儿有些不知所措。她连忙从我的怀中挣脱，低下头说："吴总……"

走近我们两个的吴总没有说话。

"可儿，你……"

"吴总……我……"可儿有点害怕。

见状，我才想起来，现在还是可儿的工作时间呢。我连忙挡在可儿的身前，说："吴总，刚才真对不起。我没注意到你们今天在这里搞营销活动。似乎妨碍你们了，非常抱歉。要怪，就怪我好了。请不要责怪可儿。"

吴总先看看我，又看看可儿，然后，她也看了看周围的人群。

半晌，她叹了一口气，转过头对可儿说："可儿。回去，记得补一份……"

说到这里，吴总停住了。

我和可儿的心悬到了嗓子眼。

吴总不会是要可儿回去交一份“深刻的检查”吧？

看着我们两个紧张的样子，吴总略带无奈地摇摇头，说：“一份……请假条。”

一份请假条？

“吴总？”可儿惊讶地问。

“怎么了？”吴总目光一寒，“不要？”

一旁的我，忽然明白了吴总的意思，连忙说：“谢谢你，吴总！”

可儿也明白了吴总的意思。她不好意思地说：“吴总，谢谢你。”

吴总轻轻地叹了一口气，说：“走吧，年轻人，趁我今天还没改变主意之前。当然，可儿，你得先回公司去，把衣服换了啊。”

可儿感激地点了点头。

在周围人羡慕的目光中，我牵着可儿的手，离开了小区的广场。

看着我们远去的身影，小张和周围的姐妹们羡慕地窃窃私语。

“唉，真羡慕可儿呀，遇到这么好的男人。”

“是呀。不过，说起来，今天吴姐怎么大发慈悲了？”

“咦？是啊，今天吴姐不仅不责怪可儿，而且还顺从众意，给可儿放了假。”

“难道，明天太阳会从西边出来吗？”

……

“咳，嗯。”这时，吴总和李分析师走过来。吴总对正在窃窃私语的姑娘们说：“快点吃完午餐，准备准备，下午又要开始干活了！”

“是，是。”姑娘们连忙收了声，各自散去。

看着她们的样子，吴总摇了摇头，向身边的李分析师询问：“欸，李工，我问你，我老是唱黑脸，做人是不是很失败呀？”

“哪儿的话啊。”李分析师微笑着，推了推眼镜，“今天，吴总你不是‘顺势而为’，红脸唱得很好嘛。”

“今天吗？只有今天吗？”

“不不不，我不是这个意思……”李分析师忽然发觉自己的话似乎踩到“地雷”了，连忙解释道。

吴总却摆摆手，没有在意：“也许，你是对的，我也感觉得到，这帮小妮子私下可能恨我恨得要死吧。但是……”

“吴总？”

“我也没办法啊……没办法。算了。今天可真有趣呢。我们的营销还没开始，自己的明星客户经理就被人家成功‘营销’走了。”

“呵呵，那个同行是个公开演讲的高手啊。刚才的表白真是震撼人心。我要是女孩子，也会心动的。”李分析师赞叹道。

“嗯。那个小伙子，我知道他。以前一次偶然的机会，听过他讲的早会；后来，也读过他写的资料。无论是他的讲课，还是他写的资料，都给我很深的印象。他是个人才啊。至于他的传奇故事，我那帮小妮子当中早就传开了。”

“是吗？原来，传说中很能打的分析师就是他？”

“呵呵。”吴总笑笑，然后正色说，“真羡慕可儿。现在这个时代，最宝贵的资源，是好男人。”

李分析师赞同地点了点头。

这，大概是我这 28 年中，最幸福的一个白色情人节。

我的心，在唱歌。

我的世界，变得那么多彩和绚丽。

我的左手，与可儿的右手，十指相扣。

我的掌心，牢牢地紧握着……“第二次”。

两个人，尽情享受着这个只属于情人的节日……

只有在这一天，我们两个的状态，似乎回到了四年前；

只有在这一天，我们再一次地，像大学在校生情侣一样；

只有在这一天，我们两个没有压力，没有负担，没有指标，没有忧愁——尽情享受着剩下半天，珍贵的白色情人节。

好久没有这样开心过和发自内心的欢笑了——真的，好久了。

快乐与欢笑，似乎加快了时间流逝的速度。幸福的时光，很快由白天转到了夜晚。

站在宾馆房间里，我从背后拥抱可儿。

两个人在窗前，静静地看着西湖夜间的美景。

“晴空……”

“嗯？”

“这……不是梦吧？”

“这当然是梦。”

“嗯？”

“人生匆匆，难道不是一场梦吗？现在，是只属于我们两个的美梦……”

“呵呵，真说不过你。”

“可儿……”

“嗯？”

“我再也不离开你，剩下的梦，陪我一起做，好不好？”

“好……你保证过的哟？”

“嗯，我保证过的。”

我拥紧可儿，轻轻地，亲吻她白皙的脖子。

褪去……所有的伪装；

褪去……所有的负担；

我们出生的时候，就是这个样子的。

我的眼前，再一次出现了只属于我的天使展现给我的那种，熟悉的、近乎完美的美丽。

黑暗中，褪去一切的我与可儿，静静地对视着。

某一时间，可儿抬起了纤手，伸向我的胸膛。

她的指尖轻轻地触碰那个位置。

那是疤痕的位置。

“晴空……那个时候，疼吗？”

“疼。”我诚恳地回答，“那之后，我在医院休息了四天。”

可儿心疼地看着我。

“因为是生命，会受伤；因为是生命，所以会愈合。”我握住了可儿的纤手，将她拉近至跟前，“我的灵魂，是由我所有的过去所塑造的。我不会再逃避自己的过去，也不会被过去再绑住手脚。”

可儿微微地点了点头。

“晴空。”

“嗯？”

“我爱你。”

“我也爱你。”

“我爱现在的你，也会爱过去的你。”虽然是在黑暗中，但是我看得见可儿脸上的决心，“我爱，全部的你。”

我爱,全部的你……

这句话,久久地在我心中回荡。

我心中,涌动着那难以言表的激动之情。

我深深地吻住了可儿。

可儿伸手搂住了我的脖子,热烈地回应我。

燃情之夜……

热情渐渐退潮之后……

我将可儿拥在怀中。

"可儿。"

"嗯?"

"你觉得,90 平方米的家里,放立式钢琴好呢,还是三角钢琴好呢?"

"欸?"

"嗯,会充分保证厨房的空间的。"

"什么?"可儿的语气变得惊讶。

"一个和谐的家里,什么都应该听老婆大人的,不是吗?"

"你在开玩笑吧……"

我却自顾自地继续说:"还有,'那个'的款式,到时候我们一起去看看呗?"

可儿犹豫地说:"但是……"

没等可儿下面的话说出来,我说:"放心。记得白天我说过什么吗?"

"哪一句?"

"我将变得足够坚强,我将参天蔽日,遮风挡雨,我要亲手实现,我们在一起时的那些梦想。"

"这些想法,非常的美妙……可是,要花不少岁月的哟。"

"我已经不再那么无力了。"我平静地说,"当然,以后,我会努力,用自己的力量,变得更坚强。"

"真的?"

"真的。所以,接下来,我们有很多事情要做哦。很累人的。"

可儿睁大了眼睛。

她意识到了,这意味着什么。

她又一次流下了眼泪。

我安抚道:"怎么又哭了?"

可儿幽幽地说:"这不算……这不算,这不算啦!"

“啊?”

“哪有你这样求婚的……一点都不浪漫，一点都没格调……重来，一定要重来，你一定要补给我一个，知道了吗?”可儿语无伦次地娇嗔道。

我会心地微笑着:“遵命，亲爱的。”

那天夜里，城市夜空的灯光，比繁星更为灿烂。

一年后的某天早晨，6:00。

躺在床上的年轻男子轻轻地支起身体。

为了不吵醒身边的睡美人，他的动作非常轻巧。

男子轻手轻脚地离开了卧室，来到了书房，启动了书桌上的手提电脑。一离开床，男子的动作变得迅速。穿好衣服，电脑也已经启动完毕。

看起来还算新的电脑旁，放着一个相框。那是一幅温馨的照片:光线充足的家中，她坐在钢琴之前;他陪在她的身边。

这张照片，是6个月前拍摄的。

他点开文档开始书写早报。老样子，他在短短10分钟之内完成了约300字的早间评论，并发给了公司负责网站的同事。

早上6:30，男子完成洗漱，衣领齐整地出门了。

到了公司，他打开笔记本。

其中一页上写着——毕业，还有两年。

他满怀信心地将视线投往窗外。

窗外，是那样晴朗的天空。

图书在版编目(CIP)数据

中国分析师 / 项楠著. —杭州：浙江大学出版社，2016.3

ISBN 978-7-308-15440-6

Ⅰ.①中… Ⅱ.①项… Ⅲ.①长篇小说—中国—当代 Ⅳ.①I247.5

中国版本图书馆 CIP 数据核字(2015)第 301986 号

**中国分析师**

项　楠　著

---

**责任编辑**　张　琛
**责任校对**　蔡圆圆　韦　伟
**封面设计**　项　楠　项梦怡
**出版发行**　浙江大学出版社
(杭州市天目山路 148 号　邮政编码 310007)
(网址:http://www.zjupress.com)
**排　　版**　杭州金旭广告有限公司
**印　　刷**　杭州日报报业集团盛元印务有限公司
**开　　本**　710mm×1000mm　1/16
**印　　张**　27.5
**字　　数**　480 千
**版 印 次**　2016 年 3 月第 1 版　2016 年 3 月第 1 次印刷
**书　　号**　ISBN 978-7-308-15440-6
**定　　价**　52.00 元

---




浙江大学出版社发行中心联系方式　(0571)88925591；http://zjdxcbs.tmall.com